文明交錯

ローラン・ビネ

橘明美 訳

CIVILIZATIONS
Laurent Binet

東京創元社

目次

文明交錯

——各章末の注は訳者による。

芸術は歴史が葬ったものを蘇らせる。

——カルロス・フエンテス
『セルバンテスまたは読みの批判』

彼らの暮らしぶりは無秩序で、しかも仲違いばかりしていたので、征服はいともたやすかった。

——インカ・ガルシラーソ・デ・ラ・ベーガ
『インカ皇統記』

第一部　エイリークの娘フレイディースのサガ

1　エイリーク

思慮深きアウズと呼ばれた女がいた。**鼻ぺちゃの**ケティルの娘であり、王妃であった。アイルランドの武人の王だった**白の**オウラヴの未亡人である。このアウズは夫の死後、息子とともにヘブリディーズ諸島に渡り、次いでスコットランドに渡った。その地で今度は息子が王になったが、その後スコットランド人の裏切りに遭《あ》い、戦いで命を落とした。この息子は**赤毛の**ソルステインと呼ばれていた。息子の死を知ると、アウズは自由な身分に生まれた者たち二十人と同じ船に乗り、アイスランドに行き、そこでデーギュルズ川とスクレイムフレイプ川のあいだの土地を占有した。

アウズとともに多くの奴隷《どれい》もこの地にやって来たが、彼らは元は貴族の生まれで、ヴァイキングが西方に遠征したときに捕らえられて奴隷と呼ばれる身分に落ちていたのだった[1]。

ソルヴァルドという名の男がいた。この男は息子の**赤毛の**エイリークとともに、人殺しにかかわったとしてノルウェーを追われ、アイスランドに移住した。彼らは自分たちで土地を開墾《かいこん》して農場主となった。あるとき、エイリークの奴隷たちが崖を崩したために、隣の農場で地滑りが発生した。するとその農場主の親族である**汚物の**エイヨウルヴがエイリークの奴隷たちを殺した。エイリークはその仕返しに**汚物の**エイヨウルヴを殺した。また**決闘の**フラーヴンも殺した。

このことでエイリークは追放された。

彼はアイスランド内の「牛の島」に移り住んだ。すると今度は隣人に貸した寝台用の木の梁《はり》を返してもらえないというめごとが起こった。彼は隣人と争い、この争いに親族や友人も巻き込まれて何人かが死んだ。そしてソールスネス[2]の民会《シング》[3]からふたたび追放刑を言い渡された。

彼はアイスランドにいられなくなったが、かといってノルウェーに戻ることもできなかった。そこで、以前**鴉《からす》のウールヴ**の息子が外洋で西のほうに流されたときに見たという陸地を目ざすことにした。彼は船を出し、その陸地を見つけ、緑の島《グリーンランド》と名づけた。美しい名前にすれば、多くの人がその名に惹かれてやって来るだろうと思ったからである。

エイリークは**豊胸のソルビョルグ**の孫娘[4]に当たるショーズヒルドと結婚し、彼女とのあいだに三人の息子をもうけた。また別の女性とのあいだに一人の娘ももうけた。その娘はフレイディースといった。

1 アウズの系統の物語は記されていない。4章の注3も参照。
2 アイスランド西部の小さい岬。
3 古代の集会だが、ここでは「裁きの場」。
4 娘とする記述もある。

2 フレイディース

フレイディースの母親が誰なのかはわからない。いずれにせよフレイディースは、異母兄弟と同じく、父親のエイリークから旅好きの血を受け継いでいた。だからこそ彼女は、異母兄であるエイリークの息子レイフ――**幸運児レイフ**[1]――がソルフィン・カルルセヴニに貸した船に乗り込んだのである。

カルルセヴニの目的は、**幸運児**レイフが偶然発見したヴィンランド[2]をさらに探検することだった。

彼らはまず西に向かい、途中からやや南に進路を変えた。そしてマルクランド[3]などを探検したあと、いよいよヴィンランドに上陸し、**幸運児**レイフがそこに残していた家を見つけた。

その陸地は美しく、木々が生い茂っていた。海の近くまで森が迫り、白い砂浜がどこまでも続いていた。海は遠浅で、多くの島があった。そしてグリーンランドやアイスランドよりも昼と夜の長さが近かった。

しかしそこにはトロルに似た姿の原住民《スクレリング》[4]がいた。話に聞いていた一本脚族[5]ではなかったが、肌の色が褐色で、赤い色の布を欲しがった。グリーンランド人たちは手持ちの赤い布を、彼らが差し出す動物の生皮と交換した。こうして交易が始まった。だがある日、カルルセヴニが所有する雄牛が一頭、囲いから出て勢いよく鳴いたので、スクレリングが驚いて逃げてしまった。彼らはしばらくしてから大勢で戻ってきて、グリーンランド人たちを攻撃した。このときもしフレイディースが叱咤《しった》しなかったら、カルルセヴニの仲間たちは潰走《かいそう》していたかもしれない。フレイディースは彼らが一目散に逃げるのを見て激怒し、落ちていた剣を拾って自ら敵の前に立った。そして服を破って乳房を出し、剣の平らな部分でたたいてみせた。彼女の怒りはすさまじく、仲間を腰抜けとののしった。そのおかげでグリーンランド人たちは恥じ入って踏みとどまり、スクレリングのほうは怒り狂う豊満な女に怖気《おじけ》づいて逃げ去ったのである。

フレイディースは身重で気が立っていた上に、もともと性格がきつく、その後仲間内のある兄弟二人と仲違いした。そしてこの二人が所有するクナール船[6]が自分のものより大きかったので、これを手に入れようと考え、二人の悪口を夫のソルヴァルズに吹き込み、郎党もろとも殺させた。そればかりかフレイディースは自ら斧を振り下ろし、彼らの妻を殺した。

冬が過ぎ、春が過ぎ、夏が近づいてきた。だがフレイディースはグリーンランドに帰ろうとしなかった。自分の蛮行が耳に届いて兄のレイフが怒っているのではないかと恐れていたからだ。だがそのうち、いまいる場所でも人々の冷たい視線を感じるようになり、自分がもはや歓迎されていないことを悟った。そこであの兄弟二人から奪った船に必要なものを積み込み、夫と一部の仲間と家畜と馬とともに乗り込んだ。ヴィンランドに残る人々は彼女が出ていくと知って胸をなでおろした。だが彼女は船出の前に彼らにこう言った。

「わたし、エイリークの娘フレイディースは、いつか必ず戻ってくる」

一行は南に向かった。

1　遭難者を助けて連れ帰ったことから幸運児と呼ばれるようになったと伝えられている。
2　Vinland。「ブドウの地（ないし草原）」の意味。かつてアメリカ大陸北東部にあった地名で、現在のどこに当たるかは、カナダのニューファンドランド島やアメリカのニューイングランドなど諸説ある。
3　Markland。「森の地」の意味。現在のカナダのラブラドル半島に当たると考えられている。
4　彼らは現地で出会った異民族をこう呼んだ。
5　ヴィンランドの原住民のなかに一本脚の男がいて、この男が射た矢でソルヴァルドが命を落としたという説がある。5章を参照。
6　かつてヴァイキングが使っていた船で、長い航海に耐え、多くの荷物を運ぶことができた。

3　南

船腹の広いクナールは陸に沿って南下していった。途中で嵐に見舞われ、フレイディースは雷神トールに祈った。船は波に翻弄《ほんろう》され、危うく岩場に乗り上げてばらばらになるところだった。船上では怯《おび》えた家畜たちが大暴れし、このままでは船が転覆しかねないと、家畜を捨てようとする者まで現われた。だが幸いなことに、やがて神の怒りは静まった。

航海は一行が思っていたよりも長く続いた。断崖ばかりで船を着ける場所がなく、たまに浜辺が見つかっても、そこには攻撃的なスクレリングがいて、弓を振りかざし、石を投げてきたからだ。だが東に舵《かじ》を切るにはもう遅かったし、そもそもフレイディースには引き返すつもりなどなかった。一行は船上で魚を釣って腹を満たそうとし、なかには海水を飲んだ者もいて、病気になった。

ある日、北風がやんで帆を膨《ふく》らませてくれないので仕方なく男たちがオールを握っていたときに、フレイディースが船上で出産した。だが死産だった。父の名をとってエイリークと名づけられるはずだったその子は、海に還された。

その後ようやく、停泊できそうな入り江が見つかった。

4　夜明けの地

入り江の奥は水が浅く、一行は船から浜まで歩いていくことができた。乗せていたあらゆる種類の家畜たちも船から降ろし、一緒に上陸した。美しい国だった。スクレリングの姿もなく、これなら存分に探検できそうだった。

草地があり、木々がゆったりと生えた森があり、そこには多くの獲物がいた。川には魚があふれていた。一行は海岸の近くで風を避けられるところを探し、そこに仮住まいの小屋を建てることにした。食料は十分にあったので、彼らはここで冬を越そうと考えた。この土地なら冬といっても生まれ故郷より穏やかで、その期間も短いに違いなかった。そう思ったのも当然で、彼らのうちの若手はグリーンランド生まれで、それ以外はアイスランドか、フレイディースの父と同じノルウェー生まれだった。

ところがある日、さらに内陸へ足を踏み入れてみると、耕《たがや》された畑が見つかった。きれいに並んだ野菜が実っていたが、見たことがない野菜だった。大麦の穂のようなものがついていて、黄色い粒状の実はプチプチして水分が多い。いずれにしてもそれは、この土地にいるのが彼らだけではない証拠だった。

彼らは自分たちも〈プチプチした大麦〉を育てたいと思ったが、どうすればいいのかわからなかった。

数週間後のこと、彼らの仮住まいの場所を見下ろす丘の上に、突然スクレリングの一団が現われた。この地のスクレリングは背が高く、体格がよく、肌は脂ぎっていて、顔には黒く長い線が描かれていたので、グリーンランド人たちは怯えた。だが今回は、フレイディースに腰抜け扱いされることを恐れて誰も逃げなかった。それにスクレリングは威嚇《いかく》的ではなく、むしろこちらに興味をもっている様子だった。グリーンランド人の一人が小さい斧をやって手なずけてみてはどうかと言ったが、フレイディースは武器を渡すことを禁じ、代わりに真珠の首飾りと鉄のブローチを差し出した。スクレリングはそのブローチがとても気に入ったようで、手から手へと渡して全員で見ながらなにやら言い合った。それからこちらになにかを伝えようとしたが、それが村に招待したいという意味であることはフレイディースにも仲間たちにもわかった。だが招待に応じたのはフレイディースだけで、夫のソルヴァルズと仲間たちはここに残ると言った。未知の民が怖いからではなく、以前同じような状況で殺されかけたことがあるからだと彼らは言い訳し、フレイディースを自分たちの使者であり代表だと持ち上げた。フレイディースは一緒に来る勇気がないだけだと知っていたので、その言い分を聞くと鼻で笑い、改めて彼らをののしった。だが前回と違って効果はなく、誰も動こうとしなかった。そこで彼女はたった一人でスクレリングについていった。スクレリングは彼女の白い肌と赤い髪に熊の脂を塗ると、木の幹をくりぬいた舟に一緒に乗せ、沼地の奥へと漕《こ》いでいった。優に十人は乗れそうな舟で、つまりこの国にはそれほどの大木があるということだ。舟は遠ざかり、フレイディースの姿はスクレリングとともに消えた。

彼らは三日三晩帰りを待ったが、誰一人として捜しに行かなかった。夫のソルヴァルズでさえ沼地に足を踏み入れようとはしなかった。

四日目に、フレイディースがスクレリングの族長とともに戻ってきた。族長は首の周りと耳に鮮やかな装飾品をつけ、髪は長いが一部分だけ剃り上げていて、背がとても高かった。

フレイディースは仲間に、ここは「夜明けの地」[1]であり、この人々は「夜明けの民」であると告げた。彼らはもっと西にいる別の部族と交戦中で、わたしは彼らを助けるべきだと思うとも言った。そして、なぜスクレリングの言葉がわかるのかと仲間に訊かれると、笑いながらこう答えた。

「さあ、もしかしたらわたしも巫女《ヴォルヴァ》[2]なのでは？」

彼女は四日前に斧をやったらどうかと言った男を呼び、今回はそれを許可して、スクレリングの族長に斧を進呈させた（それこそが、誰が族長かを示すやり方だったからである）。この九か月後にフレイディースは女の子を産み、グズリーズと名づけることになる。（それは彼女がずっと嫌っていた女の名だった。すなわちカルルセヴニの妻であり、異母兄であるエイリークの息子ソルステインの未亡人――つまり彼女の元義姉――のグズリーズのことである。だがカルルセヴニの妻グズリーズはこのサガには直接関係しないので、これ以上は語らない)[3]。

　グリーンランド人たちはスクレリングの村のすぐ近くで暮らすことにした。そればかりか、互いに助け合い、知識を授け合うようになった。グリーンランド人はスクレリングに、泥炭から鉄を抽出し、その鉄を斧、槍、鏃《やじり》などに加工する方法を教えた。おかげでスクレリングは強力な武器を得て、敵に対して以前よりも優位に戦えるようになった。そのお返しに、彼らはグリーンランド人に〈プチプチした大麦〉の育て方を教えた。土を少し盛り上げて畝《うね》を作り、そこに種を押し込むとか、インゲンマメやカボチャを一緒に育てると、つるが太い茎に巻きついて伸びるので効率がいいといったことである。これなら冬に備えて十分な蓄えができるので、獲物がとれなくても慌てずにすむ。こうしてグリーンランド人たちはこの土地に馴染み、ずっとここにいたいと思うようになった。そこで友情の証しとして、スクレリングに一頭の雌牛を贈った。

　ところがどうしたことか、やがてスクレリングが次々と病に倒れはじめた。一人が熱を出して死んだと思ったら、さほど時を置かずに次々と死者が出た。グリーンランド人たちは怖くなり、逃げようと言いだしたが、フレイディースは反対した。自分たちも同じ病気にかかってしまうと仲間がいくら訴えても、彼女は聞く耳をもたなかった。せっかく築いた村を捨てるわけにはいかないし、これほど実り豊かな土地は貴重であり、ここまで親交を深められるスクレリングにまた出会えるとはかぎらないのだからと。

　だがとうとう、あのたくましい族長までもが病にかかった。彼は家に戻ったときに――族長の家はドーム形で、木の枝を曲げて柱とし、樹皮で覆って壁としたものだった――見知らぬ人々の死体が入り口に散乱していて、それがどんどん増えて巨大な波のようになり、彼の村とグリーンランド人たちの村を覆い尽くすのを見た。そしてその幻覚が消えるのと同時に、高熱を出して倒れたのだった。彼はフレイディースを呼んでくるように村人に言い、彼女が駆けつけると枕元に呼んで、彼女だけに聞こえるように耳元でなにかささやいた。それからその場の全員に聞こえるようにしっかりした声で、「世界のどこにいても自分の家にいると思える民は幸いなるかな」と言い、続けて「あなた方がわが一族に鉄を授けてくれたことは決して忘れない」と言った。そして彼女に向かって「自分が置かれている状況から目をそらすな」と、また「あなたも、あなたの子も大きな定めを負っていることを忘れるな」と言い、がっくりと首を落とした。フレイディースは徹夜で看病したが、族長は朝には冷たくなっていた。そこで彼女は自分の村に戻り、仲間に言った。

「旅立とう。さあ、家畜を船に乗せるのだ」

1　カナダのケベック州からアメリカのニューイングランド地方にかけての一帯が、先住民の言葉でこう呼ばれていた。

2　北欧伝説における女性のシャーマン。

3　1章に出てきた奴隷たちのなかにヴィグヴィルという男がいて、アウズはこの男を解放してやった。そのヴィグヴィルの息子がソルビョルンとソルゲイルで、ソルビョルンの娘がグズリーズである。グズリーズは三回結婚していて、二人目がエイリークの息子ソルステインであり、三人目がソルフィン・カルルセヴニである。

5　キューバ

旅立つといっても、フレイディースが望んだのはさらに南へ行くことだけで、一行はまた何週間も陸沿いに南下した。船上ではなにもかもが不足し、釣りと雨水だけが頼りだった。だがどれほどよさそうな岸が見えてもフレイディースが首を縦に振らないので、仲間は苛立ち、やがて不信感を抱き、ついには怒りを覚えた。それでもフレイディースはこう言いつづけた。「また危険な目に遭いたいのか？　一本脚族に腹を射抜かれてもいいのか？」（これは彼女のもう一人の異母兄、エイリークの息子ソルヴァルドがそういう目に遭って死んだからであり、またその痛ましい最期《さいご》を誰もが覚えていることを彼女が承知していたからである）。「わたしたちはこの旅が行き着くところまで行く。さもなければ海で死ぬ。すべてはニョルズ[1]の気の向くまま、あるいはヘル[2]の思し召しのままに」。だが彼女の言う「行き着くところ」がどこなのか、誰にもわからなかった。

　その後ようやく彼らが上陸したのは、おそらく島だろうと思われるところだった。フレイディースはこれ以上仲間の不満を抑えられないと感じ、船をその島に近づけることを許した。

　クナール船はたいそう美しい大河に入った。そこから船を岸に着けるまでずっと、水は青く澄みわたっていた。

　彼らはこれほど美しい国を見たことがなかった。陸は河岸のすぐ近くまで緑の木々で覆われていて、色とりどりの花や実がついている。実はどれも風味豊かだった。鳥も無数にいて、大小さまざまな鳥が心地よい歌を披露していた。〈大きな葉がなる木〉もあり、それで家の屋根を葺《ふ》くことができるほどだった。土地は平らだった。

　フレイディースは河岸に飛び降りた。すぐに小さい集落を見つけ、漁師の村ではないかと思ったが、住人たちは恐れをなして逃げてしまった。そのうちの一軒に〈吠えない犬〉[3]が一匹いた。

　だがグリーンランド人たちが家畜を船から降ろすと、逃げたスクレリングが戻ってきた。馬に興味を引かれたらしい。彼らは裸で、背が低かったが、体つきはしっかりしていた。肌は褐色で、髪は黒かった。フレイディースは妊婦なら相手も怖がらないだろうと思い、思いきって前に出た。そして彼らの一人を誘って馬に乗せ、彼女が手綱《たづな》をとって横を歩きながら村を一周した。するとスクレリングは目を丸くして大喜びし、グリーンランド人を客として家に迎え、食事を振る舞ってくれた。彼らは〈丸めた葉〉も勧めてくれたが、それは火をつけて口にくわえ、煙を吸うものだった。

　フレイディース一行はその村に身を落ち着けることになり、そこが彼ら自身の村となった。そして他の家々を真似《まね》て、自分たちのために丸い藁葺《わらぶ》きの家を建てた。また木の柱と梁と桁《けた》を組んでトールを祀《まつ》る神殿も建てた。スクレリングは〈大きな葉がなる木〉の水がおいしいと言って、その木の大きな実から水を取り出す方法を教えてくれた。いろいろなものの名前も教えてくれた。たとえばあの〈プチプチした大麦〉は、彼らの言葉ではトウモロコシ《マイス》という。二本の木のあいだに網を張って眠る方法も教えてくれたが、その網はハンモック《アマカ》[4]という。この国は一年中とても暑く、この村のスクレリングは雪というものを知らなかった。

　フレイディースがグズリーズを産んだのはこの村でのことである。夫のソルヴァルズはグズリーズを実の娘としてかわいがり、そのことにフレイディースは胸を打たれた。そしてこのときから、夫のことを以前よりも温かい目で見るようになった。

　スクレリングは馬を乗りこなすようになり、また鉄を鍛《きた》えることを学んだ。グリーンランド人のほうは動物の見分け方を学び、弓の腕前を上げた。この土地にはカメやたくさんの種類のヘビがいて、石のうろこをもった顎《あご》の長いトカゲもいた。空には〈頭の赤いワシ〉[5]が飛んでいた。

　この村のスクレリングとグリーンランド人はすっかり親しくなり、男女が交わることも多かったので、両方の血を引く子供たちが何人も生まれた。子供たちの髪は黒髪、ブロンド、赤毛とさまざまだった。子供たちは二つの言語を身につけた。

だがまたしてもスクレリングが熱を出し、次々と死にはじめた。同じ村で暮らしていながらグリーンランド人は一人もかからなかったので、彼らもようやく悟った。つまり自分たちはこの病を恐れる必要がなく、なぜならこれは自分たちが持ち込んだものであり、自分たちこそが病原なのだと。そこで彼らは死者を悼んで墓を建て、ルーン文字で墓標を刻み、トールとオーディン[6]に祈った。それでもスクレリングは死につづけた。グリーンランド人は自分たちがここにいるかぎり、この村のスクレリングは最後の一人まで死んでしまうだろうと思い、憐れみを覚えた。そして仕方なく、この地を離れることにした。トールの神殿は解体してもっていくことにしたが、スクレリングへの置き土産として何頭かの家畜を残していった。

彼らが出発したあとも病は収まらなかった。あと少しで全滅かというぎりぎりのところまで死者が出つづけた。そしてようやく感染が終息したとき、わずかに生き残った人々はそれぞれに家畜を連れて、島のあちこちに散っていった。

1　北欧神話の豊穣神、海神。
2　北欧神話の死者の国の女神。
3　『コロンブス航海誌』に書かれている。第二部にも出てくる。
4　マイス、アマカは、カリブの先住民族タイノ族の言葉。
5　ヒメコンドルのこと。
6　北欧神話の主神。戦争と死の神で、戦死した勇者はその宮殿ヴァルハラに招かれる。

6　チチェン・イッツァ

その後グリーンランド人はどうしたかというと、フレイディースとその娘グズリーズ、夫のソルヴァルズとその仲間たちは、陸沿いに西に向かった。そしてこの陸がやはり島であることを知った。フレイディースはそこから例のごとく南に行こうとしたが、今度ばかりは仲間が譲らず、行き先がはっきりしないならこれ以上漕ぐつもりはないと言い張った。そこでフレイディースはトール神殿の木材を神木として海中に投じ、行くべき道を示してもらうのはどうかと提案し、神木が流れ着いたところで下船すると皆に宣言した。神木は海に投じられるやいなや、西へ西へと流れはじめた。船上の一行は神木の動きが思ったよりも速いので慌てたが、じきに東風が出て、船で追うことができるようになった。彼らは自分たちで「女の島」[1]と名づけた島の岬の前で帆を張り、西に向かった。やがて広々とした陸に近づいたので、今度こそ大陸だろうと思い、入り江の一つに入ってみた。その入り江は広く、長く、両岸とも高い山に縁どられていた。フレイディースはこの入り江に娘の名をつけた。それから付近を探検してみると、神木が自分たちを導いたその陸は、どうやら北の海に突き出した半島らしいとわかった。[2]

彼らは川を見つけた。浅い川だったが、クナールは喫水《きっすい》が浅いので入ることができる。そこでその川をさかのぼっていくと村があった。すでに時間が遅く、太陽が沈みかけていたので、フレイディースの指示で一行は村の対岸の砂洲《さす》に降りた。翌日、多くのスクレリングが小舟でやって来た。彼らは

〈頭の赤い鳥〉[3]とトウモロコシをもってきてくれたのだが、量は少なく、せいぜい数人分でしかなかった。そしてこの食べ物をもって出ていけと言った。だがグリーンランド人にとって、ここはトールが示された場所であり、おいそれと出ていくわけにはいかない。スクレリングはいったん引き揚げたものの、今度は戦の装いで、弓、矢、槍、盾を手にして戻ってきた。グリーンランド人たちはこうした状況にいささかうんざりしていて逃げる気にもなれず、戦うことを選んだ。だが相手の人数に押されて動きがとれなくなり、全員捕らえられてしまった。

　本来なら全員その場で殺されてもおかしくなかったが、どうやら戦いの最中のある出来事のおかげで殺されずにすんだと思われる。馬に乗って戦っていたグリーンランド人が落馬したのだが、それを見てスクレリングが悲鳴を上げたのだ。彼らは馬を見たことがなかったので、騎士と馬は一体の生きものだと思っていたらしい[4]。スクレリングはひそひそと話し合ってから、捕らえたグリーンランド人を並ばせ、順に縄でつないで一列にした。そして家畜もろとも彼らを引き立てて、奪った武器もすべてもって歩きだした。

　彼らは耐えがたい暑さのなか、いくつもの森を歩かされ、いくつもの沼を渡らされた。あまりにも湿度が高いので、北の民である彼らは、自分の体が火にくべられた雪のように解けるのではないかと思った。やがて長い道のりの果てにたどり着いたのは、彼らが見たこともない立派な都市だった。階段状のピラミッドや石造りの神殿があり、神殿の列柱には戦士の像が浮き彫りにされている。大きなヘビの頭の彫刻もあちこちにあり、彼らはクナールやロングシップ[5]の船首の装飾[6]に似ていると思った。ただしここのヘビには翼が生えていた。

　グリーンランド人たちはこの都市のスクレリングに引き渡され、そのあと二つの平行する建築物にはさまれた球戯場に連れていかれた。ちょうど試合が行なわれていて、競技者らしい人々が真ん中の線をはさんで二つの陣地に分かれて向き合い、大きな球を打ち合っていた。球はなにやら不思議な素材でできていて、しなやかなようだが硬そうでもあり、とても高く弾《はず》む。競技の規則は彼らにはよくわからなかったが、どうやら球を落としてはならず、しかも手足を使わずに、腰、尻、肘、膝だけを使って相手側に打ち返さなければならないようだ。左右の建築物の壁には、真ん中の線と交わる位置の高いところに石の輪が取りつけられていたが、それがなんのためのものなのかはまだわからなかった。観客用の階段席もあり、大勢が試合を見ていた。そして驚いたことに、一試合終わると、競技者のうちの何人かが生贄《いけにえ》として神に捧げられ、首をはねられるのだった。[7]

やがて、フレイディースと夫のソルヴァルズを含む十二人のグリーンランド人が片方の陣地に放り込まれた。反対側の陣地には、膝当てと肘当てだけを身につけた十二人のスクレリングがこちらを向いて立っていた。試合が始まり、グリーンランド人たちは見よう見真似で球を追いはじめたが、なにしろ初めてなので、球を打ち返せずに落としてしまい、あるいは打ち返せたとしても規則違反をして――規則など知らないのだから――どんどん点を失った。このままでは試合に負けて生贄にされてしまうと、全員恐怖にとらわれた。そのとき偶然、球が壁から突き出た石の輪にぶつかった。当たっただけで輪をくぐりはしなかったが、それでも観客がどよめいた。するとフレイディースがあの輪を狙おうと言いだし、仲間を励ました。そしてそれを成し遂げたのは夫のソルヴァルズだった。彼は膝で見事な蹴りを放ち、球は高く上がって弧を描き、するりと輪をくぐった。観客席からごうごうたる非難が巻き起こるなか、試合は終了し、捕虜であるグリーンランド人側の勝利が宣言された。相手側の主将は即刻首をはねられた。ところが、まだほかにもグリーンランド人が知らない規則があったのだ。場合によっては勝利した側の最優秀者も、名誉をたたえるという意味で首をはねられることがあり、この試合がその場合に当てはまるという規則である。こうしてフレイディースの夫のソルヴァルズは、妻と養女のグズリーズの目の前で首をはねられ、グズリーズは母の腕に身を投げて泣きじゃくった。このときフレイディースは仲間にこう言った。「いまわたしたちは、トロルよりも残忍なスクレリングに生殺与奪《せいさつよだつ》の権を握られている。生き延びたいなら、彼らの要求にすべて応えて歓心を買うしかない」。そしてこんな歌[8]を作って吟じた。

よもやこの南の地で
ソルヴァルズが命を落とすことになろうとは
ノルン[9]はあまりにもむごく
オーディンはあまりにも早く勇者を召された

彼女の歌声は高く澄んで天に昇っていったが、最後は一気に降りてきて低い声になり、スクレリングたちを驚かせた。

だが怒りをあらわにはするまい
よりよい機会を待たねばならぬ

ソルヴァルズの亡骸は儀式に則って「聖なる井戸[10]」に投げ入れられた。他のグリーンランド人は殺されずにすんだが、奴隷の扱いを受けた。なかには塩鉱山で露天掘りをさせられたり、綿花栽培でこきつかわれた者がいたが、この二つはとりわけ過酷な労働だった。彼らは故郷でスウェーデン人がミクラガルド[11]から運んできていた綿花を見たことがあったが、まさかこんなところで奴隷としてその栽培に携わるとは、思ってもみないことだった。奴隷としての労働には、ほかにも召使いや、神々を祀る儀式の下働きなどがあった。この地のスクレリングは数多くの神を崇めていたが、その最上位に君臨するのがあの翼のあるヘビ、ククルカンと、雨と雷の神チャクである。

ある日フレイディースは、神殿の高いところに置かれた男性像に近づいた。その像は膝を立てて仰向けに寝そべっていたが、上半身は起こしていて、顔は横向きで、頭に王冠をかぶっている。すると彼女が奴隷として仕えていた貴族《ヤール》[12]であるスクレリングが、身ぶり手ぶりでこれがチャクだと教えてくれた。そこで彼女はハンマーを探しに行き、それをチャク像の腹の上に置いた。[13]そしてヤールに、この神のことならトールという名でよく知っていると言った。すると数日後、この都市で激しい雷雨があった。それはこの国の長い乾季の終わりを告げるものとなった。

またあるときフレイディースは、娘のグズリーズが小さい車輪のついたおもちゃで遊んでいるのを見ていてふと気づいた。そういえばこの国の人々は、このおもちゃ以外に車輪というものを知らず、荷車もなければ有輪犂《ゆうりんすき》もない。それは彼らが、大きな乗り物は重すぎて人力で引いたり押したりできないと思い込んでいるからではないかと。そこでフレイディースは仲間に声をかけて車輪のついた荷車を作らせ、それを雌馬につないでみせた。スクレリングはこれを見て喜び、さらに荷台の代わりに犂をつけて馬か牛に引かせると、綿花栽培の効率が格段に上がると知ってもっと喜んだ。この都市は綿花と交換に、近隣の町からトウモロコシや宝石を手に入れていたので、フレイディースは都市の発展に貢献したと評価された。

感謝の印として、フレイディースと仲間たちは「ココア」というものを飲む権利を与えられた。それは貴重な泡立つ飲み物で、この都市の人々の大好物だというが、フレイディースには苦いとしか思えなかった。

またこれを機にグリーンランド人たちは奴隷の身分から解放され、客人として扱われるようになった。以後、球戯の観戦や、聖なる井戸で行なわれる儀式への参列も許された。スクレリングは彼らに天文学を教え、文字の手ほどきもしてくれたが、それはルーン文字よりはるかに複雑なものだった。

彼らは幸せな日々を送り、しばらくのあいだ、ロキの娘で冥府の女神であるヘルも自分たちのことを忘れてくれたのではないかと思っていた。だがヘルはそれほど鷹揚《おうよう》な神ではない。やがてまたスクレリングのなかに何人か病人が出た。人々はたくさんのココアを飲ませて看病したが、結局助からなかった。このままではさらに病人が増え、いずれスクレリングも異国人が持ち込んだ病だと気づくだろう。フレイディースは仲間に逃亡の準備を急がせた。そしてある月のない夜に、グリーンランド人たちは家畜を連れて都市を出て、船に戻るために川に向かう道をたどった。連れてきた雌馬が——あの車輪の効用を示すのに役立った雌馬である——孕《はら》んでいて歩みが遅いために、一行は思うように進めなかったが、かといって雌馬を手放すことは考えられなかった。夜が明けると遠くで人が騒ぐ声が聞こえ、スクレリングが逃亡に気づいて追ってくるものと思われたので、一行はできるかぎり足を速めた。幸いなことにクナール船は置いてきた場所で彼らを待っていた。

だがあの川沿いの村のスクレリングが彼らに気づいて、捕まえようと待ち構えていた。グリーンランド人は慌てて船へと急いだが、身重の雌馬が取り残されてしまった。全員が乗船しても、雌馬だけは岸辺をよたよた走っていて、鬨《とき》の声を上げて追ってくるスクレリングがそのすぐ後ろに迫っていた。グリーンランド人は大声で馬を励ました。馬は力尽きかけてはいたが、タラップまであと少しというところまで来ていた。だがこのままではスクレリングが乗り込んできてしまうので、それ以上待つことができず、彼らは泣く泣く船を出した。彼らが見ている前で、雌馬はスクレリングに捕らえられた。以前この場所で彼らが捕らえられたときと同じように。

一同は言葉もなく川を下り、南に針路をとった。

1 「女の島」といえばマルティニーク島（語源がマルティニーノ＝女の島）だが、ここは位置が異なる。
2 チチェン・イッツァがあるのはユカタン半島だが、この半島は実際には全体が台地で、高い山や長い川はない。
3 前章の〈頭の赤いワシ〉とは別で、食用の鳥のこと。ただし、ニワトリは新大陸にはいなかったと考えられている。
4 元はエルナン・コルテスによるメキシコ征服時の記録。
5 クナールと同じくヴァイキングが用いた船。
6 竜の頭像などがついていた。
7 マヤを含むメソアメリカ文明で実際に行なわれていた球戯で、宗教・政治・軍事上の意味合いもっていたと考えられている。地域や時代によって左右の建築物の形状（壁が垂直か傾斜しているかなど）、石の輪の有無、得点のルールなどが異なる。
8 元は『エギルのサガ』第二十四章にある歌。
9 北欧神話の運命の女神（三人姉妹）。
10 ユカタン半島に見られる自然にできた陥没井戸（セノーテ）のことで、生贄が投げ込まれたという伝説があり、「犠牲の井戸」とも呼ばれる。
11 古ノルド語で「大きな都」の意味。古代の北欧では、東ローマ帝国の首都コンスタンティノープル（現在のイスタンブール）のことをこう呼んでいた。
12 中世スカンディナヴィアの高位の貴族のこと。ここではフレイディースがチチェン・イッツァの高位の貴族のことをそう呼んでいる。
13 マヤ文明のチャクの像（チャクモール）の腹の上には皿が置かれていて、生贄の心臓がそこに載せられたといわれている。一方、北欧の雷神トールの像は腹の前にハンマー（ミョルニル）を構えている。

7　パナマ

　それからクナールがどれほどの距離を進んだかは、もはや誰にもわからなかった。海が荒れて帆を上げられないなか、グリーンランド人たちはうつむいたままひたすら漕いだ。昼が夜になり、夜が昼になり、それが際限なく繰り返された。誰も口を利かないので、船上に命があるという証しは家畜の鳴き声と人間の赤子の泣き声だけになっていた。

　たたきつける雨のなか、彼らはあるところで船を岸に着けた。誰もが汚れ果て、髪もひげも伸び放題で、しかも飢えていた。彼らの前には緑豊かな国が広がっていたが、自分たちが歓迎されるとは思えなかった。空にさまざまな鳥が飛び交っていたので、彼らはとりあえずそれを弓で射て腹の足しにした。だが一行の多くはいままでよりももっと恐ろしいスクレリングに出くわすことを恐れ、それ以上の探検を望まなかった。むしろ海の近くにとどまり、食料を補給して疲れをいやしたらすぐまた海に出て、今度こそ北に帰るべきだと主張した。だがフレイディースが首を縦に振らないので、仲間の一人がとうとうこう言った。「あなたがグリーンランドに戻りたがらない理由はわかっている。ヴィンランドで罪を犯したので、兄君のレイフに罰せられるのが怖いのだ。わたしたちは誰一人としてあなたのことを告げ口しない。だがそれでもレイフがあなたの罪を知ったとしたら、そのときは兄君の、あるいは民会《シング》の判決に従うべきではないか？」

　フレイディースはなにも言い返さなかった。ところが翌朝仲間たちが目を覚ますと、クナールが横倒しになって半分沈んでいた。一同はあまりのことに言葉を失い、フレイディースの仕業だと思いながらも、面と向かって非難することができなかった。するとフレイディースは、彼らの動揺など意にも介さず、平然とこう言った。「これで海の道は閉ざされた。わたしたちは誰一人としてグリーンランドには戻らない。わが父が新たな陸地を発見したとき、そこをグリーンランドと名づけたのは、アイスランド人を呼び寄せて入植者を増やすためだった。実際にはあの土地は緑ではなく、ほぼ一年中氷に覆われて白かった。あの〈緑の国〉はここよりはるかに厳しい土地だった。それに比べてここはどうだ。空を舞う鳥たちを見よ。木々を彩る果実を見よ。ここでは寒さをしのぐために毛皮を身にまとう必要もなければ、火をおこす必要もない。風を避けるために氷の家に閉じこもる必要もない。だからわたしたちは、入植地として最適の場所が見つかるまで、この陸地を探検する。なぜならこの陸地こそが本当の〈緑の国《グリーンランド》〉なのだから。この陸地でこそ、赤毛のエイリークが始めた仕事を完結できるのだから！」

これを聞いて喝采を送った仲間もいたが、それ以外の者は口を閉じ、身を縮めていた。今度はどんな危険が待ち受けているかと思うと、恐ろしくてたまらないのだった。

8 ランバイエケ

彼らは沼地を渡り、木の枝が羊毛のように絡まり合った鬱蒼《うっそう》たる森を抜け、雪を頂く山を越えていった。故郷を出てから久しぶりに寒さを感じるようになったが、もはや誰も文句を言わなかったし、フレイディースの命令に背《そむ》く者はいなかった。クナール船を失って帰国の夢が断たれたことで、心が折れたのかもしれない。

彼らはあちらこちらでスクレリングと出会ったが、そのたびに相手は物を交換しに寄ってきた。スクレリングが差し出すのは金や銅の装身具で、グリーンランド人が差し出すのは鉄のブローチ、あるいは椀に入れた搾《しぼ》りたての牛乳だった。やがて彼らはこの陸の西側にも海があることを知った。そこで筏《いかだ》を作り、そこからは筏で陸沿いに南下した。南に行けば行くほど、スクレリングが差し出す装身具は手の込んだものになっていった。

あるところでスクレリングがグズリーズに耳飾りを贈った。切り落とした首を手でつかんでいる神官を象《かたど》ったもので、見事な細工だった。それを見て、フレイディースはこの優れた金銀細工師たちのところで暮らすのがよかろうと思った。しかも彼らの土地には見渡すかぎりの平野があり、耕された畑があり、そのあいだを水路が縦横に走っていた。この土地はランバイエケ[1]と呼ばれていた。

ランバイエケのスクレリングは、グリーンランド人がもたらした鉄と役畜《えきちく》を神からの贈り物だと思い、彼らのことをランバイエケの最高神ナイランプの使者だと思った。なかでもフレイディースの赤毛に畏《い》敬《けい》の念を抱き、彼女を偉大な女性神官として崇《あが》めるようになった。こうしてフレイディースは黄金を身にまとう身分となり、大きな権力を手にし、スクレリングは彼女のために捕虜を生贄として捧げた。そうした儀式の際に用いられる半月形のナイフ[2]にも、柄《つか》の部分にナイランプの像が彫られていた。ランバイエケの人々は基本的に農耕の民だが、金属の加工にとても長《た》けていたので、わずかな期間で鉄細工を習得し、さまざまな大きさの鉄のハンマーを作るようになった。

フレイディースはいずれ病が流行ることを知っていたので、今回はそれを逆手にとり、ランバイエケの民にこの地を病が襲うだろうと予言した。すると本当に人々が病に倒れ、死にはじめたので、彼女の権威はますます高まり、その機をとらえて彼女はもっと多くの捕虜を生贄にするように、もっと収穫を増やすようにと民を促した。また彼女以外のグリーンランド人も、家畜と鉄の知識のおかげでそれぞれに高い地位を占めることができた。しかも彼らは病にかからなかったので、やはり神の血を引く存在だと尊敬の目で見られた。

やがてある日、高熱を出した病人の一人が生き延び、無事に回復した。続いて一人、また一人と回復する者が現われた。こうして少しずつ、彼らが持ち込んだ病は力を失っていった。グリーンランド人はそのときようやく、自分たちの長い旅が終わったことを知ったのだった。

1 現在のペルー北西部。
2 トゥミと呼ばれる儀式用のナイフ。インカ帝国のものが有名だが、プレインカ時代のシカン文化(ランバイエケ文化)のころから使われていた。

9 フレイディースの死

冬が来ないまま何年もの歳月が流れた。グリーンランド人たちは水路の作り方を覚え、見知らぬ野菜の育て方を覚えた。この土地の野菜は赤、黄、紫と色とりどりで、水気の多いものもあれば、ぱさぱさしたものもあった。

フレイディースはランバイエケの女王になり、その後カハマルカという近くの都市の貴族《ヤール》と結婚することになった。両都市の同盟関係を強固なものにするこの結婚は盛大に祝われた。トウモロコシで作ったチチャという酒がふんだんに振る舞われ、焼き魚や、羊をスマートにしたようなアルパカの肉や、クイの串焼きなどが供された。クイというのは毛がふわふわした、耳の小さいウサギのような動物で、肉が柔らかくておいしい。

フレイディースは何人もの子をなし、栄光に包まれてこの世を去った。彼女の亡骸は侍従と装身具と食器とともに埋葬された。黄金のティアラが彼女の額を飾り、十八連の赤い真珠の首飾りが彼女の胸元を覆った。そして彼女の片方の手は鉄のハンマーを、もう片方の手は半月形のナイフを握っていた。

大人になったグズリーズは、母親の赤毛こそ受け継がなかったものの、ランバイエケで誰からも尊敬される高い地位に上りつめた。だからこそ彼女は、その後巨大な嵐が立てつづけに襲ってきてこの地方を根こそぎにし、人々が収穫のすべてを失い、畑が水浸しになって途方に暮れたとき、これはトールル神のお告げに違いないと人々を説得することができたのだ。いまこそ旅立ちの時だと、グズリーズにははっきりわかっていた。そしてフレイディースの娘にふさわしく、いまや一つの民となっていた大勢のスクレリングとグリーンランド人を引きつれて南に向かった。彼らは大きな湖を見つけたといわれているが、それ以上のことはここでは語るまい。というのも、彼らがその後どうなったかについては、誰も確かなことを知らないからである。

第二部　コロンブスの日誌（断片）

八月三日　金曜日

一四九二年八月三日、金曜日の朝八時に河口の中州のサルテス島[1]から出航した。強い風を受け、日没までに南へ六十ミリャ（マイル）[2]、すなわち十五レグア[3]進み、そこから南西、次いで南微西に針路をとって、カナリア諸島[4]へ向かった。

九月十七日　月曜日

御手にすべての勝利を携えておられる神が、すぐにも陸をお授けくださるものと期待している。

九月十九日　水曜日

天候は良好で、神の思し召しにかなうならば、帰りにすべて見ることができるだろう。[5]

十月二日　火曜日

海は今日も穏やかだ。心から神に感謝する。

十月八日　月曜

神の思し召しにより、風が四月のセビーリャのように暖かく、またかぐわしく、心地よいことこの上ない。

十月九日　火曜日

一晩中、鳥の鳴き声と羽ばたきが聞こえていた。

十月十一日　木曜日

夜中の二時に陸が見えた。距離は二レグアほどと思われる。

十月十二日金曜日

インディオ[6]の言葉でグアナハニと呼ばれる小さい島[7]に着いた。裸の人間がいるのが船から見えた。わたしは端艇で浜に向かい、ピンタ号の船長マルティン・アロンソ・ピンソンと、その弟のニーニャ号の船長ビセンテ・ヤニェス・ピンソンもわたしに続いた。[8]

陸に上がったところで、まずは両陛下[9]の御名においてこの島を占有すると宣言した。すぐに島の住民がぞろぞろと集まってきた。わたしは彼らがこちらに親しみを抱くようにしたかったし、力ではなく愛によってこそ、彼らを従わせ、われらの聖なる教えに改宗させられると信じていたので、何人かに赤い縁なし帽と、首飾りにする硝子玉《ガラスだま》と、ほかにも値の張らないちょっとしたものを与えてみた。すると彼らは大いに喜び、驚くほどわれわれになついた。

彼らはなにももたない貧しい民のように見えた。衣服ももっておらず、生まれたままの姿で暮らしていて、女も同様だ。神の思し召しにかなうなら、この島を離れる際に、両陛下のためにこのうちの六人を船に乗せ、一緒に連れていって言葉を覚えさせようと思う。[10]
この島ではオウム以外にいかなる動物も見かけなかった。

十月十三日　土曜日

夜が明けると大勢の男たちが浜に出てきたが、いずれも若く、容姿が整っていて、美しかった。髪は縮れておらず、馬の毛のように太くて艶《つや》がある。

彼らは木の幹をくりぬいた丸木舟でナオ船（旗艦サンタ・マリア号）までやって来た。丸木舟といってもかなり大きく、四十人くらい乗れるものまである。

彼らはいろいろなものをもってきて、われわれの品物と交換できるならなんでも差し出した。わたしは言動に注意しながら、さりげなく、ここに黄金があるかどうかを訊いてみた。すると彼らは身ぶり手ぶりで、南ないし南西のほうに黄金を山ほどもっている王がいると教えてくれた。

黄金や宝石を探すため、南西に向かうことにした。

十月十九日　金曜日

わたしの胸のうちにあるのは、四月に両陛下のもとへ戻るまでに、神の思し召しによってできるかぎりのものをこの目で見て、多くの発見をしておきたいという思いだけだ。

十月二十一日　日曜日

太陽が見えなくなるほど、オウムが大群をなして飛んでいる。

もう一つの大きな島に行ってみるつもりだ。その島のことを、一緒に連れてきたインディオたちはコルバないしクーバと呼んでいるが、彼らの手真似から察するに、シパンゴ（ジパング）のことではないかと思う。[11]

十月二十三日　火曜日

今日こそクーバ（キューバ）島に向かいたいものだ。インディオたちが身ぶりで示すその島の大きさや豊かさから考えて、そこはシパンゴに違いない。いまいる島には黄金はないと思われるので、これ以上長居は無用だ。

十月二十四日　水曜日

昨夜、真夜中に錨《いかり》を上げてクーバ島に向かった。インディオたちによれば、その島はとても大きく、取引が盛んで、黄金と香辛料があり、大きな船と商人たちがやって来ているという。わたしには彼らの言葉はわからないが、身ぶり手ぶりで言おうとしていることを信じるならば、その島こそがシパンゴだ。シパンゴについては夢のような話が数々伝えられているが、その位置は、わたしが見た地球儀や世界地図の上では、まさにこのあたりということになっている。

十月二十八日　日曜日

四月のアンダルシアのように草が高く生い茂っている。見たことがないほど美しい島だ。山も多く、高く波打つ稜線が目を引くが、山岳地帯はさほど広くなく、全体的にはシチリアのように高地が多いようだ。

この島には金鉱があり、真珠も採れるとインディオたちが言っている。実際、わたしも真珠貝が育ちそうな場所をこの目で見たし、それらしき貝も見かけた。ということは、やはりここには大ハーン[12]の大きな船がやって来ているはずで、だとすればここから船で十日ほどのところに大ハーンが治める大陸があるはずだ。

十月二十九日　月曜日

川沿いに村を見つけ、村人と話をするために端艇二艘を出した。だが村人は男も女も子供も全員、家や持ち物をそのままにして逃げてしまっていた。わたしは村人のものに手を出してはならないと部下に命じた。家はどれも野営の天幕のような形だが、王侯用の天幕かと思うほど大きい。また通り沿いに並んでいるのではなく、あちらに一軒、こちらに一軒というようにばらばらに建てられている。家のなかは念入りに掃き清められ、道具類もきれいに並べられている。家はどれもヤシの木や見事な葉でできているが、一軒の長方形の家だけは屋根が芝土だった。[13]われわれはそこで女性像と、見事な面をたくさん見つけたが、ただの飾り物なのか、それとも礼拝のためのものなのかはわからない。家々には〈吠えない犬〉と、野生のものを飼いならしたと思われる小鳥がいた。雌牛[14]のものと思われる頭蓋骨を見かけたから、この村には牛などの家畜もいるに違いない。

十一月四日　日曜日

この島の住人は大変おとなしく、臆病で、またすでに書いたように裸で暮らしていて、武器も法ももたない。土地はよく肥えている。

十一月五日　月曜日

夜が明けてから、ナオ船を浜に上げるように命じた。他の船も上げるように言ったが、同時に全部上げずに、二隻は常に水に浮かべておくように指示した。この島に危険な住民がいるとは思えないが、用心するに越したことはない。

十一月十二日　月曜日

昨日、六人の若者が丸木舟でナオ船までやって来て、そのうちの五人が船に上がってきた。わたしは彼らを連れていきたいから船にとどめるようにと部下に命じた。それから女や子供も連れてくるように言って、部下を川の西岸の家に行かせた。彼らは若い娘を含む六人の女と三人の子供を連れて戻ってきた。こうさせたのは、同郷の女が一緒にいるほうがいないよりも、エスパニャ（スペイン）に行ってからの男たちの振る舞いがまともになるとわかっているからだ。

するとと夜になって、一人で丸木舟でやって来た男がいたのだが、それは連れてきた女たちの一人の夫で、子供三人の父親だった。男は自分も一緒に連れていってくれとわたしに泣きついた。こちらにとってても歓迎すべきことだ。いま彼らは安心した様子で一緒にいるので、おそらく全員血がつながっているのだろう。一人で来た男はすでに四十とか四十五といった年だと思われる。

十一月十六日　金曜日

一緒に連れているインディオたちが大きな二枚貝を採っているのを見た。そこで部下を潜らせ、真珠ができる貝がないか探させた。すると真珠層のある貝がたくさんあったが、真珠はできていなかった。

十一月十七日　土曜日

先日マーレス川（海の川）[16]で捕らえて、カラベラ船ニーニャ号に乗せていた十人の若者のうち、年長の二人が逃げてしまった。

十一月十八日　日曜日

ふたたび多くの部下とともに端艇数艘に乗り込み、十字架を立てに行った。長短二本の丸材で作らせておいた大きな十字架で、それを見晴らしのいい、樹木に覆われていない場所に立てた。高さのある、とても立派な十字架になった。

十一月二十日　火曜日

グアナハニ島で捕らえたインディオが逃げると困るので、その付近の島には停泊しないようにしている。彼らが必要だし、なんとしてもカスティーリャに連れて帰りたい。だが彼らは黄金が見つかったらあの島に帰してもらえると信じている。

十一月二十一日　水曜日

今日、わたしの意思に反して、カラベラ船ピンタ号が勝手に船隊を離れていった。マルティン・アロンソ・ピンソンが金銭欲に駆られてやったことだ。ピンタ号にもインディオを一人乗り込ませてやったが、そのインディオに案内させれば黄金が山ほどあるところに行けると考えたに違いない。それで居ても立ってもいられなくなり、天候上の理由もないのに、急いで出航したというわけである。

彼に関しては、これ以外にもいろいろな問題があった。

十一月二十三日　金曜日

今日も一日中、南にあるという陸を目ざして航行したが、風がほとんどなく、あまり進めなかった。岬の向こうにもう一つ陸が見えているが、インディオたちはそこに一つ目の人間や、人食い族《カニバル》と呼ばれる人々がいると言ってひどく恐れている。

十一月二十五日　日曜日

日の出前に端艇に乗り、岬の一つを見に行った。そのあたりによさそうな川があると思えたからだが、案の定、岬の先端近くの、弩《おおゆみ》二射分の距離を行ったところに、山の高みから勢いよく流れ下る澄みきった川を見つけた。さっそく行ってみると、水底がきらきらしていて、金色の斑点のある石があった。わたしはテージョ川の河口付近で砂金がとれたことを思い出し、ここにもきっとあるだろうと思った。そこでエスパニャに持ち帰って両陛下にお見せしなければと、その石をいくつか拾わせた。山のほうを見ると、立派なマツがたくさん生えていた。あまりにも高く伸びていて、どれくらいと数字では言えないのだが、巨大な糸巻き棒がずらりと並んでいるかのようで、これなら船が造れるだろうと思った。エスパニャ最大級の帆船用の板材やマストも継ぎ目なしで用意できるに違いない。マツのほかにカシやヤマモモの木もあった。また水力製材所を造るのに適した渓流と敷地もあった。河口の浜には鉄色の石や、銀鉱石のような色の石がたくさんあった。どれもこの川が運んできたものだ。

ここで目にした光景は、自分の目で見なければ信じられないようなものばかりだった。だがこれらの話になんの誇張もないことを、わたしは両陛下に誓って断言できる。

なにもかもしっかり見ておかなければと、わたしはなおも海岸沿いに進んだ。あたりには高い山が連なっているが、どの山も美しく、ごつごつした岩肌など見えず、人が近づきやすそうだ。谷も美しい。山も谷も青々とした高い木々に覆われていて、目にも心地よい。

十一月二十七日　火曜日

（この日は大きな入り江を見つけたので、海岸沿いに探検することにした。そしてある湾に差しかかったところで）[17]南にすばらしい港が見え、インディオたちはそこをバラコアと呼んだ。また南東には美しい稜線が伸びていて、山々のあいだになだらかな平地も広がっている。しかも煙が立ち上っていて、村がいくつもあるのがわかり、手入れのいい畑も見えた。そこで港に錨を下ろし、村人たちと接触できるか、意思疎通が図れるかどうかやってみることにした。ナオ船の錨を下ろしてから、わたしは端艇に飛び乗って港の様子を見に行き、ガレー船でも入れそうな広い河口を見つけた。その河に少し入ってみると、河岸の木立も、かぐわしい風も、清らかな流れも、さえずる鳥たちも、すべてが心地よく、去りがたい思いにとらわれた。

両陛下はこの土地に都市や城塞を築くようお命じになられるだろう。そしてここの人々はキリスト教徒になるだろう。

この場所でも、またこれまでにわたしが発見し、あるいはこれからカスティーリャに戻るまでに発見するであろうすべての場所でも、全キリスト教国は——なかでもそのすべてを従えるエスパニャは——商取引を大いに発展させることができるだろう。

十一月二十八日　水曜日

雨が降りだし、空も厚い雲に覆われたので、この日は港にとどまることにした。乗組員は船を降り、何人かは洗濯をするといって奥のほうに入っていった。彼らは大きな村をいくつか見つけたが、どこも住民が逃げてしまっていて空だったという。彼らは別の川を見つけてその川沿いに戻ってきたが、その途中でいつの間にか見習水夫が一人いなくなっていた。どこで消えたのか、なにが起こったのか、誰にもわからない。この島にはワニやトカゲの大きいのがいるので、おそらくそのどちらかに襲われたのだろう。

十一月二十九日　木曜日

雨が降りつづき、雲も薄れる気配がないので、この日も港にとどまった。

十一月三十日　金曜日

東の風が吹きはじめ、逆風なので港を出られなかった。

十二月一日　土曜日

雨がひどくなり、風の向きも変わらない。

港の入り口の切り立った岩の上に、十字架を立てさせた。

十二月二日　日曜日

まだ逆風で、出航できない。見習水夫が河口で金を含んでいるように見える石を見つけた。

十二月三日　月曜日

風が変わらないので船を出せず、代わりに数艘の端艇に武装した部下と乗り込んで、近くの美しい岬を見に行った。すると川があり、そこを入っていくと小さい潟があって、インディオたちがカノア（カヌー）と呼ぶかなり大きな丸木舟が五艘並んでいた。われわれは端艇を降り、木立のなかの道をたどってみた。しばらく行くときちんと整頓された納屋があり、そのなかにもう一艘カノアが置かれていた。ほかのものと同様に一本の木をくりぬいて作られているのだが、大きさは十七人乗りのフスタ船（小型ガレー船）くらいある。また泥炭から鉄を抽出するための炉があり、その脇には鉄の鏃や釣り針を入れた籠がいくつも置いてあった。

その先の山に登ってみると、上は平らな台地で、そこに村があったが、住民はわれわれを見るなり逃げ出した。残念ながらその村に黄金はなく、そもそも貴重なものがなにもなかったので戻ることにした。

ところが端艇を降りたところまで戻ると、端艇もなければカノアも消えていた。ここのインディオがこんな思いきった行動に出るとは思ってもみなかったので、わたしはひどく驚いた。彼らはとびきり臆病でいつもびくびくしていて、たいていはこちらが近づくだけで逃げてしまっていたし、逃げないとすればこちらが与える鈴を喜び、代わりになんでも差し出した。彼らは所有という概念をもたないように見えたし、ましてや盗みなどとは無縁だと思っていた。なにしろこちらが「それをくれ」と言ったときに、断わられたことは一度もないのだ。

そこへインディオたちが現われた。全員体に赤い色を塗り、生まれたままの姿で、何人かは冠その他の羽根飾りをつけていて、全員が投槍を手にしていた。彼らは距離を保ったままで近づいてはこなかったが、時々両手を高く上げ、大声で叫んだ。わたしが身ぶりで、それは祈りを捧げているのかと訊くと、彼らは違うと答えた。われわれの端艇をもってきてくれなければ困るとも伝えてみたが、彼らには理解できなかったようだ。そこで彼らのカノアはどこかと訊いた。とにかく小舟さえあれば、それを奪ってこの川を出て、ナオ船に戻れる。

奇妙なことが起こったのはそのときで、突然馬のいななきが響きわたった。するとインディオたちはすぐにいなくなった。

端艇を奪われたことを船の仲間に知らせるため、一緒にいた部下のうち四人に歩いて船まで戻るよう命じた。そしてわたしは残りの部下を連れて、馬のいななきが聞こえたほうへ歩きだした。

やがて空き地に出た。そこには文字を刻んだ石が並べられていて、墓地ではないかと思われた。見たことのない文字で、縦の直線と斜めの直線がさまざまに組み合わされていた[18]。

すでに暗くなりかけていたので、部下に野営の準備を命じた。端艇で来たので道がわからないし、馬も連れていなかったので、暗いなかを歩いて戻るのはあまりにも危険だった。また火をおこすのもやめておいたほうがいいと思った。そこでわれわれは全員、暖もとらず、墓石に囲まれて眠ったが、なにしろ温暖な土地なので寒さに苦しめられることはなかった。

その夜はずっと、どこかで馬のいななきが聞こえていた。

十二月四日　火曜日

夜が明けてから、われわれは楡《にれ》のような柔らかい木で十字架を作り、墓石が並んだ場所に立てた。部下たちは墓を暴いて黄金の埋葬品がないか確かめたいと言ったが、わたしはぐずぐずせずに船に戻るべきだと判断した。

部下を連れて川沿いに歩きはじめたが、路らしい路があるわけではなく、ところどころ密生した植物を避けるために腰まで川に浸《つ》からなければならなかった。〈頭の赤いワシ〉が頭上を飛んでいた。後ろのほうから相変わらず馬のいななきが聞こえてきて、そのたびに部下たちは、相手には馬がいて自分たちにはいないという状況に不安を覚え、苛立った。わたしは彼らの気を紛らそうと、川底のきらきら光る石を指さして、この川には砂金がある、賭けてもいいと言ってやった。そして両陛下に請《う》け合うためにも、必ずここに戻ってきて確かめるぞと心に誓った。

ところが苦労しながら進んでいたわれわれの列に、いきなり一本の矢が飛び込んできて部下の一人が倒れ、その場で事切れた。これで全員浮足立ってしまい、落ち着かせるには権力に物を言わせるしかなかった。というのも、危険に遭遇して逃げるような臆病者は始末に負えないし、隊からはぐれたところでインディオに出くわせば、殺されてもおかしくないからだ。飛んできた矢には鉄の鏃がついていた。わたしは警戒を強め、部下たちに兜をかぶるよう、また胸当てのひもが緩んでいないか確かめるように言った。

十二月五日　水曜日

危険を冒したくなかったので、水中から根が立ち上がっている灌木のあいだに身を隠すようにして、慎重に進んでいった。土地の者はこの木のことをマングレ（マングローブ）と呼んでいる（少なくともグアナハニ島で捕らえたインディオはそう教えてくれた。このインディオにはカスティーリャ語を教えているのだが、どうやら他のインディオもこの者と同じ言葉を話しているようだから、通訳として役に立つだろう）。泥に足をとられて苦労したが、矢がふたたび飛んでくることはなかった。キリスト教徒のような服装の死体が川を流れていくのが見えた。引き上げようとしたがたどり着けず、そのまま流れていくのを見送るしかなかった。

絶えず見守っていてくださる主のご加護により、明日にはナオ船とニーニャ号と仲間が待つあの港に帰り着けるだろう。

馬のいななきはいまもなお聞こえている。

十二月六日　木曜日

部下たちの辛抱が限界に達したので、日の出を待たずに歩きはじめた。ようやく浜にたどり着いたとき、あたりは静かで、陸風が少し吹いていて、空には〈頭の赤いワシ〉が舞い、馬のいななきは聞こえなくなっていた。

ナオ船は停泊したままだったが、ニーニャ号の姿がなかった。

インディオが一人乗ったカノアが浮かんでいるのが見えた。そのインディオは立っていたのだが、強い風が吹いていてもよろけもしないのには感心した。声をかけたが近づいてこないし、こちらには端艇がないので船に戻れない。仕方なく部下の二人をナオ船まで泳がせることにした。だが二人が三分の一も行かないうちに船から端艇が降ろされ、こちらに向かってきた。それは奪われたわれわれの端艇だった。乗っていたのは全員インディオで、これまで出会ったどのインディオよりも賢そうに見えた。彼らが船まで乗せていこうと手ぶりで示したので、わたしは部下を連れてそのうちの一艘に乗った。インディオたちは鉄の斧をもっていた。

甲板に上がったわたしを迎えたのは、一人の堂々としたインディオだった。他のインディオたちが彼を「カシケ」と呼び、うやうやしくかしずいている（といっても全員裸なのだが）様子から、この地方の首長だろうと思われた。妙なことに、わたしの乗組員たちは影も形も見えなかった。首長《カシケ》はわたしを食事に招いたが、その場所は船尾楼のわたしの部屋だった。こちらがいつものように自分のテーブルに着くと、彼はほかのインディオたちに外で待つように合図した。するとそのほとんどは最大限の敬意を表してから甲板に出ていったが、年長の二人だけは残り——側近なのだろう——カシケの足元に座った。そこへ彼らの料理が運ばれてきて、わたしは自分の船にいながら客人扱いされた。

　おかしな立場に置かれて動揺せずにはいられなかったが、両陛下の代理として恥ずかしくない振る舞いをしなければと、顔にはいっさい出さなかった。相手の顔を立ててどの料理も少しずつ味わい、わたしの貯蔵庫から勝手に持ち出されたワインにも少しだけ口をつけた。そしてその合間に、乗組員たちがどこに行ったのか、ニーニャ号はなぜ港を出たのか探ろうとした。口数の少ないカシケの代わりに側近が話をし、明日には必ずニーニャ号のところに案内すると言った。いや、残念ながらまだ彼らの言葉はわからないが、少なくともそういう意味らしいと察することができた。黄金がある場所を知らないかとも訊いてみた。このあたりではわずかしか採れないようだが、山ほど採れるところが近くにあることは間違いないからだ。するとカシケは、近くの島にカオナボという王がいると言った。ということは、その島こそがシパンゴだろう。

　カシケがわたしのベッド脇の壁飾りを気に入ったようだったので、それを与え、さらにわたしが首にかけていた見事な琥珀《こはく》の首飾りと、赤い短靴と、橙花水《とうかすい》[19]の小瓶を与えたところ、彼はすばらしいとたいそう喜んだ。カシケと側近はわたしの言葉がわからず、わたしも彼らの言葉がわからないので、どちらも当惑した。唯一わかったのは、明日になれば部下たちにもニーニャ号にも再会できるということだけだった。

　またカシケは側近に、「この人ははるか遠くから恐れも知らずにやって来た。ということは、それを命じた〝両陛下〟というのはさぞかし偉大な王に違いない」というようなことも言っていた。彼ら主従はほかにも言葉を交わし、その内容はわたしには理解できなかったが、カシケは終始笑顔だった。

かなり遅くなってから、カシケはインディオたちを引き連れ、わたしからの贈り物をもって船を降りていったので、その夜わたしは自分のベッドで眠ることができた。

十二月七日　金曜日

正しき道を行く者すべての光となり、力となられるわれらの主は、主ならびに両陛下のもっとも忠実な僕《しもべ》であるわたしに試練を課すとお決めになった。

夜が明けると、あのカシケが七十人のインディオを連れて戻ってきて、身ぶり手ぶりでニーニャ号まで案内すると言った。そして東を指したので、わたしは一緒にいたわずかな部下に命じて帆を上げさせ、何艘ものカノアに囲まれたまま、ナオ船を海岸沿いに東に向かわせた。船に上がってきていたインディオたちはなにも言わずにこちらの様子を見ていた。これほど大きな船を少人数で手際よく操るのを見て、感心しているに違いなかった。この船が一日でカノア七日分くらいの距離を進むと知ったら、もっと驚くことだろう。わたしはそんなことばかり考えていたので、まさか彼らが二枚舌を使っているなどとは思いもしなかった。

カシケは東へ十六ミリャ行ったところの海沿いの村のほうへナオ船を導いた。ニーニャ号はまさにその浜に引き上げられていた。近くにナオ船でも停泊できる場所があったので、わたしはそこで錨を下ろさせた。ニーニャ号が浜に上げられていたことには、われわれは特に不安を感じなかったが、いざ浜に降りてニーニャ号のほうへ行こうとしたときに、カシケとその配下の者たちが頑としてナオ船を離れようとしなかったことには一抹の不安を感じた。だが無駄なやりとりで時間を失いたくなかったので、わたしは船上に三人残し、インディオたちがものを盗んだり壊したりしないように見張らせることにした。

ところが浜に降りると、いきなり五百人ほどのインディオが姿を現わした。裸で、体に色を塗り、斧と槍で武装した男たちだ。彼らはこれまでのインディオたち――こちらが鈴を見せれば、好奇心に駆られて自分たちの持ち物をなんでも差し出すようなあのインディオたち――とは様子が違っていて、ランツクネヒト（ドイツ人傭兵）のように整然と列をつくり、半円形に広がってわれわれを取り巻いた。気づいたときにはわれわれは前方を大勢の武装したインディオに、後方をインディオのカノアに囲まれ、ナオ船に戻ることもできなくなっていて、しかもナオ船そのものも、残してきた三人の部下もろともカシケに乗っ取られていた。

そこへ今度は馬に乗ったインディオたちが現われた。小型の馬に鞍《くら》なしで乗り、槍を手にしていて、一人のインディオを護衛するような隊形を組んでいる。そのインディオの馬は黄金の馬鎧《ばとう》をつけ、じつに堂々としていたので、乗り手の地位は疑いようがなかった。間違いなくこれが大首長だ。

大首長は威厳に満ちていた。生まれもった身分と長年の経験からくる威光を身にまとっていて、わが名はボヘチョ、カオナボ王と縁続きの者だと名乗った（カオナボという名は何人ものインディオの口から聞いたので、彼こそが大ハーンではないだろうか）。

好ましからざる状況にあることはわかっていたが、動揺を悟られてはならないし、弱みを見せるつもりもなかったので、わたしは大首長のほうに進み出て、できるかぎり厳《おごそ》かな言い回しでこのような内容を伝えた。わたしはこの海の反対側にある大陸からやって来た。その大陸で最強の国を治めるカトリック両王により遣わされた者である。貴殿は両陛下に忠誠を誓うべきであり、そうすればありがたくも両陛下から保護と温情を賜《たまわ》ることができるだろうと。だがにわか通訳としてわたしに付き添っていたインディオは、おそらくこう言ったのではないかと思う。この人たちはキリスト教徒といって、天からやって来て、この地で黄金を探しているのですと。というのも通訳はそう信じ込んでいて、これまでわれわれが原住民と出会うたびにそう言っていたようだし、しかもそれまでは、われわれもその説明で事足りるのでわざわざ確認したり訂正させたりしなかったからだ。

わたしは続けて、われわれの仲間はどこにいるのかと問いただした。すると大首長の合図で、ナオ船とニーニャ号の乗組員（見たところ全員ではなかった）が連れてこられたが、皆見るに堪えないありさまだった。わたしは憤慨し、キリスト教徒をこのように虐待するとはどういうことかと激しい口調で抗議した。そして両陛下がこのような侮辱を許すはずはなく、恐ろしい報復を受けることになるから覚悟せよとボヘチョを脅《おど》した。これがどう伝わったのかはわからないが、大首長は声を荒らげてわれわれを非難した。通訳を信じるならば、大首長はキリスト教徒が何人ものインディオを無理やり連れ去り、家族から引き離し、女たちを凌辱《りょうじょく》したと責めているのだった。

そこでわたしは、何人かのインディオを船に乗せたのは彼らの救済のためであり、家族と引き離すことがないようにできるかぎりの配慮をしたと断言した。またこの国の女たちを凌辱するようなことをわたしは認めていないし、もしそのような者がいれば罰を与えると。これがどう通訳されたのかも、どう理解されたのかもわからないが、ボヘチョは連れ出されてきたキリスト教徒全員――つまりわたしが船に戻ったときにいなくなっていたナオ船の乗組員と、ニーニャ号の乗組員――を改めて捕らえさせた。そして誰もが見ている前で一人ずつ縛り上げ、村の広場の真ん中に連れていって、すでに立ててあった柱に縛りつけ、全員の耳を切り落とした。

わたしはなす術《すべ》もなく、ただこの残虐な体刑を見ているしかなかった。インディオ側の人数があまりにも多く、武装も整っていたので、こちらが無理に動けば全員殺されて終わるだけなのは明らかだった。

ようやくボヘチョがもう行ってもいいと手ぶりで示した。だがそれはわたしと、一緒にいたわずかな部下だけのことだったので、わたしは大声を張り上げ、われわれは断じて、キリスト教徒をこんなひどい状態に、魂の救済も聖三位《さんみ》一体《いったい》も知らない異教徒の手に残したままで立ち去ったりはしないと強く抗議した。するとボヘチョはわれわれに、不運な兄弟たちの縄を解くことを認めた。だが譲歩はそこまでで、船を返してほしいと言うとこれを拒否し、われわれが浜のニーニャ号にも港のナオ船にも近づけないようにインディオたちに行く手を阻ませた。そして身ぶり手ぶりで、天からやって来たのなら、そこへ戻るのに船など要らないではないかと言った。

　われわれは耳を切り落とされた仲間を連れて、馬もなしに、歩いて森に入っていくしかなかった。

　このときの人数は全部で三十九人[20]だった。

十二月十六日　日曜日

　叡智であり、慈悲であり、人となり給うた主は、われわれに試練を与えられたが、お見捨てになったわけではなかった。

　長々と森をさまよったあとで、われわれは別の村をいくつか見つけた。住民はいずれもあの臆病なほうのインディオだったようで、どの村も放棄されていた。そしてありがたいことに、そこには食べ物や家畜が残されていて、負傷者を寝かせられる丸い家々もあった。

　耳を切り落とされた乗組員は皆ひどく苦しんでいて、ニーニャ号の船長ビセンテ・ヤニェスもその一人だった。彼らの傷は黒ずみ、すでに命を落とした者もいる。

　彼らが捕らえられていたあいだに見聞きしたことから、ボヘチョがカオナボと同じ国からやって来たこと、この島の住民に呼ばれてわれわれを追い払うために来たことがわかった。だがなぜこれほどわれわれに敵意をもっているのかがわからない。わたしはインディオをひどい目に遭わせた覚えはないし、彼らの扱いには十分気を配ってきたつもりだ。

われわれの端艇を奪ったインディオたちは、ナオ船を急襲して乗組員を殺し、あるいは捕虜にして船を奪ったそうだ。危険を知らせるために先に戻したあの四人の部下は、結局船にたどり着いていなかった。そして急襲を生き延びたナオ船の乗組員が口を揃えて言ったのは、襲ってきたインディオたちはかなりの重装備だったという点である。

ナオ船の惨事を目の当たりにしたニーニャ号のビセンテ・ヤニェスは、このままでは自分たちもカノアに取り囲まれて同じ運命をたどると思い、大急ぎで帆を上げて港を離れ、別の港に逃げ込んだ。それがあの、カシケがナオ船を案内した港なのだが、まさかそこで村人に裏をかかれるとは思ってもみなかったそうだ。確かに、裸で暮らしている人間にそんなことができると誰が思うだろうか？

現状を整理し、わたしは部下たちにしっかりした砦《とりで》と見張りの塔を築くことと、その周囲に大きな堀をめぐらせることを命じた。ビセンテ・ヤニェスを筆頭に、部下の一部はもう生きてエスパニャの土を踏むことはないと嘆いている。だがわたしはそうは思わない。ここで体力を回復し、武器を取り戻すことができれば、またマルティン・アロンソ・ピンソンがわたしへの服従の義務を思い出して戻ってきてくれれば、そのときにはここにいる乗組員たちとピンタ号の加勢で、必ずやこの島全体を征服することができると思っている。おそらくこの島の面積はポルトガルより大きいし、人口も倍にはなるだろう。それにもかかわらず、ボヘチョの軍勢を除けば、あとは裸で暮らす臆病きわまりない人間ばかりだ。だとすれば計略を用いてボヘチョを捕らえることが肝心で、それができれば船も、船に積んでいる武器も、食料も取り返せる。

そのチャンスが来るまでは、砦を築いて守りを固めるしかない。いまのわれわれには剣と、何挺かの小銃と、わずかな火薬しかないのだから。

十二月二十五日　火曜日　キリスト降誕祭の日

耐えがたい悲劇が起こった。

われわれのナオ船はずっと、あの耳削《みみそ》ぎが行なわれた村の港に係留されていた。ところが今朝、食料補給のために狩りに出た部下の一人が慌てふためいて戻ってきて、遠くから港のほうを見たらナオ船が波間で揺れていたと報告した。この砦では誰もが、港のナオ船と浜に上げられているカラベラ船を取り戻してカスティーリャに帰るという希望を支えに不安と闘っていたので、この知らせは大きな衝撃をもたらした。

ナオ船を降りるときに三人の部下を残してきたが、もしかしたら彼らが殺されずに生きていて、どうにかして自由になって船を取り戻したのかもしれないとわたしは思った。だが、インディオたちがあの大きな船を自分たちで操ろうとしている可能性もあった。

なにが起きているのか確かめようと、われわれは港を見下ろせる高く張り出した岩山に上った。すると本当にナオ船が揺れていた。ふらふらしながら入り江を出ようとしているのだが、岩礁のほうに流されて危険な状態にあった。誰が操っているのかわからないが、舵のとり方があまりにも心もとない。

祈りもむなしく、ナオ船はそのまま岩礁のほうに漂っていった。耐えがたい光景に誰もが叫ばずにはいられなかった。そしてとうとう船が岩礁に乗り上げたとき、板が割れたり裂けたりする音が聞こえたように思い、われわれの口からも胸が引き裂かれるような悲鳴がもれた。[21]

これでもう、たとえマルティン・ピンソンがピンタ号とともに戻ってきたとしても、われわれが故郷を目ざすのにカラベラ船二隻しかないことになる。

主イエス・キリストは降誕祭というこの喜びの日に、わたしにこのような大きな試練をお与えになった。しかし主の思し召しを疑ってはならないし、神に仕えることにおいてわたし以上に熱心な者はいないのだから、主がわたしをお見捨てになることはないと信じている。

十二月二十六日　水曜日

ナオ船の座礁に衝撃を受けた部下たちが、この日の朝になってとうとう耐えられなくなり、動ける者たちは怒りにわれを忘れ、わたしがなだめたり諭《さと》したりするよりも早く座礁現場を目ざして走りだした。そして近くまで行って周囲に誰もいないのを確認すると、船に駆け寄って船倉に潜り込み、火薬やワインなどを運べるかぎり持ち出した。だがそんなことをしても怒りは収まらない。それどころか無残な船体を目の前にしたことでますます頭に血が上り、こうなったらインディオの軍勢と真っ向勝負だと浜辺の村に向かったが、ボヘチョの軍はもうそこにはいなかった。すると彼らは怒りをぶつける相手を替え、狂ったように村人を殺しはじめた。「サンチャゴ！　サンチャゴ！[22]」と叫びながら、男も、女も、子供も、最後の一人まで殺し尽くし、それから略奪して家々に火をつけた。もちろん許される行為ではない。だがあえて言わせてもらえるのなら、あの場所に戻ったことで、彼らの脳裏《のうり》に耳を削がれたときの恐怖がよみがえったのだとわたしは思う。

ようやく怒りが収まると、彼らはニーニャ号の船倉からもできるかぎりの物資を降ろした。だが船を海に出すところまではいかなかった。それは大変な作業で、時間もかかるので、そのあいだにボヘチョの軍勢が戻ってくる恐れがあったからだ。砦に残っていた者たちは、仲間が武器を、さらにはワイン樽を持ち帰ったのを見て歓声を上げた。だが残念ながら、われわれには依然として馬がない。

その晩は勝利を祝って宴を張った。問題はあるにしても、それがある種の勝利だったことは否《いな》めない。現に、昨日船の座礁を見たあとわれわれは絶望の淵にあったのに、いまはそこから少し立ち直ることができている。これもまた主のご加護の賜物《たまもの》である。

十二月三十一日　月曜日

薪と水を補充するために砦を出ていた六人の部下が、待ち伏せに遭い、全員殺された。馬に乗ったインディオが一人、砦の入り口までやって来て、彼らの首を入れた籠を置いていったのでわかったのだ。

わたしはボヘチョが必ず来ると確信し、これまで以上に守りを固めるよう命じた。

一四九三年一月一日　火曜日

今度は、両陛下のもとに持ち帰るための大黄《ダイオウ》[23]を探しに出た三人がインディオに襲われた。一人だけ奇跡的に戻ってきたが、彼は山中で、馬が入れない場所に身を隠して助かったのだった。

この件もあって部下たちはぴりぴりしている。わたし同様に、いまや彼らもボヘチョの襲来は避けられないと思い、そのときを恐れている。

一月二日　水曜日

もはや誰も砦を出ようとしない。部下たちはインディオが人肉を食らうと思い込んでいて、待ち伏せにあってむさぼり食われることを恐れている。確かにインディオは敵に勝利したとき残虐行為に走り、女性や子供の脚を切ったりもする。

わたしは昼夜を問わず敵を見張っていて、もはや眠ることもできない。ひと月前から五時間以上眠れた日がなかったが、一週間前からはもっとひどく、三十分の砂時計三回分以上眠れた日がない。そのせいで目がかすみ、一日のうちの数時間はまったく見えない。

それでも幸いなことに、ここには村人が残していった野菜の種があり、この土地の家畜もいる。畑の野菜は順調に育っているし、種を蒔《ま》けば二回収穫できる野菜もある。果物についても同様で、栽培種でも野生種でも多くの収穫が期待できる。それだけ気候が温暖で、土も肥えているということだ。動物も鳥もどんどん増える。特にここの鳥は成長が速く、二か月ごとに雛が孵り、それが十日から十二日で食べごろになる。豚も、船に乗せてきた十三頭の雌が子豚を産んであまりにも増えたので、いまではその一部が森に放たれ、野生種に交じって自由に走り回っている。ただ残念ながら砦を出られないのでつかまえることができない。

一緒にいた通訳の最後の一人が逃げてしまった。

一月三日　木曜日

われわれは囲まれた。今朝ボヘチョが、黄金の馬鎧をつけた馬に乗って現われた。

この男の堂々とした様子を見れば、彼がきわめて優れた戦士であること、そして彼が動かすいくつもの部隊は、カスティーリャやフランスのそれと大差ないほどに訓練された賢い兵によって編制されていることがわかる。

一月四日　金曜日

食料も水も十分にある。だが砦は強度が足りず、本格的な攻撃に耐えられないことをここにいる全員が知っている。

神よ、大いなる慈悲をもって、われらを憐れみたまえ。

一月五日　土曜日

塔の上からボヘチョの軍の動きが見える。すでに騎兵、歩兵ともに戦闘隊形を組んでいるので、襲撃が目前に迫っているのは明らかだった。

しかし神はわれわれをお見捨てにならず、奇跡をもたらされた。マルティン・アロンソ・ピンソンという奇跡である。[24]水平線上にピンタ号が現われるのを部下たちが塔の上で見たのだ。

この奇跡によって、全員の体と心に驚くほどの力が戻ってきた。そこで明日早朝に敵陣を突破すると決めた。神の助けを得てなんとか海岸に出て、マルティン・ピンソンのピンタ号に合流する。それがかなわないなら勇ましく戦って死ぬだけのこと。

いまやわたしにできるのは、永遠なる神の御手にわれわれの命をゆだねることだけだ。大いなる困難に耐えて神の道を行く者は、必ずや成功を手にするとわたしは信じている。

一月六日　日曜日

今朝、われわれはひと塊《かたまり》になって砦を出た。小銃手と射手が前を固め、負傷者を後ろにかばい、砲はナオ船から持ち帰った小型軽砲一門だけという小部隊だ。戦力になるのは三十人に満たなかったが、士気は高く、全員力尽きるまで戦い抜く覚悟だった。

外で待ち受けるインディオは千人を超えていた。騎兵が前面で、歩兵がその後ろと両翼に展開し、その全員が矢をもっていて、その矢を投石器を使って弓よりはるかに速く射る。彼らは顔を黒く塗り、体にもさまざまな色を塗っていて、銅や金の面、あるいは鏡を頭につけている。そして例のごとく、一定の間隔でぞっとするような雄たけびを上げる。黄金で飾った馬に乗ったボヘチョは、砦から弩《おおゆみ》二射分の射程にある大きな丘の上に陣を構え、そこから全軍を指揮していた。

われわれの何人かは敵の馬が走ってくるのを待ち、乗り手の足をつかんで落馬させる役に回った。インディオは鞍も鐙もなしで乗っていたから、引きずり下ろすこと自体は難しくない。だが自分たちでひねり出した作戦とはいえ、あまりにも危険で、結局は殺されてしまった。

だがそのあいだに、われわれの残りは小銃で敵の騎兵を切り崩し、小型軽砲で敵の隊列を乱し、突破口を開くことができた。インディオの矢に射貫かれ、あるいは馬に押しつぶされて、仲間が次々と倒れていったが、こちらも多くの敵を倒した。小銃や小型軽砲をこの島で使うのは初めてではないとはいえ、その轟音はまだ敵陣を動揺させるのに十分で、そのおかげで生じたわずかな隙を突いて、われわれは一気に海岸への道を駆け下りた（砦は高台にあったので、まさに駆け下りればよかった）。

敵の雄たけびが地獄の猛火のように背後に迫るなか、われわれは息もつかず、生きた心地もしないまま、ピンタ号を目ざして浜辺を走りつづけた。そしてそのまま海に入り、膝まで水に浸かったところから残り少しを泳ごうとした。船まであとわずか、その距離さえ泳げば助かると誰もが思っていた。

だがそのとき、われわれはピンタ号の甲板上の人影に気づいた。一人はマルティン・アロンソ・ピンソンで、彫像のように突っ立ち、顔が幽霊のように青ざめていた。そしてその横にもう一人、オウムの羽根と金の飾りがついた冠をかぶった男が立っていた。木彫りの仮面で顔を隠しているが、目と鼻と口のところはあいていて、金で縁どられている。背が高く、堂々たるその姿が見えたと同時に、すべての希望が消え失せた。それは間違いなくシパンゴの王、カオナボだった。

わたしは前にボヘチョについて、堂々としていて、威厳に満ち、生まれもった身分と長年の経験からくる威光を身にまとっていると書いた。だがそのボヘチョも、カオナボ王の前ではかすんで見える。

実際、われわれの後ろから浜辺へ出てきた老大首長ボヘチョは王を前にするとその場で膝をつき、地面に口づけをして礼を執《と》った。

王は妃も連れてきていた。ボヘチョの妹で、アナカオナ王妃という。この地に来てからすでに多くの美女を見てきたが、王妃の美しさと気品は抜きん出ていて、並ぶ者などいない。

さて、われわれ惨めなキリスト教徒はどうなったかというと、武器を取り上げられ、牢に入れられ、負傷者は殺された。

わたしとマルティン・アロンソは提督と船長という立場が考慮され、部下たちとは別に王のテントに招かれた。マルティン・アロンソの弟であるビセンテ・ヤニェスも、戦闘を生き延びていたらニーニャ号の船長として一緒に招かれていただろう。

カオナボはボヘチョと同じく、彼の民を捕らえ、女たちを凌辱したとしてわれわれを責めた。彼はこれを許しがたい罪だと考えていて、その責任はわたしにあると言った。インディオに無礼を働いたのはマルティン・アロンソとその部下であって、わたしは当初から一貫してこの土地の人々に手荒な真似をしてはいけないと皆に言ってきたのだが、それでも提督であり船隊の長である以上、わたしの責任ということになる。もちろんわたし自身は一度もインディオに危害を加えていないし、そもそも誰に対しても虐待などしたことがない。

万物の創造主がこの卑しき僕《しもべ》にどのような定めをお授けになろうとも、わたしはもう二度と、邪悪で不徳な者たちのこのような不正を赦すまい。あれほどの栄誉を授けてやったのに、わたしを無視して我を通し、勝手な振る舞いをするとは。

マルティン・アロンソとその部下たちは、ファナ島（わたしはクーバ島をこう名づけた）の近くにある、おそらくはシパンゴだと思われる島に上陸するやいなや、黄金がある場所を訊き出すために、力ずくで四人の男と二人の若い女を捕まえたそうだ[25]。だがすぐカオナボ軍の襲撃を受けてあっという間に敗れ、その場で大半が殺された。神はこうして傲慢と愚行を罰せられた。ピンタ号の乗員は二十五名だったが、そのうち殺されずにすんだのはマルティン・アロンソと六人の部下だけだった。

パロスから船出したとき七十七人[26]いたキリスト教徒は、いまやわずか十二人とマルティン・アロンソだけになってしまった。

一月九日　水曜日

インディオたちはすでに三日も笛と太鼓に合わせて歌い踊りつづけている。この祭りは永遠に続くのではないかと思え、それが盛大であればあるほど、われわれキリスト教徒の悲しみは深くなる。なにしろこの祭りはわれわれに対する勝利を祝ってのことに違いないのだから。なかでもつらいのは、ある芝居を繰り返し見せつけられることだ。カオナボ王とアナカオナ王妃のために、ボヘチョが数日前の戦闘を芝居で再現するようにインディオたちに命じた。つまり砦を出たわれわれが敗北するに至った経緯の再現で、そのためにボヘチョはわれわれの服を脱がせ、それをインディオに着せてキリスト教徒の役を演じさせることまでした。そのせいでいまやこちらが裸になっている。また小銃の撃ち方も教えろと言われ、インディオは最初のうちこそ銃声に身を縮めたが、慣れてくるとむしろ轟音を楽しむようになった。芝居はまず、馬に乗ったインディオたちが服を着たキリスト教徒役のインディオたちを取り囲むところから始まる。キリスト教徒役は怯え、うろたえながら、空に向かって小銃を撃ちまくり、一方騎馬のインディオたちは堂々とした見事な立ち回りを演じてみせる。やがてキリスト教徒はばらばらになって逃げ出し、それを騎馬のインディオが追い回しながら、剣でとどめを刺していく。

われわれにとっての唯一の慰めは、アナカオナ王妃の詩の朗読と歌だった。意味はほとんどわからないが、キリスト教徒も含めて、彼女の美貌と美声に心を奪われない者はいない。アナカオナ王妃はすでに書いたようにボヘチョの妹で、インディオたちのあいだでも崇敬されているようだ。王族の血と美貌のみならず、詩の才に対する崇敬でもあり、優れた詩人として広く敬愛されているらしい。夫であるカオナボ王は連日の祭りの出し物すべてに出席し、満足げな様子を見せていたが、王妃が登場したときの笑顔はまた格別のものだった。

そこで王が機嫌がいいうちにと、服を返してくれないか、さもなければ殺してくれと懇願してみたが、王はどちらも却下した。

一月十日　木曜日

カオナボ王はキリスト教徒の国について知りたがり、アナカオナ王妃とその兄ボヘチョも同席させた上で、わたしに話をしろと言ってきた。マルティン・アロンソから取り上げた通訳がいるから、言葉もなんとかなるという。王はわたしのシャツとベルトとフード付きケープと縁なし帽を身に着けてわたしを迎えたが、わたしのほうは裸のままだった。

こうして機会を与えられたので、わたしは地上で最大の国を統《す》べる偉大なる両陛下のことを、真の宗教のことを、真の神である天におわしますわれらの主のことを語った。聖三位一体の神秘についてぜひとも知ってほしいと思っていたので、王妃とその兄がこの話に興味を示したことがうれしかった。

わたしは断固たる口調で、両陛下のような君主にお仕えすることに勝る栄誉はこの世にないこと、洗礼を受ければこの世の生を終えたあとも地獄に行かずにすむこと、そして真の信仰だけが永遠の命をもたらしてくれることを説いた。

そして、一緒にカスティーリャに来て、両陛下の前にひれ伏してはどうか、誰もあなた方を粗略に扱いはしないからと提案してみた。カオナボ王は要塞、船、武器以外の話にはほとんど興味を示さなかったが、アナカオナ女王はむしろそれ以外の話に明らかに興味をもっていた。

一月十一日　金曜日

カオナボ王は軍を連れて引き揚げていった。ただしわれわれを見張り、この地方を守るために、妃《きさき》とその兄を残していった。われわれにとってはありがたい話で、自由を取り戻すためにも、また彼らを改宗させるためにも、この二人を説得するほうがまだしもたやすい。

だがマルティン・アロンソは説得など無意味だと言い、入り江に残されたピンタ号で逃げようと考えている。

一月十二日　土曜日

今日、アナカオナ王妃と主イエス・キリストについてじっくり話をした。王妃はこの村の広場に十字架を立てることを許してくれた。

彼女の兄ボヘチョがわたしを招き、コイーバ[27]を振る舞ってくれた。コイーバというのは乾燥させた葉で、それを中空の細長い筒に詰めて火をつけ、その煙を吸う。

マルティン・アロンソは病にかかっている。

一月十三日　日曜日

王妃もやはり女だということなのか、カスティーリャの王宮で高貴な女性たちが身に着ける宝石やドレスの話をすると目を輝かせる。彼女の娘もそうだ。

わたしたちはよく食べ、ハンモックで眠っているが、マルティン・アロンソは体中が痛いとうめいている。そしてこんなところで死にたくない、船を取り戻したいとばかり言っている。

一月十四日　月曜日

マルティン・アロンソは悪性の熱に冒されていて、命が危うい。よくよく観察した上で言うのだが、あの病はおそらくインディオの女性と関係をもったことが原因だろう。彼はもう二度とキリスト教国の土を踏めないのかと嘆いている。

王妃のアナカオナという名は、この国の言葉で「黄金の花」を意味するので、わたしはアナカオナにドニャ・マルガリータと名乗ってはどうかと言っておいた。

一月十五日　火曜日

悪魔がマルティン・アロンソの体と心を奪ってしまった。

われわれ二人は毎日ボヘチョに招かれて食事を共にしていたが（服を着せてもらえないということを除いては、この日までわれわれはなんの不自由もなくこの村で過ごしてきたのだが、それはボヘチョのおかげだった）、今日マルティン・アロンソは熱に浮かされ、ナイフで大首長の喉を突いて殺すという暴挙に出た。それから王妃にもナイフを突きつけて脅し、捕らえられていたわれわれの乗組員を解放させ、馬を用意させ、自らも馬にのって一緒に逃げたのだ。こんなやり方で船を取り戻せると思っていたとは、なんという愚か者だろうか。わたしにはわかっている。彼はこうやってわれわれ全員に死刑を宣告したのだ。

一月十六日　水曜日

インディオたちは大首長の死を悼んで泣いている。王妃も兄を失った悲しみに沈み、もはや洗礼を受けるどころではなく、復讐しか口にしない。彼女の許可を得て立てた十字架は引き抜かれ、燃やされた。

わたしはというと、一つの誓いを立てた。もしも奇跡が起きて、いつかふたたびカスティーリャの土を踏むことができたら、そのときは修道僧になり、残りの人生を神に捧げると。こう不幸続きでは、神がそのような奇跡をお授けくださるとはとても思えないが、それでも誓わずにはいられない。両陛下の前にひれ伏して、聖地への巡礼の旅に出ることをお許しいただこう。そして父と子と聖霊が両陛下とその国をお守りくださり、よりいっそうの繁栄をもたらしてくださるよう、祈りつづけるつもりだ。

三月四日　月曜

もはやわたしの運命は決まったも同然である。

カオナボ王がマルティン・アロンソの首と、愚かな逃亡に付き従ったキリスト教徒たちの首を携えて戻ってきた。こうしてあの浅はかな男たちは命を落とした。

ピンタ号は王の命令で陸に上げられた。わたしは自分の境遇を思い、惨めな結末の記録として、昨日までピンタ号が停泊していたこの湾に「道なき巡礼者」という名をつけた。

もはやエスパニャに戻ることなどありえない。両陛下も、必ずインディアスを見つけますと約束したおかしな男のことなど、早晩お忘れになるだろう。

日付なし

来る日も来る日も馬鹿げた希望を胸に、水平線上の帆を求めて海原を見つめつづけたので、目がひどく痛むようになり、視界はすっかりかすんでしまった。だが頭ではわかっている。船隊が戻らなかったことで、両陛下はわれわれが海にのまれたものと思われ、もう二度と大西洋経由でインディアスを目ざす船などお出しになるまい。

日付なし

もう一つ、考えるたびに背中から心臓をえぐられるように胸が痛むのは、エスパニャに残してきた息子ドン・ディエゴのことだ。わたしが戻れなかったので、ディエゴはいまや父なき子となり、父の名誉や資産を受け継ぐこともできなくなってしまった。この豊かな土地の宝を、その百分の一でも積んで国に帰ることができていたなら、公正で、感謝をお忘れにならない両陛下が必ずやすべてを、いやそれ以上を息子に継がせてくださったに違いないのに。

日付なし

フアナ島（ないしクーバ島）の全長はかなりのもので、バリャドリードからローマくらいまでの距離があるが、そのほぼ全体をカオナボ王が支配している。わたしが処刑されずにすんだのは、カオナボ王の妻であるアナカオナ王妃の口添えがあったからのことで、以来わたしは民の一人としてこの村で生かされている。

ここで暮らすうちにわかったことがある。この島の人々はタイノ族と名乗っているが、彼らの王カオナボはタイノ族[28]ではなく、かなり昔にこのあたりにやって来たカリブ族の出だそうだ。王が見るからに強そうなのも、支配に長けていることも、戦いで残忍性をむき出しにすることも、それなら説明がつくかもしれない。

日付なし

わたしとともに生き延びた仲間が数人いたのだが、いずれも重い病にかかり、一人ずつ死んでいった。そして今朝、最後の一人が息を引き取り、わたしはとうとう未開の民のなかの唯一のキリスト教徒になってしまった。このような状況に置かれたら、ヨブでもないかぎり、人は絶望のあまり死んでいくものではないだろうか？　それなのになぜ主はわたしの惨めな人生を長引かせようとなさるのか、それがわからない。

わたしは裸で、野良犬同然の暮らしをしている。目はほとんど見えないし、もはやわたしのことを気にかけてくれる村人もいない。だが一人だけ、アナカオナの娘のヒゲナモタだけは興味を示してくれる。まあ興味といっても、子供たちが昔話を聞かせてくれる老人に向けるような興味にすぎないが。とにかく彼女は毎日わたしに会いにやって来て、偉大なるカスティーリャや、栄光に輝く王侯の話に耳を傾ける。

日付なし

小さいヒゲナモタが驚くほどの速さでカスティーリャ語を覚えつつある。なんでもすぐに理解し、わたしが口にした表現をそのまま繰り返せるほどになった。そんな娘の様子を見て、母親のアナカオナは大いに楽しんでいるようだ。

王妃にしてみれば、わたしなど娘の遊び相手の道化者にすぎない。

日付なし

神の思し召しにより当初の予定とはまったく違う展開になったので、両陛下がこの航海の結末を耳にされることもないだろう。わたしとしては、どうかこの書き物が後世まで残り、わたしの悲劇的な運命がいつの日か人々に知られますようにと父なる神に祈るしかない。両陛下にお仕えするために、わたしがこれほど遠くへやって来たことを、国に妻と子供たちを残し、二度と再会できなかったことを。そして人生の幕引きを迎えようとしているいま、わたしが理由もなく、正当な裁きもなく、情けも得られずに、名誉と財産を奪われたままだということを。情けというのは君主のことを言うのではない。というのもこれは君主の過ちでも、主の過ちでもないのだから。これは不幸にもわたしを取り巻いていた厄介な人々、すなわち神に見捨てられたこの地で、自らの敗北に続いてわたしを敗北へと導いた厄介な人々の過ちによるものなのだから。

日付なし

神のみもとに召される日が近づいている。海の向こうではわたしのことなどすでに忘れられているだろう。だがそんなときに、少なくとも一人、なにもかも失ったこの提督の身を案じてくれる人がいるというのはなんとありがたいことか。この世でわたしに残された最後の慰めであり、いつの日かこの国の女王になるであろうヒゲナモタ。わたしが目を閉じるとき、彼女がそばにいてくれるだろう。どうか彼女がわたしのことを覚えていて、いつの日かキリスト教に帰依《きえ》し、神の御手によって救済されますように。

日付なし

すでに書いたようにわたしは惨めな状況に置かれている。今日まで他の人々を憐れんできたので、今度は天がわたしを憐れんで迎え入れてくださることを、またこの世の人々がわたしを憐れんでくれることを願っている。わたしはこの世で神になにも奉じなかったわけではない。すでに述べたような方法でこのインディアスにやって来たのは、教権のためだった。だがいまわたしは、残忍で敵対的な未開の民が無数にいるこの土地に、苦しみと病だけを友として取り残され、毎日死を待っている。教会の秘跡からあまりにも遠いところに来てしまったので、ここで肉体から離れる魂は、教会の目に留まることさえないだろう。愛と真実と正義を信じる人々よ、どうかわたしのために泣いてほしい。わたしは名声や財産のためにこの旅をしたのではない。それは本当だ。なにしろそれらについてはなんの期待ももてなかったのだから。わたしは純粋な意志と大いなる熱意から両陛下にこの航海を申し出たのであって、それは決して嘘ではない。

1 スペインではこの年の一月にグラナダが陥落してレコンキスタが完遂した。
2 スペイン南西部のパロスの大西洋岸にある。
3 スペインの旧マイルで、一ミリャは約一・四キロメートル。
4 一レグアは約五・六キロメートル。つまりおおむね四ミリャを一レグアと換算できる。
5 近くに島があることはわかっていたが、コロンブスはインディアスへ直行することを目ざし、島を確認せずにそのまま進んだ。「すべて」とはその島々のこと。
6 「インディアスの人」の意味。インディアスはアジアのインド以東の地域（インド、中国、日本など）の当時の総称で、コロンブスはそのインディアスを目ざし、アメリカ大陸発見後もインディアスに着いたと信じていた。
7 コロンブスが新世界で最初に上陸したバハマ諸島の島。現在のサンサルバドル島のことだとされているが、確かなところはわかっていない。
8 コロンブスの第一回航海は主船サンタ・マリア号（ナオ船）、ピンタ号（カラベラ船）、ニーニャ号（カラベラ船）の三隻からなり、乗組員はおよそ九十人とされているが、人数については諸説ある。
9 カトリック両王、すなわちアラゴン王フェルナンド二世とカスティーリャ女王イサベル一世のこと。
10 実際にもコロンブスはグアナハニ島で七人捕らえている。
11 コロンブスはアジアに来たと信じていた。このあと「大ハーン」が出てくるのも同じ理由による。
12 十三世紀のモンゴルの君主の称号だが、このころのヨーロッパでは中国やその周辺地域の大王のことと考えられていた。
13 ヴァイキングのロングハウスに通じる。
14 『コロンブス航海誌』では「雄牛」だが、ラス・カサス（現存する『コロンブス航海誌』はラス・カサス神父が要約したもののみ）が「これはマナティのことに違いない」と注を付しているように、アメリカ大陸に牛、馬、羊、豚はいなかった。だがもちろん、この小説においては事情が異なる。第一部を参照。
15 船底の保守作業のため。コロンブスの別の報告書にも「虫食いが多い」とある。
16 コロンブスが十月二十九日に見つけた大きな川で、その後十一月十二日までこの川港を基点にして周辺を探検した。
17 （ ）は訳者追記。
18 ルーン文字のこと。第一部5章を参照。
19 オレンジの花びらの蒸留水。香料や化粧水として使われる。
20 史実においては、コロンブスは第一回航海のときエスパニョーラ島に三十九名を残して帰国し、第二回航海で彼らが全員殺されたことを知る。
21 サンタ・マリア号は実際にも十二月二十五日に乗組員の不注意で座礁した。
22 サンチャゴはすなわち聖ヤコブのことで、九世紀以降のレコンキスタの守護聖人とされ、その名を呼ぶことが当時のスペイン軍の鬨の声となった。
23 大黄ははるばる中国からヨーロッパへ運ばれていて、高価な貴重品だった。コロンブス一行はここをアジアだと思ったため、類似の植物を大黄だと思い込んだと考えられる。
24 実際にもマルティン・アロンソは一月六日に戻ってきた。
25 実際にもマルティン・アロンソは勝手な行動をとり、多量の黄金を手に入れていた。このインディオたちについては、『コロンブス航海誌』では「四人の男と二人の若者」となっていて、コロンブスはこの六人を送り返すようマルティン・アロンソに命じている。

26　注8参照。
27　コイーバはタイノ族の言葉でタバコのこと。
28　タイノ族はコロンブスに接触した最初の先住民で、実際にはその後のスペインの支配下で虐待され、ほぼ絶滅したといわれていた。だが最近の研究で、現在の島民にもそのＤＮＡが受け継がれていることがわかってきた。

第三部　アタワルパ年代記

1　コンドルの落下

歴史が判断を下してから時が経った出来事を、こうしてあとから振り返ってみると、当時のことにはすべて意味があり、鳥の飛翔さえ確かな予言になっていたと思えてくる。しかしながら、刻々と過ぎゆく〝現在の真実〟というのは、もちろんあとから想像するよりずっと熱く、騒々しく、生々しいものではあるけれど、多くの場合〝過去の真実〟よりも、時には〝未来の真実〟よりも不確かな様相を呈するものだ。

その日は太陽の祭り《インティ・ライミ》[1]が盛大に執り行なわれていた。タワンティンスーユ[2]の第十一代サパ・インカ[3]、ワイナ・カパックは、大いに満足していたはずである。彼はすでに帝国の版図を、南はマプチェ族が支配する未開の地[4]に接するところまで、北はキト[5]の高地まで広げていて、もはや行く手を遮るものは高くそびえる山塊と天空の雲だけになっていたのだから（少なくとも彼はそう信じていた）。なお、キトはその後彼のお気に入りの滞在地となったが、帝国の首都はあくまでもクスコのままだった。

生贄のリャマの心臓は、腹を裂かれてからもしばらく脈打ち、もぎとられた肺のほうは神官が気管から息を吹き込むたびに大きく膨れた。そしてその肉が祝宴のために串焼きにされると、次はいよいよ祝杯を挙げるというのが祭りのしきたりである。ところがちょうどそのとき、人々の頭上高くに一羽のコンドルと、これを追う鳥の一群が現われた。追う側はコンドルより小さい猛禽で、ノスリ、オウギワシ、ハヤブサといったところだったが、大きなコンドルを容赦なく攻め立てていた。そしてそのコンドルが、突かれたりもつれ合ったりするうちにとうとう力尽き、儀式の最中だった大広場にまっさかさまに落ちてきたので、その場にいた人々は息をのんだ。ワイナ・カパックは玉座から立ち上がり、その鳥を調べよと命じた。鳥に近づいた者はひと目見るなり、落ちてきたのは突かれた傷のせいばかりではなく、病気で弱ってもいたからだと気づいた。伝染性の皮膚病で羽根があちこち抜け落ちて膿疱ができていたのである。

皇帝と側近たちはこれを吉兆だと解釈した。こうした場合に必ず呼ばれる占い師たちは、「ここからはるか遠くにある大帝国の征服を予言するものでございます」と言った。そこでワイナ・カパックは、九日間続く〈太陽の祭り〉が終わるやいなやふたたび軍を率い、征服すべき新たな領土を求めて北へ向かった。

彼はトゥミパンパ[6]を通り、キトを通ってさらに北に向かい、今回もまた新たにいくつかの部族を支配下に置いた。

ところが、言い伝えによれば、この北部遠征中に思わぬ悲劇が起きたのだ。ワイナ・カパックが皇太子と随身を従えてある道にさしかかったとき、前方から赤毛の旅人がやって来たという。皇帝は道をあけるように命じたが、旅人のほうは相手の身分を気にかけようともせず、口調が気に入らないと言って道を譲らなかった。そして譲る譲らないで激しいやりとりをした挙句、とうとう皇帝の頭を棒で殴ったのだ。皇帝は倒れ、父を助けようと駆け寄った皇太子のニナン・クヨチも同じ目に遭い、これが致命傷となって父も子も死んだ[7]。この赤毛の旅人については、かつて皇帝がパチャカマ神殿[8]の女性神官とのあいだにもうけた息子だったという説もあるが、その後どうなったのか誰も知らない。

こうして帝国は思いがけず、ワイナ・カパックの二番目の息子ワスカルの手にゆだねられることになった。ただしワイナ・カパックは生前、次のようなことを言っていた。クスコの帝位はワスカルに継がせるが、北部諸州はその異母弟であるアタワルパに治めさせたいと。アタワルパはキトの王女とのあいだに生まれた子で、ワイナ・カパックはこの息子にずっと目をかけていた。

その後、タワンティンスーユは事実上ワスカルとアタワルパが分割支配することになり、その状態が収穫何回分かのあいだ続いた。だがワスカルは被害妄想の傾向があり、しかも嫉妬深くて短気だったので、この状況に長くは耐えられなかった。またワスカルが費用のかさむミイラ信仰を禁じようとしたのをきっかけに、クスコの一部の貴族が反乱を企てるという騒ぎもあり、人心掌握のためにも敵が必要になった。そこでワスカルは、アタワルパが挨拶に来ないのは甚《はなは》だ不遜であると言いがかりをつけて宣戦布告し、弟を侮辱するために女性の服と化粧道具を送りつけた。これを受けてアタワルパはすぐさま兵を挙げ、クスコを目ざして南下した。

ワスカル軍のほうが兵力は勝っていたが、アタワルパは父の代からの勇将たちに支えられていて、その麾下《きか》もよく訓練されていた。キスキス将軍、チャルコチマ将軍、ルミニャウイ将軍は激戦を突破し、アタワルパ軍はクスコに迫った。戦闘が激しく、かつ進軍も速かったのは、騎兵の活躍によるものである。[9]勢いにのったアタワルパ軍を止めるには、ワスカル自らが大軍の先頭に立つしかなかった。ワスカルはクスコの手前のアプリマック川のほとりで敵軍を食い止め、大殺戮《だいさつりく》を繰り広げた。アタワルパ軍は近くのコタバンバス地方に逃げ込んだが、そこで多くの兵が敵に囲まれ、草原に追い込まれて火をつけられ、生きたまま焼かれた。生き残った兵は退却するしかなかった。

こうして、北へ向かうアタワルパ軍の長い退却と、それを追うワスカル軍の長い追跡が始まった。[10]

1　インカの宗教の基本は太陽信仰で、皇帝は太陽の子とされていた。

2　インカ帝国は四つの地域からなり、ケチュア語で「四つの邦」を意味するタワンティンスーユと呼ばれていた。クスコから見て東がアンティスーユ、西がクンティスーユ、南がコリャスーユ、北がチンチャイスーユである。

3 「唯一の王」を意味するインカ皇帝の尊称。
4 現在のチリのアラウカニア地方。
5 現在のエクアドルの首都。
6 現在のエクアドルのクエンカ。
7 史実においては、二人ともほぼ同時期に疫病（天然痘）で命を落としている。
8 パチャカマはインカ族による征服前からペルー地方で信仰されていた創造神。パチャカマックとも。
9 史実とは異なり、この小説ではインカも馬をもっている。第一部、第二部を参照。
10 史実においてはアタワルパ軍が勝利し、クスコを占領した。ワスカルは捕らえられ、その後暗殺された。

2　退却

ワスカルは追跡を即断したわけではない。当初はこれほど優位に立てると思っておらず、クスコ近郊のキパイパン平原で敵軍を待ち受け、最終決戦をいどむことしか頭になく、その先のことなど考えていなかった[1]。それにコタバンバスで勝ったとはいえ、ワスカル軍もかなりの痛手を負って疲弊《ひへい》していたので、できれば兵を少し休ませてから次の作戦に移りたかった。もう一つ、クスコの近くにいれば安心していられたからでもある。帝都であり〝世界のへそ〟[2]であるクスコは、正当な皇位継承者を標榜《ひょうぼう》するワスカル派をこそ温かく迎え入れる場所であるはずだ。しかしながら、敵がまだ近くにいるとなれば安心してもいられない。クスコは夢の都であり、噂を耳にした北の兵たちの欲望をかき立てていただろう。その都が矢の飛距離にして数本分のところにあるとなれば、敗残兵の心にふたたび火がつかないともかぎらない。だとすれば軍を立て直す猶予を敵に与えてはならない。味方の軍勢に不安がある分は、数多《あまた》いる異母弟の一人であるトゥパック・ワルパの騎兵隊が無傷で残されているから、これをうまく使えばいい。そう考えたワスカルは、ここはやはり反逆者どもを狩り出して根絶やしにするべきだとようやく決意し、軍の再集結を命じた。わざわざサクサイワマンの城砦の衛兵まで引っ張り出したところに、彼の決意のほどがうかがえる。このエリート部隊を聖なる任務[3]から引き離してまで、軍の補強に充《あ》てたのだから。

　一方アタワルパは将軍たち——**石の目の**[4]ルミニャウイ、**理髪師**[5]キスキス、チャルコチマ——に相談するまでもなく、もう一度攻撃を受けたらひとたまりもないとわかっていたので、退却を命じた。これでアタワルパ軍が逃げワスカル軍がそれを追うという構図が出来上がり、二つの疲れた軍隊が、二頭の手負いのピューマのようによろよろと立ち上がり、北に向かって動きだした。

　いくつもの川を渡らなければならなかった。兵だけの話ではなく、怯える馬、牛、リャマ、籠に入ったクイやオウム、兵糧、皇帝の（いまや誰が皇帝なのかはっきりしなかったが[6]）大人数の随員、奴隷、皇帝の女たち、金や銀の食器類、衣服の素材として毛を刈るためのアルパカ、皇帝と同じように輿《こし》で運ばれていく負傷者等々のすべてを、ロープの吊り橋[7]を頼りに渡らせ、あるいは運ばせなければならなかった。[8]

　一行の歩みとともに、帝国の風景はゆっくりと流れていった。どこまでも続く山々の斜面にひだが寄っているように見えるのは、階段状になったトウモロコシ畑である。だが兵は足元しか見ておらず、この国の誇りである段々畑を眺める余裕もない。籠のなかではオウムが不吉な予言をわめき立て、その横ではクイが弱々しく「クイ、クイ」と鳴いた。陽気なのは犬たち——全身に毛がなく、頭頂部に少しだけ白い毛が生えているこの国特有の犬[9]——だけで、長い隊列に沿って行ったり来たりしながら元気に吠え、兵を励ましていた。

インカ道沿いには宿駅が点在し、そこで食料や物資の補給ができる。ある宿駅で穀物倉の管理に当たっていた役人たちは、アタワルパ軍の世話をして送り出したと思ったら、そのしんがりの土煙がまだ視界から消えないうちに別の軍がやって来たのでたいそう驚いた。だがその軍がクスコの主の旗印を掲げているのに気づき、驚きを隠してきびきびと補給に当たった。

ワスカルは前を行く異母弟に宛てて伝令を出した。この国にはチャスキと呼ばれる足の速い公用の飛脚がいて、その中継所もインカ道沿いに数多く置かれているので、帝国のどんな僻地《へきち》からの知らせでも数日で皇帝に届くといわれている。細身で俊敏なチャスキたちは、誰に見咎められることもなくジャガーのように走っていく。このときも中継を経て、パチャママが地面を揺さぶるよりも早く、一人のチャスキがアタワルパに近づいてその耳に伝言をささやいた。アタワルパはすぐにささやき返し、それを聞くなりチャスキは来た方向へと走りだす。声が届く距離に次のチャスキの姿が見えたら伝言を叫び、そのチャスキも聞き取るなり走りだし、という具合に何人もの中継を経て返事がワスカルに届く。このような方法があったので、逃げるキト軍をクスコ軍が追うという状況のなかでも、二人の皇帝は言葉を交わすことができた。

——弟よ、降伏せよ。

——兄よ、ありえない。

——そなたの父ワイナ・カパックの名において、愚かな振る舞いをやめよ。

——兄上の父でもあるワイナ・カパックの名において、復讐をあきらめよ。

長い隊列が二つ、さほどの距離を置かずに続いたので、山の高台のトウモロコシ畑を耕す農夫たちが、もし仕事の手を休めてインカ道を遠望したとすれば、それは、一つの軍隊にしか見えなかっただろう。

1 実際には、キパイパンでアタワルパ軍が勝利し（一五三二年のキパイパンの戦い）、内戦に決着がついた。
2 クスコのケチュア語読み「コスコ」は「世界のへそ」の意味である。
3 サクサイワマンは宗教施設でもあったとする説がある。
4 ケチュア語でルミは「石」、ニャウイは「目（ないし顔）」。
5 キスキスがケチュア語で意味するものには諸説あり、その一つが理髪師である。若いころワイナ・カパックのひげ剃り係だったのではないかという説もある。
6 史実においてはアタワルパが内戦に勝利して第十三代サパ・インカとなった。この小説では、アタワルパは事実上はチンチャイスーユ（北の邦）の王のままだが、それでも「サパ・インカ」と呼ばれている。
7 イチュという硬い草を編んだロープで作られていた。
8 インカ軍は多くの女性を連れて移動し、その女性たちが兵の食事を作り、身の回りの世話をした。
9 ペルービアン・ヘアレス・ドッグのこと。
10 パチャママは大地の女神で、地震や地滑りはこの女神の怒りや苛立ちの表われだと信じられていた。

3 北

北の軍[1]はカハマルカ[2]まで足を緩めなかった。アタワルパは少し前に占領したばかりのこの町に駐屯部隊を残していたので、そこまで戻ればひと息つけるし、軍も増強できると考えていた。緑豊かな盆地と、そこから立ち上る湯煙が見えたとき、疲れ果てた一行の心は久しぶりになごんだ。父や祖父と同様、アタワルパもこの地の温泉を愛していて、戦のないときにはよく父と湯に浸かりに来たものだが、今回はその効用を兵のためにも当てにしていた。この先、本拠地であり家であるキトまでは険しい山道が続くので、その前に心身を休める機会を兵たちに与えたかった。だがそれも、追っ手との距離を広げることができていればの話である。実際には南の軍がすぐ後ろに迫っていて、その息をうなじに感じるほどだった。そして恐れていたとおり、アタワルパ軍がカハマルカに入ったころには、ワスカル軍がすでにカハマルカを見下ろす山の斜面に達していた。南の軍は野営のため、そこにおびただしい数の白いテントを張ったので、山が白い布で覆われたように見えた。[3] しかもそれが湯煙越しにかすんで見え、なんとも不気味な光景だった。

アタワルパは輿を降り、自分の足でカハマルカの大広場を踏みしめた。そして男たちが馬に水をやり、リャマから荷を降ろし、野営の準備を急ぐ様子を見ながらそぞろ歩いた。すると途中で胸騒ぎがして、喉がつかえたような感じがした。アタワルパは夜明け前にここを発つことにした。

翌朝、ワスカル軍の斥候がカハマルカに入ってみると、町は空《から》だった。そのときアタワルパ軍はすでに、人も家畜もすべて、山への長い登りにかかっていた。道は狭くなり、谷は底なしに思え、気温も一気に下がった。頭上をコンドルが滑翔《かっしょう》し、アンデス山脈の偉容が間近に迫る。だがそれは北の兵が慣れ親しみ、体で覚えている道であり、アタワルパ軍はここでようやく少し敵を引き離すことができた。彼らは金鉱を通り、隘路《あいろ》を抜け、クレバスを渡り、針葉樹の森を進んだ。また断崖絶壁の上に驚くべき技術で建てられた要塞をいくつも通った。峠を越えればキトまではあとひと踏ん張りだ。あそこにたどり着きさえすれば助かる、と誰もが思っていた。

彼ら北の軍はごく限られた回数しか殺戮に手を染めたことがなかったが、それはすべてチムー族、カランキ族、カニャリ族といった北の諸民族を制圧したときのことである。なかでもカニャリ族の虐殺はアタワルパの命令によるもので、カニャリ族からすれば、アタワルパは残虐非道な暴君にほかならない。実際アタワルパは、父のワイナ・カパックが再建したカニャリ族の町トゥミパンパ[4]を、彼らがワスカルの側についたというので破壊し尽くした。そんなわけでこのとき、カニャリ族でその大虐殺を生き延びた者たちは、彼らの死刑執行人たるアタワルパがふたたびこの地に戻ってきたのを見て、これこそ太陽神のお導きだと思った。そして神から賜った復讐の機会を逃すまいと、アタワルパ軍に対して遊撃戦を仕掛けた。すでに疲弊していたキト軍はこれでまた人員を失い、カハマルカでの増員分が相殺《そうさい》されたばかりか、カニャリ族を押し返すのに手間どったためとうとうクスコ軍に追いつかれてしまった。犠牲になったのはキスキス将軍率いる後衛部隊で、ワスカルのクスコ生まれの弟（つまりアタワルパの弟でもある）トゥパック・ワルパの騎兵隊によってほぼ壊滅の憂き目を見た。

　残りのアタワルパ軍は辛うじて逃げ延びてキトの谷に着いたものの、そこでひと息つくにはもはや手遅れだった。軍はあまりにも多くを失い、立て直すには数か月かかると思われたが、そんな余裕はない。そこでアタワルパはもっとも信頼を置く将軍、**石の目の**ルミニャウイを呼んでキトの町を焼き払えと命じ、自らはキト人が「山の心臓」と呼ぶいちばん高い丘に登って、そこから町が燃える様子を眺めた。これでもう、ワスカルが追ってきても迎えるのは灰だけだと思いながら。

　アタワルパは一粒の涙さえこぼさなかった。そして生き延びた者たちを引き連れて、さらに北へ、帝国の国境の向こうへと進んでいった。彼らが足を踏み入れたのは毒をもつ生きものたちが待ち構える深い森だった。兄もこんなところまでは追ってくるまいと思っていたのだろうが、だとすればワスカルがいかに執拗か、どれほど強い憎しみに駆られているかを、アタワルパはいまだにわかっていなかったことになる。トゥパック・ワルパの騎兵隊は相変わらずアタワルパ軍の後ろにぴたりとついてきていた。このままではチンチャイスーユの栄光の軍隊も、じきにシラミだらけで毛の抜けた老いぼれ犬にすぎなくなってしまうと思われた。

それでもあきらめずに、〈堕ちゆく皇帝〉はじめじめしたジャングルの奥へと分け入った。アンデス山脈の高みでは凍《こご》えるような寒さにさらされたが、今度は耐えがたい暑さが彼らを苦しめた。まだ無事でいる兵のなかにあえて皇帝への不満を口にする者はいなかったが、それでも密偵の報告を聞くかぎり、生まれてきたことを呪ったり、いっそ早く死にたいと思う者が増えつつあるのは確かなことだった。そして一人、また一人と、その願いがかなって死んでいった。

幸いなことに将軍たちは無事だった。しんがりを務めていて敵の騎兵隊に襲われたキスキス将軍も、戦闘を生き延び、いまは皇帝の護衛のために輿の横に馬をつけている。三人の将軍は決してアタワルパを見捨てず、この世の果てまでも付き従う覚悟だった。

ある朝など、さしもの敵もあきらめたようだと誰もが思えたこともあったが、それも長くは続かず、やがてじっとりした空気を揺さぶるように軍歌が聞こえてきて、期待は裏切られた。

裏切り者のしゃれこうべで　飲むとしよう
そいつの歯を　首飾りにしよう
そいつの骨で　笛を作ろう
そいつの皮で　太鼓を張ろう
そしてみんなで　踊るとしよう

アタワルパにも聞こえたはずだが、彼は顔色一つ変えなかった。皇帝とはそういうもので、なにがあろうと動揺を見せてはいけない。

やがて退却の行軍は、この世のものとは思えない、奇妙な夢のような様相を呈しはじめた。彼らはそこかしこで未開の村を見つけ、そこに住む人々は裸で、ひどく臆病でありながら、好奇心にあふれてもいた。なかには一行のために飲み物や食べ物をもってきてくれる者もいた。かと思うと敵対的で、いきなり襲いかかってくる人々もいたが、その武器は威力のない弓矢と穂先が鉄の槍だけで、インカ軍の足元にも及ばない。そこで一行は彼らから馬を取り上げ、彼らの家畜を殺し、思う存分略奪して、宿駅がない分の埋め合わせとした。だが最悪なのは道がないことで、人も家畜も何十回となく虫だらけの湿地に足をとられた。奴隷が一人、牛が一頭、ワニに食われた。

キトを離れるときに、残れば殺されるだけだとわかっていた貴族や平民も隊列に加わったので、長く惨めな行列は軍隊というよりも、いまや雑多な人々の寄せ集めに近かった。

そしてある日、とうとう彼らは、東側に伝説の海が広がる北の地峡に出た。それはインカ人が知らない海で、わずかに数話の古い伝説と、なにかの間違いではるか北に上がっていって九死に一生を得た商人と、なにかの間違いではるか南に下りてきた小部族の族長によって伝えられていただけだった。だがそれは単なる言い伝えではなかったのだ。悲嘆に暮れた一行も、この海を見て少しは元気を取り戻し、ある人々は探検家になったような誇らしさを覚え、またある人々は雷神トールの娘で太陽神によって遣わされたという〈赤毛の女王〉の古い伝説[6]を思い出し、思わず太陽に向かって礼拝した。

一方アタワルパは迷信など気にもかけず、そのまま進んで地峡を渡り、既知の世界をさらに北へ広げようとした。だがそんなアタワルパも、ある浜に出たところで足を止めた。いや、止めるしかなかった。一行の行く手を阻んだのは、それまでに出会ったような粗末な武器しかもたない部族ではなく、手ごわそうな戦士たちだった。彼らがきわめて好戦的で生贄として敵を求めていることは、遠くから聞こえてくる雄たけびや物音だけでわかる。こうしてアタワルパとその軍隊、女たち、貴族、家畜、黄金のすべてが、長い逃亡の果てに、前の蛮族と後ろのクスコ軍にはさまれて動けなくなり、長い砂浜で行き場を失った。アンデスの山々を越え、湿地帯を渡り、この世の果てと思っていた地峡さえ突破して、父のワイナ・カパックも、**世界の変革者**パチャクテク[7]も、どの皇帝も想像だにしなかった北の果てまでやって来たというのに、とうとうこの浜で行く手を阻まれ、あとはクスコ軍に追いつかれて最期の時が来るのを待つばかりとなってしまった。要するに自分は時を遅らせただけだったのだろうか?

　行きづまったアタワルパは、自分はどんな状態で地下の世界[8]へ行くことになるのだろうかなどと案じはじめた。そこへルミニャウイ将軍が謁見を願い出た。こんな状況にありながら、将軍は履き物を脱ぎ、頭を下げ、これまでどおりの儀礼を守って恭順の意を示した。アタワルパのほうは輿を降りて自分の足で海に向かって立っていて、すでに身繕いもかまわず（香木も焚《た》かず、髪も汚れ、すでに半日着替えていなかった）、皇帝にふさわしい振る舞いをすべて捨てていた。それでもまだ皇帝らしいところがあったとすれば、それは頭飾りだけだ。何段も重ねた組み紐から赤い房飾りが垂れていて、上にハヤブサの羽根飾りがついている、皇帝だけに許された頭飾り。父の代からの老将軍にとっては、それだけで十分だったのだろう。

「サパ・インカ、あの沖合の舟に気づかれましたか?」

　将軍は頭を下げたまま、海上を漂う小さい点を指さした。それから手をたたいて一人の裸の男を連れてこさせた。二人の奴隷がその男の首根っこを押さえていた。

「今朝方捕らえたこの者が申しますには、ここから舟で数日のところに大きな島がいくつかあるそうです。その島々の住民は漁と商いのために、木をくりぬいたカノア（カヌー）という舟でここまでやって来ているのです。この者がもっていた果物から察するに、実り豊かな島のようですし、行ってみて損はないでしょう」

アタワルパも背は高いほうだが、ルミニャウイはそれをしのぐ巨体で、頭を下げていても皇帝より頭一つ高かった。このように臣下がなにかを進言した場合、皇帝はそれをいいと思うか思わないかを顔に出さないのが決まりで、アタワルパも表情一つ変えず、ただこう言っただけだった。

「われらには船がない」

「しかし森があります」と将軍は答えた。

アタワルパは海を渡ると決め、一同はその準備に取りかかった。勇猛果敢なキスキスが敵を食い止める役をふたたび買って出て、部下を率いて配置につき、それ以外の動ける者全員が協力して舟を作る。木を切り倒して浜に運ぶ作業をルミニャウイが、浜辺の砂の上で舟の形にする作業をチャルコチマが指揮する。急ごしらえのカノアは人が乗るためだが、それ以外に丸太をリャマの毛の糸でつないで筏も作り、これで家畜と、黄金その他の荷を運ぶことにした。貴族たちも作業に参加した。これまで飲み物を注ぐのも、服を着るのも、体を洗うのもいっさい奴隷任せだった彼らが、慣れない手つきで木材の加工、組み立て、運搬を手伝った。そうこうするうちにとうとうクスコ軍が現われたが、キスキスの部隊がそれを必死で食い止めた。浜辺で働く仲間の耳には、波の音とともに、武器がぶつかる音、叫び声、激しい立ち回りの音など、森の向こうの戦いの音が聞こえてきていた。

何艘もの舟が海に出た。矢と呪いの言葉が降り注ぐなか、最後の一艘にキスキスが飛び乗ると、あとに残されたのは屍ばかりとなり、そのあいだを筏に乗れきれなかった馬が走り回っていた。浜の巣穴に隠れたカメたちは、この戦いのあいだずっと動かなかった。

1 「北の軍」ないし「キト軍」がアタワルパの軍勢であり、「南の軍」ないし「クスコ軍」がワスカルの軍勢。

2 史実においては、フランシスコ・ピサロがアタワルパと会い、スペイン軍による大殺戮が繰り広げられ、最終的にアタワルパが処刑された町である。

3 史実においては、カハマルカにたどり着いたスペイン人が、アタワルパの陣営のテントの数を見て驚いた。このときスペイン人は百数十人、インカ兵は数万だった。

4 もともとはカニャリ族の都市国家だったが、二度破壊されている。一度目はワイナ・カパックにより、二度目はスペイン人により破壊された。

5 ペルー地方の先住民の歌からの引用。

6 第一部を参照。

7 第九代インカ皇帝。一王国から帝国と呼べる規模にまで版図を拡大した。パチャクティとも。

8 インカの人々の世界観は「天上の世界」と「地上の世界」（現世のこと）と「地下の世界」（内なる世界とも）に分かれていて、地下の世界が死と再生の場だと考えられていた。

4 キューバ

海は穏やかで、カノアの船団はばらばらになることもなく、ほぼ損失なく渡りきることができた。

一行はしなだれるヤシに縁どられた白い砂浜に上陸した。オウムの鳴き声があちこちで聞こえていた。浜に豚がうろついているのを見て、これは幸先がいいと彼らは思った。実際そこは美しい島で、気候も温暖だったので、たまりにたまった疲れがほぐれていった。一行は歌を口ずさみながら雪のない山に登った。川の流れも穏やかで、浅瀬を歩いて渡れるし、手づかみで魚が捕れる。生命あふれる森に入ると、時おり好奇心に駆られた原住民が二人、三人と出てきた。彼らは裸で、姿が美しく、しかも敵対的ではなさそうだった。彼らの言葉がわかるというポパヤンの商人に通訳をさせたところ、ここはキューバ、ハイチ、ジャマイカという三つの大きな島と、カメ島をはじめとする無数の小島からなる列島の国で、年老いた女王が統治しているという。一行は無意識のうちに北に向かっていた。

この美しい国をもっと知りたいという思いに突き動かされたのかもしれないし、進むとすれば北しかなかったのかもしれない。タワンティンスーユではずっと〝北〟が彼らの居場所だったのだから。夕方になれば豚を焼いて腹を満たし、トカゲの肉も味わった。アタワルパはここなら戦を忘れられると思っただろうか？　思ったかもしれない。だがはたして彼は平和だけで満足できただろうか？　彼の運命を翻弄してきた一連の出来事を考えると、この問いに答えるのは難しい。ここではただ、彼は平和の星のもとに生まれたわけではなかったとでも言っておくしかないだろう。

　いったん危険が遠ざかって不安が和らぐとともに、儀礼を重んじる余裕が戻ってきて、行列も整えられた。格子縞の貫頭衣《かんとうい》を着た先払いが道を開き、踊り手と歌い手がこれに続き、それから黄金の甲《かっ》冑《ちゅう》をつけた騎士、輿に乗った皇帝、輿を取り囲むヤナコーナ[1]の近衛兵、騎馬の将軍、宮廷の高官たち（なかでも地位が高い者は輿に乗っている）、皇帝の妹にして妃のコヤ・アサラパイ、皇帝の従妹にして将来の妃である若いクシリマイ、もっと年の離れた妹のキスペ・シサ、皇帝の側室たち、皇帝の女たち、女性神官たち、下僕、歩兵、その後ろにキトを脱出した平民たちがだらだらと続いた。そして長い行列の最後を締めくくるのは、もちろんキスキス将軍とその部隊である。

　その行列があるところで不意に止まった。アタワルパの指示で前方を歩いていた者たちが脇に寄り、皇帝の輿を前に出した。一行の前には四人の騎馬の原住民が立ちはだかっていた。四人とも裸で、頭に羽根飾りをつけ、体にも顔にも色を塗り、武器をもっている。そのうちのリーダー格の男は、木の杖に鉄の部品をはめ込んだようなもの[2]を肩にかけていて、表情と態度で、ここはわれわれの領土であり、異国人をこれ以上立ち入らせるつもりはないと主張していた。なんとか話をする必要があったが、言葉が通じない。だが通じないながらも、男がアトゥエイという名で、アナカオナという女王に仕えていることはわかった。男はインカのしきたりを知らず、馬に乗ったまま直接アタワルパに話しかけた。本来なら馬を降りて膝をつかなければいけないし、皇帝に直接話しかけてはいけないし、皇帝の目を見てもいけない。アタワルパのほうは直接答えず、チャルコチマに答えさせた。[3] 言葉が通じないのでまともなやりとりにはならなかったが、それでもどうにかこうにか、バラコアという場所でその女王に会うという合意がなされた。もちろんアタワルパは四人をその場でたたき殺すことも考えただろう。そしてアトゥエイもそれを感じとったのではないだろうか。その証拠に、彼はもっていた杖のようなものを空に向けるや、轟音とともに空を飛んでいるクロコンドルを落としてみせ、キト人たちの度肝を抜いた。しかも四人がいきなり「トール！」と叫んだので、またしても古い伝説を思い出した者もいた。この轟音には誰もが肝をつぶし、ルミニャウイ将軍でさえ空が崩れ落ちるのではないかと首をすくめたが、アタワルパだけは平然としていた。太陽の子は雷など恐れはしない。とはいえ、アトゥエイは生かして帰したほうがいいと判断し、殺さなかった。

　これが普通の遠征先でのことだったら、アタワルパは音に驚いて怯えた者を一人残らず処刑していただろう。だが〈堕ちゆく皇帝〉は部下をむやみに死なせるわけにはいかなかったし、有能な将軍を失うわけにもいかなかった。

1　インカ帝国の隷属民で、貴族に仕える使用人。ヤナとも。
2　第二部を参照。
3　インカ皇帝は神聖王とされていて、皇帝自身の振る舞いにも、臣下の振る舞いにも、多くのタブーがあった。

5　バラコア

一行はふたたび海に出た。それでこの島が細長く、その幅は数日で横断できるほどであることがわかった。このときアタワルパは征服者としてではなく、逃亡者としてこの島にいたわけで、その違いがキューバの、ひいては世界の運命を大きく変える結果となったことは言うまでもない。彼はアナカオナという女王に自分たちの到着を知らせるために使者を立て、黄金の食器と貫頭衣とオウムを贈り物として届けさせた。これに対して女王は、古い友を迎えるように太鼓を打ち鳴らし、花びらをまき、歌舞音曲《かぶおんぎょく》の準備をして待っていた。一行がいよいよ村に入ると、ヤシの葉と花束を抱えた者たちが駆け寄ってきて案内してくれた。村は客人を迎えるために美しく整えられていて、板壁に色を塗って葉を飾りつけた小屋が並んでいた。アタワルパの将軍たちは、屋根が芝土の長方形の家々[1]や、火は消えているようだがまだ白い煙が立ち上っている鍛冶場にも目を留めた。また、放し飼いの家畜が走り回っている浜を見渡すと、二隻の巨大な船の残骸がそそり立っていた。宴はすぐにも始められるようになっていて、女王は皇帝を招いて自分の横に座らせた。アタワルパは兄のワスカルほど高慢ではなかったので、女王を対等の立場と見なすべきだと考えたし、供された料理も直接自分でとって味わった。老いてなお美しい女王には非凡な気品が備わっていて、アタワルパも一目置かざるをえなかった。

宴は夜更けまで続き、翌日も続いた。キト人たちは大いに満足した。だがそれは単なる歓迎ではなく、アナカオナ女王は出し物を通してあるメッセージを伝えようとしていたのだ。彼女の甥であり、バラコア一帯の支配者であるアトゥエイが、部下にある戦いの場面を演じさせたのがそれである。裸の騎士たちと、白い貫頭衣を来た男たちが登場し、前者が後者を攻撃し、後者は例の木の杖に鉄の部品をはめ込んだようなもので応戦した。そしてその杖がまっすぐ上に向けられると同時に、杖が火を噴いて、またあの轟音が響きわたり、キト人たちを縮み上がらせた。だが最後には前者が勝利し、後者から〈火を噴く杖〉を取り上げ（ここが大事なところだ）、芝居は終わった。アタワルパは将軍たちが苛立ちを顔に出すまいと苦労しているのを見て、女王のメッセージは伝わったなと思った。この芝居と、補足された説明、なかでも女王の娘のヒゲナモタ王女がこの出来事について身ぶりを交えて熱心に語ってくれた話から、アタワルパは次のように理解した。白い貫頭衣を来た男たちは異国人で、およそ収穫四十回分前に、浜辺に引き上げられているあの巨大な船で東の海からやって来て、ここで戦いに敗れたのだと。そこでアタワルパは、われわれは戦をするために来たのではなく、国を出た亡命者として身を寄せる場所を探しているだけだと誓った。皇帝に倣《なら》ってキト人たちは皆へりくだり、タイノ族――それがアナカオナ女王が治める民の名前だった――に保護を求めた。また興味深いことに、タイノもインカも、数多の神々の一人としてトール神を崇めていて、しかもどちらもこの神の起源を知らなかった。[2]

1　第二部の十月二十九日を参照。
2　第一部5章参照。

6　ワスカル

皇帝がどれほどのあいだタイノ族のもてなしを受けていられるかについては、誰にもわからなかった。いずれにせよ、バラコア滞在が苦痛ではなかったことは確かで、それだけアナカオナ女王との交流や情報交換は皇帝の意に適《かな》うものだったのだろう。実際、東の海からやって来たという異国人に関する話はどれも驚くべきものだった。たとえば、〈火を噴く杖〉があの轟音とともに火を噴くためにはある特別な粉が必要で、その粉はタイノ族には作れず、異国人が残していったわずかな量しかない。したがってその使用は特別な機会に制限され、厳しく管理されている。アタワルパ一行はタイノ族にとって〝新たな異国人〟の到来だったので、特別に使用が許可されたのだそうだ。また、東の海から来た異国人たちは二つのものに取り憑かれていたという。一つは彼らの神で、もう一つは黄金である。そしてその神を崇めるために、二本の木を十字に組んだ「十字架」というものをあちこちに立てたがったという。だが結局、異国人は全員この地で命を落としたそうだ。

バラコア滞在を楽しんだのは皇帝だけではない。キト人たちは皆この村の逸楽に身をゆだねた。そしてタイノ族とすっかり打ち解けたので、キト人の一部は裸で暮らしはじめたし、タイノ族は逆に貫頭衣を着て楽しんだりした。撤退行軍の悪夢は〝過去〟のものとなり、キト人たちは〝現在〟という時の流れに身を任せた。

しかし〝未来〟は歩みを止めていたわけではなく、その足音が一時的に聞こえにくくなっていただけだった。

ある日、アナカオナの密偵がジャマイカという隣の島に異国人の集団が上陸したと知らせてきた。その集団はキト人にそっくりだが、人数ははるかに多いという。アタワルパはそれが自分を追っている兄の軍隊であり、平和的な意図でやって来たのではないことをアナカオナに話した。さっそくアナカオナを囲んで会議が開かれた。側近はもちろん、娘のヒゲナモタと甥のアトゥエイも出席し、アタワルパとその将軍たち、妹にして妃のコヤ・アサラパイも呼ばれた。

ワスカルの望みはなんなのか、なぜ執拗に追ってくるのか、これほど遠くまで追ってくるのはアタワルパが戻ってくることを恐れているからなのか——こうした問題にはタイノ族はいっさい関心を示さなかった。彼らはただ一つ、インカの内戦に巻き込まれることだけを恐れていた。アトゥエイなどは激高し、アタワルパに向かって「山なり海なり、好きなところへ消えてくれ！」と言ったほどだ。だが出ていくとしても、いったいどこへ？　キト人たちにはもう逃げ場がない。将軍たちも途方にくれ、目が泳いでいた。するとヒゲナモタが海を指さして言った。「答えはあなた方の目の前にあるじゃありませんか」。つまり東の海へ出ろということだ。だがどうやって？　海の向こうの陸地というのはいったいどこにある？　どれくらいの距離にある？　するとヒゲナモタが、浜辺の巨大な船のなかで見つかったという地図を出してきた。アタワルパと将軍たちとコヤ・アサラパイにとっては、これが世界の図だと言われても、クスコはもちろんタワンティンスーユ自体が描かれていないのでわけがわからない。また、あちこちに描き込まれた小さい印のようなものも理解できなかった。印の意味がわからないのはヒゲナモタも同じで、子供のときに東の海から来た異国人の言葉を耳で習い覚えたものの、文字については教わらなかった。しかも、実際にはこれらの地図は間違いだらけだったわけで、彼らがもしそれを知っていたら、東の海へ出るなどという無謀な考えは捨てていただろう。

さて、世界の図が自分たちの知らない陸地の存在を示しているとして、そこまでどうやって海を渡ればいいのだろうか。ここでもまたヒゲナモタが答えを出した。浜辺に打ち捨てられている二隻の船は、間違いなく向こうからこちらへやって来たのだから、その逆も可能ではないかと。もちろん二隻ともすでに木が腐っていて、海に出せる状態ではない。それに、いくら巨大な船だといっても二隻でキト人全員を運ぶことはできない。だがアタワルパの一行のなかにはインカ帝国選りすぐりの大工たちがいたし、そのほかの技術をもった職人もいた。そこでアタワルパは、船を修理せよ、またもっと大きい三隻目を建造せよと命じた。さっそくチャルコチマが職人を集め、目の前にそそり立つ船の残骸を手本に、女王とその娘からも話を聞きながら、大きな船の構造を図面に引いていった。アナカオナとヒゲナモタはもう一隻の大型船のことを思い出し、できるかぎり詳しく説明した。ほかの二隻よりもっと大きかったが、座礁し、その後波に洗われて最後の一枚の板まですべて流されてしまった船のことである。

そのあいだもアナカオナの密偵たちはワスカル軍の動きを見張っていた。キト人にとっては幸いなことに、彼らはアタワルパの行方《ゆくえ》を見失い、どこを探せばいいのかわからず、まだジャマイカにとどまっていた。そこでアナカオナはこの島の民に密かに触れを出し、ワスカル軍をバラコアに近づけないように万策を講じよと命じた。ワスカルはいずれ弟の居場所を突き止めるだろうが、簡単にはそうさせない。まずは的外れのジャマイカのなかを徹底的に連れ回す。そうやって一日一日を稼ぎながら、船の建造を急ぐしかない。場合によっては、そのあとアナカオナの生まれ故郷であるハイチに誘導し、そこでさらに時間を稼ぐことも可能だった。

キト人の男たちはせっせと木を伐り、板を削った。女たちは多色の布で帆を縫った。タイノ族は無数の釘を鋳造し、錆止めの油に浸けていった。こうして二隻の船の残骸は、ヘビが脱皮して自力で生まれ変わるように、徐々に息を吹き返していった。同時に、この時間のかかる再生を通して、どちらの民族も、このままいい関係で結末を迎えるという希望を取り戻していった。短い期間ながら心を通わせ合ったキト人とタイノ族は、よき友として別れを迎えることができそうだった。といってもその別れで物語が終わるわけではない。無事に船を出すことができたとしても、その船でキト人が東の果ての陸にたどり着けるという保証はどこにもない。またタイノ族にしても、またしてもアタワルパを取り逃がしたワスカルが怒りの矛先を彼らに向けてくるかもしれない。それでも、せっせと木を伐り、板にし、組み立て、帆を縫い、鉄釘を作る人々の活力のおかげで、最悪の事態だけは避けられそうだと誰もが感じていた。

　逆に、もはや避けられないと誰もがわかっていることもあった。すべてが元どおりになることは二度とないという事実である。それはもう考えられない。なにしろ世界の中心軸が外れそうになっているのだから。そしてそれは、考えてみれば恐ろしいことだった。妹にして妃のコヤ・アサラパイを筆頭に、多くの者たちが船出を恐れていたのもそのせいで、彼らは船の建造のために懸命に働いてはいたが、それとこれとは別の話だった。「お兄さま、このようなこと、正気の沙汰ではありません」とコヤ・アサラパイは言った。彼女のなかで未知の恐怖が既知の恐怖と闘っていた。ワスカル軍が近くをうろついていると聞けば恐ろしいが、水平線を眺めればやはり背筋が震える。この海のはるか彼方の国など、想像さえできないではないか。だがアタワルパはどんなときでも解決策を見つける。「妹よ、太陽が昇る場所を見にいこう」。また妹だけではなく、キト人たち全員が導きを必要としているとわかっていたので、皇帝のタブーを犯して彼らに直接語りかけた。「タワンティンスーユの時代は終わった。われらはもっと豊かで、もっと広い、新たな世界へ漕ぎ出そう。そなたたちの助けがあれば、このアタワルパは新時代のウィラコチャ[1]となり、アタワルパに仕えたという名誉はそなたたちの一族に、また後世のアイユ[2]にまで栄光をもたらすであろう。海に沈むというのならそれもまたよし。そのときは海の底でパチャカマにまみえよう。だがもしこの海を渡れたら、それはなんという偉業だろうか。いざ行かん！〈第五の邦〉を目ざして帆を上げるのだ！」これを聞いてキト人たちも自信を取り戻し、覚悟を決め、唱和した。「〈第五の邦〉を目ざせ！」

しかしながら、修復した二隻と新たに建造した一隻の、合わせて三隻をもってしても、全員は乗れなかった。アタワルパには自分の供回りや荷物を減らすつもりなどなかったからなおさらのことである。食器、衣類、家畜、食料も積まなければならない。アナカオナの話を聞くかぎり、黄金もできるだけ多く積んでいくべきだと思われた。そこでアタワルパは船に乗せる人々を、身分や職種を考慮しながら自ら選んだ。貴族、兵士、役人（会計係、記録係、神官など）、職人、女性たち……。選ばれたのは二百人に満たなかったが、それでも三隻の船にぎりぎり乗りきれるかどうかというところだった。馬とリャマ、食用のクイも乗せた。またアタワルパが手放さないので、彼になついたピューマとオウムたちも乗せられた。

出発間近になってから、ヒゲナモタが皇帝のところに来て、「わたしも一緒にお連れください」と言った。このときアタワルパは、かつてここにやって来たという顔の青白い男たちの不思議な国に、王女がずっと思いを馳せてきたのだと知った。そして彼女こそ、成功の切り札になるかもしれないと思った。

ついに船出の日が来た。船に乗れないキト人たちは浜辺で泣いた。アナカオナは娘を抱きしめた。将軍たちに囲まれたアタワルパは、最後にもう一度、自分たちを迎え入れてくれたこの島に敬意を表した。これが見納めだと思うと胸が締めつけられた。

1　インカの最高神。

7　リスボン

来る日も来る日も海しか見えなかった。

長い航海のあいだにヒゲナモタはアタワルパの寵愛を受けるようになった。彼女はアタワルパの母親であってもおかしくない年齢だったが、子供のころ耳にした話が忘れられないばかりに祖国を出たこの女性を、若い皇帝は心から愛した。二人は船の残骸で見つかったあの古い地図を一緒にのぞき込み、読み解こうと知恵を絞った。

アタワルパが連れていた賢者たちは、星の角度から自分たちの位置を知る道具を使うことができたので、三隻の船は針路から大きく外れることなく航海を続けることができた。

ある朝、アタワルパが船室でヒゲナモタとチチャを飲んでいると、ルミニャウイがやって来て、白い鳥が空を舞っているので陸が近いと思われますと言った。ヒゲナモタは長い航海のあいだずっと皇帝のそばにいたので、水平線上に陸が見えたときには、すでにケチュア語[1]がかなりわかるようになっていた（アタワルパはアイマラ語[2]ではなく、キト訛りのケチュア語を話していた）。

新大陸に近づいてから、三隻はしばらく海岸沿いを進んだ。するとある晩、夜明け少し前に、風もないのに海が大きく膨らんだ。長旅で傷みかけていた三隻は、まるで無言の嵐が襲ってきたかのよう

2　ケチュア語で親族のことだが、意味は広く、血縁のみならず地縁による集団の名称としても用いられる。

な大波に持ち上げられて危うく壊れるところだった。陸を目の前にして、あと少しで快挙を達成するというときに沈没するほど皮肉なことはない。幸いにも操舵者が優秀だったので、皮肉な結末を迎えずにすんだが、一同生きた心地がしなかった。[3]

三隻はわけがわからないまま、吸い込まれるように大きな川の河口に入った。すると海の出入り口を守るために波間から立ち現われたかのように、どっしりした石の塔[4]が彼らを出迎えた。右手には青々と丘が連なり、豊かな土地のように見えたが、左手は水浸しの平野が広がっていて、怒れる川が寝床から這い出てきたようなありさまだ。塔の先の河畔には白い石の建造物が長く伸びていて、その長さはクスコでも最大規模の宮殿くらいありそうだった。河口だというのに鳥の声がまったく聞こえず、一行はその静けさを不気味に思い、皆黙り込んだ。

アタワルパは石の塔に船を近づけよと命じた。塔の壁には見たこともない動物の彫刻がいくつも施されていて、なかでもバクのような鼻づらの上に角が生えた動物[5]がキト人たちの興味を引いた。また十字の形の浮き彫りもあり、ヒゲナモタはかつて異国人たちが使っていた図柄だとすぐに気づいた。そのおかげで、一行は間違いなく目ざしていた陸地に着いたのだとわかった。

三隻は河岸沿いに進んだ。するとなんとも異様な光景が現われた。石の建物がたくさん崩れていて、丘の上では火の手が上がっている。あちこちに死体が転がり、そのあいだを男が、女が、犬がさまよっている。新大陸に着いたキト人たちが最初に耳にしたのは、犬の吠え声、人々の叫び声、そして子供たちの泣き声だった。

川は湖のように広がっていた。多くの船が座礁して半ば水に浸かり、そのあいだを縫って進むのは容易なことではなかった。少し行くと左手に大きな広場があった。サクサイワマンの要塞くらいの面積があり、そこに大小さまざまな船が乗り上げて、竜骨《キール》がねじれ、船体が裂け、マストが折れた状態で横たわっている。広場の左翼には、屋根の上に尖塔を配した立派な宮殿[6]があるが、どうやら少し崩れているようだ。一行はそこで船を降りた。

　壮麗で活気に満ちていたに違いない広場が、いまはただの泥沼になっていた。キト人たちのサンダル風の履き物は泥に埋まり、皆踝《くるぶし》まで泥水に浸かった。アタワルパも一面ひどくぬかるんでいるのを見て、担ぎ手が足をとられるだろうと輿に乗らなかったので、皆と同じように泥に浸かった。

　その広場で彼らが出会ったのは、虚ろな目をした亡霊のような人々ばかりだった。誰もが着の身着のままで、足を引きずりながら横倒しの船の周囲をうろついていて、両目が焦点を結んでいないのか、互いにぶつかったりしている。見慣れぬ異国人の集団に気づいても、ただぽかんと無表情に見つめるだけで、驚きさえしない。広場の先の街のほうからは、時おりなにかが折れたり崩れたりする音が聞こえ、と同時に悲鳴が上がり、それがすぐ嗚咽《おえつ》に変わるのだった。

　あたりは凍えるほどではないものの、肌寒かった。キト人たちはアンデスの僻地の厳しい気候を知っているので、この程度はどうということもなく、それより広場の信じがたい光景に目を奪われていた。だが彼らをこの世界の果てに導いた王女ヒゲナモタはタイノ族である。彼女の故郷には乾季と雨季しかなく、しかも常夏《とこなつ》だった。アタワルパは彼女が裸で震えているのに気づいた。また一行を見回すと皆長旅の疲れが顔に出ていた。ここで休むべきだ、どこかに身を寄せるべきだと彼は思った。だがどこに？　災害に見舞われたばかりのこの町に、総勢百八十三人、馬三十七頭[7]、ピューマ一頭、リャマ数頭が身を寄せられる場所などあるのだろうか？　結局一行は、唯一無傷だと思えた大建築物、つまりあの〈水のなかに立つ塔〉の近くにあった長く伸びた白い建築物のところまで船で戻った。

　それは長くて四角い宮殿[8]で、槍のように先の尖った、添え木のようにも見える細い柱が並んでいて、そのあいだにアーチ形の大きな窓が配され、その連続が左右対称に伸びた両端には小塔があり、全体をドーム型の大きな塔が見下ろしている。白い石で造られていて、そこかしこに細かい装飾が施されているので、骨でできているのかと思ってしまう。

そこには奇妙な人々が住んでいた。白と茶の寛衣を着た男たちで、頭のてっぺんを剃っていて、ひざまずいて両手を合わせ、目を閉じ、なにやらぶつぶつ唱えている。そしてようやく目を開けてアタワルパ一行に気づいたと思ったら、悲鳴を上げて飛び上がり、驚いたときのクイのように、サンダルで石畳を打ち鳴らして四方八方に逃げ出した。だが一人、右手に金の指輪をした男だけは慌てず騒がず、一行のほうに近づいてきた。アタワルパは彼らの言葉がわかるかとヒゲナモタに訊ねた。彼女は単語をいくつか聞き取れたように思ったが——providencia（神意）、castigo（罰）、India（インド）など[9]——文章は把握できなかった。妙に懐かしい感じはするのだが、意味がわからない。それはつまり、子供のころのあの異国人との会話が記憶の底に沈んでしまい、いまやその断片しか思い出せないということなのだろうかとヒゲナモタは悔しく思った。アタワルパはここの人々は怯えてはいても攻撃的ではないと判断し、一行に宿営の準備をせよと命じた。キト人たちはさっそく船から家畜を降ろしてきて中庭に入れると、自分たちは広い食堂に腰を落ち着けた。ヒゲナモタは〈金の指輪の男〉に「食べる《コメル》」と言ってみた。すると相手は理解し、食事の手配をしてくれた。運ばれてきたのは熱いスープと、かりかりした皮とふわふわした中身からなる一種のパン[10]にすぎなかったが、彼らは腹をすかせていたので、どちらもとてもおいしいと思った。また黒くて赤みがかった飲み物も味わった。

こうして長い航海が終わった。男も女も、馬もリャマも、大海原を無事に渡りきり、レバント（太陽が昇る場所）[11]にたどり着いた。

外では川面が太陽を反射して金色に光っていた。薫[12]が漂っていたのかもしれない。

宮殿のなかには赤、黄、緑、青の半透明の板で飾られた神聖な場所があった。その場所で天井を見上げると、石で彫ったクモの巣のようになっていて、[13]その高さはパチャクテクの宮殿[14]を超えていた。一部に一段高くなったところがあり（そこも豪華に装飾されているが、太陽の家《インティワシ》[15]のようにすべて金で覆われているわけではない）、その上に、いかにも目立つように、十字の木に釘付けにされたひどく痩せた男の像が置かれている。〈髪を剃った男たち〉がこの場所で熱心に祈りを捧げていたので、キト人たちは聖なる場所《ワカ》のようなところなのだろうと理解した。だがこの〈磔《はりつけ》にされた神〉は誰だろうか？　これについても彼らはじきに学ぶことになる。

またキト人たちは〈髪を剃った男たち〉が口論している場面を見かけ、だとすればその原因は自分たちだろうと思った。

アタワルパもその点を案じていた。そしてあちこちで人々が壊れた建物などの後片づけに追われているのを見て、いまこそ彼らを助けるべきで、それが自分たちにもチャンスになると思った。アタワルパの指示で、キト人たちは〈髪を剃った男たち〉と一緒になって片づけに精を出した。この町でなにが起こったかについては、タワンティンスーユ生まれの者なら容易に想像がつく。大地が揺れて、割れ目ができ、巨大な波が海岸地帯を襲ったのだ。アタワルパの一行もこの現象をよく知っていたし、軽い東の風に乗って、この現象につきものの腐った卵のようなにおいが漂ってきていたから間違いないと思った。

アタワルパは自分と妻たちのために広い部屋を一つ選び、そこに筵《むしろ》を敷かせた。妹にして妃のコヤ・アサラパイはもちろん、ハンモックを吊るす場所が見つからなかったヒゲナモタもそこで寝泊まりすることになった。

ほかの者たちは中庭の回廊を居場所とした。家畜はすでにその中庭に入れてあったが、それを見て〈髪を剃った男たち〉が恐る恐る、だが興味深々で近づいてきた。彼らはリャマを見たことがなかったのだ。その夜、一行はもう一杯〈黒い飲み物〉をもらってから、ルミニャウイの隙のない監視の目に守られて、久しぶりに陸地で眠りについた。

1 インカ帝国の公用語だった言語で、現在でも中央アンデスで広く使われている。ペルーとボリビアの公用語の一つ。
2 アンデスの先住民で、十三世紀ごろからチチカカ湖周辺にいたことがわかっているアイマラ族が話す言葉。ケチュア語と同じく現在でもペルーとボリビアの公用語の一つである。
3 リスボンは一五三一年に大地震に見舞われた。
4 リスボンの市街西部、テージョ川沿いにある要塞、ベレンの塔。
5 この塔のガーゴイルの一つはサイを模している。
6 リベイラ宮殿のことだと思われる。この宮殿は一五三一年の大地震には耐えたが、一七五五年の大地震で倒壊した。
7 パナマからペルーに向かったときのピサロ軍がちょうどこれくらいの規模だった。
8 ジェロニモス修道院。キト人の目には宮殿にしか見えなかっただろう。
9 これらのポルトガル語の単語はカスティーリャ語（スペイン語）と発音が似ている。
10 アメリカ大陸にはまだ小麦が持ち込まれていなかったので、彼らはこのとき初めて小麦のパンを食べた。インカ帝国のパンはトウモロコシなど他の穀物の粉を焼いたものだった。
11 レバントは地中海東岸地方（ヨーロッパ人から見た東）を意味する歴史的名称だが、この小説ではインカ人から見た東、すなわちヨーロッパを意味する。「レバント人」もヨーロッパ人のこと。
12 ステンドグラス。
13 ジェロニモス修道院に隣接するサンタ・マリア教会。天井の装飾で有名。
14 クスコにあったパチャクテクの宮殿。
15 太陽の神殿（インティカンチャ）、黄金の神殿（コリカンチャ）とも呼ばれる。クスコにあるインカ帝国でもっとも重要な神殿で、マンコ・カパックが建設し、パチャクテクが再建した。かつては建物全体が金で覆われていた。

8　レバントの国

〈髪を剃った男たち〉は明らかにキト人のことを怖がっていたが、だからといって好奇心を抑えることはできなかった。この異国人たちは何者だろうかと、キト人の服を見たり、耳に触ったりして、[1]推理に夢中になった。また一行に女性もいるのを見て色めき立ち、なかでもヒゲナモタの姿に衝撃を受けたようだ。ひと目見るだけで目がくらんでしまうのか、彼女を見かけると両手で目を覆い、顔を背け、彼女が通り過ぎるのを待つ。そのうち、これ以上見ていられませんとばかり、肩に布を――彼らの質の悪い布を――かけようとしたが、彼女は笑って押し返した。キューバの王女が身につけるのは母親から譲り受けた腕輪と足首の飾り、そしてアタワルパから贈られた金の首飾りだけと決まっている。

一方、〈髪を剃った男たち〉の長である〈金の指輪の男〉は道理をわきまえていて、ヒゲナモタが少し言葉がわかるらしいと見て取ると、ある部屋に案内した。そこでは〈髪を剃った男たち〉が机にかがみ込み、黒くて短い線で埋められた四角い布のようなものを細い棒の先でせっせとひっかいていた。子供のころに見た革の箱で守られた〈しゃべる葉〉[2]と同じだと、ヒゲナモタにはすぐにわかった。しかもその部屋は天井までその〈しゃべる箱〉[3]で埋め尽くされていたので驚いた。箱に入れずに丸めて保管されているものもあり、〈金の指輪の男〉がその一つを広げると、そこにはあの異国人の船の残骸で見つけたのと同じような地図が描かれていたので、これを使って自分たちがどこから来たのか知ろうとしているのだとわかった。相手は地図上のある箇所を指さして「ポルトガル」と言った。それは陸地の端のほうで、その左には大きな空白が広がっていて、ずっと下のほうに小さい島が一つあるきりだった。

キスキス将軍は十人の部下を連れて周辺の様子を見に行き、戻ってきてアタワルパに、「このあたりは壊滅的な状況です」と報告した。将軍によれば、町はとても大きく、人口も多いようだが、住民は突然災害に見舞われて茫然自失状態だという。そのせいで、いやそのおかげでと言うべきか、誰も異国人の集団に注意を払っていない。「川には魚が多く、土地も肥えていて、住み心地がよさそうです。もちろん揺れなければの話ですが」。キスキスは途中で見つけた小型のリャマのような動物を一頭、アタワルパに見せるために連れてきていた。また鳥に関しては、一羽も飛んでいなかったという。

北から分厚い雲が流れてきていたが、やがてそれが裂けて雨となり、丘のほうで燃えていた火を消してくれた。〈髪を剃った男たち〉のもてなしのおかげで、アタワルパ一行の長旅の疲れは癒えていった。〈黒い飲み物〉も疲労回復に役立ったが、一同が感動したのは、それが半透明の杯に注がれると美しい赤に変わることだった。

一行が十分に休息をとったのを見て取ると、アタワルパはインカの慣習に従い、キューバを発つときに船に積んだ食料の残りをすべて燃やすと決めた。木箱に詰めたまま大事に保管してきたが、このままというわけにはいかない。また本来なら旅の途中で着ていた衣服も燃やすべきなのだが、それは延期とした。というのも一行は前例のない状況に置かれていて、未知の国に上陸したばかりであり、ここにアルパカがいるのかも、綿[4]がとれるのかもわからなかったからである（しかもこの宮殿に住んでいる人々を見るかぎり、この国には粗悪な布しかないようだった）。

彼らは船から食料の入った木箱を降ろした。アタワルパは輿の上から儀式を見守った。皇帝の意思により、儀式はようやく水が引いた河岸で行なわれた。亡命先で準備が整わないので、祖国同様の盛大な儀式など望むべくもなかったが、それでも〈堕ちゆく皇帝〉は自分がいまなお皇帝であることを示すためにできるかぎりのことをしたかったのだろう。といってもここには彼が皇帝であることに異議を唱える者など一人もおらず、そんな心配は無用だった。河岸は肌寒かったので、皇帝は儀式のとき自分のコウモリの毛のマントをヒゲナモタに貸し与えた。マントをまとったキューバの王女と、妹にして妃のコヤ・アサラパイが彼の横に立ち、幼いクシリマイとキスペ・シサは彼の足元に座った。三人の将軍は馬に乗り、斧を手にして背筋を伸ばした。踊りと歌のあと、女性神官のなかから選ばれた一人が太鼓の音に合わせて最初の箱に火をつけた。するとたちまち肉が焼けるいいにおいが立ち上り、思いがけず周辺の住民を呼び寄せることになった。着の身着のままの人々はぎらぎらした目で食べ物だけを凝視していて、異国人の存在などどうでもいいようだ。アタワルパがなにも命じないので、儀式を中断しようとする者はいなかったが、徐々に輪を縮めて近づいてくる住民たちの動きを誰もが見張っていた。とうとうそのなかの一人が我慢できずに両手を火に突っ込み、傷みかけた骨付き肉をつかみ出したとき、近衛兵はすぐさまつかまえて喉をかき切ろうとしたが、アタワルパは放っておけと手で命じた。するとそれを合図に住民たちがいっせいに駆け寄ってきた。そこから繰り広げられた修羅場にキト人たちは仰天し、言葉もなくただ見つめていた。レバント人は次々と木箱をこじ開け、わめきながら中身を奪い合った。少しでもつかみとれたら、ライバルを蹴散らしながら急いで口に放り込む。結局キト人たちは、おそらくは憐れみというよりも驚きから、レバント人たちがすべてを平らげるまで黙って見ていた。レバント人のほうはというと、クイの最後の一匹の骨までしゃぶり尽くしてから、ようやくわれに返って脂まみれの顔を上げ、そこでようやくキト人の存在に気づいた。そして今度は彼らのほうが仰天して立ちすくんだ。

のちにこの場面はティツィアーノの手で絵画に収められ、広く知られることになる。若く、端麗で、威厳のあるアタワルパ。その肩にはオウム、傍らにはロープでつながれたピューマ、そして彼を取り囲む女たち。ヒゲナモタは艶のある金褐色のマントをまとっているが、胸ははだけたままだ。コヤ・アサラパイは肉を漁るレバント人に嫌悪の表情を向けていて、幼い妹キスペ・シサは初めて間近に見るレバント人に怯えている。その周囲には多色の幾何学模様の晴れ着をまとって立ちすくむ貴族たち。毛並みのいい黒馬にまたがったルミニャウイと、たてがみを風になびかせる白馬にまたがったキスキスとチャルコチマ。レバント人も描かれていて、一人は画面中央であぐらを組んで骨をかじっている。唇がまくれ上がっていて、その様子を見て女性神官が呆れ返っている。もう一人は好奇心のあまり恐怖も空腹も忘れ、微動だにしないインカ皇帝に近づいて耳を触っている。ひざまずいて両手を高く上げ、なにかを懇願しているレバント人もいる。そして周囲には、皇帝の前でうやうやしく頭を下げるキト人たち。

もちろんティツィアーノはその場にいたわけではないので、実際の場面が絵画のとおりだったわけではない。

レバント人の一人が皇帝の耳を触ろうと近づいたのは事実だが、実際にはアタワルパが輿の上から近衛兵に合図し、その近衛兵が槍で盾をたたいて追い払ったのだ。派手な音に驚いて、レバント人たちは雷に驚いたビクーニャのように飛び上がり、いったん散り散りになった。

さて、この河岸での儀式のあと、異国人の集団がやって来たという知らせが近隣に広まり、アタワルパ一行が滞在する宮殿の周囲にもぼろをまとったレバント人たちが詰めかけるようになった。キスキスがふたたび偵察に出たところ、レバント人たちは敵意を見せてはいないものの、友好的とも思えなかった。そこでアタワルパはむやみに外に出てはいけないと一同に命じた。彼らも石壁の内側で快適に過ごしていたので問題はなかった。〈黒い飲み物〉はたっぷり備蓄されていたし、そもそもどこかに行こうにも、行くあてがなかった。

1　インカの貴族は耳に穴をあけて大きな耳飾りをはめ込んでいて、耳たぶがだらりと垂れるほどだったといわれている。ペルーで征服者となったスペイン人たちは彼らのことを「大耳（オレホネス）」と呼んでいた。
2　紙に文字が書かれたもの。
3　本。
4　ペルーでは紀元前から綿が利用されていた。

9　カタリーナ

日々が流れ、一か月経った。いや二か月かもしれない。キト人たちは皆、食料が底をつくまでこのままだろうと思っていた。しかし歴史が教えてくれるように、ほとんどの出来事にはわかりやすい先触れなどないし、あるとしても人の目を欺《あざむ》くためでしかない。要するに、出来事というのは不意に起こるものなのだ。

ある日不意に、この国の王が〈髪を剃った男たち〉の宮殿にやって来た。若い金髪の女性を伴っていて、これが王妃だった。また貴族や近衛兵からなる大勢のお供も連れていた。貴族たちと王妃は、キト人がこれまでに見たレバント人よりずっと優雅な衣装を身につけていて、その生地はインカのものには及ばないとしても、かなり上質に見えた。だが王は、ひげと同じ黒の地味なマントと平たい帽子というでたちで、飾りといえば、金の輪のなかに赤い十字をはめ込んだものを太い金鎖で胸に下げているだけだった。彼の黒いひげは王妃の金髪以上にキト人たちを驚かせた。黒ひげの王はまず〈金の指輪の男〉と言葉を交わし、その際に後者は前者の手に接吻したり、跪拝《きはい》を繰り返したりして、一度も完全に背を伸ばすことがなかったので、最大の敬意を払っていることがわかった（とはいえ履き物を脱ぐことはなかった）。

それから王はアタワルパと話がしたいというそぶりを見せた。

王は自らジョアン[1]と名乗り、それがタイノ族の人名と響きが似ていたので、アタワルパは思わずヒゲナモタのほうを振り向いた。

王は裸の王女を見てショックを受けたに違いないが、顔には出さなかった。そして自分はポルトガルという国を治めていると言い、大きな国だと言いたいのか、両手を大きく広げてみせた。だがヒゲナモタにはほんのいくつかの単語しか聞き取れず、会話にならない。王は何度も「デウス」と言ったが、彼女にはそれもわからなかった。[2]アタワルパは自分たちがどこから来たかを示すために西の方向を指さしてみせたが、ジョアンは首をかしげるばかりで、そのうち「ブラジル？」[3]と訊いたが、アタワルパにもヒゲナモタにもなんのことかわからなかった。

会話は途切れてしまった。すると王が王妃に話しかけたのだが、どういうわけかその言葉はヒゲナモタにも少しわかった。王はトルコ語の通訳がどこかにいないだろうかと王妃に訊ねたのだ。そして王妃が品のある口調で、それは兄がいずれ十字軍を率いて、スレイマン[4]に勝利して戻ってくるまで待たなければなりませんと答え、驚いたことにこの王妃の言葉はヒゲナモタにもよくわかった。と同時に記憶の底から文章が浮かび上がってきて、口からほとばしり出た。「カスティーリャ語を話しますか《アブラス・カステリャノ》？」

王と王妃は目を丸くして彼女を見つめた。

そこからは、ポルトガル王妃[5]とキューバの王女のあいだで言葉が飛び交った。

王妃は、あなた方はインディアスから来たのか、それともアフリカか、トルコかと訊いた。

王女は、自分は太陽が沈む彼方にある島から来たと答えた。

王妃は、ヴェラクルスという遠くの島[6]なら知っていると言った。夫の国の民が木材を探しに行くが、それ以外の島には回ったことがないと。

王女は、何十年も前に、ここの人々に似た異国人が自分の島にやって来たが、彼らは木材ではなく黄金を探していたと言った。

王妃はそれを聞いて、そういえば世界が丸いことを証明したがっていたジェノヴァ人の船乗りがいたと言い、自分の祖父母のイサベルとフェルナンドがインディアスへの海路を開かせようとして、その船乗りを西に向かわせたと言った。だがその者は二度と戻ってこず、その後は誰もその海路をたどろうとしなかったと。

王女は、自分はその船乗りに会ったのだと言った。彼はまだ子供だったわたしの腕のなかで死んだのだと。

王妃は、ではあなた方はシパンゴから来たのか、大ハーンに遣わされてきたのかと訊ねた。

王女は、ここにいるアタワルパはタワンティンスーユの皇帝だと説明した。ただし彼が内戦に敗れて逃げてきたことは言わなかった。

アタワルパは二人が自分のことを話していると気づいたが、内容はまったくわからなかった。

ジョアンは二人の話がわかるようだったが、黙って聞いていた。

王妃は、自分はカタリーナといい、カスティーリャの生まれだと言った。

そのあいだに幼いクシリマイがジョアンのひげに触ったが、王はそのまま触らせておいた。

王女は、自分たちがいまいるこの国はどれほど広いのかと訊いた。

王妃は、夫は海の向こうの国々も治めているが、自分の兄はスペイン王であり、それ以外にも広大な領土を支配していると言った。

王女はスペインがカスティーリャとアラゴンの統一によってできた国であることを知っていた。

王妃はさらにイタリアのこと、偉大な聖職者がいるローマのこと、ドイツという地方の諸侯たちのこと、そして遠くのエルサレムのことを話してくれた。エルサレムというのはイエスという人物の都市だそうだが、いまは敵の手に落ちているという。

王女はこの町を襲った異変についても訊ねた。

王妃は、大地が揺れたことで川の水が二つに割れ、船が投げ上げられてしまったのだと言った。そのとき外で悲鳴のような、人の声なのか動物の鳴き声なのかわからない声が上がった。

ジョアンがまた〈金の指輪の男〉と話しはじめた。彼はなにかを案じているようで、厳しい口調で話している。

ヒゲナモタは二人がなにを話しているのか王妃に訊ねた。そして彼女の答えから、ここが「修道院」というインカの神殿のようなところで、〈髪を剃った男たち〉は「聖職者」とか「修道士」とかいうインカの神官のような人々であることがわかった。王妃の話によれば、修道士の一部が大異変の再発を予言し、それが住民の不安を煽《あお》っていて、ジョアンは噂の流布を食い止めたいのだそうだ。この町の人々は、あの大異変は神の怒りによるものだと考えているそうで、彼らの不安と迷信はとどまるところを知らず、海の向こうから来た異国人の存在がそれを助長する結果になっていると。

ヒゲナモタは、神の怒りというのはどの神のことかと訊ねた。

すると王妃が片手をすばやく動かして、顔と胸の前をなぞるようにしたので、そういえば子供のころに会ったスペイン人たちもそうしていたとヒゲナモタは思い出した。

それから王と王妃は暇乞《いとまご》いをして帰っていった。彼らは「ペスト」という病気を避けるために、街からかなり離れたところに住んでいるという。

1　ポルトガル王ジョアン三世。
2　「神」はポルトガル語ではデウスだが、スペイン語ではディオスなので聞き取れなかった。
3　ポルトガルのペドロ・アルヴァレス・カブラルが一五〇〇年にブラジルに到達した。
4　オスマン帝国第十代皇帝スレイマン一世。
5　ポルトガル王ジョアン三世の妃、カタリーナ・デ・アウストリア。スペイン王カルロス（神聖ローマ皇帝カール五世）の妹。
6　ポルトガルは当初ブラジルを島だと思い、ヴェラクルス島（真の十字架の島）と呼んでいた。

10　インカの人々[1]　第一歌第一節

おお　はるかなる異国の浜に立つ勇者たちよ
あなた方は西の国を離れ　不屈の精神をもって
キューバの先の大海原をわがものとし
かつて存在したことのない航跡を描いてみせた
おお　あなた方は風と嵐をものともせず
幾多の危機を　強敵との戦いを乗り越えて
征服に征服を積み重ね

新たなる帝国の礎《いしずえ》を築いてみせた

1　ルイス・デ・カモンイス『ウズ・ルジアダス』を模した叙事詩。以下「インカの人々」はすべて同様。

11　タホ川[1]

それからの日々を、アタワルパは部屋にこもって過ごし、〈黒い飲み物〉をたくさん運ばせた。国王夫妻との対面で現実を突きつけられ、ひどく考え込んでしまったのだ。過去のサパ・インカが北の地を征服してきたように、自分も新大陸を征服するつもりでいたが、それがあまりにも子供じみた考えだったことはすでにはっきりしていた。二百に満たない人数でこの大陸を、いや一国でも征服できるはずがない。そんなことを考えるのは頭のおかしい人間だけだ。そもそもポルトガル王が連れていた近衛兵を見ただけでこの国の軍事力がわかるではないか。よく訓練されていて、装備も整っていて、いざというときには見事な戦いぶりを見せるに違いない兵たちだった。

とはいえ、たとえ人数が少なくても、自分の軍をしっかり掌握し、いい状態に保つというのは大事なことだ。そのためには彼らになにか目ざすもの、しがみつくもの、それがだめならせめて幻の希望くらいは与えなければならない。アタワルパは無為がどういう結果をもたらすかをよく知っていたから、腰を上げて前に進むことの大切さもわかっていた。だがどこへ？　目的地だった新大陸にたどり着いたいま、どこへ行けばいいのだろうか？　なにをすればいいのだろうか？　彼は石で守られたこの避難所を簡単に捨てる気にはなれなかった。それに、ここなら〈黒い飲み物〉もたっぷりある。

しかしながら、たいていの場合（運命を決めているのは自分だという思い込みを捨てて現実を素直に認めるならば）、人が逡巡しようがしまいが、結局は周囲の状況が人に代わって決断し、人の背中を押すことになる。アタワルパもそうなった。

修道院に押しかけるレバント人は日に日に増え、不穏な空気が漂いはじめていた。その人数はキスキスとその部下たちが偵察に出るたびに確実に増えていて、不満や怒りの声も大きくなっていた。もっとも、ほとんどのレバント人はキト人を見ると怯えて縮こまってしまい、小石を投げるのがせいぜいで、本格的に手を出してきたりはしない。それでも異国人への恐怖という見えない堤防がいつまでもつのか誰にもわからなかったし、いずれは堤防が決壊して怒りの川が大暴れするだろうと思われた。

ヒゲナモタは修道士たちに、結局のところなにが問題なのかと訊いてみた。すると彼らの長であり、カスティーリャ語も話せる〈金の指輪の男〉がこう言った。この国の人々はとても迷信深く、自分のように地震を自然現象だと考える人は少ない。彼らにとって地震は神による人間への報復であり、見知らぬ異国人がやって来たことと無関係だとは思えないのだと。リスボンの人々の意見はいくつかに割れていて、ある人々はアタワルパ一行をトルコ人だと言い、またある人々はインディオだと言い、ごく一部に天からの使者だと言う人もいる。だが大半の人は、ただもう単純に、悪魔のようなものだと考えていて、その点では修道士のあいだでさえ意見が割れていると。

ヒゲナモタは〈金の指輪の男〉に、ではあなた自身はわたしのことを何者だと思っているのですかと訊いてみた。すると相手は常日頃の自制を忘れて彼女の胸、腰、下腹部を目でなぞってから、当惑気味の小声で「神の被造物」と答えた。

ヒゲナモタはこの会話の内容をアタワルパに伝え、それを聞いたアタワルパは新月になる前にここを発つと決めた。

キト人たちは修道院を介して町と交渉し、食料、馬、荷車、そしてワイン〈レバント人は〈黒い飲み物〉のことをこう呼んでいた〉を調達した。町の人々は一行がここから出ていくのがよほどうれしいようで、そのためならとなんでも提供してくれた。

三隻の船は〈水のなかに立つ塔〉の近くに投錨したままとし、陸路で行くことにした。船はかなりくたびれていて、そのまま航行を続けるのはどうかと思えたし、このテージョ川〈修道士たちがそう呼んでいた〉が帆船でどこまでさかのぼれるかもわからないのだから、当然の判断だった。

さて、陸路といっても目的地が決まっているわけではない。どの方向がいいという決め手もなかったが、カタリーナがこの川はカスティーリャに通じると言っていたので、アタワルパはとりあえず川沿いに内陸に進んでみることにした。では彼はカスティーリャでどうするつもりだったのだろうか？いや、じつのところなんの考えもなかったのだ。だが「カスティーリャ」が一つの言葉である以上、いまはまだなにも意味していなくても、そこには少なくとも言葉の力が宿っている。だからそれもまた目的たりうるのだった。

途中、崩れた土砂に押しつぶされた死体や、荒廃した村、意気消沈したレバント人をそこかしこで見かけた。キト人の行列に対する反応は場所によってさまざまだった。アルヴェルカという村では亡霊か魔物でも見るような目を向けられた。アリャンドラでは施しを求められた。ヴィラ・フランカ・デ・シーラは、そこでも人々が困窮に陥っていたにもかかわらず、キト人たちを温かく迎えてくれた。一方サンタレンという町では住民が農業用フォークを構え、殺意をあらわにして襲いかかってきたので、応戦せざるをえなかった。

川沿いに進めば進むほど、ヒゲナモタは道ですれ違うレバント人の言葉を聞き取れるようになっていった。

それはつまり、すでにカスティーリャに入ったということだ。だがアタワルパはヒゲナモタにそのことを黙っているように頼み、なおも川沿いを進みつづけた。すでにカスティーリャだということをあえて言わなかったのは、これが行くあてのない旅だということをあからさまにしたくなかったからだが、よく考えてみれば、ワスカルの手に落ちるより、あるいは海で命を落とすより、放浪の旅のほうがずっとましではないか。それに、キトを捨てたときからずっと放浪の旅だったのだから、もう誰もが慣れてしまっていた。

こうして彼らは歩きつづけた。ひたすら内陸に向かって道から道へ、村から村へと進みつづけ、やがてトレドという町にたどり着いた。

1　スペイン中東部から西へ流れ、ポルトガルのリスボンで大西洋に注ぐ川。ポルトガル内はテージョ川、スペイン内はタホ川と呼ばれる。

12　トレド

大きな岩の上に広がる町をひと目見て、キト人たちはここが気に入った。タホ川の峡谷に石橋がかかっていて、銃眼を施した城壁が町を取り巻き、大聖堂の塔が天にそびえている。宮殿は重量感のある建物で、ウィラコチャの巨大な手で岩山の上に置かれたように思えた。

トレドの町は、彼らの目には難攻不落の城塞都市と映った。ところが一行が橋にさしかかると、守衛たちはなんの質問もせずに道をあけ、彼らを通してくれた。

一行は何本もの狭い路地に分かれて町に入っていった。露店がたくさん出ていたが、なぜか人気がない。そのうち遠くからざわめきが聞こえてきたので、その方向へ行ってみると大きな広場に出た。そこは人でいっぱいで、どうやら特別な行事のために全住民が集まっているようだった。

キト人たちは広場の光景に目を奪われた。アタワルパでさえいつものように無表情ではいられなかった。常に皇帝らしく振る舞い、冷静さを失わないことで臣下の信頼と尊敬を集めているアタワルパだが、このときは目の前の光景があまりにも異様だったので、わずかながら好奇心が顔に出てしまった。

広場の中央に、柵に囲まれるようにして、尖った帽子をかぶった男や女が立っていた。彼らは黄色か黒の服を着ていて、その服には赤い十字と炎の絵が描かれている。黄色い服の場合は炎の向きが逆さになっている。首に縄をかけられている者もいる。全員が火のついていない長い蠟燭《ろうそく》をもっている。そして彼らの横には黒い箱と、等身大の人形が置かれている。

彼らの前方には、明らかにこの儀式のために立てられた白い大きな十字架を取り囲むようにして、リスボンの修道士に少し似た〈髪を剃った男たち〉が並んでいた。そしてそのうちの一人が、柵のなかの帽子をかぶった者たちのほうを非難するように指さしながら長広舌をふるっていて、残りの者はそれを聞いている。

その近くには服装が立派で態度の大きい人々が座っていて、ヒゲナモタはこの地方のカシケ[1]だろうと思った。そのなかの一人である若い金髪の女性はカタリーナに似ていて、同じような姿とまなざしをしていた。その横には赤い服を着た禿げ頭の男が座っていて、あまりにも痩せて骨ばっているのでミイラのようだった。彼らの後ろには武装した兵がずらりと並び、命がけでお守りしますという姿勢を見せている。

広場の残りの空間はすべて群衆で埋め尽くされていた。誰もが興奮状態で身を寄せ合い、壇上の言葉に耳を傾けているが、時々声を合わせて同じ歌を繰り返し、踊りだされんばかりになる。

そこでなにが論じられているのかはヒゲナモタにもよくわからなかった。カスティーリャ語以外にももう一つ、彼女が知らない言語[2]が使われていて、全体の流れがつかめなかった。尖った帽子をかぶった人々はなにかを撤回するように迫られていたが、そもそもなにが問題とされているのかわからない。順に一人ずつ進み出て、なにか訊かれるたびに「はい、信じます《シ・ヨ・クレオ》」と答えている。ただし一部の猿轡《さるぐつわ》をかまされた人々は別だった。

ずいぶんもったいぶった重苦しい儀式であることはわかるが、どういう意味をもつものなのかヒゲナモタにもわからず、ましてやキト人たちにはちんぷんかんぷんだった。

ちょうどそのとき、一人の若者がおずおずとヒゲナモタに近づいてきて、マントの下の彼女の裸体をじろじろ見はじめた。その若者は、金はかかっていないものの、一応きちんとした身なりをしていた。ヒゲナモタはその視線に気づきながらも、しばらく放っておいたが、ふたたび群衆が歌いはじめたところで不意にその若者に声をかけ、この儀式はいったいなんなのかと訊いた。気が弱そうな若者は一瞬たじろいだが、〈髪を剃った男たち[3]〉とは違って彼女から目をそらしたりはしなかった。

若者は、これはコンベルソを裁く儀式だと答えた。コンベルソのなかには、まだ以前の信仰を捨てていないのではないか、ユダヤ教の律法に従っているのではないかと疑われる者がいて、その罪を裁いているという。もっともユダヤ教徒だけが対象なのではなく、イスラム教徒や神秘主義的な照明派[4]、あるいはルター派（この地方には少ないが）が裁かれる場合もあるそうだ。今日ここに引き出された罪人のなかには、「不適切な発言」「冒瀆」「迷信」「重婚」「男色」あるいは「呪術」の罪で（時には複数の罪で）告発された者もいるが、これらは比較的軽い刑ですむ。たとえば罰金、鞭打ち、投獄、ガレー船送りなどだという。さらに若者は、服に描かれた炎の向きが逆さになっているのは、火あぶりにならずにすむ人々だと教えてくれた。また罪人の一人を指さして、あの人はラードではなくオリーブオイルで料理をしたかどで訴えられた[5]と言った。ヒゲナモタは以上の内容をどうにかアタワルパに通訳したものの、これらの罪状の本質を理解するところまではいかなかった。歌はまだ続いていた。

若者はこうも言った。裁いているのは審問官というじつに陰険な連中で、いずれも身を売って暮らしていた女の息子だが、それでも一人だけ尊敬に値する人物がいる。その人はサラマンカ[6]という町で大学に行き、学問に人生を捧げていて、この世のあらゆる知識を身につけているのだと。

広場の中央には黒い布で覆われたものが立っていたが、ようやくその覆いがとられ、大きな緑の十字架[7]が現われた。それから審問官の長らしき人物がカシケたちに話しかけた。

そのときのやりとりから、あの若い金髪の女性がこの国の王妃であること、そしてその横の〈赤い服のミイラ〉がその側近で位の高い聖職者であることがヒゲナモタにもわかった。

儀式は長時間に及んだので、審問官や有力者はもちろん、関係者、被告人にも軽食が配られた[8]。それから武装した兵が、有罪判決を受けた黒い服の人々を広場から連れ出した。黒い箱と等身大の人形も一緒に運ばれていき、町の人々もぞろぞろついていく。アタワルパはこれからなにが起こるのか気になり、行列のあとをつけた。

アタワルパがなんの指示もしなかったので、ルミニャウイは一行にここで待てと命じ、自分だけ皇帝に付き従った。ヒゲナモタも将軍の命令は自分には適用されないと考え、内気なレバント人の若者を連れてついていった。

行列が向かった先は別の広場で、そこには輪のついた柱が何本も立てられていて、それぞれの周囲に柴の束が積まれていた。兵士がそのいくつかに火をつけ、そこに黒い箱と等身大の人形を投げ込んで燃やした。

続いて兵士は罪人を柱に縛りつけた。

罪人の一部はまず首をくくられてから焼かれた。その理屈はアタワルパたちにはわからなかったが、内気な若者が言うには寛大な処置なのだという。そしてそれ以外の罪人は――おそらく罪が重いのだろう――生きたまま焼かれた。その全員に向かって、人々は例のしぐさをした。リスボンでカタリーナがしたのと同じ、顔と胸の前で片手をすばやく動かすしぐさである。

人身《ひとみ》御《ご》供《くう》ならインカでも行なわれている。しかしこのとき人が生きたまま身をよじりながら焼かれるのを見、彼らの悲鳴を聞いたアタワルパが、たとえ顔には出さなかったとしても怒りを覚えたことを、わたしたちは知っている。

罪人が息絶えたあとも、群衆は遅くまでその場に残って燃えつづける火を見つめていた。

そのあとトレドの町に見知らぬ異国人の集団がやって来たことはすぐ噂になり、すると迎えがやって来て、彼らは王妃のもとに連れていかれた。

王妃はイサベル[9]といい、ポルトガル王ジョアンの妹だった。そしてカタリーナと同じくカスティーリャ語を話すので、ヒゲナモタにも理解できた。このイサベルは義姉のカタリーナよりもずっと美しく(もちろん誰も口に出しては言わなかったが)、また贅沢に着飾っていた。彼女の夫はここスペインと、遠くにある「神聖ローマ帝国」と呼ばれる領土を支配していて、しかも生国は北のほうにあり、広い大陸を駆け回ってこれらの領土を管理しなければならず、しかも東にある敵対国から守らなければならないのだそうだ。

イサベルはすでに兄のジョアンからの手紙で、西の海からインディオがやって来たことを知っていて、彼らのことをシパンゴかカタイ[10]の使節と考え、歓迎しようと決めていた。そしてその話をしながら、「そう考えるのは地球が丸いと認めることになってしまいますけれど」と言って笑った。

するとそのとき、同席していた〈赤い服のミイラ〉をはじめとする何人かの〈髪を剃った男たち〉が難色を――少なくとも戸惑いを――示したのをアタワルパは見逃さなかった。そのなかの一人は、司教であり異端審問官でもあるバルベルデ[11]と名乗った上で、アタワルパたちに「三位一体」を認めるかと訊ねた。そしてアタワルパがヒゲナモタを介してそのようなものは知らないと答えると、その場の全員が黙り込んでしまった。

キト人たちは宮殿に滞在することになり、家畜の世話も頼むことができた。

翌日、彼らは街に出て通りを見て歩いた。住民たちは好奇の目を向けてきたが、昨日の儀式の興奮冷めやらずで満腹状態なのか、騒いだりはしなかった。

さて、アタワルパの一行のなかにプカ・アマルという赤毛の鍛冶屋がいた。この鍛冶屋はトレドの職人が鍛えた武器を見て、ランバイエケの職人にも匹敵する出来だと思い、そのことをルミニャウイ将軍に報告した。すると将軍から武器の手入れを任された。プカ・アマルと弟子たちがさっそく斧、刀、槍、星形の頭部がついた棍棒などを集め、それを地元の鍛冶屋へ持ち込んだところ、トレドの職人たちはインカの鉄器[12]の見事な出来に目を瞠《みは》った。そして鍛冶場を使わせてくれたので、プカ・アマルと弟子たちは彼らと一緒になって油を塗ったり、研《と》いだり、部品を交換したりした。そこにある道具は鑢《やすり》も鏨《たがね》も鞴《ふいご》も上等で、鉄床《かなとこ》も立派なものだったので、プカ・アマルはいいものを使わせてもらえて大いに感謝した。そこでお返しにと、彼らにインカの武器を紹介した。トレド人が特に興味を示したのは星形の頭部がついた棍棒だった。長い棒の先に斧がついた戦斧《せんぷ》も気に入ったようで、この国にもアラバルダ[13]という同じような武器があると言った。続いて彼らのほうもスペインの武器を紹介してくれて、十字の鍔《つば》のついたまっすぐな剣や、長い山刀のような湾曲した刀を見せてくれた。この鍛冶屋同士の交流は、あの赤みがかった〈黒い飲み物〉の発見に次いで、キト人とレバント人との初期の文化交流の一つとなった。またトレドの〈黒い飲み物〉はリスボンのものに劣らずおいしかったので、キト人は大いに喜んだ。さらに男女の交流も行なわれた。アタワルパ一行のなかの若い女性たちは、リスボンでは修道院にいたので、修道士に身を任せようとしてかえって彼らを恐怖に陥れたが、トレドでは事情が異なるので問題は生じなかった。

　しかしながら、友好関係は長くは続かなかった。

　どうやら三位一体の件は、異端審問最高会議《スプレマ》と呼ばれる一種の諮問機関を構成する聖職者たちにとって、決して見過ごせない大問題だったらしい。彼らはイエスという人物が神の子であることを信じるのか信じないのかと、アタワルパを執拗に問いつめた。そこでアタワルパはこう答えさせた。はるか昔にこの世界を創られたのはウィラコチャである。パチャカマも太陽と月の子であり創造神とされているが、これについては自分はすでに信じていないと。だが、善意を示そうと正直に述べたこの答えがますます反感を買ったようで、聖職者たちはむっつりと黙り込み、互いにちらちらと視線を交わすばかりだった。

　アタワルパ一行について、イサベルはすでに夫のスペイン国王カルロス[14]に知らせを出していて、夫が戻るまでトレドでお待ちいただきたいと言った。だがあの〈赤い服のミイラ〉――ファン・パルド・デ・タベーラという枢機卿《すうききよう》だった――がこれに反対し、国王には北のネーデルラント[15]の重要案件もあるのだから、この程度のことでスペインに呼び戻すべきではないと主張した。

　イサベルは夫の戻りを待ち望んでいたのでタベーラに同意せず、スプレマの面々に、なかでもバルベルデ司教に、自分が迎えた客人に不愉快な思いをさせないでほしいと訴えた。だがいくら彼女が丁重に頼んでも、スプレマは受け入れるつもりなどなさそうで、それどころかアタワルパに次々と質問を繰り出した。たとえば秘跡の数について、あるいは聖職者の独身制について。アタワルパはヒゲナモタにこう答えさせた。わが祖国では神々に関することは女性神官の手にゆだねられている。特別に選ばれた女性たちが、太陽信仰と皇帝への奉公に一身を捧げていると。するとスプレマの全員がいっせいに抗議の声を上げた。アタワルパはうまく折り合いたかったし、そのためにも彼らの恐怖を取り除きたかったので、随員の一人の熱意にあふれる女性神官を彼らのもとに遣《つか》わすと決めた。相手側が太陽信仰に強い関心を示していると思い、女性神官から詳しく説明させようとしたのである。だが彼らは女性神官を受け入れなかった。

その後ほどなく、キスキスの部下たちが町の噂を集めてきた。トレドの住民はキト人たちのことをムーア人[16]かトルコ人だと思っていて、その話になるとしばしば「異端」という言葉が使われているという。報告を聞いたキスキスは、それが褒《ほ》め言葉ではないことをすでに知っていた。

そんなある晩、一人の老婆がこっそりヒゲナモタを訪ねてきて、スプレマは明日の夜明けにあなた方全員を逮捕するつもりでいると耳打ちした。逮捕されてしまったら、あとは裁判にかけられて、コンベルソのように焼かれるだけだと。その老婆はユダヤ人で、すでに何人もの家族が火あぶりの刑になり、いまでは息子が一人残っているだけだという。

ヒゲナモタはこの知らせを急いでアタワルパに伝えた。アタワルパは将軍たちとコヤ・アサラパイも呼び、すぐに対策を練った。この新大陸の人々が、ユダヤ教徒、コンベルソ、モリスコ[17]、ルター派、旧キリスト教徒[18]、新キリスト教徒[19]など、信仰によっていくつものグループに分かれていて、そのあいだでなにやら深刻な事態が生じていることを彼らはすでに承知していた。〈磔にされた神〉をめぐる諸問題や、ラードがどうのこうのという話の背景にいったいなにがあるのか、その正確なところはわからない。だがあの火あぶりの刑を見れば、レバント人がこの問題に異常な熱意を燃やしていることが嫌でもわかる。

アタワルパはこの町の敵を一掃すると決めた。重要なのはスプレマに邪魔をさせないことだった。宮殿の衛兵にも、王妃やタベーラの衛兵にも、いま町にいるすべての兵隊にも邪魔をさせないこと。そして詰まるところトレドの全住民にも。彼らの反応は予測不能だが、偵察に出たキスキスの報告を聞くかぎり、味方というよりは敵だと思える。だとすれば出くわした相手を皆殺しにするしかない。

だがヒゲナモタは全員敵とはかぎらないと反対した。住民のなかには、逮捕のことを知らせてくれたあのユダヤ人の老婆のように、放っておけばいずれスプレマの犠牲になるような弱い立場の人々もいる。

これにコヤ・アサラパイが反論し、そういう人たちは、いま助けたところでいずれ犠牲になるのだから放っておけばいいと言った。遅かれ早かれ火あぶりになるのなら、いま殺したほうがその人たちのためではないかと。

するとチャルコチマが、コンベルソだのムーア人だの、魔女、重婚者、照明派、ルター派だのがなにを意味するにしても、いまのところ孤立無援のわれわれにとって、彼ら以外に味方にできそうな人々はいないのではないかと指摘した。

そこでキスキスが皆に訊いたのは、一部を味方にするとして、いったいどうやって相手を見分けるのかという問題だった。出くわした相手が味方になりうる人間かどうかは、どうすればわかるんだ？

その答えを見つけたのはヒゲナモタだった。それも簡単な方法だ。キリスト教徒だけがする動作、顔と胸の前で片手を動かすしぐさで見分けるのである。彼らはなにかにつけてあのしぐさをするし、子供のころに見た異国人のことを考えてみても、死の危険にさらされたときには必ずそうすると思われる。一方で、火あぶりにされた人々は「よいキリスト教徒ではない」ことを咎められていた。

ということは、あのしぐさをしない人々を助け、する人々だけを殺せばいいのだなとルミニャウイが言った。

アタワルパはそれで行くと決めた。完璧にはできなくても、できる範囲で見分けて対処するしかない。

キト人たちは音を立てないように武器を配り、馬に蹄鉄《ていてつ》を履かせた。貴族も女性も含めて、また斧をもてる年齢以上の子供も含めて、全員が戦いの準備をした。彼らがあの長行軍に耐え抜き、ワスカルの追撃をかわし、荒波を渡りきったのは、クイの串焼きのように焼かれるためではないし、毛深い野蛮人の手で首をくくられるためでもない。

夜明け少し前にキスキスが合図した。

一行はまず馬小屋の馬丁たちを取り押さえ、宮殿の衛兵を殺し、聖職者とカシケを監禁した。王妃も自室に閉じ込めた。彼らは兵士たちの不意をつき、相手に身構えるひまさえ与えずに殺しまくった。そして彼らから〈火を噴く杖〉を奪った。悲鳴を聞いて町の住民たちが家から顔を出しはじめたころには、一行は馬で市街地になだれ込んでいた。

トレドの町は殺戮の場と化した。トレドの剣とランバイエケの斧が、どちらも相手かまわず振り下ろされ、職業も年齢も性別も関係なく肉体を突き、切断した。キト人は家のなかまで入り込んで住民の喉をかき切った。抵抗しようとした人々もあっけなく斬り捨てられた。大聖堂《カテドラル》と呼ばれるレバント人の寺院に逃げ込んだ人々もいたが、キスキスがそこに火を放った。〈磔にされた神〉はレバント人を助けなかった。

広場でヒゲナモタと知り合ったあの内気な若者もこの襲撃に巻き込まれた。彼は大聖堂のファサードの陰に身を隠し、それから中庭の回廊に逃げ込もうとしたが、暴れまくる数人のキト人に見つかって追い立てられた。そこで屋根伝いに逃げたが、足を滑らせて石畳の上に落ち、起き上がったときには死が雄たけびを上げて迫ってきていた。彼が出くわしたのはプカ・アマルで、次の瞬間、棍棒の星形の頭部が彼の肩を砕いた。若者はひどい傷を負ったが、あきらめず、生きたいという思いだけでどうにか立ち上がると、追われる獣のように無我夢中で走りだした。

殺戮が繰り広げられているあいだに、アタワルパはスプレマの面々を探し出した。そしてわれわれを捕らえようとしたのはなぜだと問いつめたが、聖職者たちは震え上がり、壁に掛かった〈磔にされた神〉の肖像画を指さしてわめき立てるばかりだった。必死になって何度も十字を切り、なかには雷に打たれたようにひきつけを起こして膝から崩れる者もいた。

言葉が通じるなら、アタワルパははっきり言ってやりたかった。たとえ罪人であっても、死者の肉体は保存されるべきであり、さもなければ死後生きつづけることができない。それにもかかわらず人を生きたまま焼かせるような神は悪の神であり、崇拝するに値しないと。

だがこのとき通訳できるヒゲナモタはそばにいなかったので、アタワルパはこのまま処刑し、見せしめとして首をさらさせることにした。こうしてバルベルデは呪いの言葉を吐きながら死んでいったが、なにを言ったのかわかる者はその場にいなかった。

キューバの王女は、あのユダヤ人の老婆が危険にさらされてはいまいかと様子を見に外に出ていた。幸いなことに、老婆とその息子が住む地区ではさほど暴力はふるわれていなかった。そこの人々は十字を切るしぐさをしないとキト人たちが気づいたからである。

そこへ悲鳴と慌ただしい足音が聞こえてきた。そして血まみれの男が飛び出してきて彼女の足元に身を投げたと思ったら、すぐ後ろから赤毛の鍛冶屋、プカ・アマルが率いるキト人の一グループが追ってきた。ヒゲナモタはあの内気な若者だと気づき、キト人たちにこの者は殺すなと命じた。だがプカ・アマルは異国の王女の権限を認めようとせず、皇帝の命令は絶対であり、殺すしかないと言い張った。そこでヒゲナモタは鍛冶屋に歩み寄り、刃の先端が乳房に触れるところまで近づいて、一歩も引かない決意を見せた。これにはプカ・アマルも参ってしまった。皇帝の側室を傷つければ待っているのは死だけなので、しぶしぶ刀を納め、仲間とともに踵《きびす》を返した。

ヒゲナモタはすぐさま若者のほうにかがみ込んだ。幸いまだ息があり、「名前は？」と訊くと、「ペドロ・ピサロ[20]」と答えた。この若者がもし生き延びたら、自分の小姓にしようと彼女は決めた。

二時間足らずのあいだに、彼らは三千人以上を殺した。

宮殿に戻ったヒゲナモタは、ふたたび通訳としてアタワルパに呼ばれた。アタワルパは監禁していた王妃とカシケたちを呼び出し、なぜわれわれを見殺しにしようとしたのか問いただした。彼らは一様に、すべてはスプレマの異端審問官が決めたことで、自分たちは否応なく巻き込まれてしまったのだと答えた。異端審問は自分たちの権限外のことで、口を出せない。カルロス王にもっと早く知らせることができていたなら、王はあのような計画を決して認めなかっただろうと。

アタワルパは裏切り行為を非難した上で、彼らの拘束を解いた。翌日には町に人が戻り、なにごともなかったかのように女たちも子供たちも通りに出ていた。

キト人たちはその後二週間ほどトレドにとどまったが、そのあいだこの町と周辺地域は異端審問の恐怖から解き放たれ、真の平和に包まれた。市場が従来どおり開かれて取引が行なわれたので、人の往来も活発で、三千人も死んだとは思えなかった。あの惨劇を思い出させるものといえば、大広場にさらされた異端審問官の首だけだった。

しかしアタワルパは、二百に満たないとはいえ――しかも今回の戦いでますます減ってしまったとはいえ――キト人の運命を背負っていたので、次の行動を決めなければならなかった。彼はまずあの異端審問の儀式に使われていた大きな緑の十字架を燃やさせた。この町に無数にある〈磔にされた神〉の像も取り除かせようかと思ったが、それはやめておいた。

それから王妃と枢機卿に対し、約束どおり国王に会わせてもらいたいと繰り返し要請した。王妃によれば、カルロス王はいま東のほうにいて、敵対するオスマン帝国の脅威からある都市を守るべく尽力しているという。だがすでにアタワルパ一行のことを知らせる伝令を出したので、その返事を待ってほしいとのことだった。

待つしかなかった。だが〝待機〟というのは、子供を愛さない母親のように人の精神を蝕《むしば》んでいくものだとアタワルパは知っていた。特に〝無為〟と組み合わさるとろくな結果を生まない。

チャルコチマも、われわれの手で三千人も殺した町に長居は禁物だと言った。キスキスはこちらからカルロスに会いに行くのはどうかと提案したが、これにはルミニャウイが次のような理由から反対した。ここまで自分たちはリスボンの天変地異や、異国人到来という衝撃による混乱に乗じて切り抜けてきたが、ここからはそうはいかない。また、自分たちはまだこの大陸の勢力地図をまったく理解していない。いま誰が力をもっているのか、誰がどの領土を支配しているのか、それぞれの領土がどのように接しているのかもよくわからない。さらに、自分たちは兵士の割合が低い集団であって、全員が生存のために一年以上戦ってきたとはいえ、軍隊と呼ぶにはほど遠いと。

そこでアタワルパは、ヒゲナモタと将軍たちを連れてふたたびイサベルの前に出た。今回は、アタワルパが要請して、正式に王妃が彼らを接見するという形にしてもらった。キト人はこの国の儀礼作法に不慣れなので、そこは王妃に任せて従うのがいいと思ったからである。服装はインカの伝統に従い、アタワルパは金の胸飾りをつけ、白いアルパカの毛の長いケープをまとった。その姿に宮廷のレバント人たちは息をのみ、誰もがアタワルパの言葉を待った。だが彼は口を開かず、ヒゲナモタに代弁させた。そして彼女が皇帝に代わって願い出たのは、なんと自由通行証の下付《かふ》だった。

「どこへ行くのですか?」と王妃が訊いた。

「サラマンカへ」とヒゲナモタは答えた。

王妃は〈赤い服のミイラ〉のほうに戸惑いの視線を送り、それを受けてタベーラ枢機卿がサラマンカへなにをしに行くのかと問いただした。ヒゲナモタは、わたしたちは国王陛下のお戻りを待つしかありませんが、その時間をこの国と、より広く新世界の歴史と慣習を学ぶことに費やしたいのですと答えた。

タベーラは思わず「野蛮人が学ぶとは!」と言って天を仰いだ。

いずれにせよ、このときこの宮廷のレバント人はアタワルパの意思に逆らう立場にはなかったので、自由通行証は下付され、サラマンカの名高い神学者たちに宛てた推薦状も用意された。

すると噂を聞きつけて、あのユダヤ人の老婆が息子と、ほかにも二十人ほど連れて訪ねてきて、ヒゲナモタにわたしたちも加えてくださいと頼んだ。老婆がしきりに「キューバ人、キューバ人!」と言うので、アタワルパは不思議に思ったが、考えてみれば自分たちは皆ヒゲナモタと同じキューバ人に見えるのだろうと気づいた。そもそもレバント人にインカの内戦の話は聞かせていないし、言葉が通じるヒゲナモタがキューバ人だと言えば、残り全員もそうだと思うのが当然だ。それよりもアタワルパは、彼らがなぜ自分たちに加わりたいのか知りたくて、ヒゲナモタに質問させた。老婆の答えは、一行が町を離れればまた別の異端審問官がやって来て、以前のようにユダヤ人を迫害するに決まっているからというものだった。

こうして一行は新大陸に来てから初めて増員を得た。数家族の追いつめられたコンベルソと、顔色が悪い上にあまり正気とは思えない異端者数人と、瀕死の重傷を負ったペドロ・ピサロという、なんとも心もとない増員ではあったけれども。

1 タイノ語由来の言葉で、部族の長や指導者を意味する（第二部の十二月六日を参照）。ここではスペインの貴族など、支配者層の人々のこと。
2 ラテン語のこと。
3 「コンベルソ」はスペイン語で「改宗者」の意味で、異教からキリスト教に改宗した人々のことだが、イベリア半島史においては主にキリスト教に改宗させられたユダヤ人（隠れユダヤ教徒）を指し、激しい弾圧が加えられた。
4 照明派ないし光明派（alumbrados）。十六世紀前半のスペインに起こった霊的運動。
5 キリスト教会がオリーブオイル、ラード、バターのどれをよしとしたかは、時代と場所によって変遷がある。この時期のスペインではラードがよしとされ、豚肉やラードを忌避するとユダヤ教徒あるいはイスラム教徒ではないかと疑われた。
6 スペインの有名な大学都市。
7 緑色に塗られた十字架は、異端審問の象徴として裁きの場に置かれた。
8 ここまではアウト・デ・フェ（異端判決宣告式）の場面である。トレドではソコドベール広場などで行なわれていた。処刑は場所を移して行なわれた。
9 スペイン語ではイサベル、ポルトガル語ではイザベル。
10 この当時ヨーロッパで中国を指して使われていた呼称。
11 歴史上のこの時代のバルベルデといえば、ピサロがインカを征服した際の従軍神父で、アタワルパとも直接言葉を交わしたビセンテ・デ・バルベルデである。のちにクスコの初代司教となった。
12 実際にはインカは鉄を知らなかったが、この小説では鉄を使いこなしている。
13 ハルバード（斧槍）のスペイン語。
14 スペイン国王としてはカルロス（一世）、神聖ローマ皇帝としてはカール五世。
15 現在のベルギーとオランダを中心とする地域。
16 中世にイベリア半島を支配したイスラム教徒、あるいは北西アフリカのイスラム教徒、さらにはイスラム教徒全般を指すこともある。
17 レコンキスタの完了、すなわち一四九二年のグラナダ陥落後もイベリア半島に残ったイスラム教徒。
18 古くからのキリスト教徒。

19　イベリア半島でレコンキスタ完了後にカトリックに改宗したユダヤ人やムーア人のこと。旧キリスト教徒と区別され、差別を受けた。

20　本来のペドロ・ピサロはインカ帝国を征服したフランシスコ・ピサロの従弟で、従者としてピサロと行動をともにした。『ペルー王国史』の著者。

13　マケダ

若き君主アタワルパは、自分に付き従う人々のために常に目的地を、方向を、刺激になるものを見つけてきた。それは人々がわれを忘れて夢中になれる目標とまではいかないものの、少なくとも彼らをまとめ、その心と体に力を与えてきた。だからこそこの想像を絶する、およそ不可能な旅――クスコまであと一歩というところまで迫り、〝世界のへそ〟に手が届いたかと思ったら、そこで反転してクスコから遠ざかり、世界の果てまで行くことになった旅――もただの漂浪に堕することがなかったのだし、あるいは少なくとも彼らに絶望的な状況を意識させずにすんだのだった。そうでなければ、キト人たちは一人また一人と狂気の岩場に乗り上げて座礁していただろう。やはりアタワルパにはパチャクテクの血が流れていて、おそらくはほかのなによりもその血が彼をここまで導いてきたと考えられる。というのも彼はまだこのときフィレンツェのあのレバント人の政治哲学を知らなかったので、君主として力を発揮できているとは言いがたかったからである。アタワルパが「改革者」と呼ばれた彼の曾祖父パチャクテクから、本当に統治の才を受け継いでいるとわかったのは、彼がそのレバント人の著作を学んでからのことになる。

サラマンカへ向かう途中、彼らはマケダという村の入り口で足を止めた。トレドの虐殺の話はここまで伝わっているに違いないので、アタワルパは村の外で野営すると決め、キスキスと言葉がわかるヒゲナモタだけを村に送り込んで様子を探らせた。

村のなかでは人々が「教会」と呼ばれる寺院に集まっていて、キスキスとヒゲナモタ（裸が目立たないようにケープをまとっていた）はそこで奇妙な場面を目撃することになった。二人がこっそり教会に潜り込むと、奥のほうの一段高くなったところの木の箱[1]のなかに聖職者が一人いて、なにやら弁じ立てていたが、手前の村人たちはがやがやと落ち着きがなく、まじめに聞いていなかった。その光景はトレドで見たあの裁きの儀式とはまったく違っていて、厳かでも重苦しくもなかった。

だが途中で突然、腰に剣を下げた男が立ち上がって話を遮り、聖職者をののしった。ヒゲナモタには部分的にしか聞き取れなかったが、聖職者のことを見かけ倒しだと非難しているのはわかった。二人は激しく言い争い、言葉の応酬が頂点に達すると、聖職者は壇上で膝をつき、両手を組んで天を見上げて神よどうか力をお貸しくださいと祈った。

その途端、剣の男が雷に打たれたように倒れ、体を震わせながら口から泡を吹いた。その場は大騒ぎとなり、村人たちは恐怖に怯え、どうかこの人を許してあげてと聖職者に泣きついた。聖職者はしぶしぶ壇から降りてくると、村人をかき分けて痙攣している男のところまでやって来て、その上にかがみ込んだ。そして男の頭に巻き物のようなものを載せ、意味のわからない言葉をつぶやくと、男の痙攣はたちまち治まった。

われに返った剣の男は、慌てて聖職者に忠誠を誓い、逃げるように出ていった。そのあとどうなったかというと、村人たちはわれ先に聖職者に駆け寄り、レバント人が「硬貨」と呼ぶ銅や銀の小片を差し出したのだった。彼らは口々に「インドゥルヘンシア」と言ったが、それがなんなのかヒゲナモタにはわからなかった。

　キスキスとヒゲナモタは〈磔にされた神〉の力を目《ま》の当たりにして驚いた〈食ってかかってきた男を罰するために聖職者が助けを求めたのが〈磔にされた神〉だったのかどうかはわからないが、二人はおそらくそうだろうと思った〉。二人は野営地に戻るなり、この出来事を皇帝に報告した。アタワルパはいつものように顔色一つ変えなかったが、〈磔にされた神〉がはたして脅威なのかどうかについて、そろそろはっきりさせておくべきだと思った。キト人たちはいま不安定な状態に置かれ、その士気を保つのは容易なことではない。そんなときに、およそ友好的とは言いがたい神の脅威によって士気が損なわれるようなことがあってはならない。だがどうすれば見極められるだろうか？　トレドで派手に暴れたあとなので、アタワルパはしばらくは鳴りを潜めよう、行く先々でのレバント人との接触を極力控えようと思っていた。したがって魔術のようなものを使ったその聖職者を捕らえて連れてこさせるようなことは憚られた。だがそのとき、アタワルパとヒゲナモタが同時に、いまや一行のなかにレバント人がいることを思い出した。

　ヒゲナモタがトレドで救った若きペドロ・ピサロはかろうじて生き延び、元気を取り戻しつつあった。ヒゲナモタは毎晩のように彼からスペインの話を聞き、それをアタワルパの妃や妹に訳して聞かせていた。そこでこの日も彼に訊けばいいということになり、ヒゲナモタはさっそく皇帝や将軍を連れてペドロのテントへ行き、マケダの教会で見た出来事を話して、聖職者はなぜあんな魔術が使えたのかと訊いた。ペドロはまだ傷が痛むので横になっていたのだが、命の恩人であるヒゲナモタの話を注意深く聞いた。そして話が終わるとくすくす笑いだした。

「あなた方が見たのは」と彼は言った。「詐欺師の芝居ですよ。神父と剣の男はグルで、村人から金を巻き上げるために、事前に示し合わせておいてひと芝居打ったんです。その神父は信者に贖宥《インドウル》状《ヘンシア》を売って儲けているに違いない。つまり贖宥状に見えるような証書をでっち上げて、たぶん俗ラテン語で書いてあるんでしょうけど、これを買えば罪の償いができますよ、魂が救われますよと言って売りつけるんです。喧嘩を売った剣の男は警吏《けいり》でしょうが、賭けてもいいけど、儲けの分け前をもらってますよ」

ヒゲナモタは釈然としないまま、とにかく通訳した。アタワルパや将軍たちもまだ腑に落ちず、離れた敵を倒す不思議な力のことを説明しろとペドロに迫った。聖職者はその力を〈礫にされた神〉から得たように思えるが、どうやって神の力を引き出したのかと。そこでペドロ・ピサロは、まだ若いが馬鹿ではなかったので、ある場面を彼らに想像させることで答えに代えた。

「今晩、日が暮れてから村に戻ったら、その神父が自分の家で剣の男と向き合って祝杯を挙げるところが見られますよ。二人の芝居に騙されて、せっせを金を払ったおめでたい村人たちのために乾杯しているんでしょう」。そして最後にまた笑いながら、「毎日どれほどのお人好しがこの手のペテンに引っかかっていることか!」と言うと、傷がまだ痛む体を休めるために寝返りを打ち、目を閉じた。

キト人たちはこうして、新世界で最初の学びを得た。

1 講壇。神父が説教を行なう場所。

14 サラマンカ

エスカロナ、アルモロクス、セブレロス、アビラ……。彼らはいくつもの村を通り、さまざまなレバント人を目にした。野良犬、物乞い、騎士、木の十字架の行列ともすれ違った。道沿いの畑では、タワンティンスーユと同じように農夫たちが畑仕事に精を出していて、一行に気づくと腰を伸ばし、通り過ぎるまでじっと目で追うのだった。

夜にはペドロ・ピサロが物語を聞かせてくれて、それをヒゲナモタが通訳した。ロランの物語、アンジェリカの物語、愛馬バヤールにまたがるルノー・ド・モントーバンの物語、ブラダマンテと幻獣ヒポグリフの物語、ルッジェーロの物語、兜を探すフェラガットの物語、そしてフリジアの王と戦うオリンピアの物語[1]。

セリカンの王グラダッソはいかにしてカール大帝（シャルルマーニュ）その人を捕らえたか。そのあと魔法の槍をもつアストルフォにいかにして負けたのか。アタワルパはこれらのくだりに聞き入りながら、祖国での内戦のごく初期のころのことを思い出していた。自分がワスカル軍に捕らえられて幽閉されたときのこと、そしてそこから脱走したときのことを。また彼は、オリンピアの冒険のくだりに出てくる火器に関する説明を繰り返させた。カルバリン砲もファルコネット砲も射石砲も、もはや絵空事ではないとわかっていたので、できるかぎりのことを知りたかった。ペドロ・ピサロも、〈磔にされた神〉の助けは当てにできないが、こういう火器は使い方を覚えておけば必ず助けになると力説した。しかもペドロ自身、まだ若いとはいえ、伯父や従兄弟《いとこ》からちょっとした軍事訓練を受けているという。そこでその後は野営のたびに、宿泊の準備は兵士以外に任せ、兵士たちはペドロの指導のもとで〈火を噴く杖〉の射撃訓練を行なうことになった。もちろんキスキスのように、いくら威力があってもこううるさくてはかなわないと思う者もいないわけではなかったが。

ヒゲナモタは思いがけず自分が庇護することになったこの才気煥発な若者を好ましく思っていた。アタワルパも彼の知識を高く買い、この国とこの世界について大いに語らせた。スペインがフランスという国と交戦中だという話もペドロから聞いた。

道中、一行はサラマンカに近いテハーレスという村の旅籠《はたご》で肌の黒い子供[2]と出会い、この子を引き取ることになった。母親はそこで女中をしていたが、子供の肌が黒いことで虐待を受けていた。それを見てアタワルパの妃たちが憐れに思い、引き取りたいと言ったのだ。

ある日とうとう、地平線上にサラマンカの町が姿を現わした。トレドをもしのぐその美しさに一同は目を瞠った。町の役人は異国人の集団を見て怯えたが、ルミニャウイが自由通行証を提示すると、おっかなびっくりとはいえ丁重に一行を迎え入れた。それからキト人たちはふたたび〈髪を剃った男たち〉の手にゆだねられた。この種類の、あるいはこの立場の人々が、礼拝だけではなくほかにもさまざまな活動を担《にな》っていることは、キト人たちにもわかってきていた。〈黒い飲み物〉も造っているし、〈しゃべる葉〉の収集と管理もやっている。つまり彼らは神官であり、記録保管者でもある。また世界の不思議について議論したり、たくさんの小話を語り聞かせたりするので、賢者《アマウタ》[3]でもある。なかには詩を書く人もいるから、詩人でさえあるわけだ。彼らの詩は韻律も形式もよく整っていた。いや、詩作だけではなく歌もうたう。常に単調で厳かな合唱で、楽器を使わないが、とにかくよく歌う。また面白いことに、彼らは清貧の誓いなるものを立てていながら、リスボンでもここでもずいぶん立派な建物に住んでいた。

立派な建物といえば、この町の大学もそうだった。大学正面の門には見事な彫刻があり、アタワルパたちが見に行くと、この町にあふれている学生たちがその彫刻を見上げて一生懸命なにかを探していた。なんでも細かいレリーフのどこかに石のカエルが隠れているという[4]。アタワルパも探してみたが、カエルなど見つからなかった。そのとき、門の足元で物乞いをしていた目の不自由な老人[5]が彼に向かって、「われ先にと突進する兵は、誰よりも死にたがっているのだろうか？」とカスティーリャ語で話しかけてきた。輿を降りていたインカ皇帝は、このように民から直接声をかけられてももう眉をひそめたりはせず、老人が言ったことをヒゲナモタに訳させた（アタワルパもこのころには、カスティーリャ語が少しわかるようになっていたとはいえ）。

老人はなおも続けて謎めいたことを言った。「書物というのは、耐えがたいほどひどいというのでないかぎり、破ったり投げ捨てたりしてはならない。それどころか誰もが読めるようにするべきで、なかでも害にならず、なにかしら得るところがある作品はなおさらのことだ」

案内役の〈髪を剃った男〉が老人を黙らせようとしたが、アタワルパはそれを手で制し、わかりにくい話の先を急がせた。「そうでなければ書く人がいなくなってしまう。ものを書くのはそれなりに骨折りで、それでも書くからには一人の読者のためということはまず考えられない。骨を折った分の見返りを求めるはずだから。金銭のことではなく、多くの人に見てもらう、読んでもらう、そして願わくば称賛してもらうという見返りのことだ。これについてはキケロも、『名誉こそが芸術を生む』と言っている」

少しは学があるペドロ・ピサロが、キケロというのは昔の偉い賢者ですと小声で補足した。「われ先にと突進する兵は、誰よりも死にたがっているのだろうか？　とんでもない。兵が危険に身をさらすのは手柄を立てたいからで、芸術や文学も同じことだ」

老人は近くに聖職者がいるのを気配で察したのか、そちらに顔を向けてこう続けた。「神学者というのは説教がうまく、また魂の救済を強く望む人々だが、ではこの御仁《ごじん》に訊ねてみるがいい。『おお、なんと説教がすばらしいことか！』と言われたら腹が立つかと」

そう言うと老人は大笑いした。アタワルパは自分の耳飾りの片方を外し、彼の手のなかに納めてやった。それから一行は町の見物を続けたが、付き添いの聖職者は歩きながら「禁書」だの「異端」だの「異端判決宣告式《アウト・デ・フェ》」について話しつづけた。

この町を見て回ってアタワルパが、いやそれ以上にヒゲナモタが驚いたことがあった。町には立派な館が並んでいて、そこの住人は贅《ぜい》を尽くした暮らしをしていると思われるのに、館の門前では飢えに苦しむ人々が物乞いをしているという事実である。これほどの不公平にもかかわらず、貧困にあえぐ人々が富める人々につかみかかることもなく、家に火を放つこともないというのは、ヒゲナモタはもちろんアタワルパにとっても不可解なことだった。

さて、〈しゃべる葉〉を読み解くことができるペドロ・ピサロは、この町に来てからある著作物を手に入れていた。どこかの修道士の手で密かに翻訳され、こっそり出回っているものだそうで、ペドロはその一部をインカ皇帝とキューバの王女のために朗読した。「すなわち貴族は、民衆を抑え込むことができないとわかると、自分たちのうちの一人を祭り上げて君主とし、その後ろに隠れて欲望を満たそうとする」

それはフィレンツェという国から届いたばかりの政治論で、次のようなことも書かれていたので、若き皇帝は生まれながらの英知によりいずれ役に立つと直感した。「その上、貴族を満足させようとすると、公平なやり方ではできないので他の人々に害を与えることになるが、民衆を満足させることなら問題なくできる。というのも民衆の目的は貴族のそれより公平なものであって、貴族のように抑圧することではなく、抑圧されまいとすることだからである」

アタワルパは民衆の幸福をことさら気にかけていたわけではない。それどころか若き皇帝は、反抗するカニャリ族も、トゥンベスの犬ども（と彼は呼んでいた）も、敵対的だったトレドの住民も、すべて容赦なくたたきつぶしてきた。しかし自分に付き従う二百に満たないチンチャイスーユ（北の邦）の生き残りに対しては、ある種の責任を感じていた。そしてこの新大陸で彼らを守るには、これから無数の強敵に立ち向かわなければならず、その際には巧妙な駆け引きが必要になると知っていた。自分たちの強みを生かすとともに、この地の勢力分布と相互関係を巧みに利用する政治的な駆け引きのことである。それでアタワルパは、ニッコロ・マキァヴェッリという人物が書いたというその政治論[6]が助けになると思ったのだ。

一方、キスキスは新大陸の地図に夢中になっていた。山がどう連なっているか、谷がどのようにえぐられているか、平地がどのように広がっているかに興味があり、また河川や沼沢《しょうたく》のありようも理解したかった。彼はそうしたことに大いに注目した。

チャルコチマは、この地で法令や刑罰がどのように適用されるかに興味をもち、フランシスコ・デ・ビトリア[7]という著名な聖職者の手ほどきを受けていた。

ヒゲナモタはペドロ・ピサロに教わりながら〈しゃべる葉〉の読解を学んでいった。彼女の庇護を受ける小姓は、こうして彼女の家庭教師にもなった。いや、二人の関係はそれにとどまらなかったと言う人もいる。

アタワルパはマキァヴェッリに加えて、新大陸の諸王の複雑に絡み合った歴史にも魅了され、次々と知識を吸収していった。

だが新大陸の知識のなかには、アタワルパたちがどうにも理解しがたいものがあった。〈髪を剃った男たち〉が口にする数々の物語である。それらはすべて〈しゃべる箱〉のなかに収められていて、彼らはなにかにつけてそれを引用し、その箱を片時も手放さず、その内容に執着している。また、彼らが属している聖職者の組織制度も複雑すぎてわけがわからない。とはいえ、明らかなことも二つあった。ローマと呼ばれる場所が聖職者たちの崇敬を集めていることと、ルターという聖職者が激しい議論と対立を巻き起こしていることである。すべてを達観した賢者に見えるフランシスコ・デ・ビトリアでさえ、ルターの話になると興奮を隠せず、語気が荒くなる。アタワルパたちにはそれがなにをめぐる対立なのかわからなかったが、北のほうではそれが原因で戦争になっているというからには、重大な問題なのだろうと思った。

聖職者が引用する物語のなかに、キト人たちをとりわけ不快にしたものがある。ある牧夫が妻も、子も、家畜も、健康も、財産も失う話[8]なのだが、それは神が気まぐれにサタンと賭《かけ》をしたせいだった。退屈しのぎだったのか見栄を張ったのかわからないが、神はその牧夫の信仰心を試し、どんな目に遭っても神に忠実でいられるかどうかを明らかにしようとしたのだ。だがキト人たちにはふざけた神だとしか思えず、最後に神が牧夫に妻も、子も、家畜も、健康も、財産も返す（財産は倍になっていた）という結末にも、不信感をつのらせただけだった。太陽神ウィラコチャならば、そのような子供じみた残酷な遊びは思いつきもしないだろう。太陽の運行は揺るぎないものであり、幼稚な戯《たわむ》れとは縁がない。

一方、ミサという儀式は彼らの興味を引いた。オルガンの音は彼らの耳を打ち、心にも響いた。クシリマイとキスペ・シサは十字を切る真似をするようになり、洗礼を受けたいと言いだしたほどだった。

日が経つにつれ、キト人の若い女性と交わる聖職者も出てきた。リスボンではなかったことだが、サラマンカの〈髪を剃った男たち〉はもう少し積極的だった。やがて何人かのキト人の女性が身ごもった。また何人かの聖職者が病気になった。

チャルコチマに劣らず、アタワルパもフランシスコ・デ・ビトリアの講義を好んだ。そこで自然法、実証神学、自由意志、その他の概念を学んだが、その内容は難解で、しかもアタワルパのカスティーリャ語の習得はまだ道半ばだったので、十分に理解できたとは言いがたく、これらの主題で議論できるところまではいかなかった。

　やがてある日、神聖ローマ皇帝カール五世、すなわちスペイン王カルロスが戻ってくるとの知らせが届いた。ペドロ・ピサロからカール大帝に仕えた騎士たちの物語をたっぷり聞かされたあとだったので、アタワルパたちは一瞬かつてのフランク王国のカール大帝と、聖剣デュランダルを佩《は》いたその甥ロランに会えるような気がしてしまったが、もちろんそのカールのことではない。とはいえ、こちらのカールもただ者ではないことを、彼らはこののち知ることになる。彼の軍隊は見事なものに違いなかったが、その軍隊がすでに、遠い国々で勝利を挙げたという噂を先触れに、サラマンカに近づきつつあった（勝利といっても、実際にはかなり曖昧《あいまい》なものだったのだが、それがわかったのはもっとあとのことである）。

　アタワルパは側近と話し合い、ただ待つのではなく、使者を立てることとし、その役をチャルコチマとキスキスに託した。そして今回は、ヒゲナモタを通訳として同行させることはせず、代わりにケチュア語に興味をもって習い覚えた聖職者を行かせることにした。アタワルパは、ヒゲナモタにシャルルマーニュ伝説のアンジェリカの役を演じさせるわけにはいかないと思ったのだろう。[9]いずれにせよ、使者というのは表向きのことで、目的は偵察である。チャルコチマは抜かりなく、使者らしく見えるようにと、アタワルパのピューマと献上用のオウムを連れていくことにした。

1　いずれもシャルルマーニュ伝説の『狂えるオルランド』に出てくる人物や物語。次の段落のグラダッソ、アストルフォも同様。
2　十六世紀スペインのピカレスク小説『ラサリーリョ・デ・トルメスの生涯』に登場する子供。主人公ラサロの異父弟で、父親は騎士団長の館で母とともに働いていた黒人の奴隷だった。この奴隷が未亡人だったラサロの母に恋をして赤ん坊が生まれたのだが、その後奴隷はこの子を育てるために盗みを働いていたことが発覚して罪人となり、母も館を追われ、この旅籠に逃げ込んでいた。
3　「師」や「賢者」を意味するケチュア語で、インカの教育者の称号だった。

4　正面入り口の壁の装飾のなかに一匹だけカエルが隠れていて、これを見つけた学生は試験に受かるといわれている。

5　『ラサリーリョ・デ・トルメスの生涯』に登場するラサロの主人。この物語のなかでラサロは職業の異なる七人の人物に仕えるのだが、その最初の一人が、口八丁で人を騙して儲けているこの抜け目のない老人だった。ただしここに引用されているのは主人公ラサロによる前口上の一部である。

6　『君主論』。前段落、前々段落の引用は第九章からのもの。

7　十六世紀のスペインのカトリック神学者であり法学者。サラマンカ大学の神学教授。国際法の父といわれている。

8　『旧約聖書』の「ヨブ記」のこと。

9　カタイの王女アンジェリカは、父王の命によりシャルルマーニュとその騎士たちを破滅させるべくフランク王国にやって来るが、逆にシャルルマーニュに捕らえられてしまう。またこのピンチを脱したあとも、魔法使いに騙されて海の怪物の餌食にされそうになる。

15　カール五世（スペイン王カルロス）

アタワルパの使節団は三十人ほどになり、全員馬に乗ってカール五世の野営地を目ざした。途中川に行く手を阻まれたが、浅瀬を探して渡った。さらに進んでいくと、やがて無数のテントが平原を覆い尽くしているのが見えてきた。使節団のことはすでに伝わっていたようで、膨らんだ半ズボンの哨兵はすぐに道をあけて彼らを通した。そこから林立する槍と旗のあいだを抜けていくと、あるところで禿げ頭に白ひげの老人[1]が待っていた。黒い毛皮のマントをまとい、銀鎖を首にかけ、左手に赤い石をはめ込んだ指輪をしている。その老人が重装備の衛兵十四人に守られたテントにキスキスとチャルコチマを案内し、なかに入るように促した。二人の将軍は馬を降り、通訳と、オウムと、ロープでつないだピューマだけを連れてテントに入った。

なかではカール五世が廷臣に取り巻かれ、木の椅子に座っていた。黒ひげに、赤い胴衣《プルポワン》に、白い脚衣《ショース》という目を引く姿だったが、それより二人の将軍が驚いたのはワニのような顎とバクのような鼻だった。チャルコチマはオウムを献じるために前に出ようとしたが、二人の衛兵に止められた。オウムは侍従が受け取ったので、将軍たちは贈り物が受け入れられたものと思ったが、カール五世はなにも言わず、オウムの色鮮やかな羽に目を向けようともしない。それどころか口を半開きにし、心ここにあらずといった様子で、足元に寝そべる白くて細長い猟犬を指先だけ動かしてなでている。そのまま沈黙が続き、聞こえるのはピューマと猟犬の曖昧なうなり声だけで、この二頭が人間の代わりに対話をしているかのようだった。将軍たちはどうしたものかと迷いながら立ち尽くした。そこへようやくカールの合図で酒が運ばれてきたが、馴染みの赤黒い酒ではなかったのでキスキスは手を出さず、チャルコチマだけが受けた。カール自身は黄金の杯に注がせ、一気に飲み干してから唇についた泡を手の甲でぬぐった。[2]酒と一緒に銀の皿に載せたローストチキンも運ばれてきていて、カールは腿肉をもぎ取って手際よくかぶりつき、将軍たちはその食いっぷりと脂がひげにしたたり落ちる様子を啞然として見つめた。カールは骨を犬に投げると、唐突に、よく聞こえない奇妙な小声で話しはじめた。彼はまずアタワルパたちが、妃からの手紙にあるとおり、インディアスから大西洋を渡ってきたのかどうかを知りたがった。またそれはヴェラクルス島ではないはずだとも言った。ヴェラクルス島ならポルトガル人が炎《パウ・ブラジル》[3]のように赤い木を運んできているが、妹のポルトガル王妃から、そこには人食いの野蛮人しかいないと聞いていると。そこでチャルコチマが口を開き、タワンティンスーユについて、アタワルパとその兄の戦争について話そうとすると、カールはそれを遮って自分の話を続けた。人の戦争の話などどうでもいいようで、自分の戦争、すなわち最強の敵スレイマンとの戦いについて一方的に語った。チャルコチマはそれを受け、陛下が望まれるなら、わが主君アタワルパとその軍がスレイマンを倒しに参りますと言ってみせた。するとカールは甲高い声で笑い、廷臣たちもいっせいに笑った。それが愛想笑いなのか、それとも彼らにとっても突飛な申し出だったのか、将軍たちにはわからなかった。それからカールはやおら立ち上がり（立ってみると背はさほど高くなかった）、突然大声を張り上げて、アタワルパはトレドの代償を払うべきだとどなりはじめた。すると飼い主の威を借りて白い猟犬も立ち上がり——犬とはそういうもので、主人の真似をしたい、喜ばせたい、守りたいと思って行動するのが常だ——将軍たちに向かって吠え立てた。だが猟犬は少々強気になりすぎ、前に出すぎた。ピューマのしわがれた猫のような声が聞こえたと思ったら、目にも留まらぬ速さでパンチが放たれ、鋭い爪が犬の鼻面を直撃し、犬はきゃんきゃん鳴きながら引っ込んだ。カールは即座に話をやめて犬のほうにかがみ込み、カスティーリャ語ではない言葉で優しく話しかけ、何度も「センペーレ、センペーレ」と呼びかけた。犬は主人の指を舐めた。地面には血の筋がついていた。

　チャルコチマはこの機をとらえ、アタワルパはスペイン王との対面を望んでいると伝え、明日、サラマンカの大広場のサン・マルティン教会前でお待ち申し上げていると締めくくった。

　それを聞いて騒いだのはあの禿げ頭で白ひげの老人で、称号が正しくないとかなんとか文句をつけ、神聖ローマ皇帝、スペイン王、ブルゴーニュ公……とカール五世の称号を延々と挙げはじめた。だがカールはまだ犬のほうにかがみ込んだままで、片手で追い払うようにして将軍たちを下がらせた。

1　18章参照。
2　カール五世はビール好きだった。
3　ブラジル産の赤色染料が採れる木。ブラジルという国名の由来だとする説もある。

16　サン・マルティン広場[1]

カール五世がこの町で異国人と会うって？　いつ？　会うといってもただじゃすまないだろう？　噂だけが流れてきて状況がはっきりしないなか、サラマンカの住民は浮足立ち、町から逃げはじめた。

アタワルパは側近を集めて話し合い、自分たちが置かれた状況が芳《かんば》しくなく、はっきりいえば絶望的であることを明らかにした上で、これを打破するにはスペイン王を罠にかけるしかないとの結論を得た。そもそもこちらには行く当てなどないのだから、ここで踏ん張るしかない。アタワルパは重臣を鼓舞するために、兄との内戦で何度も一か八《ばち》かの勝負に出てきたこと、そのたびに危機を脱してきたことを思い出させた。だがその必要はなかったようだ。もはや誰も、将軍も兵士も、男も女も、この存亡の危機を過去のものと比べようなどとは思っていなかった。自分たちは来られるところまで来た。それに尽きるのであり、あとは華々しい最期を遂げるまでのこと。地下の世界が自分たちを待っている、そう思っていた。

だからといって捨て鉢になったりはしない。さっそくルミニャウイが準備の指揮をとった。まずプカ・アマルに権限を与え、投石紐《スリング》のための鉄球、弓のための矢、あらゆる種類の飛び道具、特に短い両刃斧――これを強く巧みに投げればどれほど分厚い甲冑でも穴があく――をできるかぎり集めるように命じた。それから兵を広場に面した建物と、広場に通じる路地沿いの家々の屋根に忍ばせるべく、その配置を決めて男たちに指示した。また馬に鈴をつけさせ、サン・マルティン教会のなかに隠した。

この鈴はレバント人の不安を煽るためのものだ。そして最後に、もてるかぎりの砲を平原に野営している敵に向けておくことと、スペイン王を生きたまま捕らえることを命じた。

チャルコチマはこのピンチを交渉でしのぐこともできるのではないかと考えていたのだが、ルミニャウイがその可能性を一刀両断した。「なにを交渉するんだ？　どうしのぐんだ？　降伏以外に差し出すものなどないんだぞ。そこにどんな条件をつけられる？　せめて火あぶりの前に首を吊ってくれとでも？　灰になったら地下の世界へ行けないぞ」

このときアタワルパは、ふたたび作法を無視して、自分の言葉で皆に直接話しかけるべきときが来たと思った。なぜならいま、これまで多くの試練をともに乗り越えてきた仲間がともに死を迎えようとしているのだから。そこで全員を集め、運命をともにする仲間として話しかけた。「そなたたちは、われ先にと突進する兵は誰よりも死にたがっていると思うか？」[2]。そしてこう続けた。「この遠い異国の地で、わずかな人数で大軍に立ち向かうわれわれのことを、歴史は決して忘れはしない」。またサラマンカ滞在中に得た知識を生かし、負け戦ながらも華々しい活躍を見せたロンスヴォーのロランとテルモピュライのレオニダスの話と、不利な状況でありながらローマの大軍に勝利したカンナエのハンニバルの話をした。そして、ロランやレオニダスのように命を落とすとしたら、そのときは地下の世界を支配するヘビの神が英雄として迎えてくれるし、ハンニバルのように勝利を収めたとすれば、百八十三人[3]で大国を打ち負かしたとして、われわれは栄光と富を手にするであろうと説いた。一同はアタワルパの言葉に胸を熱くし、それぞれの武器を突き上げて鬨の声を上げた。それから各人配置に着いた。

翌朝までに住民はほとんどいなくなっていた。残ったのは何人かの物乞いと、ひと握りのコンベルソと、突然の静寂に驚いてうろうろする野良犬だけだった。その不気味な静けさは、あの騒動一歩手前だったリスボンを思い出させた。息を潜めて待つキト人たちには過ぎていく時間がとてつもなく重く感じられた。じつはこのとき多くのキト人が、自分でも気づかぬうちに、恐怖のあまり失禁していたそうだ（これはわたしがあとから個人的に聞いた話である）。

サン・マルティン大広場は、四角形の南側の一辺だけが半月状に出っ張った形になっている。つまり南は建物正面が半円を描くように後退していて、それらの建物と向き合うようにサン・マルティン教会がある。北側と西側は石造りの建物で囲まれ、北側の家々は下が拱廊になっている。だが東側は市場があるので完全に囲まれてはおらず、遮蔽物といえば物売り台と、一日を十二等分する円盤がついた塔くらいのもので、将軍たちはそこに不安を感じた。カハマルカの広場のように、四方を壁に囲まれ、出入り口は狭いアーチ型の門だけというほうが戦いやすい。だがこの問題を解決する時間はなく、すでに見張りの兵が神聖ローマ皇帝にしてスペイン王カルロスの到着を告げていた。

刃の長い槍を手にした歩兵部隊が道を払い、その後ろから大きな移動天蓋に覆われた騎馬のカルロスと廷臣たちが現われた。天蓋を支えているのは徒歩の従者たちだ。この一団を、飾り付きの制服を着て斧槍《ハルバード》や小銃で武装した兵が二列になって左右から守っている。隊列の最後尾につけているのは補給用の数台の馬車だった。ざっと数えて総勢二千。キスキスとチャルコチマは敵軍をおよそ四万と見積もっていたので、ほとんどは平原に残ったままということになる。つまり多勢に無勢とはいっても、この広場にかぎっていえばせいぜい十対一だ。とはいえ今回はトレドのときのように人々の寝込みを襲うわけではなく、敵は武装し、しかも警戒している。

カール五世は黒と金の鎧《よろい》で身を固め、赤い馬衣をかけた黒馬にまたがっていた。

この行列を迎えるために送り出されたのはたった一人、ヒゲナモタだけだった。すでに高く昇った太陽のもと、キューバの王女がコウモリの毛のマントを脱ぎ捨てて裸で進み出たので、兵士のあいだにどよめきが起こった。するとレバント人の隊列から聖職者が出てきて、〈しゃべる箱〉を振りかざしながら彼女の前まで来て言った。「汝は唯一の神とわれらの主イエス・キリストを認めるか」。ヒゲナモタはその箱を手にとり、すでに内容を知っていたのでこう答えた。「唯一の神とあなた方の主イエス・キリストを認めます」。それから相手に皮肉な視線を投げ、貴重な箱を開いて読み上げた。「光あれ《フィーアト・ルクス》。こうして、光があった《エト・ファクタ・エスト・ルクス》[4]」そして頭上に輝く太陽を指さした。

そのとき、空《くう》を切る音が広場を横切ったかと思うと、カルロスの馬の頸に矢が刺さった。もう一つ低くて震えるような音が広場を横切り、今度は指の太さより少し大きい鉄球が馬の頭を打った。続いてありとあらゆる種類の発射物が空に縞模様を描いていっせいに飛び、そのすべてが騎兵に降り注いだ。屋根の上に潜むインカの射手たちはまず馬を倒せと命じられていたので、馬の鼻梁《びりょう》を狙った。一頭また一頭と、悲鳴のようないななきを上げて馬が倒れていった。レバント兵は口々に「王を守れ！」と叫び、カール五世を囲むように陣を組んだ。これが彼らの最初のしくじりだった。

続いてしくじったのは火縄銃兵で、彼らは屋根の上のインカの射手を狙ったが、位置関係からしても距離からしても不利であり、いくら撃っても一発も当たらなかった。

時を置かずに教会の扉が開き、アタワルパを先頭に、馬に乗ったキト兵が派手な鈴の音とともに飛び出してきた。彼らは祖先から馬術を受け継いでいて、皆卓越した騎手だ。またここに至るまでの大冒険で身についた判断力と度胸から、襲撃のタイミングを逃しはしなかった。石畳に蹄の音を響かせて、彼らはレバント人を取り巻いていき、驚いたレバント人はますます身を寄せ合ったので、火縄銃兵は押されて再装塡することもできず、しかも倒れた馬に足をとられて身動きできなくなった。こうして中央では押し合いへし合いする兵たちが塊となり、その外側を守る衛兵たちが敵を寄せつけまいと外向きにいっせいに槍を構えたので、少し離れたところから見ると、折り重なったハリネズミの群れが身を震わせているかのようだった。

　だがそこからは時間がかかった。包囲を破ろうとするレバント兵の動きをすべて封じるには、騎馬のキト兵が一瞬も気を緩めずに周囲を回りつづけなければならない。一人でもレバント兵がキト人の馬を槍で突こうとしたら、すぐさま別のキト兵が駆け寄って、槍兵のうなじに剣を振り下ろす。矢と鉄球は飛びつづけ、ハリネズミの中心部にいる盾をもたない兵の上に降り注いだ。「神よ王を救いたまえ！」という叫びが繰り返され、カルロスの将軍たちはわが身を盾にして王を守ろうとした。

　スペイン兵は一人また一人と倒れていったが、その分キト人の矢や鉄球も減っていく。しかも生き残りのレバント人が死んだ仲間のラッパを拾って吹き鳴らし、必死で助けを呼んでいたので、平原にいる本隊が動き出すのは時間の問題だった。早く決着をつけなければキト人の側こそ一巻の終わりだ。時間がない。そのとき、ルミニャウイが馬に蹴りを入れたかと思うと、敵の防御線に真正面から向かっていき、神業としか思えない跳躍で林立する槍を飛び越え、敵軍の内部に着地した。馬は敵兵を踏みつぶし、将軍は大きな星形金具の棍棒を右に左に振り下ろし、肉を柔らかくするときの要領で敵の甲冑をたたきつづけた。

　こうして敵の防御に割れ目ができ、キト人はそこに殺到した。この瞬間、彼らは殺意に取り憑かれた悪魔と化し、無我夢中で斧を振り回し、寄り集まった敵に溝でも掘るようにして王へと近づいていった。つまり王が目標であることは念頭にあったが、その異様な暴れ方からして、生きたまま捕らえよとの命令まで覚えているとは思えない。

　そこでアタワルパも馬を駆り、生者も死者も踏みつけながら、敵味方が入り乱れる集団に飛び込んだ。そこからは大混乱で思うように進めなかったが、アタワルパの目は焼けつくような日差しを受けて輝く王の甲冑をしっかりとらえていた。甲冑はすでにあちこち凹んでいて、長くはもちそうもない。

アタワルパは猛然と剣をふるい、もはや敵も味方も区別せず、もてるかぎりの力で斬れるかぎりのものを斬りはじめた。なぜなら彼は、ほかの誰にもまして、カール五世の生存に自分と部下全員の命がかかっていることを知っていたからだ。

カールも廷臣たちも勇敢に戦った。アルバ公[5]は太刀を浴びて王の傍らで息絶え、ミラノ公[6]は斧に打ち砕かれて事切れた。詩人のガルシラソ・デ・ラ・ベガ[7]も、空を切って振り下ろされ、あるいは甲冑の裂け目を狙って突き出される刃から王を守ろうとして死んだ。とうとう王も倒れ、ひっくり返ったカメのように甲冑の重さで起き上がれなくなり、そこへキト人たちが腐肉を争う野犬のように襲いかかり、トロフィーを奪うつもりで鎧の一部をもぎ取ろうとした。それでもカールは抵抗し、爪をかけられた獲物のように必死で身をひねり、キト人のほうも互いが邪魔になって誰も王の息の根を止められなかった。

ようやくアタワルパがその場に近づいたときには、もはやスペイン王もインカ皇帝も存在しないのと同じ状況で、彼がなにを叫ぼうと誰も言うことを聞かない。アタワルパは斧の腹で味方をたたき、馬の後ろ足で彼らを払って強引に押し進み、そこで鮮やかに馬から飛び降りてカールを助け起こした。

王は頬と手に傷を負い、手袋から血が滴っていて、甲冑は引きちぎられ、衣服は破れて肌が見えていた。すでに無防備で、あとひと突きされれば一巻の終わりだっただろう。だがそこにアタワルパの手が置かれたことで奇跡が起こり、周囲のキト人たちの動きがぴたりと止まった。その瞬間、誰もが殺戮の悪夢から目覚め、と同時に戦いは終わった。太陽は相変わらず頭上高くにあり、塔の上の時計の長針がちょうど元の位置に戻ったところだった。[8]

1　現在のマヨール広場にあたるが、当時はその周囲を含むもっと大きな広場だった。
2　14章参照。

3 これは上陸時の人数で、その後トレドで戦死した者があり、新たに加わった者があり、その結果何人になったかは書かれていないが、いずれしてもこの時点ではまだ二百に満たない。
4 『旧約聖書』の「創世記」より。
5 フェルナンド・アルバレス・デ・トレド。スペインの猛将。
6 スフォルツァ家のフランチェスコ二世。
7 スペインの詩人で、文武両道にたけ、戦でも活躍した。史実上の『インカ皇統記』などで知られる同名のペルーの年代記作者は、この詩人と家系がつながっている。
8 この章はフランシスコ・ピサロがカハマルカでアタワルパを捕らえた場面を逆転させている。

17 インカの人々　第一歌第十一節

どうか耳を傾けられよ　ここに語るのは偽りの偉業でも
喜びのために作られた夢物語でもない
おべっか使いのミューズたちが
現実に飽き足らずに美化したものではない
これこそは伝説を超える現実であり
人が夢見てきたあらゆる驚異を超える現実であり
これにはまことしやかに書かれたロランの物語も
気の粗いロドモンテや猛り狂うルッジェーロ[1]も及ぶまい

1 いずれもシャルルマーニュ伝説中の『恋するオルランド』『狂えるオルランド』に登場する人物

で、ロドモンテは粗暴なアルジェリアの王、ルッジェーロはトロイアのヘクトルの血を引く騎士。

18　グラナダ

アタワルパがカール五世を罠にかけたのは卑劣きわまりない背信行為だと言う人もいた。しかし、カール五世がインカ皇帝の使節に対してトレドの件で脅しをかけたことを忘れてはならない。それにキト人たちは、レバント人が信仰を分かち合えない人々をどう扱うかをすでに目の当たりにしていた。しかも信仰の問題では譲歩の余地がないようで、サラマンカの広場であの聖職者がヒゲナモタに開口一番要求したのも、彼らの神話への服従だったではないか。

いずれにせよ、スペイン王はインカ皇帝の手に落ちた。そしてその事実はカール五世を失意の底に突き落とすとともに、新世界を驚愕の渦に巻き込んだ。

アタワルパは自分たちの命運が人質の生存にかかっていることを重々承知していたので、守りを固めやすい場所へ移ると決め、サラマンカをあとにした。

キト人の一行はカールの大軍を従えてスペインを縦に横断した。もちろん軍はしぶしぶ従っただけであって、敵意を隠しもしなかった。彼らはクイを仕留めようと狙いを定めたピューマのようにキト人から目を離さず、国王奪還の機会を伺っていたし、実際外からの手引きでそのような試みが何度もなされた。それが成功しなかったのは、ひとえにカール自身が意気消沈して気力を失っていたからにほかならない。

危険な行軍がようやく行き着いた先は赤い宮殿《アルハンブラ》だった。切り立った丘の上に立つ城砦で、〈礫にされた神〉の宗教と敵対する別の宗教の信奉者たちによって建てられたものだという。その人々は長くここを支配していたが、スペイン人に追い払われた。そしてこの日、今度はインカ皇帝がここに入り、以後グラナダのアルハンブラ宮殿はキト人たちの新世界におけるサクサイワマン要塞となった。

　城壁で囲まれたこの城砦都市のなかには、カール五世のために建設されながら、本人がまだ一度も足を踏み入れていない宮殿[1]があった。建物は未完成だったが、アタワルパは急ぎ不備を補わせ、地位にふさわしい調度類を整えさせ、カールをその侍従、廷臣、犬とともに住まわせた。王妃と二人の子供もトレドから呼び寄せた。するとカールもようやく無気力状態を脱し、少しずつ君主の顔を取り戻していった。アタワルパが表向きはカールの権限を取り上げず、帝国の諸問題に没頭させたこともまた、彼を元気づける一助となった。たとえば新世界の各地からやって来る使者にしても、まずはカールに接見させ、そのあとで自ら接見した。もちろんこのやり方はアタワルパのためでもあった。サラマンカの出来事を耳にして誰もが現状確認を強いられ、今後への影響を見極めようとしたので、使者はありとあらゆるところからやって来た。その使者たちとカールのやりとりを聞き、そのあと自分も接見することで、アタワルパはこの大陸の政治地図を、そして彼の手中の駒であるカール五世がそのなかでどういう立場に置かれているかを、具体的に頭に入れることができたのだ。

　カール五世の帝国は、面積こそタワンティンスーユに匹敵すると思われるが、タワンティンスーユほどまとまりがないのは明らかだった。南西にスペイン、北にネーデルラントとドイツ、東にオーストリア、ボヘミア、ハンガリー、クロアチア。これら東の諸国はもっと東にある大帝国の皇帝、恐るべき征服者スレイマンに脅かされている。南には、スペインに近いが海を隔てたところに、諸勢力の欲望の的になっているらしいイタリアという地域があり、そこでは争いが絶えない。〈髪を剃った男たち〉の最高位の長であり、この世における〈磔にされた神〉の代理人が住んでいるのはそのイタリアだ。新世界内部の覇権争いにおいて、カール五世すなわち神聖ローマ皇帝の最大のライバルは、帝国の領土を分断する位置にあるフランスという国の王である。だがフランス王の領土もまた、北西の島国イングランドによって脅かされている。大陸の中心部には同盟によって形成されたスイスという小国があり、この小国の戦士は傭兵として各地の戦争で活躍している。スペインの西隣のポルトガルは探検者の国で、他の世界を探検するために多くの船を出している。

　スペインの南西端には「ヘラクレスの柱」と呼ばれる海峡[2]があり、ここを西に抜けると大西洋に、つまりキト人たちが渡ってきた大海に出られる。この海峡の南岸にはムーア人の国があり、その王たちがスペインから追い払われたのは収穫四十回ほど前のことだという（ヒゲナモタの計算によれば、スペイン人たちがキューバにやって来たのはちょうどそのころのことだ）。だが王が追い払われたあともムーア人の一部はグラナダに残り、モリスコと呼ばれるようになった。彼らはアルバイシンという、アルハンブラ宮殿と川をはさんで向き合う丘の斜面で暮らしている。アルバイシンとは彼らの言葉で「憐れな人々」[4]という意味だそうだ。

　カール五世はアルハンブラに入ったが、軍隊のほうはグラナダ郊外のサンタフェ[5]という町に駐屯することになった。するとそこにスペイン王の廷臣が集まり、王が異国人の人質になっているという危機的状況の打開策を練りはじめた。

　集まったのはスペインで王に次ぐ力をもつ人々だった。まずあの〈赤い服のミイラ〉、フアン・パルド・デ・タベーラ枢機卿、カール五世のテントでチャルコチマとキスを迎えた禿げ頭で白ひげの老人、ニコラ・ペルノ・ド・グランヴェル枢機卿、巨大なルビーをはめ込んだ赤い十字架を首にかけた国務大臣、フランシスコ・デ・ロス・コボス・イ・モリーナ、そしてテラノバ公でアスコリ王子のアントニオ・デ・レイバ将軍。デ・レイバはサン・マルティン広場で重傷を負って倒れたおかげでとどめを刺されずにすみ、辛くも虐殺を生き延びたが、両脚の自由を失った。それだけにインカ人を恨んでいて、すぐにもアルハンブラを襲撃するべきだと主張した。だが彼以外は、少なくとも王が人質にとられているかぎり、アルハンブラは事実上難攻不落だと考えていた。

　確かにキト人たちはサラマンカの勝利によって危機を脱することができた。だがいまの状況も不安定であることに変わりはない。アタワルパは勝利を手にし、その結果として威光も手にしたが、そこから利益を引き出せるのは短期間のことでしかない。なんらかの方法で立場を強化し、力のアンバランスを解消しないかぎり、奇襲の効果などすぐに失われてしまう。キト人は相変わらず少数なのに、その前には新世界が丸ごと立ちはだかっていたのだから。

　それだけに、各地からやって来る使者たちがカールに敬意を払う様子を見て、アタワルパはひとまず胸をなでおろした。スペイン王という自分の駒に大きな価値があることが確認できたからである。カール自身がその点を逆手にとって、操れさえすれば同じことなのだから、二人の子供と引き換えに自分を解放しろと言ってきたほどだった。つまりまだ五歳のフェリペ王子と、その妹で四歳のマリアを人質に差し出そうというのである。この提案にはアタワルパも笑ってしまった。カールもばつが悪そうに苦笑いし、王妃のほうをちらりと見た。

　さて、カール五世を未完成の宮殿に訪ねてきた者は、そのあと隣接する宮殿[6]に案内される。スペイン人に追い払われたというかつての王たちが暮らしていた宮殿で、アタワルパはそこを宿舎としていた。カール五世の宮殿からは薄暗い部屋部屋を抜けていくのだが、途中の壁にはモザイク模様の装飾があり、その一つには、青い枠で囲んだ白い柱の図柄に「PLUS ULTRA《プルス・ウルトラ》」と、スペイン王にして神聖ローマ皇帝であるカール五世のモットーが書き込まれている。これは新世界の賢者《アマウタ》が用いる

〈高尚な言語〉[7]で「もっと先へ」を意味し、その後アタワルパもこれを標語として採用することにした。[8]それから訪問者はいったん明るい中庭に出るのだが、そこには生垣で囲まれた長方形の池があり、柱廊のアーチ形の装飾が逆さになって水面に映っている。中庭全体を赤みがかった太い石の塔が見下ろしていて、塔の上には銃眼付きの胸壁が施されている。[9]塔のなかに入ると天井が船底の形になった部屋があり、その先にインカ皇帝の接見の場である〈大使の間〉があった。薄暗い広間だが、奥の三つのアルコーブには一部が透かし彫りになった窓があり、窓の向こうにグラナダの平原と雪を頂く山山が見える。アタワルパはいつも中央のアルコーブに座って客を迎えた。右のアルコーブにはルミニャウイの巨体がそびえ、左にはヒゲナモタがクッションを敷いて横たわっていた。

もっとも、訪問者は明るい中庭からいきなり暗い空間に入り、しかもその先のアルコーブから光が差し込んでくるので目がくらんでしまい、アタワルパと二人の側近の姿をはっきり見ることができない。三人は逆光のなか、非対称のシルエットとなって浮かび上がるだけだ。しかもその部屋の見事な木組みの天井は天空を表わしていて、訪問者をますます威圧する。

カール五世でさえ、この〈大使の間〉を初めて見たとき、かつてここで彼の祖父母[10]にアルハンブラを引き渡してグラナダを去った異教の王、ボアブディル[11]のことを思い、「これほどの美を失うとは、なんと不運なことか」と叫んだという。それは彼が王妃との新婚旅行でグラナダに来たときのことで、この宮殿ですばらしい日々を送ったというが、帝国の所用で旅程を切り上げざるをえず、それ以来一度も訪れていなかった。その話を聞いたとき、アタワルパはカールに、「この美を愛《め》でることを知っていながら、その機会を逃していたとはなんと不運なことか」と言った。つまり、あなたはわたしのおかげで、いまこうして、祖先が取り返したこの宮殿の美を愛でているではないかと暗に伝えて、逆境にある彼を慰めようとしたのだ。

初期の訪問者のなかには、まさに収穫四十回前にグラナダを追われたボアブディルその人もいた。ターバンを巻いた老人はこの機に乗じてなにか要求できるかもしれないとやって来たが、なにも得られず、すごすごと亡命先に戻り、その後まもなく死んだ。しかしカールはこの訪問に驚き、取り巻きに「不運なのはこのわたしのほうだぞ」と言い、それはすぐアタワルパに伝えられた。

フィレンツェからは一人の青年がやって来た。フィレンツェといえば、アタワルパがサラマンカでその政治論を学んだ賢者《アマウタ》、マキァヴェッリがいる国である。青年はロレンツィーノと名乗り、名門メディチ家の出だと言った。そして話すうちに興奮し、熱に浮かされたように「共和派の連中が男なら、明日この町は、どんな革命になることか！」[12]と叫んだ。ヒゲナモタもペドロ・ピサロもなんのことかわからなかったが、この青年はフィレンツェの華麗な宮殿や至宝の数々を紹介するふりをしながら、じつはインカ皇帝をややこしい争いに巻き込もうとしていたのだ。彼が言いたかったのは、彼の従兄弟であるフィレンツェ公が暴政を敷いていて、これを倒したいので力を貸してほしいということだった。キスキスはフィレンツェの話を聞いて興味を引かれ、ぜひ行ってみたいと思った。だがアタワルパは、その青年が説く複数の領主による合議指導制という点にも、権威の拠り所が太陽神ではなく民にあるという点にも納得がいかなかったので、保護も援助も約束しなかった。

ドイツの町アウクスブルクからはフッガー家という一族の使者がやって来た。この一族はいわゆる領主でもクラカ[13]でもないのだが、ある種の集団《アイユ》の長の役割を果たしている。具体的には金銀を扱う商人の一族だそうだ。その使者は質素な身なりをしていて、カールもその者を尊大な態度で迎えた。しかしキト人たちは二人のあいだに微妙な力関係が働いていることを見逃さなかった。レバント人の社会では、金銀の用途は単なる装飾、ないし権威の象徴にとどまらない。ここでは金銀を小さな薄い円盤にしたものがたくさんあれば、あらゆる種類の財を手に入れたり交換したりできるので、金銀を手にした者が大きな力を握ることになる。このときもフッガー家の使者はカールに対し、新世界でキープ[14]の役割を果たしている〈しゃべる葉〉に書かれたある約束を果たすよう迫り、さもなければこれ以上金銀を融通できませんと言っていて、それに対してカールはかなり渋い顔をしたのだった。このときアタワルパはというと、あることを思いついて考えにふけり、金銀がいくらでも採れるアンデスの山々を思い出して珍しく笑みを浮かべた。

　アウクスブルクからは一人の賢者《アマウタ》もやって来て、〈黒い飲み物〉を飲んだりパンを食べたりする宗教儀式の新たな解釈[15]について、カールに話をした。フィリップ・メランヒトンという、黒い平らな帽子をかぶった男である。カールがこの男のことも、その考えも嫌っているのは明らかだったが、その割には長々と話をしていたので、アタワルパも熱心に聞くふりをした。カールはメランヒトンが持ち出す諸問題に対して、不安とは言わないまでも（彼が置かれた状況を考えれば、いかなる問題も二次的なものでしかありえないのだから）、少なくとも強い関心を寄せているように見えた。というのも、メランヒトンはカールが悪魔のように忌み嫌うルターという人物の使者だったからである。ルターは宗教上の対立を引き起こした聖職者で、キリスト教の信仰のあり方を改革しようとし、教義についてもいくつかの重要な問題点を指摘していた。ただしキト人から見ればなぜ重要なのか理解に苦しむような問題ばかりだった。

　留学先のパリからやって来たというある聖職者もルターの話をした。この聖職者はルターの影響をどう食い止めるかについて話をしたいと言って、カール五世に謁見を願い出たのだ。アタワルパがスペインの状況を一変させたことで、各国の政治上の優先事項は変わったが、宗教改革問題の重要性は変わらないようで、カール五世が熱心に擁護しようとしている宗教の代表者たちにとっては、北方から押し寄せてくる宗教改革の波と戦うことが危急の課題のようだった。アタワルパはイグナチオ・ロペス・デ・ロヨラというその聖職者の話に興味を覚えた。目が生き生きした小柄な男で、まなざしに善意と策略が入れ代わり立ち代わり現われる。自分の信仰について飽くことなく語り、しかも端的にわかりやすく説明するのが得意なので、キト人たちはこれ幸いと彼に大いに話をさせ、新世界の神話について学んだ。

レバント人たちが信じているのは、父と母と子からなる神々の一家の物語だった。〈父なる神〉は天に住んでいて、人間を救うために息子を地上に送った。だがいくつもの驚くべき出来事と一連の誤解を経て、息子は十字架にかけられ、しかも〈父なる神〉はそれを止めなかった。息子は人間を救いに来たのだが、人間は彼を認めず、彼を処刑したのである。その後息子は地下の世界から戻り、天の父のもとへと昇っていった。その日以来、自分たちの過ちに気づき、ひどく悔いたレバント人たちは、ひたすら〈子なる神〉の再来を待ち望んでいる。また彼らは〈母なる神〉も崇め、祈りを捧げつづけているのだが、この母について特筆すべき点は処女のままで子を宿したことだ。また聖霊と呼ばれる補助的な神性もあり、これは時に〈父なる神〉と、時に〈子なる神〉と、時にその両方と一体になる。キリスト教徒がなにかにつけて手で行なうしぐさは、〈子なる神〉が磔にされた十字架を表わしている。つまり彼らの行動はすべて、神に対する忘恩を償いたいという意思の表われで、その忘恩とは、かつて遠い国で彼らの祖先が〈子なる神〉を拷問し、木の十字架に磔にして、その十字架を丘の上に立てたことなのだった。また、その後彼らの祖先はその国を追われたので、彼らはいつかそこを取り戻したいと夢見ている。

ムーア人との長い戦争も、そもそもはムーア人たちが〈磔にされた神〉の存在を知りながら、忠誠を誓うことを拒んだために生じたもののようだった。ムーア人は〈父なる神〉を認めているが、息子のほうは認めていない。また彼らは食習慣も言語もキリスト教徒と違っている。その程度のことで、収穫何百回分ものあいだ戦いつづけているらしい。

レバント人、ムーア人に続いて、第三のグループをなしているのがユダヤ人である。こちらはムーア人より歴史が古いらしいが、生活習慣はムーア人と似ている。たとえば、男の子が生まれるとすぐに陰茎包皮の一部を切り取るところや、豚を食べないところや、豚以外についても彼らの神官によって祈りが捧げられ、教えに従って処理された肉でなければ口にしないところだ（もっともユダヤ人はムーア人と違って〈黒い飲み物〉を飲む）。キト人の理解が及ばない点は多々あったが、その一つは、〈磔にされた神〉はかつてユダヤ人だったのに、そのユダヤ人は〈磔にされた神〉の儀式を実践しないことである。もう一つは、ムーア人はグラナダにいた最後の王ボアブディルが亡命したあともスペインにとどまることを許されたのに、ユダヤ人は王も王国ももたないにもかかわらず、容赦なくスペインから追い出されたことである。スペインに残りたければ〈磔にされた神〉への忠誠を誓うとともに、ユダヤの慣習を捨てなければならなかった。しかも、そうした犠牲を払ってこの地に残ったユダヤ人、すなわちコンベルソは、改宗してもなお迫害を受け、以前の信仰を捨てていないと疑われつづけている。異端審問官に告訴されて火あぶりの刑になることさえある。ただしイグナチオ・ロペス・デ・ロヨラはそのような政策を認めていなかった。また彼は、「血の純潔[16]」という、異人種間の交わりを不可能にする政策も認めていなかった。「主イエスはわれらの血のなかにおわすのではありません。われらの心のなかにおわすのです」と彼は言う。

これらの情報を頭に入れたところで、アタワルパはいよいよ支持者獲得に動くべきときが来たと思った。そこでカールに、彼の全領土で宗教の自由を認める勅令を出すことを提案した。つまりすでにある複数の信仰をどれも認めるということで、あとはそこに太陽信仰を加えればいい。ヒゲナモタはこの提案を完璧に通訳したが、カール五世はまずぽかんと口を開け、意味がわからないという顔をした。それからいきなりわめき出し、せり出した顎でリャマのように唾を飛ばしながら猛然と抗議し、断固として拒否すると言って口を閉じた。

カール五世を人質にしたとはいえ、神聖ローマ帝国はもちろんスペイン一国についてさえ、アタワルパが自分の意思をカールに強要するのは難しいことだった。だがなんの手も打てないというわけではない。彼はチャルコチマとペドロ・ピサロに命じて、信教の自由を認めるという案をグラナダの住民に伝えさせた。するとアルバイシン地区の白い路地[17]や、隣接するサクロモンテ地区の丘はこの話でもちきりとなった。このあたりはユダヤ人とムーア人の居住区で、異端審問の波が住民に恐れと嘆きをまき散らしていたからだ。ムーア人はユダヤ人が火刑にされるのを見てきたし、いずれ自分たちも同じ運命をたどるとわかっていた[18]。もちろんムーア人にとっても自分たちが信仰する神が唯一の神であり、他の神々を認めることなど考えられもしない。その証拠に彼らは始終「アッラーは偉大なり」と唱えている。とはいえ、コンベルソがどういう目に遭っているかを考えると（ユダヤ人とはいい関係を築いて近くで暮らしてきたのでよく知っていた）、そうも言っていられないような気がしてくるのだった。コンベルソはキリスト教徒に支配されてから、その慣習や信仰を押しつけられてきたのではなかったか？　自分たちの慣習を捨てることを強要され、従わない者は殺されたのではなかったか？

それによく考えてみれば、「アッラーは偉大なり」は、必ずしもアッラー[19]だけが偉大だと言っているわけではない。そこにはもしかしたら、アッラーと他の脇役となる神々を共存させる余地があるかもしれない……。

こうして一部のムーア人は太陽神を違った目で見はじめた。

1　アルハンブラ宮殿の敷地内のカール五世宮殿（スペイン語では「カルロス五世宮殿」）のこと。

2　ジブラルタル海峡。正確にはこの海峡の両側に立つ岩のことを、古代ギリシア人が「ヘラクレスの柱」と呼んだ。
4　アルバイシンの語源には諸説ある。
5　かつてカトリック両王がナスル朝への最終攻撃のための軍事基地とした町。
6　ナスル朝宮殿。この宮殿は「メスアール宮」「コマレス宮」「獅子宮」に分かれている。
7　ラテン語のこと。実際には「ＰＬＵＳ　ＯＵＬＴＲＥ」と古フランス語（カール五世の生国の言語）で書かれているが、意味は同じ。
8　現在ではスペインの国の標語として採用されている。
9　コマレスの塔。
10　カトリック両王、すなわちカスティーリャ女王イサベルとアラゴン王フェルナンドのこと。
11　グラナダのナスル朝最後の王、アブー・アブドゥッラー・ムハンマド十一世のこと。グラナダを明け渡したあとはモロッコのフェズに逃れた。
12　アルフレッド・ド・ミュッセ『ロレンザッチョ』より。ロレンザッチョはロレンツィーノ・デ・メディチの別称で、この戯曲が描く暗殺事件は、この小説の第三部末の展開を予告する内容になっている。
13　元はインカ皇帝に仕える各地の首長のことで、さまざまな規模の行政単位について使われた。ここでは行政の責任者、つまり市長や市参事会員といった意味合いで使われている。
14　文字をもたない文明が用いた結縄の一つで、紐の結び目とその位置、紐の色などによって数や出来事を記録した。
15　ミサ聖餐におけるパンと葡萄酒の聖別について、カトリックの「化体説」（パンと葡萄酒の実体は聖別によりキリストの体と血に変化する）に対して、ルターは「実在説」（パンとぶどう酒の実体は、キリストの実体とともに実在する。「共在説」とも）を唱えた。
16　数代前までさかのぼってユダヤ教徒やイスラム教徒がいないことがキリスト教徒の条件とされ、一人でもいれば排除されるという、このころのスペインに見られた民族浄化政策。
17　アルバイシンには白壁の家が立ち並んでいる。
18　一四九二年のレコンキスタ完了後、すぐにユダヤ教徒追放令が出され、ユダヤ人への激しい弾圧が始まった。これに続いてイスラム教徒への弾圧も徐々に強められていった。
19　イスラム教においては「アッラーのほかに神はなし」が基本信条であり、仮に太陽神を共存させるとしても、それはあくまで「脇役」としてであるという意味。

19　マルグリット

カール五世は未完成の宮殿に閉じ込められ、建物が円形であること[1]にさえなにかしらの皮肉を感じて（なぜなのか彼自身にもよくわからなかったが）、相変わらず鬱々としていた。そのなかで心身の健康を保つ支えとなったのが、ネファタフル[2]に似たゲームだった。六十四のマスが描かれた木の盤面の上で、黒と白の駒を戦わせるゲームである[3]。だがここにも皮肉があり、このゲームの勝敗は敵の王を追いつめることによって決まる。

カールはゲームのルールをインカの将軍たちに教えて相手をさせた。早々に腕を上げたのはチャルコチマだが、辛抱強くカールの相手をしたのはキスキスだった。キスキスは時間が許すかぎり毎晩のように盤に向かい、しかもほぼ毎回負けてみせるのだった。

そんなある日、見張りに立っていたキスキスの部下が一人の女性の来訪を告げた。フランス王の姉であるナバラ王国の王妃が、二人の皇帝に会うためにアルハンブラにやって来たのだ。彼女は大勢の供を連れ、雪のように白い四頭の馬に引かせた乗り物から降り立った。髪を複雑に結い上げて、上質な布の外套をまとっている。少々青白いとはいえ顔立ちが優雅で、少々訛《なま》っているとはいえカスティーリャ語も優雅に話す。

ナバラ王妃はアタワルパたちが知らない言葉でカールと話を始めたので、その内容はわからなかった。だが途中でマルグリット（それが彼女の名前だった）が冷ややかな口調でなにか言ったとき、カールの顔が赤らんだのが怒りによるものだというのはわかった。

　すると、まだフィレンツェに戻っていなかった若きロレンツィーノがキト人たちにヒントをくれた。彼によれば、マルグリットがカール五世と会うのは初めてではないという。ロレンツィーノがまだ少年だったころに、フランス王フランソワが戦いに敗れてカール五世の軍に捕らえられたことがあった。[4]そのとき姉のマルグリットはカール五世に会いに行って弟の解放を嘆願したが、かなわなかった。結局フランソワはかなりの領土をカールに割譲し、ようやく解放されたという。

　ということは、今回マルグリットが訪ねてきたのは、弟のフランス王に代わってそれらの領土の返還を求めるために違いない。

　この情報を念頭に置き、アタワルパはマルグリットを〈大使の間〉に迎えた。いつものようにヒゲナモタが通訳を務めた。

　アタワルパはこの国の言葉がかなりわかるようになっていたが、それでもヒゲナモタに通訳を頼みつづけていた。それは一つには、通訳が入る分だけ考える時間ができるからであり、もう一つには、彼女の存在が彼に安心と幸運をもたらす一方で、訪問者には驚きと戸惑いをもたらすからである。

　このときはルミニャウイに代わってロレンツィーノがアタワルパの右に立った。アタワルパが知らない話が出てきたときに説明するためだ。

　そうしておいてよかった。実際マルグリットの話はわからないことだらけだった。

　マルグリットはナバラ王妃で、ナバラというのはスペインとフランスのあいだにある王国だという。彼女はカール五世に対し、ナバラに関する権利主張をすべて放棄するという確約を求めていた。

　またマルグリットの話によれば、フランス王は収穫四回前に「貴婦人の和約」[5]で失った北方の領地、アルトアとフランドル[6]を取り戻したがっているという。

さらにフランス王は、神聖ローマ皇帝兼スペイン王がブルゴーニュの相続請求権を永久に放棄することを望んでいるそうで、どうやらブルゴーニュというのはフランソワにとってもカールにとっても特別なものらしい。

もう一つ、フランス王はイタリアの二都市、ミラノとジェノヴァの支配権も取り戻したがっていた。ほかにもプロヴァンスと呼ばれる地方や、ニース、マルセイユ、トゥーロンといった都市をめぐってもカール五世とぶつかっているという。[7]

だがアタワルパはこれらの話にほとんど興味を示さなかった。ブルゴーニュやアルトアがどうした？　ミラノやジェノヴァがなんだ？　彼にとってはなんの意味もない。それは一つの概念でしかなく、いや概念以下の一つの言葉でしかない。一年前、一か月前、一週間前、一日前には彼がその存在さえ知らなかった場所の名前である。この時点でアタワルパの視野に入っていたのはせいぜいがアンダルシア地方で、だからこそ、その範囲内にある資産を取り返そうとしたボアブディルの要求を即刻突っぱねたのだった。だが自分のものでもない帝国の一地方なら、簡単に誰かにくれてやることができるし、それを悔いることさえないだろうと思った。犬にだってくれてやる。それらは地図上の点にすぎないのだから。

だがくれてやるとしたら、それはなにと引き換えということになるのだろうか？

そこからマルグリット・ド・ナヴァール[8]は声を落とし、慎重に話を続けた。彼女はアタワルパが海の彼方から来たことを知っていた。それも東や南ではなく、西の海から来たことを。そしてインディアス、モルッカ諸島、ジパングといった名前も口にした。また彼女はアタワルパが置かれた状況もよく理解していた。祖国を遠く離れて孤立無援だが、たまたま有利な状況が重なって運を味方につけることができ、神聖ローマ皇帝にしてスペイン王、ナポリとシチリアの王、そしてブルゴーニュ公でもあるカール五世の生殺与奪の権を握ったことを。あなたは夢のような立場におられます、と彼女は言った。

しかしながら、と彼女は穏やかな、だが揺るぎない口調で続けた。このような状況をキリスト教世界は決して認めません。教皇聖下《せいか》がお許しになるはずもありません。確かに教皇はスペイン王と良好な関係にあるとは言えませんが、それでもグラナダ奪還のために十字軍を召集されるに違いありません。また異端審問所は太陽信仰の信徒たちを必ずや異端と宣告するでしょう。スペイン王の弟君のオーストリア大公フェルディナントが、強力な軍を率いて兄君を助けに来るのも時間の問題です。しかしながら、海の彼方より来られた偉大な君主であるあなたが――と言いながらマルグリットは軽く身をかがめた――もしお望みならば、わたくしの弟のフランソワ、すなわちフランス王があなたをお支えします。フランソワがコンスタンティノープルの宮廷にいるオスマン帝国の皇帝、異教徒の長であるスレイマンと同盟を結んだことがあるのをご存じですか？　スペイン王とは異なり、フランソワは〝いとも敬虔なるキリスト教徒の王〟[9]と呼ばれていながら、常にキリスト教世界の熱烈な擁護者だったというわけではないのです。北方で問題となっている宗教対立についても、弟はルター派に対して真っ向から反対するのではなく、それなりの理解を示してきました。これらの事実からおわかりのように、海の彼方より来られた皇帝が同意されるなら、フランスとのあいだに確たる同盟を結ぶことができます。フランス人の王たるフランソワは、あなたに対して友情と支援を申し出ております。そもそも、いったい誰が太陽を敵に回したいなどと思うでしょうか？

アタワルパは彼女の話をひと言も聞きもらさなかった。ナバラ王妃が雄弁に語ったこと、そして彼女がこれまでに学んだ新世界の諸勢力の力関係を考えると、フランスの軍事援助と引き換えに彼女が求めているものをすべて与えてやってもいいと思えた。実際、フランス王の思いもよらぬ申し出はじつにありがたい。しかしながら申し出に応じるには大きな問題があり、それを回避する術がない。すなわち、マルグリットの思い込みに反して、アタワルパはカールの生殺与奪の権を握ってはいても、彼の帝国や王国を意のままにできるわけではないという問題である。囚われの身であっても、カールはまだ神聖ローマ皇帝であり、スペイン王だった。その領土を割譲できるのはカールだけであり、この点に関してはどんな圧力も脅しも効かないことを、アタワルパはすでに知っていた。

結局マルグリットは、一羽のオウムといくつかの約束だけを手にして、フランスの弟のもとへ戻っていった。

このあと、インカ皇帝はさっそく〈獅子の中庭〉に側近を集めて会議を開いた。コヤ・アサラパイはカールを殺すか、息子に譲位させてはどうかと言った。王子は幼いのだから――収穫六回分にも満たないとか――思うがままにできるでしょうと。キスキスは王を殺せばその臣下がキト人への復讐に走ると言い、その案に反対した。また譲位はカールにとってなんの得にもならないので、彼が承諾するはずはないとも言った。確かに、カールは自分が帝位および王位にあることが最善の防御であり、その地位を失ったらなんの価値もなくなることをよくわかっている。だとすればキト人はフランス王の要望をかなえることができない。カールが生きているかぎり、その領土を割譲できない。かといってカールが死ねばキト人は盾を失い、少数で大軍を相手にせざるをえなくなる。したがって現状を維持せざるをえず、いまの時点でフランス王に約束できるのは、カール五世に攻撃させないことくらいのものだった。

軍事力不均衡の問題はまったく解決されていない。となれば身を守るために傭兵を雇うしかなく、そのためには金が要る。さっそくフッガー家の使者が呼ばれた。使者は資金を融通するにやぶさかではないが、担保はなんなのかと訊いてきた。これに対して、インカ皇帝はなにも提供することができなかった。

　そこでアタワルパは、ヒゲナモタに極秘の任務を与えることにした。キューバの王女はペドロ・ピサロを伴うことを許され、彼とともにリスボンに戻ることになった。何人かのコンベルソも同道することになり、彼らは〈黒い飲み物〉、トレドの名工が鍛えた剣、〈火を噴く杖〉、〈しゃべる箱〉、麦、新世界の絵画と地図などをロバの背に積んだ。またアタワルパは、カールに義理の兄であるポルトガル王ジョアン三世への手紙を書かせた。囚われの身である自分と王妃のために、この者たちに頑丈な船一隻と、能うかぎり優秀な船乗りたちを用意してやってくれと頼む、いや厳命する手紙だった。アタワルパ自身もキープの作製・解読人であるキープカマヨックにキープを用意させ、ヒゲナモタに託した。キープというのは何本もの紐からなり、その一本一本にさまざまな結び目が作られ、その位置と形で情報を記録したり伝えたりするもので、皇帝の全幅の信頼を得ているヒゲナモタでさえこれを読み解くことはできない。

　キープは兄のワスカルに宛てたものだった。

1　カール五世宮殿は正方形の建物にドーナツ形の建物が内接していて、その中央に円形の中庭がある。
2　かつてヴァイキングが好んでいたボードゲーム。
3　チェスのこと。十六世紀にはヨーロッパでも広く行なわれていて、スペインには名プレイヤーもいた。
4　一連のイタリア戦争のなかの戦いの一つで、一五二五年のパヴィアの戦い。スペイン軍の捕虜になったときのフランソワ一世の状況は、この小説でアタワルパに捕らえられているカール五世の状況と似ている。
5　一五二九年のカンブレー講和条約のこと。イタリアをめぐる争いに決着をつけるために神聖ローマ皇帝とフランス王のあいだで結ばれた条約で、フランス側はイタリアにおける権益とアルトア、フランドルなどを放棄、神聖ローマ皇帝側はブルゴーニュの相続請求権を放棄した。
6　ネーデルラントの南部地域。

7　ここまでの四段落に出てくる地域はすべて、十六世紀の一連のイタリア戦争（基本的にヴァロア家とハプルブルク家の戦い）のなかで争いの対象となった。
8　ナバラはフランス語では「ナヴァール」になる。
9　フランス王の別称。

20　セプルベダ

カールの侍従のなかに、彼の治世の年代記執筆と、幼い王子フェリペの教育を任されている賢者《アマウタ》がいた。

この男は誠実そうに見え、しかもキト人に興味を示していた。なにかというとキト人に声をかけ、最大限の共感を示しながら、歴史や習慣、信仰についていろいろ質問する。キト人のほうも好感を覚えて返事をしたので、男はキト人たちがどこから来たのか、どういう事情でここまでやって来たのかを知ることになった。

男の名前はファン・ヒネス・デ・セプルベダ[1]という。

彼はアリストテレスを師と仰ぎ、始終引き合いに出す一方で、エラスムスとルターを敵として激しく非難していた。

じつはこの男はキト人たちを騙していたのだが、狡猾な上に人に取り入るのがうまいので、キト人たちはすっかり信用してしまい、サンタフェの大使の職に任じたほどだった。この場合の大使とはつまり、次のことをスペイン人に伝える役である。スペイン王と妃と子供たちはアルハンブラでよい待遇を受けていること。王は移動の自由以外のすべての特権を享受していて、キト人が危険にさらされないかぎり安泰でいられること。したがって、王は軍の司令官たちに救出作戦など企ててはならないと命じていること。

ところがセプルベダが実際にしていたのは、可能なかぎりスペイン人を焚きつけることだった。彼はサンタフェのスペイン軍に、彼らが介入しなければ王の命が危ないとか、王妃も王子も虐待を受けて衰弱しているとか、一家全員がひどい状態に置かれていて、事を起こさなければ王室も王国もおしまいだなどと吹き込んでいた。

それだけではなく、アタワルパとその一行は異教徒か、無信仰者か、さもなくばムハンマドの崇拝者で、全員地獄から出てきた悪魔のようなもので、キリストの名も知らない野蛮人であり、慎みを知らずに裸で暮らす貞操観念のない男女の集まりで、善きキリスト教徒の目と心を惑わそうとしているなど、言いたい放題だった。

セプルベダはキト人から巧みに聞き出した裏話も大いに利用し、アタワルパはその兄によって国を追われたのであって、要するにあの連中は亡命者でしかなく、ユダヤ人のようにこの世をさすらう民なのだと言いふらした。

野蛮人たちは女も子供も合わせて二百人ほどでしかなく、自分が見たかぎりでは小銃、あるいは火器一般の扱いに不慣れだといった情報まで伝えた。

サラマンカで両脚の自由を失ったアントニオ・デ・レイバは、これらの話に身を乗り出した。だがタベーラ枢機卿、グランヴェル枢機卿、コボス国務大臣はもう少し慎重だった。あの異国人たちは残虐な野蛮人かもしれないが、無知無能なわけではない。報告書でイベリア半島に上陸してからの彼らの行動を追ってみればそれがわかる。また彼らは、自分たちの命がカールの命にかかっていることを、つまりカールは生きていなければ意味がない人質だということを理解している。つまり現状では、彼らが少人数で孤立しているという弱点そのものが、神聖ローマ皇帝兼スペイン王の命を保証していた。

とはいえ、彼らにはこのままぐずぐずしてはいられない事情があった。軍資金が底をつきかけていたのだ。頼りのフッガー家は、今後の見通しが立たないかぎりこれ以上の融資はできないと断言していた。そのため各地の傭兵への支払いが滞り、スイス人傭兵は爆発寸前、ランツクネヒト[2]も焦《じ》れているという状況で、すでにフランドル、ガリシア、イタリアで略奪や暴動が発生しているとの報告も届いていた。このままではローマ劫掠《ごうりゃく》[3]の再現もありうるわけで、それはなんとしても避けたい。それにスペイン軍、ひいては皇帝軍が崩壊したら、フランスに絶好の機会を与えることになり、それこそスペイン人の廷臣たちがなによりも恐れていることだった。

そのときタベーラ枢機卿が一つの名前を口にした。ちょっと脅すような口調で、だが誰に向かってというわけでもなく、「フェルディナントが来る」と言ったのだ。こんな状態が長引くのをカール五世の弟が喜んでいるはずはないと。

セプルベダはアルハンブラに戻ってスパイを続け、異国人の動きを逐次報告することになった。またカール救出の手筈を整えることと、インカ側の攻撃に備えてカールを安全な場所に匿う算段をすることも命じられた。しかるべき時が来たら、彼がアルハンブラの門を開ける。それまでは引きつづき猫をかぶり、キト人の友として振る舞う。それが彼の使命となった。

1　スペインの神学者で、史実においてはインディアス先住民をめぐるバリャドリッド論争でバルトロメ・デ・ラス・カサスと対決した人物。ラス・カサスがスペインの残虐行為を批判し、新大陸のスペインによる支配を不当としたのに対し、セプルベダはインディオを生まれながらの奴隷とし（アリストテレスの先天的奴隷人説を適用）、スペインによる征服を正当化した。
2　ドイツ人傭兵。スイス人傭兵を模して編制されたドイツ人を中心とする歩兵の傭兵。

3　イタリア戦争中の一五二七年にカール五世の傭兵軍団が暴徒と化し、ローマになだれ込んで暴虐の限りを尽くした事件。このときも傭兵の給料の支払いが滞っていた。

21　インカの人々　第一歌第二十節

そしてそのとき第五の邦の神々は
人を統《す》べる神意の担い手として、
東の国々の運命と未来を定めるべく
ともに集い　厳かな会議を開いたのだった
彼らを呼び寄せたのは雷神であり
その使者が急を告げると
神々は光あふれる大地の上の
星々がまたたく道を通り　急ぎ足でやって来た

22　アルハンブラ

この危うい均衡のなか、なにも起こらないままかなりの月日が過ぎた。アタワルパはヒゲナモタがそばにいないのが寂しかった。コヤ・アサラパイは彼の子を身ごもった。アタワルパは通訳なしでもしのげるようになり、カールと話をすることでますますカスティーリャ語に磨きをかけていた。二人は額を寄せ合って、コンスタンティノープルの宮廷に打ち勝ち、エルサレムを奪還し、ムーア人の国に攻め込む計画を立てた。アタワルパはカールが地中海と呼ぶ南の海を夢見た。セプルベダからは聖体の秘跡の説明を受け、お返しに祖先のマンコ・カパック[1]の物語を聞かせた。キスキスは幼いフェリペ王子とその妹マリアの相手をし、ルミニャウイは要塞の守りに目を配った。キスペ・シサとクシリマイはロレンツィーノにイタリアに連れていってとせがみ、ロレンツィーノは笑いながら、あちらで縫い上げられたとびきり美しいドレスをお贈りしますよと約束した。アルハンブラの敷地内の北の高みにある〈ヘネラリーフェ庭園〉には、アンデス高地原産のトマトが植えられた。一方チャルコチマだけはセプルベダを信頼せず、常に見張っていた。セプルベダは主君の脱出計画をせっせと練っていたのだから、これは幸いなことだった。

カール五世は元気のないときとあるときを交互に繰り返していた。そして元気のないときは〈獅子宮〉[2]の〈諸王の間〉にこもり、何時間も祈った。この部屋は彼の祖父母にあたるイサベルとフェルナンドがムーア人を追い出してアルハンブラを手にしたとき、最初にミサを挙げたところだ。カールに割り当てられた未完成の宮殿ではなく、アタワルパが宿舎としている古い宮殿のなかにあるのだが、アタワルパは一君主の一君主に対する崇敬の印として、カールがこの部屋で祈ることを許していた。

だが実際には、カールの気鬱は〈諸王の間〉に何時間も引きこもらなければならないほどひどくはなく、晩の祈りの習慣はセプルベダの入れ知恵でしかなかった。〈諸王の間〉があるのは〈獅子宮〉のなかだが、〈獅子宮〉は〈コマレス宮〉に隣接していて、そこにはあの〈コマレスの塔〉がある。つまり〈諸王の間〉に行くことができれば、〈コマレスの塔〉にも行ける。そしてこの塔には、かつてボアブディルとその母が父王によって幽閉されたときに、見事脱出したという伝説が残る部屋があった。母親がスカーフを何枚もつなぎ合わせ、その部屋のバルコニーからボアブディルを吊り下ろしたそうだ。

セプルベダは同じ方法で王を逃がすことを考えていた。アタワルパの部下が歩哨に立っているとはいえ、それほどの人数ではない。アルハンブラには数々の建物があるので、〈コマレスの塔〉の使われていない一室など誰も気にかけていない。

だがこの試みは失敗に終わった。すべての段取りが整った計画実行の日に、カールが痛風[3]の発作を起こしてベッドから出られなかったからである。

だがセプルベダはこの程度で挫《くじ》ける男ではなく、すぐに次の手を考えた。アルハンブラの門は毎朝、アルバイシン地区のユダヤ人とムーア人を迎え入れるために開けられる。広いアルハンブラにはそれこそトマトの世話から庭の手入れ、炊事、洗濯等々、日常の仕事が山ほどあり、キト人とトレドで加わったユダヤ人だけでは到底手が回らない。そこで下働きの補充としてアルバイシンの人々が働きに来ていた。この人々は夕方になると外に出されるので、そのときも門が開く。そこでセプルベダは王を変装させ、彼らとともに外に出すことを考えた。サンタフェとも連絡をとり、門の外に兵を潜ませて、王が門を出たらすぐに保護し、安全な場所へお連れせよと伝えてあった。

決行の日、日が暮れて帰路につく下働きの人々の列に二人の男が紛れ込んだ。どちらもみすぼらしい服を着て、顔が見えないようにフードをかぶっていた。しかしチャルコチマのほうが一枚上手で、用心のために毎晩開門の様子を城壁から見張っていた。そして一人の男のフードからバクのような鼻がはみ出ているのを見つけ、ただちに門を閉めろと合図を出した。すると門の外に隠れていたスペイン兵が「サンチャゴ！」と叫んで飛び出してきて、一気に門のなかになだれ込んだ。キト兵が発砲し、スペイン兵もこれに応じ、下働きの人々は悲鳴を上げ、その場は大混乱となった。矢や鉄球が音を立てて飛び、人が倒れ、苦痛の叫びを上げる。目立たないように少人数で来ていたスペイン兵はそれ以上進めずに逆戻りし、セプルベダは王の腕をつかんで門外へ連れ出そうとしたが、あと少しというところで小銃の音とともに王は倒れた。セプルベダは門が閉まる寸前に外へ転がり出て、生き残ったスペイン兵とともに逃げた。だが王は門内に取り残され、死体に交じって動かなくなっていて、チャルコチマが駆け寄ったときにはすでに息も絶え絶えだった。

カール五世はそれから三日後に死んだ。その最後の言葉は誰にも聞き取れなかった。

彼の死は、キト人たちにとっては破滅を意味する。だからなんとしても隠さなければならない。彼らはその夜のうちに、儀式もせず、王の遺体をアルハンブラのトマトの木のあいだに埋めた。

だがセプルベダは王が倒れるところを見たので、サンタフェの廷臣たちにそのことを伝えていた。そして王は瀕死の重傷を負われたから、もはやアルハンブラ襲撃をためらう理由はありませんと力説していた。もちろん王妃と王子と王女がまだ城壁のなかにいるが、いまこのとき、キリスト教徒の傷ついた心が向かう先に復讐以外のいったいなにがあるというのか。「敵を討つのです！」と彼は言った。

しかし王がすでに息を引き取ったという証拠はない。どうすれば確かめられるだろうか？　廷臣たちは何度も使者を立てて様子を探ろうとしたが、そのたびに追い返された。またこの期《ご》に及んでもなお彼らは奇跡を信じていて、君主の命に見切りをつけることができなかった。それに、セプルベダにしても兵にしても、目撃者の報告は曖昧で、誰が王を銃で狙ったのかさえわからない。セプルベダは城壁から撃ってきたからキト兵に違いないと言ったが、やたらに復讐を煽る態度から見てその言葉はあまり信用できなかった。そもそも問題は誰が撃ったかではない。王が生きているか死んでいるか、それだけだ。

キト人たちはこの逡巡の数日を利用して、どう対処するかを話し合った。人質が王妃と子供たちだけでは、もはやスペイン人を抑えることはできず、アルハンブラ襲撃の危機が迫っていることは間違いないと思われた。兵力が十分ならここは難攻不落の城砦だが、いまの人数では持ちこたえられない。チャルコチマは苦肉の策で、遺体を掘り起こして化粧と細工を施し、生きているかのように城壁を歩かせるのはどうかと言った。面白い発想だと頷く者もいたが、多くは首を横に振った。

結局のところ、答えは一つしかないと認めざるをえなかった。脱出を試みることだ。ちょうどそこへサンタフェから、王の存命の証しを要求する最後通牒が届けられたのを受けて、アタワルパは今晩、できるかぎり密かにアルハンブラを出ると決めた。もし山まで逃げられたら、助かるかもしれない。スペイン王妃と子供たちも、いつ何時役に立たないともかぎらないので連れていくことにした。

キト人たちは夜陰に乗じて静かにアルハンブラを出たが、行列の最後のリャマが敷地を出たところで、早くも望みが断たれてしまった。スペイン兵が彼らを待ち受け、行く手を塞いでいたのだ。山への逃げ道はすでに閉ざされていた。キト人たちは丘のふもとまで押し返され、そこを流れる細い川で血みどろの戦いが始まった。身重のコヤ・アサラパイは恐怖のあまり痙攣を起こした。

川の反対側はアルバイシンの丘で、そこも坂になっている。つまり彼らは谷底に追い込まれ、息の根を止められようとしていた。だがアルバイシンは眠っていなかった。そこかしこでざわめきが聞こえ、しかも地区全体が海の波のように動いていた。住民たちが通りに出て、キリスト教徒と異国人の戦いを見つめていたのだ。彼らの眼下では、スペインの砲兵隊と騎兵隊の猛攻を受けながらも、キト人が必死に抵抗していた。そのときモリスコの一人がなにかをつぶやき、それが人々の口から口へと伝わり、やがて一つの大きな声となって白い路地に響いた。それは「あなた方はあなた方にふさわしい支配者を得るだろう」[4]という、ムーア人の神が言ったとされる言葉だった。おそらくムーア人はこの状況を政治的なチャンス、神が与え給うた好機、あるいは怒りを爆発させる機会だと思ったのだろう。そして彼らは人の波となって丘を駆け下り、戦闘に身を投じた。武器はどうしたのか？　それは台所に、店に、工房に、畑に隠してあった。彼らはいつかこういう日が来るかもしれないと、どこかでくすねてきたか、自分で手作りした武器を大事にしまっておいたのだ。

ムーア人の闖入《ちんにゅう》にスペイン軍は驚いた。もちろん崩れたりはしなかったが、一瞬ひるみ、少し後退した。キト人にはその一瞬で十分だった。彼らは谷底から抜け出すと、坂を駆け上って白い路地に逃げ込んだ。アルバイシンの路地は迷路になっていて、ここに逃げ込んだら誰にも簡単には見つけられない。

1　クスコ王国の伝説上の初代国王。インカ帝国はクスコ王国から始まった。
2　ナスル朝宮殿の一部で、〈獅子の中庭〉を取り囲む宮殿。18章注5参照。
3　痛風を患っていたとされる歴史上の有名人は数多くいるが、カール五世もその一人だった。
4　アミン・マアルーフの『レオ・アフリカヌスの生涯』でも、主人公の伯父がグラナダからの亡命を決意する場面で預言者のこの言葉を引用している。その前後にはボアブディルのコマレスの塔からの脱出の話や、アルバイシンの反応、主人公の母が身ごもっていることなどが書かれていて、本作と通じる要素が数多く見られる。

23 カディス

モリスコの反乱はアンダルシア全体に広がった。アタワルパはこの混乱に乗じてグラナダを出た。アルバイシンではひと息つき、負傷者の手当てをすることができたのでありがたかったが、そのまま長居できる場所ではない。遅かれ早かれスペイン軍が戻ってきて地区をしらみつぶしにするに決まっている。それにフェルディナントがいずれ兄の復讐にやって来る。その軍隊は強力だとアタワルパは聞いていた。

コルドバへ、そしてセビーリャへ……といっても彼らは都市には入らず、迂回《うかい》して進んだ。オウムもリャマもクイも、あのピューマさえあきらめて置いてきたので、いまや一行の特別な道連れといえばスペイン王の形見である王妃と二人の子供だけとなっていた。もはや輿もないので、馬に乗れる者は馬に乗り、数台の荷車に負傷者を乗せて運んだ。憐れな行列は愚痴をこぼしながらも、上空の猛禽類の（ここにはコンドルはいないが）鳴き声だけを励みに、スペイン南部を東から西へと太陽の軌道をたどって移動していった。アタワルパが単に海に出ることを考えていたなら南に向かったはずだ。だが彼は西に向かった。毎日、朝から晩までひたすら西を目ざした。人にも馬にも最後の力を振り絞らせ、太陽のあとを追うかのように、太陽に追いつきたいかのように、太陽と並びたいかのように、太陽を追い越したいかのように西に進んだが、彼の祖先であり神である太陽《インティ》は常に彼の前を行き、追いつくことはできなかったので、ひたすら進むしかなかった。そうやって彼らはカディスに着いた。

カディスの町は静かだった。通りにも人の姿がなかったが、それは住民たちが状況を知って家に隠れ、鎧戸を閉めて息を潜めていたからだった。キト人たちは見えない住民の気配を感じながら、ピューマのように足音を立てずに歩いた。他の町と同じようにここにも〈磔にされた神〉の大寺院があり、他に見劣りしない見事な建物だった。一行はそこで休みたいと思ったが、アタワルパはなんとしてもまず港に行くと言った。このときから部下たちは、皇帝が船を見つけて故郷に帰るつもりではないかと考えはじめ、それならそれでもいいと思う者もいた。だが残念ながら港には数艘の小舟しか見当たらず、大きな船は出払っていた。それを見て、アタワルパもようやく大寺院で休もうと言った。

そのまま何日も過ぎた。一行のなかにはトレドで加わったユダヤ人以外にも、キト人を見捨てまいとついてきたコンベルソやモリスコがいて、この人々が町に出て食料を調達してきてくれた。だがある日、トレドでキト人を救ったあのユダヤ人の老婆の息子が、町で悪い報せを聞きつけてきた。どこかの小隊が近づいてきているという。その小隊はキト人を探し出してその場で殺すと言っていて、しかもそれは前衛にすぎず、後ろに大軍が控えているらしい。スペイン軍が追いついてきたのだ。もしかしたらフェルディナントの軍も迫っているのかもしれない。早く逃げなければとキト人たちは慌てた。

だがアタワルパにはもはや逃げるつもりなどなかった。部下は精魂《せいこん》尽き果て、妻は臨月を迎えている。今度こそ本当に行き詰まりだった。インカ皇帝に声をかけることを許されている者たちは、こうしてじっとしているあいだに取り返しのつかないことになってしまいますと口々に言ったが、若い皇帝は微動だにしなかった。そして逃げるどころか、キスキスに町の守りを固めよと命じた。確かにカディスは城壁に囲まれているし、この地のモリスコの力を借りることもできるだろう。しかし籠城するならなぜアルハンブラを捨てたのかと将軍たちは首をかしげた。岩山の上にあるアルハンブラのほうがはるかに守りやすいのに、なぜこんな西の果てに来てから籠城するのだ？　だがもちろん、誰も面と向かって皇帝に文句を言ったりはしなかった。お腹の大きいコヤ・アサラパイだけが、うめきながら文句を言った。

状況は急速に悪化していった。キスキスはスペイン軍の前衛を食い止めることはできたものの、そこからは勝ち目の薄い籠城戦になった。町に残っていた住民たちはキト人に敵意をもっていて油断ならなかったし、海からの攻撃も警戒しなければならないので、港があるのはむしろ不利だった。現にアタワルパは、城壁の守りを将軍たちに任せて海ばかり気にしていた。そして結局、天秤の上がったほうの皿に大きい重りが載せられて一気に形勢が逆転したのは、まさにその海のおかげだったのだ。

籠城も限界に近づき、あと数日、いや数時間しかもたないと思われたある朝、水平線に五隻の船が現われた。背後にも敵が現われたとなればいよいよ自分たちは終わりだと、キト人たちはうなだれた。だがアタワルパだけは別の可能性を考え、遠くの船の船首をじっと見ていた。そして仲間が皆あきらめて、船から大砲が飛んでくるのを茫然と待っていたそのとき、アタワルパの目がヒゲナモタと、ペドロ・ピサロと、ワスカルの弟で自分の弟でもあるトゥパック・ワルパの姿をとらえた。アタワルパはその瞬間、自分たちが救われたことを、そしてこの世界が自分のものになることを知ったのだった。

24　インカの人々　第一歌第二十四節

光り輝く世界の不死の住人たちよ

ここに集い　蒼穹に星座を描いて座るあなた方は
繰り返さずとも覚えていよう
武勇に生きようとするたくましいキト人たちが
数々の偉業によって　その名を歴史に刻んだことを
また彼らが運命の定めにより
アッシリア　ギリシア、ペルシア、ローマも霞むほどの
壮大な未来を築くに至ることを

25　征服

ドイツもイングランドもサヴォアもフランドルもどうでもよかった。大事なのはアンダルシアであり、カスティーリャであり、スペインだった。いまやアンダルシアはアタワルパの土地であり、これを守るためなら死んでもいいとさえ思えた。だがどうやら、いますぐ死ぬ必要はなさそうだった。

海を渡ってきた五隻の船の船倉は、金と銀と硝石《しょうせき》で満たされていた。

硝石が大量に手に入ったので、キスキスの命令ですぐに火薬が作られ、キト兵は大砲を次々と撃ち、スペイン軍を追い散らした。もちろんそれでスペイン軍に勝ったというわけではなく、これはメッセージを伝えるための攻撃にすぎなかった。すなわち、「状況が変わった。あなた方の世界は二度とともとには戻るまい。あなた方はインカの〈第五の邦〉になるのだ」というメッセージである。

金と銀を手にしたアタワルパは傭兵を雇うことができた。しかも集めるまでもなく、傭兵は向こうからやって来た。黄金を山ほど積んだ船が来たという知らせがまたたく間に広がったので、各地から集まってきたのだ。しかもその多くは、インカ軍に加わるためにスペイン軍を脱走してきた兵だった。アタワルパは、以後コンベルソも、ユダヤ人も、モリスコも、ルター派も、エラスムス派も、男色家も、魔女も、すべてインカの保護下に置かれると宣言し、各地に触《ふ》れを出した。

これを聞きつけてますます多くの人が駆けつけ、アタワルパ軍は毎日何百人という単位で増えていき、それが彼の宣言の信憑性を高め、さらに人が増えるという好循環を生んだ。

ナバラに向けて使者が発ったときには、もう一人の使者がすでにアウクスブルクに急いでいた。

結局アタワルパは大砲を撃つこともなくセビーリャを落とした。そしてアルカサル宮殿を自分の宮廷とし、亡きカール五世の妃と子供たちもそこに住まわせることにした。

またアタワルパは、セビーリャを起点として大海[1]を渡り、キューバ経由でタワンティンスーユに至る交易路を定めた。そして、こうして金銀の供給が確保されたからには、フッガー家もこちらが望むだけ資金を出すだろうと踏んだ。

アタワルパには大きな計画があり、そのために多額の資金を必要としていた。

彼はコルテス[2]を召集し、すみやかにフェリペ王子を未来のスペイン王として認めさせるとともに、自らが摂政の職に就《つ》くことも認めさせた。この新世界では黄金があればなんでもできるように思えた。いや、さすがにそれは極端だとしても、少なくとも黄金がなければなにもできないのは確かだった。金と銀はあらゆる話を単純にする。

アタワルパの息の根を止められなかったタベーラ派とグランヴェル派は、もはやインカに抗《あらが》う術をもたなかった。彼らの正当性はカール五世の死によって失われ、資金はすでに底をつき、軍隊は未知の病の流行で力を失っていた。[3]

摂政となったインカ皇帝は、ただちにアルトアとフランドル南部をフランス王に返還することにしたので、フェルディナントはこれらの領土を守ろうとまず軍をそちらに向けた。これでアタワルパには時間の余裕ができた。

アタワルパが望み、ようやくできるようになったこと、それはスペインを統治することだった。いや、自らが国王になったわけではないので、正確に言えば幼いフェリペ二世に代わって国を管理することだ。

さて、アタワルパは兄のワスカルと折り合うためにいったいなにを差し出したのだろうか？〈黒い飲み物〉、トレドの剣、〈火を噴く杖〉、少しばかりの麦、〈しゃべる箱〉、絵画と地図。いやそれ以上に、世界は自分たちが思っていたよりはるかに大きく、二人で争う必要などないという事実。そしてなによりも、タワンティンスーユに眠っている金と銀があれば新たな富を手に入れることができるという展望だった。

インカ帝国の人々からすれば、こうして新大陸に渡ったアタワルパとつながったことで、貨幣を使って商品を交換するという活動を発見したことになる。

ヒゲナモタはアタワルパから託された使命を見事に果たした。彼女にはそのままキューバに残り、新世界に戻らないという選択肢もあったのに、自分の意思で戻ってきた。それはアタワルパへの愛があったからだろう（かといって若いペドロ・ピサロとの関係を隠そうともしなかったが）。だがそれ以上に、冒険好きだったからに違いない。なにかの選択を迫られたとき、最後に彼女の背中を押すのはいつでも好奇心だった。彼女は荒波の彼方に希望が見える世界を愛していた。その荒波が自分たちをどこへ導くのか知りたかった。それにイタリアを自分の目で見てみたかった。だからロレンツィーノが国に帰ってしまったことを知ってがっかりした。このフィレンツェの青年がやがてどんな役回りを演じることになるか、このときの彼女はまだ知る由もなかったのである。

ロレンツィーノのことばかりではなく、これから起こる出来事を、彼女はまだなに一つ知らなかった。

1　カディスまでは川を利用した。実際にも、コロンブスの新大陸発見後、新大陸からもたらされた物資はカディスから川を上り、セビーリャに運ばれた。
2　中世にイベリア半島の諸王国で開かれていた身分制議会のことで、貴族・聖職者・平民（都市権力）の代表が参加した。
3　史実においては、スペイン人がインカ帝国に持ち込んだ病により先住民が苦しんだが、ここでは逆のことが起きていると考えられる。

26　インカの人々　第一歌第七十四節

「運命の気まぐれな定めにより
あの誇り高きキト人たちがここかしこで
戦に強く数でも勝るヨーロッパ人に勝利し
槍門[1]とベローナ[2]の掟を課そうとしているのに
父神の子であり　神々のなかでもとりわけ
偉大な称号と名声を得ているこのわたしに
他の者が名を挙げてわが名が翳《かげ》るのを

黙って見ていろとでも言うのか」

1 槍を組んで門のようにしたもので、服従の証しとして敗者にその下をくぐらせた。
2 ローマ神話の戦争の女神。
3 この節は古代（ギリシア・ローマ）の神の一人の呟きとして書かれている。新時代の人間たちの武勇を見て、自分たちの面目が失われるのではないかと案じている。

27 若きマンコ・カパック

トゥパック・ワルパはワスカルの返事をキープにしたものを携えていた。

ワスカルは弟を許し、過去の諍いはきれいさっぱり忘れようと言ってきていた。それはもちろん、アタワルパがタワンティンスーユに関するあらゆる権利主張を放棄すると申し出たからである。そして弟の要求どおり、三百人の兵と、大量の金、銀、硝石を送ると記していた。また折返し、〈黒い飲み物〉〈火を噴く杖〉〈奥行があるように見える魔法の絵〉をもっと送ってほしいとも言ってきていた。またペドロ・ピサロなる優秀な技師を派遣してくれたことに感謝していた。ペドロから新しい武器の使い方と仕組みを学ぶことができたという。そればかりか、インカの人々は自ら大砲を作ることに成功していて、それをキューバで調達した船に積んでいた。アタワルパは五隻の船を見たときに、どれも大砲を積んでいたので驚いたのだが、その一部はインカ人が作ったものだったのだ。

そしてワスカルは寛大にも、弟の願いと兄弟愛に免じて、ヒゲナモタ王女の生まれ故郷である島は侵略しないと記していた（わずかな貢ぎ物を受け取って、それでよしとしたらしい）。

そのキープはワスカルがいま宮廷を置いているトゥミパンパで編まれたものだった。つまり彼はクスコに戻らなかった。おそらく、これからは北を中心にものごとが動くと踏んでのことだろう（南は狂暴なマプチェ族[1]に阻まれていて、領土拡大は望めなかった）。

　言うまでもないことだが、ヒゲナモタがワスカルに会いに行くのは容易なことではなかった。だが彼女はいつでも、どこでも、人々に強い印象を与えるので、それが幸いして困難を切り抜けることができた。リスボンではジョアン三世から一隻ならず三隻の船を手に入れてみせた。それはもちろん、彼の妹でありスペイン王妃であるイサベルがアタワルパの掌中《しょうちゅう》にあったからでもある。キューバに戻ってみると、タイノ族はキト人の影響を受けてさまざまな技術を磨いていた。そしてヒゲナモタの話を聞いて、彼女がインカ帝国へワスカルを探しに行っているあいだに、追加で二隻の船を建造してくれたのだった。

　インカ皇帝ワスカルはアタワルパのキープを解読させて驚き、ヒゲナモタがもってきた新世界の物品を見てさらに驚き、アタワルパが望むものがタワンティンスーユにあふれているかぎりは、ぜひともその願いをかなえてやりたいと言った。そして弟の一人である将軍トゥパック・ワルパに金、銀、硝石を新世界へ送り届ける役を任せた。その送り先だが、これについてはアタワルパが事前にヒゲナモタと地図を精査し――二人はもうすっかり地図を読めるようになっていた――リスボンではなく、もっとグラナダに近いカディスに入港させるのがいいと決めてあった。

　トゥパック・ワルパはもう一人の異母弟である若いマンコ・カパックも連れてきていた。生まれながらにして、祖先の偉大な建国者と同じ名を名乗るという大いなる名誉を与えられている弟である。その後トゥパック・ワルパは船に武器、ワイン、絵画を積んで祖国に戻っていったが、若いマンコは新世界に残った。ある意味ではワスカルが送ってきた大使であり、スパイのようなものだ。だがアタワルパはあえてそのことに気づかないふりをした。

1　南アメリカ南部を支配し、インカ帝国やスペインに抵抗しつづけたことで知られる先住民族。

28　アルカサル

キト人たちがセビーリャに着いたときの地元の人々の出迎え方は、以前とはまったく違ったものだった。

その日、亡きカールの妃だったイサベルは喪の印に白い繻子《しゅす》をまとい、白馬にまたがっていた。その横のアタワルパはサパ・インカの印である緋色の頭飾りをつけていた。

セビーリャの最高位の貴族であるメディナ＝シドニア公、アルコス公、タリファ侯が市長（市長とはこの都市の行政を行なう首長《クラカ》である）とともに迎えに出ていて、イサベルとインカ皇帝の前で恭《うやうや》しく頭を下げた。

アタワルパの後ろには幼いフェリペとその妹、さらに六千人の兵がいた。

町に入るとき、チャルコチマとキスキスは思わず視線を交わした。二人はあのサラマンカ郊外のカール五世のテントに赴いたときのことを思い出していたに違いない。ここの人々が自分たちに敬意を払う様子を見て、あのときから今日までにどれほどのことがあり、どれほど立場が変わったかを思い返さずにはいられなかったのだろう。

キスキスなどは、目の前であの白くて細長い犬、センペーレが飛んだり跳ねたりしていたのでなおさらのことだった。カール五世の愛犬だったセンペーレは、グラナダのあの壊走の混乱のなかフェリペのそばを離れずにずっとついてきた。いまでも鼻づらにピューマに引っかかれた跡が残っていて、それを見ればピューマのことも思い出してしまう。だからアルカサルの美しい庭園を見たときも、キスキスはまず、ピューマがここでヤシの木に登ったり池で水浴びをしたり、鳥を追ったりするところを想像してしまい、いまごろあいつはどこでどうしているのだろうかと懐かしく思った。

その庭園でコヤ・アサラパイは男の子を出産し、アタワルパは不運なカール五世を偲んでカルロス・カパックと名づけた。フェリペはまだ幼いながら、赤ん坊のカルロスに近づいて顔を見ることと、カルロスの代父となることを許された。敬虔なキリスト教徒であるイサベルがどうしてもと言い張り、なにがどう役に立つかわからない状況でもあったので、アタワルパは司祭の手で赤ん坊に水を振りかける儀式を許した。また、代父を立てるというのはなかなかいい制度だと思った。アタワルパはこの機会にイサベルを第二夫人にすることも申し出たが、彼女は断わった。

そこへロレンツィーノが、ミケランジェロという芸術家を連れてイタリアから戻ってきた。名高い芸術家だそうで、ロレンツィーノはわざわざローマまで迎えに行ったという。アタワルパの宮廷ではこの大家になにを依頼しようかという話になり、まずはカール五世の墓石の彫刻がいいだろうということになった。アルハンブラのトマトの木のあいだに埋めた遺体をセビーリャに移し、正式に埋葬するためである。続いて、太陽、月、星々の創造主であるウィラコチャの彫像を依頼した。アタワルパは妹にして妃のコヤ・アサラパイと、生まれたばかりの息子カルロスの母子像を描かせたかったが、ミケランジェロが生きている人間を対象にすることを嫌ったのであきらめざるをえず、これについてはロレンツィーノが別の画家を連れてくることになった。カール五世の肖像を手がけたことがあり、いまはヴェネツィアという町で仕事をしている画家だという。一方ミケランジェロは、生きている人間でもヒゲナモタがモデルなら仕事をしてもいいと言い、彼女の見事な彫刻を制作した。この彫刻は今日セビーリャ大聖堂に置かれているが、ここはカール五世とイサベルが結婚式を挙げたところでもある。[1]

アタワルパは本当は、あの高台のアルハンブラのほうが居心地がいいのでグラナダに戻りたかった。だがそれよりも、祖国とつながる交易路の一端に居を構えることのほうが重要だった。セビーリャを通って海に出るグアダルキビール川は水深が浅いので、大海を渡るような大型船には通れない。だが小型の船を使えばセビーリャと海のあいだをつなぐことができる。じきにセビーリャの河港の埠頭では、〈黒い飲み物〉と小麦の樽が昼夜を問わず転がされていき、逆にインカから運ばれてきた硝石とコカの葉の樽が転がされてくるようになった。また船からは金銀の詰まった箱が降ろされ、逆に海の向こうでブームを巻き起こしたオリーブオイル、ハチミツ、酢などの壺が次々と積み込まれていく、といった光景が見られるようになった。

タワンティンスーユと〈第五の邦〉の交易の規模は急速に拡大したため、アタワルパは通商管理のために特別な機関を創設し、これはカスティーリャ語で通商院《カーサ・デ・コントラタシオン》[2]と呼ばれることになった。そしてスペイン各地はもちろん、レバントのどの地域に対しても、セビーリャを経由することなく大西洋の国々と交易することを禁じた。ただし例外としてリスボンだけは直接の交易を認められた。これはポルトガル王がヒゲナモタ王女を援助してくれたことを考慮しての特別措置だった（ただしポルトガル船が運んできたものの五分の一はスペイン王のものとされた）。ジョアン三世の援助がなければスペインのキト人は終わっていただろうし、歴史の流れも大きく変わっていただろうから。

なおジョアン三世へのこの配慮は、その妹であり、愛する夫を失ったイサベルへの補償という意味合いももっていた。

1　実際には、カール五世とイサベルの結婚式はアルカサル宮殿で執り行なわれた。
2　実際のスペインの通商院（ないし商務院）は一五〇三年設立で、新大陸との通商の統制を目的としていたところは同じだが、その後植民地統治機関の一つとなっていった。

29　コルテス

イサベルへの補償としては、息子フェリペ王子を正式に王座につけることもその一つと考えられた。しきたりにより、即位の際にはカスティーリャの各地方から領主、聖職者、大商人が集まってきて新国王に祝辞を述べることになっていたので、ふたたび議会《コルテス》が開かれることになった。荘厳な儀式を前にして、幼いフェリペは怯えていた。だがもちろん周囲がすべてを準備するわけで、演説はチャルコチマが文章にし、それをヒゲナモタがペドロ・ピサロの助けを借りてカスティーリャ語に訳した。さらにアルコス公とメディナ＝シドニア公に目を通させ、スペインの諸制度や儀礼上の決まり事に照らして問題がないかを確認させた。

こうした調整を経て、新国王の演説には、幼い王が重責を担うにふさわしい理由として、この年齢でスペインの運命を託されるほど神に愛されているからだというニュアンスが加えられることになった。そのためにアルコス公らは、父親のカルロスが三十三歳という若さで天に召されたことを強調するべきだと言い、チャルコチマはそんなことが大事だろうかと首をかしげながらも、原稿の数か所に手を入れた。

だがもちろん――ところからが大事なところで――神はこれほどの重責を、幼い王ただ一人に負わせるようなことはなさらない。神は大いなる慈悲をもって、幼い王を導き、補佐するために、海の彼方から太陽神の息子を送られたのだ、という展開になる。

その補佐役が重要な存在であることはわざわざ説明するまでもなかった。幼いフェリペがつっかえたり、どこまで読んだかわからなくなったりするたびに、横に控えたチャルコチマがすぐにひざまずき、新王の耳元で答えをささやくのだから。参列者にとっては見ていて気持ちのいいものではなかったが、そのうち昔を知る年長者たちが以前も見たような光景だと思い出した。そういえば、十代でスペイン王になったカルロスにも、老いた師であるシエーヴルの殿様[1]がくっついていたではないかと。当時といまでは状況が異なるとはいえ、当時のほうがずっとましだったとは言いがたい。カルロスはフランドルの生まれで、この国に来たときスペイン語がまったく話せなかった。それに対してフェリペは少なくともバリャドリードの生まれだし、その後ろ盾の海の向こうの君主とやらは黄金をもっていて、それをここで使うつもりがあるようだ。だとしたらそれほど悪い状況ではないかもしれない、と彼らは思った。

こうして幼い王は異国人の取り巻きに導かれ、どうにかこうにか即位後初の諸策を発表することができた。

まず第一は、異端審問最高会議《スプレマ》を解散し、異端審問を即刻廃止することだった。すると会議場に同意のつぶやきが広がり、聖職者代表の一部でさえ頷いているのが見えたので、どうやら悪い考えではなかったようだとアタワルパも確信を深めた。

第二の策は、アルトアとフランドル南部[2]の正式割譲と引き換えに、フランスと同盟条約を結び、相互援助関係を築くことだった。スペイン人は北の地方のことはどうでもよかったので、この件についても、無関心に少し安堵が入り混じったような表情で頷く人が多かった。

第三は、海の彼方の君主であり太陽の子であるアタワルパを、ニコラ・ペルノ・ド・グランヴェルに代えて国王の最高補佐官である大法官に任命することだった。グランヴェルはすでに反逆罪に問われていて、その首には賞金がかけられていた。

他の反逆者も同様で、セプルベダなどはカルロス王の死を招いたとして、その首に対して千ドゥカートがかけられていた。

ペドロ・ピサロは、フランシスコ・デ・ロス・コボス・イ・モリーナに代わって国務大臣に任ぜられた。このコボスも、ファン・パルド・デ・タベーラ、アントニオ・デ・レイバとともに反逆者リストに載せられていた。

次いで宗教省の創設が発表された。アタワルパはその長をイグナチオ・ロペス・デ・ロヨラに任せたかったが、ロヨラが辞退したため、ロレンツィーノがローマから連れてきたコンベルソの人文主義者、ファン・デ・バルデスがこの地位に就いた。

なお、旧暦[3]一四九二年にカール五世の祖父母によってグラナダで署名された「ユダヤ教徒追放令」も、このとき廃止された。[4]

1　カルロスの助言者だったギヨーム・ド・クロイのこと。
2　アタワルパが割譲したのは、フランドル地方のうちの現在フランスに属している地域、いわゆるフランドル・フランセーズに相当する。
3　この小説における「旧暦」とは西暦のことである。
4　追放令が出されたのは一四九二年三月で、これによりユダヤ教徒は七月までにスペインから出ていくこと、さもなければキリスト教に改宗することを強いられた。その結果十五万から二十万人のユダヤ人がスペインを出たといわれている。また改宗してスペインに残っても常に厳しい審問の対象とされ、弾圧が続いた。史実の上では、スペインで「ユダヤ教徒追放令」と「異端審問」が正式に停止されたのは十九世紀半ばになってからのことである。

30　モアからエラスムスへの手紙

トマス・モアよりロッテルダムのエラスムス大兄へ

親愛なるエラスムス、貴兄もご存じのように、わたしは印璽《いんじ》を返還し、畏《おそ》れ多くも国王陛下から賜った大法官の職を辞して以来[1]、隠居生活を満喫しています。

ですが貴兄のほうは、健康状態があまり芳しくなく、静養の地を求めてバーゼルを離れられたと風の便りに聞きました。これについては、結石[2]の痛みが少しでも和らぎますようにと、ただもう願うばかりです。

そう言いながらも、親愛なるエラスムス、小生が今日ペンをとったのは、貴兄にこの長年の友をどうか助けてほしいと請うためなのです。それも個人的な問題ではなく、畏れ多くもキリスト教世界全体の運命にかかわる問題で貴兄の助けが要るのです。

ご存じのように、イングランドの国王陛下はキャサリン王妃との結婚を取り消して、アン・ブーリン嬢と結婚する意思を固められ、これに対して教皇聖下が結婚の取り消しをお認めにならないので、目下のところ教会から見れば重婚者となっておいでです。

そしてもちろん、スペインから周囲に広まりつつある新しい宗教のことも貴兄の耳に届いているでしょう。インティ教とか太陽教とか呼ばれていますが、つまりはカール五世を死に追いやり、いまや真のスペイン王といわれているあのアタワルパが主張する太陽信仰の宗教のことです。

さて、この状況で陛下がいったいなにを言い出されたと思います？　なんと、教皇から満足のいく答えがもらえないなら、インカの宗教に改宗すると仰せなのです。それも陛下お一人ではなくイングランド全体で。かの宗教では、われらが主イエス・キリストがパンを増やされたのと同じように、人間が妻を増やせると陛下は耳にされたのです。

聖父[3]は破門という脅しをかけておられますが、なんの効き目もありません。陛下はブーリン嬢にすっかり熱を上げて聞く耳をもたず、ローマ教皇じきじきのお達しさえ無視するおつもりのようです。

これ以上の冒瀆があるでしょうか？　わたしたちはルターと、彼のとんでもない邪説の広がりから信仰を守らなければなりませんでした。それがここにきてもっと強力で、もっとおぞましい脅威に、地獄もかくやという野蛮な偶像崇拝に立ち向かうことになろうとは。

そういうわけですから、親愛なるエラスムス、ここは一つ、貴兄から陛下に手紙を書いていただけますまいか。インカの宗教へ鞍替えするなどという愚行がどんな事態を招きうるかについて、結局は主への真の信仰を根底から揺るがすことにしかならないのだと陛下を説得していただきたい。これはもはや、煉獄を認めまいとあれこれ理屈をこねる人々や、聖金曜日に肉を断つことを拒む人々と戦うといった程度の問題ではありません。聖なる教会の統一が危ういどころか、いまやキリスト教世界全体が異教信仰や無神論に陥ろうとしているのです。

本音を言えば、いちばん望ましいのは、真の信仰がどれほど大事なものかを思い出させ、あのような不道徳な迷信を断罪する文書を貴兄が公表されることです。

陛下に対してこの狂気を終わらせるだけの影響力をもつ人物は、もはやあなたしかいないのですから。あなたのひと言で、全ヨーロッパ[4]を神の道へと引き戻すことができるのです。

これが神による試練ではないと誰が言えます？　あのアタワルパも、迷える仔羊たちを教会に呼び戻し、ルターの信奉者に理性を取り戻させて、すべてのキリスト教徒が力を合わせて新たな異教徒に立ち向かうようにとの神の思し召しによって、この地に遣わされたのかもしれないではありませんか。

あなたがその胸の内のままに、つまり真理を見守るのにもっともふさわしい臓器である心臓が命じるままに、わたしたちの信仰こそが真であるという反論の余地のない論説を書かれることを、わたしがずっと切望していたことはご存じでしょう。そして、いまこそがその絶好の機会ではないかと思うのです。ですから、なにをおいてもまず、貴兄がこの崇高なる務めを果たされるようにと願ってやみません。

誰よりも重要な存在であるエラスムス大兄、どうかお元気で。

一五三四年一月二十一日、チェルシーにて

あなたのことを心から思うトマス・モア

徳と博識の人であるロッテルダムのエラスムス先生

1　モアは一五二九年から一五三二年までヘンリー八世の大法官を務めた。
2　エラスムスは長く結石を患っていた。
3　ローマ教皇の尊称。
4　このころ「ヨーロッパ」という地理的概念はあったが、ここに書かれているような文化的概念としては、実際にはまだ「キリスト教世界（christianitas）」という自称が使われていたようだ。

31　エラスムスからモアへの手紙

エラスムスよりトマス・モア君へ

わたしの健康状態については、友よ、あなたの指摘のとおりです。じつはずっと不調が続いていて、痛みに襲われない日は一日もないというありさまです。

しかしながら、貴君との友情に鑑《かんが》み、また提示された問題が重要で、論じるに値するものであることを考慮して、体調が許す範囲でできるかぎりの返事を認《したた》めることにしました。

まず言っておかなければならないのは、わたしは昨今の誹謗中傷《ひぼうちゆうしよう》でひどく疲弊し[1]、もはや論争の場に戻る体力も気力もないということです。つまりはこれが貴君の依頼に対する返答です。

そしてもう一つ、まさにその誹謗中傷と、それによりわたしの信望が失われたことを考えると、墓場に片足を踏み入れたようなこの老いぼれの言葉にイングランド王が耳を傾けるとは到底思えません。しかもその老いぼれたるや、陛下から再三ありがたいお招きをいただきながら拒みつづけてきた人間なのですから。

ローマ教皇の脅しに効き目がないという点ですが、この件であなたの最善の協力者であり、貴君の気高い計画の助けとなりうる人物は、むしろアタワルパのほうではないでしょうか。焦慮のあまり、あなたはアタワルパのことを悪く考えすぎていませんか？

じつのところ、カール五世はキャサリン王妃の甥であり、もし聖父が王妃の離縁に同意するようなことがあれば報復も辞さないと教皇庁に脅しをかけていたのですから、そのカール五世を死に追いやったことで、アタワルパは脅しを無効にし、ひいては王妃の離縁に関する最大の障害を取り除いたと言えるのです。つまりキャサリン妃に対する婚姻無効が言い渡され、[2] しかもカール五世がもはやこの世の人ではない以上、陛下とブーリン嬢の婚姻を認めることにもはや何の支障もありません。そして聖父がこれをお認めになれば、陛下も大いに満足され、カトリック教会を離れる理由はなくなるでしょう。

さて、その事情はさておき、インカ皇帝とその宗教の問題そのものについてですが、これもじっくり考えてみてはどうでしょう。インカの宗教は本当に、貴君がこき下ろすルター派よりも大きな脅威でしょうか？　貴君が少し前に糾弾していた、あの腐敗にまみれて金の亡者と化した聖職者たちよりも、わたしたちの教会を害するものでしょうか？　言うまでもなく、ルターは万事承知の上で教会を分裂させる戦いを始めました。しかしアタワルパは違います。彼の島に、つまりインカの宗教があったところに、福音のメッセージがまだ届いていなかったのはアタワルパのせいではありません。

彼らが地獄行きを定められた教会の敵であることを、あなたはすでに確信しているようですし、その考えをどうしたら変えてもらえるのかわたしにはわかりません。でも、友よ、地獄は異教徒を責められないということを忘れないでください。

それに、ひとまず敵意を脇に置いて、この太陽教にただ関心の目を向けてみれば、わたしたちの信仰と共通点が少なくないことに気づくはずです。太陽神ウィラコチャとインカ皇帝は、いうなれば父なる神とその子イエスのような存在だと思いませんか？　太陽の妹であり妻である月は、漠然とした類推にとどまるとはいえ、どこか聖母マリアを思わせませんか？　そして彼らが重視する雷は、わたしたちが言う精霊にあたるのではありませんか？　キリスト教においても聖霊はしばしば鳥の姿で表わされてきたのですし、それが稲妻であってていけない道理はないでしょう。

気をつけなさい、友よ。神の創造物しかないところに、うっかり異端を見てしまわないように。異端という言葉がキリスト教徒にとって忌まわしいものであればあるほど、その言葉で人を、それが誰であろうとも、軽率に非難するのは避けるべきです。いまさら書くまでもありませんが、わたしがルターを責めるのは、彼に破壊欲や好戦癖があるからです。だとすれば、友よ、ある点ではあなたの主張が正しいことになります。つまり、おそらくはあのアタワルパこそが平和への鍵になるということです。

友よ、どうか元気でいてください。アリス夫人とローパー夫人によろしく。

一五三四年二月二十八日、フライブルクにて

ロッテルダムのデシデリウス・エラスムス

この上なく賢明でひたむきな神の守護者であるトマス・モア君へ

1　ルターとの論争（一五二四―二六年）のみならず、エラスムスは新旧両陣営から激しく非難されていた。

2　ヘンリー八世は一五三三年に、キャサリン王妃に婚姻無効を言い渡した。

32　モアからエラスムスへの手紙

トマス・モアよりロッテルダムのエラスムス大兄へ

またしても賢者のなかの賢者である貴兄の推察が見事に当たりました。教皇聖下は破門の脅しを取り下げ、とうとう婚姻の無効をお認めになりました。これでもう、ヘンリー王とブーリン嬢の結婚を妨げるものはありません。

しかしながら、貴兄の驚くべき慧眼もそこまでで、神のみぞ知るその後の展開にまでは及びませんでした。

これで陛下が不信心に走る理由はなくなったのだから、イングランドは安泰だとあなたは思われたことでしょう。ところがどうして、安泰どころか、この国はのっぴきならない事態に陥っています。あろうことか、陛下は太陽の神殿を開くとお決めになったのです。そこに陛下自らが選んだ生娘たちを集め、意のままにしようというのです。信じられますか？　しかも、あの野蛮きわまりないアタワルパに倣って「朕《ちん》は太陽の子である」とまで宣言されたのですから、もはや正気の沙汰ではありません。

インカの宗教に対する貴兄の好意的な考え方をともに分かち合えたらいいのですが、小生にはどうしても、なにをどう考えてみても、あの不道徳な宗教に真の信仰とのかかわりを見いだすことができません。それに、たとえかかわりがあったとしても、あのような宗教を認めていいことにはなりません。確かに、貴兄が鋭く指摘されたように、旧約聖書は新約聖書を予告していて、そこには救世主到来の預言が含まれていたと考えることができるでしょう。では伺いますが、親愛なるエラスムス、モーセがイエスの到来を準備していたとして、それはユダヤ教に改宗する理由になるでしょうか？

なにはともあれ、貴兄の教皇への手紙には感謝しています。聖父が婚姻の無効を認められたのは、貴兄の手紙に動かされてのことに違いないのですから。歯がゆいのは、その婚姻無効が、結局のところ期待した結果につながらなかったことです。

もっとも親愛なる友、エラスムス大兄に、神のご加護がありますように。

トマス・モア

一五三四年三月二十三日、チェルシーにて

ロッテルダムのエラスムス先生

33　エラスムスからモアへの手紙

ロッテルダムのエラスムスより親愛なるモア君へ

あの異国人こそ――貴君が野蛮人と呼ぶアタワルパのことです――ヨーロッパにとってのチャンスだと前に書いたと思いますが、覚えていますか？　いや、先見の明云々の話ではありません。貴君が言うような慧眼などわたしは持ち合わせていませんし、アタワルパについてのこの考えも、わたしたちのよき友であるギヨーム・ビュデ[1]からの手紙をきっかけに思いついたにすぎません。

ではなんの話かというと、フランス王フランソワが先月、パリでスペイン王の大使を接見したという件です。その際に大使は何人ものインディオ――あるいはインカ人？　どう呼んだらいいのでしょうね。ペルシアでも太陽を崇拝するというから、ペルシア人かもしれません――を伴っていて、それがじつに洗練された人々で、容姿も整っていたというのです。さらに注目すべきなのは、彼らの働きかけによって、フランスとスペインのあいだに平和条約が締結されることになったという点です。インカ人たちはフェリペ二世が相続した領地の少なからぬ部分をフランス王に譲ることを提案し、これに対してフランソワも賢明な判断をして、ミラノ公国を放棄すると宣言しました。これでようやく、争いの絶えなかったイタリアの地に平和が訪れるかもしれません。

しかも、インカについてはもっと驚くことがあるのです。じつはわたしはいま、スペインから届いたばかりの知らせを、親愛なるモア、あなたに伝えようとこの手紙を認めながら喜びに打ち震えています。若きフェリペ王がセビーリャで、新たに大法官となったアタワルパの助言に従ってある勅令を発布したのですが、それがなんと、カスティーリャおよびアラゴンのすべての地域で、宗教の自由な選択と自由な実践を認めるものだというのです。この恩恵を受けるための条件は、年に二回〈太陽の祭り〉[2]を祝うこと、それだけだとか（どれほど熱心なキリスト教の擁護者でもこの程度なら容認できるでしょうし、その点ではあなたも同意見だろうと思います）。

親愛なるモア、これがなにを意味するか、わたしのもっとも大事な友であるあなたならおわかりでしょう？　このヨーロッパで、到底無理だとあきらめていた寛容の扉がとうとう開かれるということです。さらに神の思し召しがあれば、世界平和への道さえ切り拓《ひら》かれるかもしれません。ですからわたしはこの寛容令が手本となって、各地の王侯貴族たちが考えを改めてくれたらと、そしてこの機会にルターもあの苛烈さを捨てて寛容に向かってくれたらと、切に願っているところです。

そして、モアよ、このすべてから学べることはなんでしょうか？　神のお導きがあれば、一人の賢明な異教徒が、本人も知らぬ間に、一人の血に飢えたキリスト教徒よりも善いものを人類にもたらすようなことがありうるということです。考えてみれば、ソクラテスもまた、われらが主イエスの先駆者の一人だったのではないでしょうか？　あなたはソクラテスとプラトンを不道徳な野蛮人と呼びますか？　ではその逆に、フィレンツェで神の名による恐怖政治を行なった修道士サヴォナローラは、よいキリスト教徒だったと言うのですか？

親愛なるトマス、このことについてあなたがどう思うかぜひ聞かせてください。便りを心待ちにしています。どうかお元気で。

エラスムス

一五三四年四月十七日、フライブルクにて

ユマニストであるわが兄弟、トマス・モア君へ

1　フランスの人文学者。エラスムスと親交があり、書簡が残されている。
2　厳密にいえば〈太陽の祭り〉は年に一回なので、ここでは〈太陽の祭り〉ともう一つの主要な祭りを合わせて「二回」と言っていると考えられる。

34　モアからエラスムスへの手紙

親愛なるエラスムス大兄

わたしがいつもの場所にいなかったので、貴兄の手紙を受け取るのに少し時間がかかり、返事が遅れたことをお詫びします。

その後の各地の展開を貴兄とともに喜ぶことができたらよかったのですが、残念ながらこちらでは、本来望みうるような方向には事が運びませんでした。

前の手紙にも書きましたが、ヘンリー王が発した王令というのは、貴兄の新たな友というべきスペインの大法官と同じように、自らが「太陽の子」だと宣言するものでした。

続いてヘンリー王はイングランドのあちらこちらで大小の修道院を太陽の神殿に転用しはじめましたが、いずれも実態は売春宿です。なにしろ神殿に仕えているのは、良くいえば巫女《みこ》ですが、まともな人間なら遊び女と呼ぶような女性たちなのですから。それだけでもすでにイングランド人にとって恥であり悲しみだというのに、ヘンリー王はまだ足りないとばかり、すべての臣下に対して、「われらが王は間違いなく太陽の子であらせられます」と神の御名《みな》において誓えと命じたのです。

そういうわけで、小生はいまロンドン塔でこの手紙を書いています。あなたならもうおわかりでしょうが、わたしは王が求める宣誓を拒み、あまりにも馬鹿げた、前代未聞の冒瀆で公然と飾り立てられた異端への協力を拒否したためにロンドン塔に幽閉され、裁きを、おそらくは死刑判決を待つ身となっています。

一五三四年八月十五日、ロンドンにて

トマス・モア

ロッテルダムのエラスムスへ、今生《こんじょう》のお別れです。

35　エラスムスからモアへの手紙

親愛なるわが兄弟、トマス・モア君へ

前の手紙でソクラテスの名前を出しましたが、あなたがそのソクラテスを真似て自ら死を迎え入れるようなことなど、断じてあってはなりません。

どうかこの長年の友のために、そしてあなたを愛するアリス夫人、長女マーガレット、ほかの子供たち全員のために、王が望むことをすべて認めて宣誓してください。彼がトルコ皇帝を名乗ろうが、朕は神なりと宣言しようが、それが貴君となんのかかわりがあるというのです？　そんな酔狂は放っておけばいいのです。あなたは、いや、わたしたちは、この胸のうちで、福音書によってもたらされた神の真理のなんたるかを知っているのですから。

大事なのは家族の愛であり、あなたがまだやり残している仕事であり、この世で施しうる善です。そうしたものこそ、一君主の子供じみた気まぐれよりはるかに大事だと思いませんか？ どうか、わが旧友たるモア君、生きてください。王が臣下を死罪で脅してもぎ取った宣誓など、いったいなんの価値があるでしょう。神と良心に照らして、そのようなものが有効だとでもいうのですか？

あの話を思い出してください。あなたがまだうぶな青年だったころのことですが、大昔というわけではないので忘れてはいないはずです。フランス王に即位したルイ十二世が、ルイ十一世の娘だった妻との結婚を無効にしてほしいと教皇に頼み込んだとき、義を重んじる多くの人々が眉をひそめ、そのなかにヤン・スタンドンクとその弟子トマスもいました。しかし二人は言葉を控え、ミサの説教でも、主が陛下をよい方向へお導きくださいますようにと祈るにとどめました。するとフランス王も、二人を追放はしたものの命はとらず、しかも結婚が無効になるとすぐに呼び戻したのです。さあ、考えてみてください。あの厳格なスタンドンクが己の良心に反する事態と妥協したのなら、高潔なモアにも同じことができるのではありませんか？ 友よ、見栄という悪魔に魅入られてはなりません。宣誓を拒むという選択を、あなたはアリス夫人にも、子供たちにも、友人たちにも勧めましたか？ いや、そんなはずはないでしょう。あなたが彼らの死を望むはずがないし、あなた自身、そんな誓いで魂の救済が危うくなることなどないと知っているからです。だとしたら、彼らには善しとして認められることが、あなた自身にはなぜ認められないのですか？ あなたが取り憑かれたその殉教精神の正体は、いったいなんなのですか？

貴君が理性と、いま少しの謙虚さを取り戻せるように神に祈りつつ、わたしは急ぎヘンリー王に手紙を書いて情状酌量を求めます。

それまで、友よ、あなたに神のご加護がありますように。この祈りがあなたに届きますように。

一五三四年九月五日、フライブルクにて

エラスムス

36 エラスムスからヘンリー八世への手紙

無敵のイングランド国王ヘンリー八世陛下

比類なき慧眼の持ち主であらせられる陛下のことですから、この手紙の目的もすでにお察しのことでしょう。わたしがここにペンをとったのは、ほかでもありません、わたしたちの共通の友である傑物、サー・トマス・モアをお赦しくださるよう、陛下におすがりするためです。

陛下がモア卿を顕職に任じられたのはさほど前のことではありませんが、それには確たる理由があったことを思い出していただきたいのです。今日、陛下はモア卿のことを友情に背いた裏切り者と見なしておられますが、陛下に賜った職を自ら返上したとき、卿は陛下を裏切ったのでしょうか？　イングランド王にお仕えする最高位の職を自ら辞して隠居した者が、偽善者で陰謀家なのでしょうか？

偉大なる王よ、われらがモアには陛下の妨げとなるようなことはなに一つできないのだと、あなたはご存じのはずです。それほどにモアのあなたへの愛は深いのです。

確かに宗教のこととなると、モアの信仰は時に純粋すぎ、迷信と紙一重ではないかと苛立たしく思えることもあります。しかしそれがなんだというのでしょう！　長じた息子が、かつて自分に寛大であった父親に対して、寛大になれないはずがありません。そもそも、もはやなんの権限ももたない一介の思想家の宣誓に、なんの意味がありましょうか。

どうか、無敵で思慮深い王よ、裁きの剣を鞘《さや》に収め、聡明なモアの命をお助けください。信仰心と学識で後世に名を残すことがすでに確実なあの者をお赦しになることは、陛下ご自身のためにもなり、また陛下の名声を高めることにもつながります。それでもどうしてもモアを罰したいとお考えなら、王のなかの王よ、処刑するのではなくあの者を王国から追放することによって、あなたの力とともに仁慈《じんじ》をお示しください。

この手紙が陛下のお心に届かぬはずはないと信じております。かつてわたしがプルタルコスの手ほどきをしたころ、あなたはすでに末頼もしい王子であらせられましたが、いまや当時の期待をすべて凌駕する立派な国王におなりなのですから。

ロッテルダムのエラスムス

一五三四年九月五日、フライブルクにて

37　エリザベト

「セビーリャの勅令」の衝撃は、嵐となってヨーロッパ全土を吹き荒れた〈第五の邦〉になる前には、この世界は「ヨーロッパ」と呼ばれていた）。

スペインではモリスコとコンベルソが真っ先に勅令を歓迎したが、彼らがいちばんの受益者だったのだから当然のことである。アタワルパももちろん、これで彼らを忠実な味方にできると踏んでいた。しかし民衆とはどういうものか、彼らの心がどれほど移ろいやすいかを知っていたので、頼みにしすぎてはいけないこともわきまえていた。

ドイツ、フランス、イングランド（前章までの書簡からもおわかりのように）、そしてスイスも含め、ルター派が増えつつあったところ、宗教改革派が迫害されていたところ、人々が古い宗教を新しくて若い宗教[1]（新しいといっても信仰の対象である神は同じで、礼拝のやり方が異なるだけなので、実際には大きな違いはない）に生まれ変わらせようと戦っていたところではどこでも、セビーリャの勅令は闇のなかの希望の光と受け止められた。異端審問なき世界という夢はすでにスペインで現実のものとなっていたので、だとすればほかの夢も、いきなり実現はしないとしても、少しは可能性が出てきたのではないか、そこには和平や融和さえ入るのではないかと思えたからである。

だがルター本人はというと、太陽教を認めることができないので口を閉ざしていた。

またフランス王は、一時的な寛容の精神から早々にわれに返り、ルター派との和平を望まなかった。望まないどころかルター派の増長ぶりを批判し、火あぶりにしてやろうという勢いだった。

しかしそれ以外の為政者は宗教がらみの殺し合いにうんざりしていたので、セビーリャの勅令と同様の勅令が自国でも発布されることを願った。

殺し合いがエスカレートしていたのは事実で、アタワルパのもとにもどこそこで人が生きたまま引き裂かれ、焼かれ、食べられたといった、まるでチリワナ族[2]のような話が数多く届いていた。マルグリット・ド・ナヴァールからの手紙によれば、フランスでも頭に血の上ったカトリック派の民衆によって改革派の一人が心臓をむさぼり食われたということで、マルグリットが「おぞましい殺戮」と表現したこの出来事はアルカサル中を駆けめぐり、キト人たちを震え上がらせた。マルグリットによれば、このような恐ろしい行為の背景にはある儀式の解釈が関係しているという。レバント人は彼らの寺院で行なわれる儀式において、神官の導きにより小さくて白くて平たいパンのようなものを食べ、〈黒い飲み物〉をひと口飲むが、古い宗教の信者たちはそれが本当に神の体であり血である（〈黒い飲み物〉は光を当てると赤くなるから）と信じているというのである。それがいかなる奇跡によるものなのか、キト人たちには想像もつかなかった。

若い宗教の信者たちはそのようなことは信じていなかったが、だからといって残虐行為と無縁だということにはならない。彼らもまた人を火あぶりにしていることをキト人たちは知っていた。

いずれにしても、そのような信じがたい迷信から始まった論争がこれほど残虐な争いに発展し、時にはそのせいで家族や親族《アイュ》が分裂することさえあるという事実に、インカ皇帝は驚きを隠せなかった。

特にドイツではそうした分裂が後を絶たず、話はセビーリャにまで流れてきていた。

たとえば新教に改宗していたある王女は、カトリック信者である夫のブランデンブルク選帝侯のもとを逃れ、叔父のテューリンゲン方伯のもとに身を寄せていて、ここでもスペインと同じように信教の自由を認めるべきだと叔父を急《せ》き立てていた。この王女は大法官アタワルパ宛てに熱のこもった手紙を送ってきて、アタワルパに敬意を表するとともに、あなたが蒔かれた平和の種が北の地方でも実を結ぶことを切に願っておりますと書いていた（王女の生国はデンマークという小国で、キト人たちが初めて聞く国名だった）。このとき、手紙を見たチャルコチマが、新たな同盟のためにこの方に結婚を申し込まれてはいかがでしょうとアタワルパに進言したので、コヤ・アサラパイが改めて新世界の結婚の決まり事を説明し、それが国王のみならず王族をも縛るものであることを（イングランド王という誰もが知る例外があるとはいえ）将軍に思い出させなければならなかった。すなわちこの王女、エリザベト・ア・ダンマーク[3]が既婚者である以上、その夫が生きているかぎり、いくら別居中で、修復不可能なほど不仲であっても、別の人と新たな婚姻関係を結ぶことはできない。現にエリザベトがアタワルパに求めてきたのも婚姻ではなく自衛のための軍隊で、つまり軍事的な後ろ盾になってほしいという手紙だった。カール五世の死後、その弟フェルディナントの怒りの気配が黒雲のようにヨーロッパを覆いはじめていて、それが雷となって落ちてくるのを誰もが恐れていた。いや、落ちてくるのは仕方がないとしても、自分の畑ではなく隣の畑に落ちてほしいと誰もが祈っていた。エリザベトが具体的に言及していたのはシュマルカルデン同盟で、これはルター派の諸侯と諸都市が結成した小規模な同盟であって、フェルディナントの帝国軍に攻められたらなすすべもないという。フェルディナントはローマ王[4]であり、すでに兄カールの後継者として神聖ローマ帝国の頂点に立っていて、間もなくアーヘン[5]で正式に皇帝の座につくことになっていた。だがそうなってしまえばシュマルカルデン同盟に未来はない。そこでエリザベトは、どうにかしてアーヘンの戴冠式を阻止してほしいとアタワルパに頼んできていた。

しかしながらこの時点では、北の諸国やフェルディナントのことはまだインカ皇帝の主要な関心事ではなかった。それよりもスペインでの地盤固めが肝要で、そこに注力する必要があった。

1 「古い宗教」が旧教つまりカトリック、「若い宗教」が新教つまりプロテスタントのことである。「旧キリスト教徒」「新キリスト教徒」の別とは異なる（12章注18、19参照）。
2 ワイナ・カパックの時代に山岳民族のチリワナ族の反乱があったが、この一族は食人種だったと伝えられている。
3 デンマーク語では「ダンマーク」となる。

4　事実上の皇太子で、皇帝が死去すると同時に新皇帝と見なされる。フェルディナントは一五三一年にローマ王として戴冠式を挙げていた。

5　フランス語名のエクス＝ラ＝シャペルでも知られる。フランク王国のカール大帝（シャルルマーニュ）が宮廷の一つを置いた場所。九三六年のオットー大帝の戴冠以来、アーヘン大聖堂が神聖ローマ皇帝の戴冠の場となっていた。

38　バレンシア

確かにアンダルシア地方はすでに完全にアタワルパの手中にあり、この範囲ではもはや何の不安もなかった。グラナダ[1]にはルミニャウイが戻って駐屯地を設立していたし、カディスでは次々と船が建造されつつあり、コルドバの大聖堂のなかにはミケランジェロが設計した太陽の神殿が建てられていた。セビーリャは日々豊かになり、人口も増え、新世界でも最大規模の都市になろうとしていた。また流入するユダヤ人が質の高い労働力としてこの地方の繁栄を支えていた。幼いフェリペ王も、アルハンブラから移された父の亡骸をようやくセビーリャ大聖堂に埋葬することができた。いまや大聖堂にはカール五世のための見事な大理石の墓が置かれていて、亡骸はそこに安置されている。またロレンツィーノが約束どおりヴェネツィアからティツィアーノという画家を連れてきて、彼が絶賛するその画家はさっそくインカ皇帝アタワルパの肖像画の制作に着手した。そしてもちろん、グアダルキビール川の河港の埠頭では、相も変わらず、金銀の詰まった箱が〈黒い飲み物〉や小麦の樽と日々すれ違っているのだった。

しかしながら、アンダルシアより北の地方にはまだ二か所、紛争の温床が残されていた。旧カスティーリャ王国のトレドと、旧アラゴン王国のバレンシアである。

トレドには、首に賞金をかけられて潜伏していたカール五世の忠実な廷臣たちが集まり、新法に反対して反乱ののろしを上げていた。岩がちの丘の上にあるので攻め落とすのが難しい町だ。とはいえこの残党は、アタワルパの側近たちのあいだではさほど深刻な脅威とは見なされていなかった。彼らの籠城は外からの補給に頼っているので、いつまでも続くはずがないからだ。

一方バレンシアは事情が異なる。この町はイタリアへの玄関口であり、ここから出る船はジェノヴァへ、さらにそこを経由して、幼いフェリペが父親から受け継いだナポリとシチリアへ向かう。つまり海路の要衝であり、そのためこの町はトルコのスレイマンに金で雇われたバルバリア海賊[2]に狙われ、たびたび攻撃を受けてきた。しかもバレンシアの住民の三分の一以上はモリスコで、以前から対岸のバルバリア海岸のイスラム教徒と結託しているといわれてきたし、実際彼らと信仰も言語も同じだった。そして対岸のイスラム教徒たちは、スペインをイスラム勢力の手に取り戻したいと思っているに違いなかった。

セビーリャの勅令はスペインのどこでも好意的に受け入れられたかというと、もちろんそんなことはない。まず恩恵を受けるのはユダヤ人とモリスコだというのは明らかだったので、旧キリスト教徒のなかには反発を感じる人もいた。しかしながら、異端審問の廃止や税の撤廃は旧キリスト教徒にも歓迎されたため、総じて、大法官が打ち出した新法はどうにか受け入れられたと言ってよかった。カール五世の時代には、神聖ローマ皇帝兼スペイン国王の各地への移動と戦費を賄《まかな》うために重税が課せられ、スペインの人々を苦しめていた。だがいまではタワンティンスーユから大量の金銀が届くので、アタワルパは税を必要としていない。貧困は国が乱れるもとになるが、スペインはいま日々繁栄を続けているのでその点では心配がない。

一方、恐怖もまた国が乱れるもとになる。バレンシアの問題はそこにあった。バレンシアのモリスコは他のどの町のモリスコよりもムーア人の伝統を守っていたので、この町のキリスト教徒は海から来る海賊と戦いながら、背後にもあの湾曲した短剣の冷たい刃を感じていた。そしてその恐怖感が一つの反乱を生んだ。旧キリスト教徒が集まって新法に反対する兄弟団を結成したのだ。さっそくセビーリャから首長《クラカ》が派遣されたが、彼らに殺されてしまった。

アタワルパは、このバレンシア問題の解決には軍事より政治が求められること、そしてその鍵は機転と策略にあることを理解していた。そこで改めて、あのフィレンツェ人、マキァヴェッリの著書を朗読させ、頭に入れた。

1　グラナダ以下、カディス、コルドバ、セビーリャはいずれもアンダルシア地方の都市。
2　北アフリカのバルバリア海岸の諸都市を拠点にして活動していた海賊。

39　枢機会議[1]

ティツィアーノが手がけたアタワルパの肖像画のなかでもっとも有名なものといえば、アルカサルの庭園で描かれたもの、すなわち『枢機会議』というタイトルで知られることになった一枚だろう。アタワルパは太陽の子として、すなわちインカ皇帝の衣装をまとった姿で描かれている。緋色の頭飾りをつけ、顔の特徴がわかるように横顔を見せ（兄との戦いで失った片耳を隠すためにティツィアーノが工夫した）、腕に青いオウムを乗せ、左手首に黄金のブレスレットをはめている。彼は噴水の前に立っていて、噴水の縁にはオレンジとアボカドが入った籠が置かれている。足元では赤茶色の猫が寝ていて、片脚にヘビが巻きついている。背景にはヤシの木が高く伸び、その上に金で描かれた太陽と銀で描かれた月が輝いている。アタワルパがまとったアルパカのチュニックには大紋章が金糸で刺繡されている。それをよく見ると模様が四分割されていて、カスティーリャの城と、アラゴンの赤と黄色の縦縞模様と、二本の木のあいだのハヤブサと、夕日を背に浮かび上がる薄紫色のカラベラ船（キューバからの大航海を表わしたもの）が配され、さらに中央には五つのピューマの頭が虹の下に並び、それがグラナダとアンダルシア地方のシンボルである果実[2]（実が赤い黄色い果実）を囲んでいる。

　アタワルパから一歩下がったところには、生まれたばかりの赤ん坊を腕に抱いた（新世界の習慣に従ってのこと）コヤ・アサラパイ、裸で堂々と立つヒゲナモタ、キスキス将軍、チャルコチマ将軍、異母弟のマンコ・カパック、ペドロ・ピサロ、ロレンツィーノ・デ・メディチがいる。

　逆にいえば、ここにはルミニャウイ将軍、キスペ・シサ、クシリマイ・オクリョ、フェリペ二世、そしてイサベルが描かれていない。

　じつはこの絵の顔ぶれは、スペイン史上、あるいは新世界史上もっとも決定的な出来事の一つを暗に、だが生々しく伝えている。

　アタワルパはこの絵のために側近とポーズをとる時間を利用して、枢機会議を開いていた。そしてこの枢機会議の場で決められたことが、少なからぬ人々の運命と、ひいてはスペイン全体の運命を決めることになった。

　それは紋章からもわかる。この絵が描きはじめられた時点では、アタワルパの表向きの立場は大法官にすぎなかった。だが絵が仕上がったときには、チュニックの大紋章にスペインの紋章も描き加えられていた。

この絵に描かれていないルミニャウイは、この時期グラナダに集めた軍を統率するためアルハンブラ宮殿に滞在していた。またキスペ・シサとクシリマイがいないのは、アルカサルの庭のどこかで遊んでいたからにすぎない。しかし幼いフェリペ王とその母親の不在、すなわち彼らが枢機会議に呼ばれていなかったことには、特別な意味があった。

つまり、カール五世の支持者たちがトレドで抵抗している以上、当然のことながらその息子と未亡人には用心しなければならなかったということだ。

またアタワルパはこのあと、トレドの反乱軍包囲のためにキスキス将軍を派遣するのだが、これも軍才だけが理由ではなく、彼をフェリペから遠ざけるためでもあった。キスキスは幼いフェリペの剣術指南役で、稽古を通してフェリペを深く愛するようになっていたからだ。

一方バルバリア海賊については、艦隊を編制し、海賊の拠点になっている北アフリカ沿岸の複数の港を奪うことが枢機会議で決まった。そのためロレンツィーノには、ジェノヴァに戻ってドーリア提督を見つけ出すという任務が託されることになった。またイサベルはリスボンに向かい、兄のポルトガル王から協力を取りつけることになった。ヒゲナモタもこのあと（絵が仕上がってから）、フランス王の協力を得るためにパリに行くことになる。

海賊をたたくのと並行して、バレンシアのモリスコの一部を移住させる計画も枢機会議で検討された。バレンシアの旧キリスト教徒たちの怒りを静めるにはそれがいちばんだとアタワルパは考えていた。

これに対してヒゲナモタは、移住となると同盟国も警戒するだろうし、モリスコの側も厄介払いだとしか思わないだろうから、賢明な策ではないと言ったが、チャルコチマが「バレンシアのモリスコを信頼して特別な任務をゆだねる」という体裁をとればいいのではないかと提案した。つまり、宗教対立で人食い騒ぎまで起きていて、助けてほしいと言ってきている北の諸地域の混乱を収める役を、バレンシアのモリスコに担ってもらおうという作戦である。具体的には彼らをフランス経由で、フェリペの叔母にあたるマリア・フォン・エスターライヒ[3]が治めるネーデルラント[4]に移住させ、まずはそのあたり一帯のスペインの主権が揺らいでいないことを確認させる。結局この案が採用され、マンコ・カパックが彼らを率いて、フランス経由で北に向かうことになった。

続いて、幼いフェリペをどうするかという問題も枢機会議にかけられた。チャルコチマのスパイの働きで、フェルディナントが甥のフェリペに密書を送っていたことがわかっていて、そこには「トルコ人との戦いが一段落したら、帝国軍はすぐにもスペインに向かう」と書かれていた。しかもその後の調査で、フェリペ王の脱出計画があることや、アルカサル内部にその手引きをする協力者がいることも明らかにされていた。こうなると、やはりフェリペを生かしておくのは得策ではないという考えが頭をもたげる。アタワルパはすでに王冠に狙いを定めていたし、側近たちも、少なくとも自分たちのあいだでは、それを知らないふりはしなかった。

乳飲み子を胸に抱いたコヤ・アサラパイなどは、フェリペの公開処刑を求めたほどである。

しかしスペイン人の反応は予測不能だった。カール五世の存命中は彼のことをスペイン王カルロスとして慕っていたから、息子であるフェリペに味方する可能性もある。それがまだ八歳にもならない少年王となればなおさらのことだ。

チャルコチマが提案したのは、もう少し目立たないように、偶然の事故に見せかけて殺すことだった。それならば母親のイサベルとも、伯父にあたるポルトガル王とも、スペインの人民とも正面切って衝突することにはならない。

だがこれにはキスキスが猛烈に反対し、「ただの子供ですぞ！」と繰り返した。

そしてそのとき、それまで黙っていたアタワルパが言ったのが、「いや、彼は国王だ」という有名な言葉である。

『枢機会議』という絵画の構図はまさにその場面をとらえたものである。もっとも会議はインカの言葉で行なわれていたので、ティツィアーノにはなにもわからなかった。ロレンツィーノやペドロ・ピサロはすでにインカの言葉を学んで、話を理解できるようになっていたが、ジェノヴァから来たばかりだったティツィアーノにはちんぷんかんぷんだっただろう。それにもかかわらず、不吉な予感がしたのか、このとき画家の手が震えて絵筆を落としたといわれている。

ポーズをとっていたアタワルパはそれを見ると前に出て、腰をかがめて絵筆を拾い、画家に差し出した。

以上がこの絵画に秘められた真実であり、ゴマラが語っている[5]のはでたらめである。これ以外にもゴマラが多くのでたらめを口にしていることは、ここであえて指摘するまでもない。

年代記としての信頼性について言うならば、この本[6]には嘘偽りなどないと断言できる。わたしがここに記したのは、七百年もさかのぼるようなモチェやチムー[7]の物語ではなく、つい先頃のことだと言ってもいい出来事ばかりであり、いつ、なぜ、どのように起こったかに至るまで真実である。

結局この枢機会議の場では、フェリペ王の問題は棚上げとされた（キスキスがトレドに派遣されたのはその後のことである）。だが幼いフェリペの命が風前の灯火《ともしび》であることに変わりはなかった。

というのも、アタワルパはこのときすでにスペインの大改革計画を温めていたが、それは王権を確実に手中にし、なんの障害もない状態にしなければ実現できないものだったのだから。

アタワルパから〝改革〟と聞いた側近たちは、「改革？　また宗教改革ですか？」と驚いた。するとアタワルパは「宗教改革ではない。農地改革である」と答えた。これについては〈第五の邦〉の年代記作家の誰一人として、つまりフランシスコ・ロペス・デ・ゴマラも、アントニオ・デ・ゲバラも[8]、アロンソ・デ・サンタ・クルスも[9]、異を唱えることができないはずである。

1　史実上の「インディアス枢機会議」のパロディーになっている。
2　ザクロのこと。グラナダはスペイン語でザクロの実を意味する。
3　一五二六年までハンガリー王妃・ボヘミア王妃だったが、一五二六年以降はフェルディナントがボヘミア・ハンガリー王となった。
4　マリア・フォン・エスターライヒは一五三〇年からネーデルラント総督を務めていた。
5　スペインの歴史家、フランシスコ・ロペス・デ・ゴマラのこと。史実においてはメキシコに遠征したエルナン・コルテスの従軍神父で、コルテスを礼賛する『インディアス全史』を書いた。
6　第三部の『アタワルパ年代記』のこと。
7　モチェもチムーもプレインカの文化。
8　スペインの司教であり作家。実際には神聖ローマ皇帝カール五世お抱えの年代記編者だった。
9　スペインの地図製作者で歴史家。ユカタン半島と周辺の島々の地図や、アステカの首都だったテノチティトランの詳細な地図で知られている。

40　フェリペ

二人の子供を世話係の老女が見守っている。二人は父を亡くしていて、母はいま遠くにいる。二人はアルカサルの大きな池のほとりで木の船を浮かべて遊んでいる。二人は栄光を、嵐を、冒険を夢見ている。フェリペは各地から集められた大艦隊の旗艦に自分が乗るところを想像している。キスキスが戻ってきたら、一緒に海賊たちの国を征服しに行くのだ。妹のマリアも負けてはいない。「先にチュニスをとるのよ。それからアルジェでしょ?」。兄と妹はどうやって赤ひげバルバロス[1]を捕まえるかで言い争っている。それを黒服の老女が優しく見守っている。

リスボンから届いた手紙はポルトガルに行っている母イサベルからのもので、これからベージャ公とともに船で戻ると書かれていた。ベージャ公というのはポルトガルの親王ルイス・デ・ポルトゥガル、つまりイサベルとポルトガル王の弟であり、フェリペとマリアの叔父にあたる人物である。また母は、二人のために二十三隻のおもちゃのカラベラ船を持ち帰ると書いていた。だが二人の想像力をかき立てるのは、おもちゃの船団というより、ジェノヴァのガレー船団を率いる古参の提督ドーリアのほうだ。そういえば、インディオたちがドーリア提督の話をしていなかっただろうか?「ねえ、あの面白いインディオたちは、いまどこにいるの?」

このときキスキスはトレドの町を焼いていた。

ヒゲナモタはフランス王とねんごろになり、王の口から兵を一万送るという言葉を引き出していた。

マンコ・カパックはバレンシアのモリスコの一部を率いて長い旅をし、ブリュッセルに近づいていた。

ルミニャウイはバルセロナに軍を集めるべく、そこへ向かっていた。

アタワルパは、かつて**残酷王**ペドロ一世[2]が主《あるじ》であったこの宮殿の朝の冷気のなかで、技師たちとともに地図の上にかがみ込んでなにやら書き込んでいた。その頭のなかは、スペインの山岳地帯でトウモロコシ[3]とジャガイモ《パパ》[4]を栽培しようという大規模な農地造成計画でいっぱいだった。南のシエラ・ネバダ山脈はグラナダから逃げるときに越えたので知っている。北のピレネー山脈は友人となったマルグリット・ド・ナヴァールがいるところだ。アタワルパは長すぎた逃亡に終止符を打ち、いよいよここに自分の国を築き上げようとしている。彼の目はいつものように赤かった。

ではチャルコチマは？　彼は宮殿の窓から二人の子供をじっと見ていた。彼の目は黒く、このときは心も黒かった。

チャルコチマは非情だ。

彼は庭に下りていき、老女になにかささやく。老女は青ざめる。だが指示に従ってマリアに声をかけ、手を引いて池から離れようとする。マリアのほうは「どうして？　まだ遊びたいのに」とだだをこね、老女の手を振り払おうとするが、きれいなドレスにしわが寄るのは嫌だと思い、結局あきらめてついていく。

フェリペは優しい兄ではあるが、池で遊ぶときは独りのほうがいいのでうれしくなる。これでもう誰も作戦に文句をつけないし、自分で思うように大艦隊を動かせる。彼は庭園で拾ったヤシの葉でそっと水面をたたく。するとその波が広がって、おもちゃの船が動きだす。

フェリペはチャルコチマが自分の後ろに近づいたことに気づかない。犬のセンペーレはすやすやと眠っている。

フェリペは小柄な子供で、しかも池に身を乗り出していたので、チャルコチマが片手で突くだけで事足りてしまう。小石が落ちた程度の音しかしない。それでもフェリペが声を上げたのでセンペーレが目を覚まし、吠えはじめる。だが誰も助けに来ない。憐れにも子供はもがき苦しむ。衛兵たちが走ってくるが、池のほとりにたたずむ将軍の姿を見て足を止め、慎重に判断し、引き返していく。とうとう子供は動かなくなり、背を上にして池に浮かぶ。センペーレの鳴き声が鼻にかかった悲しげなものに変わる。

ちょうどそのころ、イサベルを乗せた船がジブラルタル海峡を抜けた。彼女は兄と弟との再会を果たせたことに満足し、また子供たちとの再会を心待ちにしている。

農地改革計画に没頭するアタワルパは、この土地に合う農法と、スペインの田舎にたくさんいる小さい白いリャマについて考え込んでいる。

池の異変に驚いて飛び立った白鳥が、インカ皇帝の頭上を通り過ぎるが、彼は下を向いたままだ。主君のためとなれば、チャルコチマはいくらでも非情になれるのだった。

1　バルバロス・ハイレッディンのこと。北アフリカのバルバリア海賊のなかでももっとも恐れられた存在で、オスマン帝国の提督となった。
2　十四世紀のカスティーリャ王国の王で、アルカサルの生みの親。残酷王とも正義王とも呼ばれた。
3　アメリカ大陸原産。コロンブスがヨーロッパに持ち帰った。
4　中南米のアンデス山脈原産。インカ帝国からスペインに、スペインからヨーロッパ諸国に伝えられた。

41　チュニス[1]

フェリペの死によってすべてが単純かつ容易になった。

まずスペイン王の地位だが、カスティーリャでもアラゴンでも、議会《コルテス》はタワンティンスーユの黄金の力に逆らえず、アタワルパをスペインとナポリとシチリアの王として認めざるをえなかった。またアタワルパは自分にとっての障壁をできるだけ取り除いておきたいと考え、レバント人たちがおかしなほど執着している儀式、つまり洗礼というものを受けることにした。しかし彼が授かったアントニオという洗礼名は、歴史上すぐに忘れられた。カスティーリャの一部の旧キリスト教徒を例外として、敵も味方も誰もが彼をアタワルパと呼びつづけたからである。

　洗礼名よりはるかに鮮明に人々の記憶に残ったのは、アタワルパがコルテスの場で、カルロスに倣って「スペインで生き、スペインで死ぬ」と誓ったことだ。この誓いが守られたかどうかはすでに周知のことなので、あえて書くまでもないだろう。

　続いて、ヨーロッパにおけるインカ族の社会的地位を固めるために、いくつもの政略結婚が取り決められた。

　息子の死に打ちひしがれるイサベルに、アタワルパの要求をふたたび拒む力は残されていなかった。結局、カール五世の未亡人はアタワルパの第二夫人となり、華やかとは言えないまでも（喪中だったのだから）荘厳な結婚式が執り行なわれた。花嫁にこれ以上悲しい思いをさせまいとの配慮から、式典はカール五世の墓があるセビーリャ大聖堂ではなく、コルドバの大聖堂で行なわれた。儀式はインカとスペインの両方の伝統を取り入れたものとなり、スペイン王は花嫁の足にサンダルを履かせ、リャマが生贄にされた。また宝石が入った箱がいくつも花嫁に贈られた。

　キスペ・シサの結婚はもっと幸せなもので、ロレンツィーノと結ばれ、彼についてイタリアに行くことになった。アタワルパはこの結婚を祝して、ロレンツィーノをその従兄のアレッサンドロ・デ・メディチに代えてフィレンツェ公に任命した。アレッサンドロはハプスブルク家の取り巻きだったが、カール五世という後ろ盾を失って失脚し、人々の罵倒と石つぶてを浴びてすでに町を追われていた。[2]

　マンコ・カパックはマルグリット・ド・ナヴァールの娘、ジャンヌ・ダルブレと婚約した。

　まだ幼いアタワルパの息子カール・カパックは、いずれマリアと、すなわちフェリペ二世の妹であり、カール五世とイサベル・デ・ポルトゥガルの娘であり、**狂女**フアナと**美公**フェリペの孫であり、カトリック両王であるカスティーリャ女王イサベルとアラゴン王フェルナンドの曾孫であるマリアと結ばれることが決まった。

　反乱が起きていたトレドの町は、真っ赤になるまで焼いた石を雨のように浴びせられて陥落した。投石器と無尽蔵の火薬を使ったキスキスの作戦が、反乱軍の息の根を止めたのだ。アントニオ・デ・レイバは生きたまま城壁の上から投げ落とされた。コボスとグランヴェルはアタワルパに服従と忠誠を誓って処刑を免れたが、タベーラはそれを拒んだため、鞭打ちののち絞首刑となった。あの裏切り者のセプルベダはヘビだらけの暗い地下室に投げ込まれ、その死体から剝がされた皮膚は太鼓の革にするためにインカ帝国に送られた。

　バルバリア海賊の問題についても、アタワルパの洗礼が功を奏し、チュニスへの遠征に教皇から祝福が与えられたので動きやすくなった。またスレイマンから提督に任命されていた赤ひげバルバロスの艦隊は、人数からいえばドーリア艦隊の敵ではなかった。それでもチュニスに隣接する港町ラ・グレット[3]の守りは固く、占領できたのは一か月に及ぶ長く厳しい攻囲戦を経てのことだった。アタワルパはインカ帝国の北部の出身で、南部にある砂漠を知らない。そのため一か月間暑さと渇きに苦しんだが、顔にはいっさい出さずに耐え、ようやくラ・グレットを攻略するといよいよチュニスに迫った。だがそこではバルバロスがイエニチェリと呼ばれるトルコのエリート軍団五千人とともにバリケードを張っていた。守りの固さはラ・グレット以上で難攻不落と思われ、しかもアタワルパ軍は灼熱地獄に苦しめられて病に倒れる者が続出していたので、さすがのアタワルパの忍耐も切れかかった。だがちょうどそのとき、チュニスの城内で奴隷の反乱が勃発した。幽閉されていた二万人のキリスト教徒奴隷[4]が牢を破って蜂起し、城壁へと押し寄せたのだ。

　この機を逃さず先陣を切って町になだれ込んだのは、ルミニャウイに鍛えられたアルバイシンのモリスコ連隊だった。率いていたのはペドロ・ピサロで、その傍らで星形金具がついた棍棒を振り回して次々と敵を倒したのは、いまや彼のもっとも忠実な補佐官になっていたプカ・アマルである（トレドでは彼を殺しかけたが）。のちにティントレットがこの場面を描き、赤毛のプカ・アマルはその絵のおかげで大いに名を上げた。

二万人のキリスト教徒奴隷は横暴な主人たちへの怒りをたぎらせ、チュニスの美しい街並みを容赦なく破壊した。そのためアタワルパが足を踏み入れたときには、町の中心部はすでに煙がくすぶる廃墟と化し、通りはまるで死体置き場のようだった。それでももちろんアタワルパは、華々しい勝利を祝してカール五世のモットー「もっと先へ！《プルス・ウルトラ》」を三回叫ぶことを忘れなかった。そしてそのたびに、軍全体が歓声で応じたことは言うまでもない。

しかしながらこの勝利は完全なものではなく、バルバロスには逃げられてしまった。またチュニスだけを押さえても大きな効果はなく、バルバリア海岸全体から敵を一掃しなければ意味がない。ルイス・デ・ポルトゥガルも、バルバロスはアルジェの巣窟に潜んでいるに違いないから、この勢いでアルジェに攻め込んで追い立てるべきだと繰り返し主張した。アタワルパも、できることなら義理の弟になったばかりのルイスを喜ばせたかっただろう。だが自分が置かれた立場を考えると北アフリカにあまり長居はできなかった。今回痛手を負ったスレイマンは、このときペルシア人との戦争にも手を染めていたため、オーストリア方面にまで手が回らなくなっていた。ということは、フェルディナントが東部戦線から解放され、本格的に西に進軍するチャンスが生まれてしまう。そしてアタワルパも、こうして自分の国と呼べるものをふたたび手にしたからには一歩も引くつもりはなく、スペインの命運を一身に担う覚悟だった。そこでチュニスから引き揚げるため、スペインの保護国となることを条件としてムーレイ・ハサンをこの地のスルタンに据えた。この男はバルバロスに追放されるまでチュニジアのスルタンだったムーア人である。つまりアタワルパはチュニジアをトルコ人の軛《くびき》から解放したということにならないだろうか？　また彼を助ける駐屯部隊として、アルバイシンのモリスコ連隊をチュニスに残した。

ドーリア艦隊はチュニスを離れ、シチリアに向かった。パレルモの町で歓呼に迎えられたアタワルパは、そこでようやくこの遠征の効果のほどを知ることができた。なんと彼は一夜にしてキリスト教世界の英雄になっていた。アタワルパに敬意を表して凱旋門が建てられていたし、教皇からの祝辞も届いていたし、誰もが彼のことをスキピオ[6]のようだとたたえた。またこのとき地図製作者（当時はまだ年代記作家を自負していなかった）のアロンソ・デ・サンタ・クルスが描いたチュニスの地図は、のちに画家のフェルメイエン[7]の『チュニス征服』という巨大なタペストリーに描き込まれることになる。パレルモでは〈黒い飲み物〉が大量に振る舞われた。

1　この章は一五三五年のカール五世によるチュニス征服が基になっている。
2　史実においてはロレンツィーノに暗殺されている。
3　史実においてはカール五世がここに要塞を築いていた。
4　この時代には、北アフリカの諸勢力が多くのキリスト教徒を捕らえ、奴隷として売ったり、捕虜として身代金を要求したりしていた。逆もまた然りで、キリスト教国側もイスラム教徒を捕らえて、ガレー船の漕ぎ手にするなどしていた。
5　ハフス朝（チュニジアにあったイスラム王国）のスルタン、ハサン・ムハンマド六世。実際にバルバロスに追われてスペインに助けを求めたが、これに応じてチュニスを攻撃し、海賊を撃退したのは、史実においてはカール五世である。
6　古代ローマの軍人で、ザマの戦いでハンニバルを破ったことで有名。
7　フランドルの画家、ヤン・コルネリスゾーン・フェルメイエン。カール五世の艦隊に同行し、チュニスでの戦いを描いたことで知られる。

42　ミタ制

アタワルパはパレルモで勝利の喜びを味わい尽くしてから、シチリアのワインとともにセビーリャに帰還した。

するとマンコ・カパックから報告が届いていた。バレンシアのモリスコたちがフランドル地方の住民に受け入れられず、敵として扱われたという内容で、しかもマリア・フォン・エスターライヒはスペイン王に従うべき立場にありながら、一行を歓迎もしなければ助けもしなかったという。マンコは仕方なく、モリスコたちを引き連れてドイツのルター派が支配する地域に逃げたが、そこはもっと恐ろしい場所で、ルター直々の「悪魔の手先を打ち倒せ」との呼びかけを受けてルター派が襲いかかってきた。モリスコたちは虐殺され、生き延びたのはマンコを含めごくわずかだという。だがこれに対してアタワルパは、いずれ義理の母になるマルグリット・ド・ナヴァールを頼って、ナバラ王国へ行くがよいと伝えるにとどめた。じつのところこの時点でもまだ、北方のごたごたのことはアタワルパの眼中になく、その重要性を認識していなかった。

それにはフィレンツェのロレンツィーノからの手紙も関係していた。こちらの手紙は、いまやスペイン王アタワルパの名声は〈第五の邦〉にとどろくほど高まっていると断言するものだった。ロレンツィーノは、これならフェルディナントもしばらくは攻めに出ることができないだろう、キリスト教世界の救世主となったアタワルパを攻撃すれば、自分のほうがヨーロッパで孤立するかもしれないのだからと書いていた。それこそまさに彼が期待していた知らせだった。

アタワルパはいよいよ温めていた計画に着手するときがやって来たと思った。君主は征服に酔いしれるものと決まっているが、アタワルパは征服よりも支配のほうが難しいことを知っていた。たとえば彼の祖先の一人であるクシ・ユパンキは、どのサパ・インカよりも急速に帝国の版図を広げてみせたが、彼がのちに与えられた名はパチャクテク、すなわち「世界を造り変える者」であり、その名にこそ真の功績が表われている。

実際アタワルパの計画も、シエラ・ネバダの山麓に段々畑を作るといった小手先のものではなかった。まずはワスカルが何隻もの船に積み込んで送ってきたタワンティンスーユの下層民――コリャ族、チャチャポヤス族、チムー族、カニャリ族、カラス族といったインカ帝国の屑ども![1]――を労働力として各地に投入した。そして山の斜面はもちろん、雪を頂く山々、乾いた台地など、利用されていないあらゆる場所、これまで農作物の栽培など考えられもしなかった場所に、トウモロコシ、キヌア、[2]パパ――この野菜は〈第五の邦〉の人々にも気に入られ、ジャガイモという名前がつけられた――を植えさせた。こうして人里離れた場所、不毛な土地と思われていた広大な面積が、灌漑用運河が張りめぐらされて作物で覆われた農地に生まれ変わった。

農地造成だけではなく、スペインにはアタワルパの手で次のような変化がもたらされた。

あの小さい白いリャマ、つまり羊は、多くの群れが処分された。この家畜がかなり前からスペインにあふれていて、そこら中の草を食べてきたことを知ったアタワルパが、この国に樹木が少なく、どこも乾燥していて埃っぽいのは羊のせいだと考えたからである。新しいスペイン王は羊を追って移動する民を好まず、民の定住を望んだ。

数多くの穀物倉が作られた。人々は羊の肉を細長く切り、塩漬けにし、乾燥させて保存するようになった。トウモロコシとキヌアは粉にし、ジャガイモは夜凍らせ、昼乾燥させて長く保存できるようにした。食料品は壺に入れるか、あるいは深い穴に埋めておくようになった。アタワルパはこうした貯蔵の工夫で食料を備蓄させ、不作、凶作、疫病の際に餓死者が出るのを防ごうとしたのである。

スペインの農民たちはインカの風習を真似てコカの葉を嚙むようになり、疲労回復その他の薬効の恩恵を受けた（ただしこれを乱用し、錯乱状態や衰弱状態に陥った者たちがいたのも事実である）。

徴税請負人の制度は廃止され、軍に利子付きで資金提供していた国庫管理人は解雇された。

租税のほとんどは廃止され、土地は再分配された。集団《アイユ》ごとにまとめられた農民たちや、自治を主張する都市のような既存の共同体に割り当てる方式での再分配である。ただし各集団は、その内部で責任をもって仕事と財産を分配する義務を負う。

租税の代わりにアタワルパが課したのは、タワンティンスーユで施行されていたミタ制[3]を模した賦役だった。農民に交代で一定期間、インカ皇帝の土地ならびに太陽神に帰属する土地（後者も地上における神の代理人であるインカ皇帝が責任を負うが、インカ皇帝はそれを宗教の代表者たちに委任する）の仕事をさせる制度である。そしてその期間が終わるごとに、農民たちを労って盛大な祭りが開かれた。

土地の再分配をはじめとするアタワルパの大規模な再編事業は社会全体に影響を及ぼした。カトリックの聖職者の多くが、新制度の恩恵を受けようと〈磔にされた神〉を捨て、教会を太陽の神殿に、修道院を〈選ばれた女性たちの館〉[4]に変えていった。

農民だけではなく職人にも同様の賦役が課せられた。つまり時間の一部を割いて、地域のための仕事（石積み、鍛冶、橋作り、運河掘削など）やインカ皇帝のための仕事（陶芸、銀細工、織物など）をしなければならない。だが実際のところ、課せられた時間はそれほど多くなく、大きな負担にはならなかった。

またアイユや一部の都市には、体が不自由な人々や老人、未亡人、病人の食事と住居の世話や介護が義務づけられた。

農作物は、余剰分も含めて、その土地を耕した人々のものとされたが、土地自体はそうではなかった。土地の分配は定期的に見直され、必要に応じて変更が加えられた。たとえばある集団の人口が減ると、それに比例して割り当て面積も減らされる。逆に人口が増えると、その分も養えるように割り当て面積も増やされる。集団の規模の差があまりにも大きくなったときは、人間が再分配された。人口の増減や移動は大勢のキープカマヨックの手で記録された。彼らの台帳は着色した細い紐を房飾り状につないだキープであり、その紐には男、女、子供の人数だけ小さい結び目が作られた。

だが当然のことながら、こうした大胆な改革に戸惑いを見せる人々はあちこちにいて、反乱もいくつか起こった。いずれも徹底的に鎮圧されたが、アタワルパは反乱分子をたたくだけで終わらせたわけではない。

彼は自分の意図をより明確にするために、直属の使者はもちろん、地方総督、首長《クラカ》、そしてこの目的のために特別に集めた郷士《イダルゴ》たちも総動員して、カスティーリャとアラゴンのすべての地方、村、町の人々に次のような内容を伝えさせた。すなわち、新たに王領とした土地は、もともとレバント人が必要とせず、利用価値を知らず、耕すことができていなかった土地であること。民が王に収めなければならないのは、王が費用を負担して耕させた王領における収穫物だけであること。しかも、そこで得られた利益から軍と宮廷の維持費を差し引いて残った分は民に分配されるのだから、実質的には王が自らの財産を分け与えているのと同じだということ。そして何よりも、これまではつまらない理由で王国内の対立や紛争が絶えなかったが、いまや王国のどこでも、富める者も貧しき者も、大人も子供も、屈辱を強いられる心配がなくなっていること。

そして最後にアタワルパは、この国の農民は結婚式の日に、王からの祝いとしてひと番《つがい》のリャマを贈られるであろうと付け加えた。

1 インカ帝国は征服民族の一部を戦争捕虜とし、使用人や奴隷として使っていた。
2 アンデス原産の雑穀。栄養価が高いことから、近年スーパーフードとして注目されている。
3 インカ帝国の傭役制で、史実においてはスペインがこれを模してペルーやボリビアの原住民に強制労働を課し、鉱山開発などを進めた。
4 インカ帝国ではアクリャワシと呼ばれた。アクリャとは一定の条件（処女であることもその一つ）を満たす女性のなかから選ばれて皇帝に仕えた女性のこと。

43　君主

しかしアタワルパの治世はまだ始まったばかりだった。それだけでも立場を危うくする理由になりうることを彼は知っていた。いくら太陽の子でも、その称号はこの国では祖国ほどの重みをもたない。マキァヴェッリも〈しゃべる葉〉[1]に、「君主として尊敬を集めるには、なによりもまず大事業を行ない、類まれな範を垂れることだ」と書いていた。

アタワルパはスペインの大貴族から特権を奪いすぎないように気をつけていた。むしろ彼らに黄金の羊毛を配ることで絆を深めようとした。その程度のものは彼にとっては痛くもかゆくもないが、受け取る側には名誉であり、彼らを引きつける材料になる。だがそれだけでは安心できない。スペインの貴族は人数も財力も限られていたが、危険な存在になりうることに変わりはなく、彼らの注意をそらす工夫も必要だと思われた。

　アタワルパがマキァヴェッリに夢中になったのは、その本に書かれているのが自分のことのように思えたからだ。「当代でいえば、いまのスペイン王、アラゴンのフェルナンドの例が挙げられる。弱小国の王から、その名声と栄光においてキリスト教世界随一の王といわれるまでなったのだから、新しい君主と呼んでまずさしつかえないだろう。彼の行動に考察を加えれば、そのすべてが大がかりで、なかには桁外れなものもあったことがわかる。即位後早々にグラナダを攻略し、これによって権力の基礎固めをしたのもそうである。しかも攻撃を行なったのはほかに大きな問題がなく、邪魔が入る恐れがない時期であり、カスティーリャの貴族たちをこの戦争に専心させることで、謀反などに頭が回らないようにしたのだった。こうした手法で、彼は貴族たちが気づかないうちに名声と権威を手に入れていた」

　アタワルパは自分でも無意識のうちに輝ける先任者、アラゴン王フェルナンドの足跡をたどろうとしていたのだが、それは皮肉にも、彼がその座を奪った相手であるカール五世と、その座を奪い返そうとしている弟のフェルディナントの祖父にあたる王だった。

　しかしながらこの文章の続きを読むと、アタワルパとフェルナンドの対立点（と言うのが大袈裟ならば相違点）も見えてくる。「彼は教会や民衆から徴収した金で軍を養い、長い戦争を通して軍の基礎を築き、その軍によって名声を得た。さらに、より大きな事業への取り組みを可能にするために、これまた宗教を利用して、マラーノ[2]を駆り立てて自国から追い出し、財産を没収するという残虐行為に手を染める決意をした。これほど痛ましく、異例の政策がほかにあるだろうか」

　つまりアラゴン王フェルナンドが打ち立てた手法を、アタワルパは打ち壊したのだ。それでもなお彼は、自分は誰よりもこの王に近いと感じていた。だから朗読が次のくだりにさしかかったとき、どれほど興味をかき立てられたかは想像に難くない。「彼は同じ口実でアフリカを攻撃し、イタリアに遠征し、ついにはフランスにまで襲いかかり、次から次へと大事業を企てて実行した。そのため臣民は腰を落ち着けるひまもなく、絶えず驚かされ、常に成り行きを見守ることになる。こうして間を置かずに次々と事業に手を染めることで、彼は君主とじっくり向き合う余裕を臣民に与えなかったのである」

アタワルパは手ぶりで朗読をやめさせると、その場でアルジェを攻めると決めた。

1 『君主論』。この章の引用はすべて第二十一章からのもの。
2 コンベルソの蔑称。

44 アルジェ[1]

ドーリア提督から冬の嵐で船を失いたくないなら攻撃を急ぐべきだと進言があり、アタワルパはそれに従った。〈トウモロコシの祭り〉と〈太陽の祭り〉が終わると、彼はすぐさま大艦隊を編制し、準備に万全を期した。

フランス王も、ヒゲナモタから「陛下もまた栄誉を手にする立場においでです」と説得されて加わった。

スペイン貴族の精鋭たちもアタワルパの旗下に馳せ参じた。

教皇はわざわざお抱えの地理学者をアタワルパのもとに遣わされた。それはハサン・アル＝ワッザーンという改宗ムーア人で、イスラム世界を知り尽くしていることから「レオ・アフリカヌス」と呼ばれていた。

　アタワルパはモリスコとユダヤ人を参加させることも忘れなかった。モリスコたちには、今回の攻略はアルジェをトルコの軛から解放するためであると説明し、複数の連隊を編制させた。ユダヤ人たちには、かつてスペインを追われた兄弟と再会できる機会だと説明し、一連隊を編制させた。

大艦隊はアルジェ湾を制圧し、湾を守っていたペニョン島の要塞には〈三日月〉[2]に替えて〈太陽と十字架〉の旗が掲げられた。

　キリスト教徒たちはバルバロス・ハイレッディンがまたしても雲隠れするのではないかと案じていたが、今回はそういうことはなく、城壁のなかに陣を張って待っていた。

　バルバロスに名誉ある降伏を促すために、ペドロ・ピサロが派遣された。ペドロは同じ赤毛が親近感を生むのではないかとプカ・アマルを連れていったが、あてが外れた。バルバロスは白髪で、その毛が赤かったことなど一度もないように思えた。

　とはいえプカ・アマルがいたことは無駄ではなく、彼は自分の役割をしっかり果たした。それはバルバロスが降伏の提案を聞いて鼻で笑い、ペドロ・ピサロに無礼極まりない言葉を吐きかけて厚顔無恥をさらけ出したときのことだ。「キリスト教徒の犬がアルジェを手にしたことは一度もないし、これからも決してないとおまえの主人に言ってやれ。わが主人がおまえたちの計画を知ったら、即刻部隊を集め、いくらでもいる奴隷[3]の一人に率いさせて送り出す。そしてそっちのお粗末な艦隊など蹴散らして、一人の残らず海に放り込んでやる」。通訳がこの言葉を訳しおえるやいなやプカ・アマルは立ち上がり、後世に残る言葉を投げ返したのだった。「わが主君はキリスト教徒にあらず。そしておまえは奴隷にすぎぬ」

ペドロ・ピサロはこのやりとりを聞いて万事休すと覚悟し、剣の柄《つか》に手をかけた。だがバルバロスも戦争と外交に関する普遍的ルールはわきまえていて、使節を無傷のまま返した。

バルバロスはわずかな手勢で果敢に抵抗した。だがアルジェの町は疲れを知らぬ砲兵隊の攻撃にさらされつづけ、数週間で落ちた。

フランソワは小競り合いの最中に乗っていた馬を殺されたが[4]、激しい戦いを生き延びたと大喜びだった。

当初アタワルパはこの町を、かつて一人目のバルバロス——バルバロス兄弟の兄である**銀の腕の**バルバロス・オルチ——に追われた元太守のサリム・アト・トゥミの息子に託すことを考えていた。息子のヤフヤ・アト・トゥミは父の死後（風呂場で絞殺された）スペインに身を寄せ、それ以来ずっと新スペイン王の申し出を天恵と仰いで頼りにしていた。しかしアタワルパはその後、父親のサリムが人心を十分につかんでいたとは言いがたいことに気づき、考えを変えた。兄の跡を継いだ二人目のバルバロス——バルバロス兄弟の弟である**赤ひげ**バルバロス・ハイレッディン——は兄以上の大物になり、伝説的オーラに包まれていたのだから、これに取って代わるにはムーア人だというだけでは足りない。アタワルパはオスマン帝国に仕えるこの海賊兄弟の系譜を断ちたかったが、同時にそのオーラをなんらかの形で後継者に引き継がせたいとも考えた。そこでプカ・アマルをアルジェ総督に任命し、彼こそ三人目にして真のバルバロスであるとの触れを出した。

それはなにもアマルが赤毛だったからではない。「バルバロス」という言葉は〝赤ひげ〟の意味だとされることもあるものの、バルバリアの言語では明確な意味を成さない。またプカ・アマルは赤毛であってもひげは蓄えていなかった。そもそも彼にとって赤毛が有利に働いたことはなく、むしろ赤毛のせいでタワンティンスーユにいたときから白い目で見られたり、蔑《さげす》まれたりすることがあった。ではアタワルパはなにをもって真のバルバロスと言ったかというと、「アマル」という名がこの地の人々にとって「赤」を意味する言葉に似ているからだ。[5] そしてこの根拠の弱さを補うために、アマルのために赤いヘビの図柄の紋章を考案させ、衛兵としてバレンシアのモリスコたちをつけてやり、さらに補佐役としてハサン・アル＝ワッザーンを宰相に任命した。レオ・アフリカヌスはイスラム世界を知り尽くしているとはいえグラナダ出身で、北アフリカの人々と同じ神を信仰するムーア人でありながら、セビーリャの勅令によって彼の味方となったスペイン人でもある。アタワルパはあえてこうした〝スペインのムーア人〟に、プカ・アマルの補佐をさせたいと考えたのだ。さらに親衛隊長にはクリストバルという名のモリスコを任命した。この男は元はスペイン北部の都市ブルゴスのある貴婦人の奴隷で、その境遇から逃れるためにアタワルパの軍に加わったのだった。

総督の宮殿の壁には、チュニス攻略のときのプカ・アマルの武勲を描いた何枚もの絵画がかけられた。そして、アルジェの統治者が代わったことを広く知らしめるために、アマルがその座を継いだ海賊バルバロスの首が城壁の上にさらされた。

バルバロスがいなくなれば、バルバリア海岸の征服などなんの苦労もない。ドーリア艦隊は花を摘むように、ベジャイア、テネス、モスタガネム、オランと、海賊の拠点だった要塞を片っ端から落としていった。この功績により、アタワルパはスペイン人にとってはコンキスタドールの再来、ムーア人にとっては解放者となった。しかしジェノヴァ提督がこの勢いでもっと東のロードス島を奪還しに行くべきではないかと進言したとき、アタワルパはこれを潮時と判断して一連の征服に終止符を打った。彼にはスレイマンを追いつめて内海[6]から追い払うつもりなどなかった。フェルディナントに余裕を与えないためにも、東の国境にはスレイマンがいなければならないし、ロードス島はスペインにとって戦略的拠点とは言えない。〈第五の邦〉の船にとって大事なのは、ナポリからカディスまでの航路と、その先のキューバへの航路の確保であって、アタワルパはそれ以上を望まなかった。フランソワも、以前カール五世と角突き合わせていたときからトルコにはさほど敵意を抱いていなかったので、アタワルパの考えに同意した。そしてその後まもなく、フランス王はコンスタンティノープルの宮廷と通商条約を結んだのだった。

1 この章は一五四一年のカール五世によるアルジェ遠征が基になっている。
2 オスマン帝国旗。
3 ここはいわゆる奴隷ではなく、オスマントルコの奴隷身分出身の軍人のこと。エリート軍人であり、高い地位に就くこともあった。
4 史実においては、一五二五年のパヴィアの戦いのとき、フランソワ一世は馬を殺され、スペイン軍の捕虜となった。
5 アラビア語で「赤」はアハマルと言う。
6 地中海のこと。

45 フランドル

アタワルパの征服劇はここで終わってもおかしくなかった。しかし人間の行動は川のようなもので、太陽神が身を隠しでもしないかぎり、誰もその流れを止めることはできない。

このときフェルディナントは、神聖ローマ皇帝の冠を受けるためアーヘンに向かおうとしていた。そしてこの時点ではまだ、アタワルパはドイツに無関心だという周囲の推測は正しかった。だがある出来事がこの状況を変えることになる。

きっかけを作ったのはネーデルラント総督のマリア・フォン・エスターライヒだった。マリアはカール五世とフェルディナントの妹で、つまりハプスブルク家の人間である。そこで兄フェルディナントが戴冠式のために近くまでやって来るのを機に、新しいスペイン王との関係を断って、ハプスブルク帝国の懐に戻ろうと考えた。だがそうなると、いまやスペインの同盟国であるフランスが攻めてくる恐れがあるので、これを傭兵軍で迎え撃つべく、領民に新税を課して軍資金を調達することにした。これに抵抗したのがヘント[1]——奇しくもカール五世生誕の地——の市民と周辺一帯の領民である。これまでにも権力者の勝手な戦争のためにさんざん金を搾り取られてきた彼らは、もうこれ以上我慢できないと反旗をひるがえした[2]。

反乱の知らせはハプスブルク家の陰謀の噂とともにセビーリャに届いた。

アタワルパは弟のマンコとバレンシアのモリスコに対するマリア・フォン・エスターライヒのひどい仕打ちを忘れていなかった。また彼にとってネーデルラントはドイツとは事情が違っていた。ドイツは争いの絶えない諸侯の領邦の寄せ集めにすぎず、神聖ローマ皇帝が本当の意味で統治しているとは言えないので、フェルディナントに残しておいてもいいと思っていた。だがネーデルラントはカール五世の遺産であるブルゴーニュ領の一部であり、まだ一度も足を運んでいなかったとはいえ、よくよく考えてみると自分にとっても大事な場所だと思えてくる。だとすれば、ここは自ら赴くべきだ。

アタワルパはそう考え、一軍を率いてフランス経由でフランドルへ向かった。

1　現在のベルギー第三の都市。
2　一五三九年のヘントの反乱が基になっている。

46　ヘント

アタワルパ軍は道中ずっと現地の住民から物を奪うことを禁じられていたので、膨大な量の物資を抱えて進まなければならなかった。そのため、あのワスカルとの内戦のときのように、軍の隊列は土埃を上げる長い線となってどこまでも伸びた。祖国での隊列に比べると、オウム、籠に入れたクイ、リャマは少なかったし、飼い慣らされたジャガーやピューマはいなかったが、その分以前はなかったもの——羊と牛、砲兵隊、大砲、火薬の樽を山ほど積んだ荷車など——が追加されていた。上空をハヤブサが滑空し、隊列に沿って犬が元気に行ったり来たりしているのは前と同じだった。

フランドルに入ると、アタワルパは兵舎と倉庫を建てさせ、その倉庫をアンダルシアから運んできた糧食や物資で満たさせた。その一部はもちろんタワンティンスーユ産のものだ。

次いでヘントに近づくと、その手前に巨大な野営地を設営させた。

そして時を置かず、反乱に加わっていた周辺地域を回って次々と鎮圧し、それぞれに監督官と駐屯部隊を配した。それから兵を休ませるために野営地に戻ったが、自分は着替えの間も惜しんですぐまた野営地を出た。ルミニャウイとチャルコチマとわずかな供を従えて、ヘントの町に向かったのだ（キスキスはフェリペの死でひどく力を落としていたこともあり、王都を守ってセビーリャに残っていた）。

城門の落とし格子はすでに上げられていたので、三人は門を抜けて町に入り、鎧戸を閉ざした家々が立ち並ぶ人気のない道を上がっていった。大広場に出ると、そこには例のごとく石造りの大寺院があって、鐘楼が天高くそびえていた。周囲に並んでいる建物は多層階で、アタワルパはこうした建物を見るたびに驚かずにはいられない。使われている石材はグラナダのアルハンブラと同じように赤っぽいが、屋根はもっと尖っていて、ぎざぎざした三角形になっている。場所が変われば建築様式も変わるものだ。アタワルパはヨーロッパの多様性に改めて感じ入った。

大広場を横切って、細い水路が流れていた。

そこに市民[1]が集まっていた。

緑の小枝を手にした女たちと子供たちが、フランスの言葉で「唯一の君主であり、太陽の子である貧者の保護者よ、どうかわたしどもをお許しください」と叫びながら、アタワルパのほうに近づいてきた。

（彼がスペインで始めた改革の噂が、すでにこの地方にも届いていたのだ）

アタワルパは大いなる寛容をもってこの人々に接し、彼らの身に降りかかった不幸は、そもそも自分の代官としてフランドルを治めていた者によってもたらされたものだということをはっきりさせた。そして反乱に加わった者全員を喜んで赦すこと、この地に足を運んだのは、こうして赦しの言葉を直接伝えることで、罰せられるのではないかという彼らの不安を完全に払拭したかったからだと説明した。そして将軍たちに、この者たちが必要とするものをすべて与えること、愛と慈悲をもって彼らに対すること、そしてネーデルラント総督軍との戦いで命を落とした者たちの未亡人と、孤児を含む子供らが生計を立てられるように、十分な配慮をすることの三点を命じた。

ヘントの住民はアタワルパが大殺戮を繰り広げるのではないかと思っていたので（トレドの記憶が消えていなかった）、彼の演説を聞くと大歓声を上げて喜んだ。近くに寄ってきて抱擁したり、彼の額の汗を拭いたり、衣服にかかった埃を払ったりする者もいたし、そうでなければ花や香草を振りかけた。アタワルパは花の香りのなかを進んで大寺院に入ると、洗礼を受けた信者として〈磔にされた神〉に敬意を表し、慣例どおりにミサを挙げさせた。それから町の有力者たちを訪ね、今後はいかなる税も課すことはないと請け合った。代わりにアタワルパが求めたのは、彼らの時間と労力の一部を使って、王の倉庫を満たすことだけだった。

アタワルパは亡きカール五世の宮殿に案内され、そこで三日に及ぶ歓待を受けた。

その後はふたたび軍を率い、ブリュッセルに向かった。マリア・フォン・エスターライヒを捕らえるために。

1　凱旋者を迎える印。カトリックの「枝の主日」に通じる。

47　ブリュッセル

マリア・フォン・エスターライヒの傭兵隊はまだ編制途上で、武器も揃わず、しかも雇い主の金払いが悪いので士気も低かった。要するにアタワルパ軍の敵ではなく、あっという間につぶされた。

総督であるマリアと側近たちは衣服を剝ぎ取られ、わな結びにした縄を首にかけられ、街を歩かされた。マリアはそんな屈辱には耐えられないから勘弁してほしいと泣きついたが、アタワルパは容赦しなかった。この場にヒゲナモタがいたとしても、やはり許しはしなかっただろう。

だが思いがけず、アタワルパは裸で歩くマリアに目を引かれた。マリアは兄のカールに似ていたが、唇はもっと厚く、頬がふっくらして、腰が張っていた。アタワルパはその容姿を気に入ったのだ。また胸にもまだはりがあるとわかったので、側妻にすると決めた。その後ほどなくマリアは懐妊した。

アタワルパにはマリアを身代金と引き換えに兄のフェルディナントに渡すという選択肢もあった。だがチャルコチマが政治的利用価値を考えてマリアとの婚姻を勧めたので、マリアはイサベルに次いで、スペイン王の第三夫人に収まることになった。

つまりこののち、インカとハプスブルクの血を半分ずつ受け継いだ子供が生まれることになる。

結婚式はブリュッセルの大寺院、サン・ミッシェル大聖堂[1]で厳かに執り行なわれた。スペイン国王アタワルパはアルパカの毛で編んだ緋色の頭飾りを着け、ネーデルラント総督にして新婦のマリアから臣従礼を受けた。マリアは彼の前にひざまずき、彼にサンダルを履かせて忠誠の印とした。アタワルパは〈黒い飲み物〉を満たした黄金の杯を両手に一つずつもち、左手の杯を好意の印としてマリアに差し出した。そして二人は同時に杯を空けて相互尊重の印とした。さらにもう一つの杯の中身が黄金の壺に注がれ、太陽神に捧げられた。

この場面は今日、サン・ミッシェル大聖堂のステンドグラスに見ることができる。そこにはレバントの賢者《アマウタ》たちが使う〈高尚な言語〉で、「サパ・インカであり、永遠の皇帝であり、スペインとキトの王、アフリカの支配者、そしてこの上なく慈悲深きベルギー人の君主であるアタワルパとその妻マリア」と記されている。ここからもわかるように、チュニスとアルジェがあるバルバリア海岸一帯は当時すでにアフリカと呼ばれていた。またブリュッセルの住民は自分たちのことをベルギー人と称していた。ベルギー族の子孫だと考えていたからである。細かいことまで書いたが、言語に興味がある読者なら喜んでくれるだろう。そうでなければ退屈かもしれず、だとすれば申し訳ない。

なおブリュッセルの住民八千人は、総督の側についていたこと、スペイン王に対する反抗を呼びかけていたこと、そもそもインカ皇帝のヨーロッパ到来について反対論を唱えていたことから、ふたたび問題を起こしかねないとして、スペインのラ・マンチャ[2]という人口の少ない地方に移住させられた。

アタワルパは、この町で反乱があったことを忘れさせるためにも、ヘント以上の祝賀行事が必要だと考え、九日間の祝宴を催すと触れを出した。宴が張られたのはネーデルラント総督の住まいだったクーデンベルク宮殿[3]（マリアは兄である亡きカール五世のものだったこの宮殿で暮らしていた）の式典の間である。この部屋は驚くほど長い回廊になっていて、立派な建物が多いクスコにもこれほどのものは見られない。そしてこの宮殿に通じる長い坂道こそ、総督と側近が衆目のなか裸で、首に縄をつけられて歩かされた道だった。さらに皮肉なことに、マリアは昨日まで自分が支配していた宮殿で、夫となったアタワルパを立てながら、〈第五の邦〉様式で繰り広げられる舞踏会を連日主催しなければならなかった。宮殿の庭では黒いリャマが生贄にされ、スペイン軍の行進も披露された。

この行進について説明するために、ここでいったんセビーリャに話を戻さなければならない。その後もセビーリャにはタワンティンスーユからの荷がひっきりなしに到着していたが、物資だけではなく、新世界で運試しをしようという人間も大勢やって来ていた。つまり最初に西の海からやって来た百八十人余りのキト人に加えて、いまやスペインにはタワンティンスーユからの移民が大勢いたわけで、しかもその多くはスペイン軍に加わっていた。

総司令官であるルミニャウイは出身地ごとに隊を分ける方針をとっていたが、これらの移民についてはいっそうこの方針を徹底した。なにしろ古くから敵同士のチンチャ族とユンカ族を混ぜるのは危険だったし、ユンカ族とチムー族に至っては血みどろの戦を交えてきたので、同じ隊に入れることなど考えられもしなかった。同様にケチュア族はチャンカ族を憎んでいて、仲良く並んで行進することなどありえない。

そういうわけで、ブリュッセルの住民は肌の色も服装も異なる部隊が次々と行進するのを見ることができた。

先頭を行くのは勇猛果敢で知られるチャンカ族で、戦場での働きが目覚ましいことからこの名誉を与えられた。そのあとにバレンシアのモリスコ、アンダルシアの騎兵隊、スペイン全土から集められたユダヤ人の部隊が続いた。背中に立派なコンドルの翼の飾りをつけたチャラ族が現われると、群衆は身を乗り出し、歓声を上げた。一方ユンカ族は醜悪な仮面をつけていたり、百面相や奇妙なしぐさをしてみせたりするので、群衆は怖がって身を引いた。この一族は笛や太鼓をわざと音やリズムが合わないように演奏し、手には剝いだ皮をもっていて、それを使って滑稽なしぐさをしてみせる。そしてしんがりを務めたのは、慣例どおり精鋭部隊である奴隷《ヤナ》の騎馬隊で、不在のキスキスに代わってペドロ・ピサロが率いていた。

パレードのあとは宮殿前の広い草原で歌や踊りが披露され、球技も行なわれた。池には大きな白鳥が何羽もいて、滑るように泳いでいた。

この地方では、チチャの一種であるビールという飲み物（ただしトウモロコシではなく別の穀物で造られている）が好まれるというので、これがふんだんに振る舞われた。

アタワルパはこの地方の法令をスペインの新法に置き換えると布告した。またフランドル地方を含むネーデルラント全域をスペイン王国の不可分の領土とすると宣言した。ただしフランス王に譲渡したリール、ドゥエー、ダンケルクなどの都市を含む一部地域は除外された。

これで事実上、ブルゴーニュ公シャルルが誇り、カール五世がその復活を夢見たブルゴーニュ領は存在しなくなった。[4]

マリアは娘を出産し、マルグリット・ドゥチセラと名づけられた。カール五世の叔母で、マリアの前にネーデルラント総督だったハプスブルク家のマルグリット・ドートリッシュと、キトの王女で、アタワルパの母親であるパチャ・ドゥチセラにちなんだ名である。のちにこの娘は、異母兄弟のカール・カパックと結婚することになる。

1　実際にはカール五世の戴冠式、歴代王家の結婚式などがここで行なわれた。
2　スペイン中部の地方で、『ドン・キホーテ』の冒険の舞台として有名。
3　現在のロワイヤル広場にあったが、十八世紀に火災で全焼した。
4　かつてネーデルラントはブルゴーニュ公国の一部だった。

48　ドイツ

一方ドイツでは、フェルディナントの戴冠式を前にしながら諸勢力の分裂が止まらず、対立が激化していた。ヘッセン方伯領、テューリンゲン方伯領、ポメラニア公国、またシュトラスブルク、ウルム、コンスタンツなどの帝国都市、さらにリューベック、ハンブルク、ブレーメンなどのハンザ同盟諸都市では、ローマ教会は貧しい人々の信心深さにつけ込んで儲けるだけ儲けてきたと考える人が増えていた。また彼らは、ミサで拝領するパンが御聖体――つまり〈磔にされた神〉の体が含まれている――だとしても、パンがパンであることに変わりはないとも思っていた。

したがってザクセン公、テューリンゲン方伯、ブランデンブルク辺境伯、ライン宮中伯ほか神聖ローマ帝国のすべての選帝侯は、古い宗教の擁護者であるフェルディナントを神聖なる救世主皇帝として迎えるつもりはなかった。なかでもヘッセン方伯はルターの協力者であるメランヒトンと親交を深めていて、シュマルカルデン同盟の結成を主導し、ドイツ全体をルター派に変えること、それがだめならせめて、神聖ローマ皇帝にルター派を認めさせることをもくろんでいて、武力に訴えることも辞さない構えだった。しかしこれらの選帝侯たちが目をつけていたのは、じつのところ教会の資産と特権である。彼らはあわよくばカトリックの資産を奪い特権を剝奪して、ルター派である自分たちにうまく割り振りたいと考えていた。

つまりこの人々の場合、ルター派によるカトリックへの反抗といっても限度があり、それをあえて超えたために抹殺された人々もいた。たとえば再洗礼派《アナバプテスト》は、人は子供のあいだは理性を欠いているのだから、洗礼によって〈磔にされた神〉の宗教を押しつけるべきではないとして幼児洗礼を否定したが、そのような考えは急進的だとルター派からも批判され、多くが処刑された。また農民たちは、ルターを自分たちの庇護者、貧困撲滅の指導者だと信じ、この世に正義をもたらそうと反乱を起こしたが、虐殺されてしまった。ルターは農民たちに味方するどころか、反乱に加わった者は根絶やしにすべきだと諸侯に説いたのだった。

このときザクセン公フリードリヒ**賢明公**（フリードリヒ三世）、ヘッセン方伯フィリップ**寛大伯**など、ルター派に改宗した有力な選帝侯たちはルターの指示を熱心かつ迅速に行動に移し、反乱の首謀者を殺すとともに、加わった農民たちの耳や鼻を切り落とした。ドイツの農村地帯に耳や鼻がない人が大勢いるのはそのためである。

さて、少し前にそのような殺戮があったばかりのところへ、今度は東からフェルディナント、西からアタワルパが時を同じくしてやって来たので、あちらでもこちらでも怒りや興奮にまた火がついてしまった。

まずルター派の諸侯だが、彼らはドイツに宗教的平和をもたらすためにセビーリャの勅令の精神を取り入れるべきだと考えていた。またアーヘンでの戴冠式前にフェルディナントに圧力をかけて譲歩を引き出すためにも、アタワルパがスペインから北上してくることを期待していた。また、いまや手を取り合った二大国フランスとスペインを前にし、背後にはオスマントルコの脅威を感じているのだから、フェルディナントには、ルター派であろうがなかろうが、ドイツ諸侯を簡単に敵に回すことはできないはずだと踏んでいた。

　次いでドイツの農民たちだが、彼らはスペインで実施され、ネーデルラントでも着手された農地改革のことを聞いて、一度捨てた希望がよみがえったと感じていた。そしてアタワルパのことを新たなルター、あるいは新たなトマス・ミュンツァー[2]だと思うようになっていた。

　このように、ドイツという、怯えた亡霊と陰鬱な幻が充満する地域の人々の心は、かつてないほど不安と期待に揺れていた。耳や鼻を失った人々がいつの間にかあちこちに集まりはじめていた。誰もが昨日の英雄たちを忘れていなかったし、一度ついえた自分たちの夢を忘れていなかった。彼らは「貧しきコンラート」[3]のことを思い出して泣いた。いや、泣くだけではなく、歯を噛みしめて怒りを新たにした。耳や鼻のない人々は毎晩のように、かつてあった恐ろしい戦いの話を子供たちに聞かせ、そこには刃物屋のカスパー・プレギツァー[4]、ヤン・ファン・ライデンとヤン・マティアス[5]、そしてもちろんあの偉大なトマス・ミュンツァーの名が出てくるのだった。また過去の亡霊のなかには長く身を潜めていた森の奥の隠れ家から出てきた者もいて、死者がよみがえったかのようだった。こうしてアタワルパの進軍が次々と奇跡を生んでいった。森から出てきたある者は、再洗礼派のピルグラム・マーペック[6]と名乗った。シュヴァーベンには皮革職人のセバスティアン・ロッツァー[7]と、その友人で鍛冶屋のウルリッヒ・シュミット[8]がふたたび現われ、あれから一年、いや一日も過ぎていないかのように、当時の農民たちが掲げた要求について語るのだった——。

「すべての村が牧師を選任し、任命できること。また牧師の行動に問題があれば、これを罷免《ひめん》できること。牧師は福音書をそのまま、正確に教えるべきで、人間が勝手に加えたものを説いてはならない。聖書にもあるように、われわれは真の信仰によってのみ神に近づくことができるのである」と彼らは言った。そしてその言葉に耳を傾けようと土を耕す手を止めた農民たちの顔を、畑を吹き過ぎる湿った風がなでていった。

「村によって選ばれた牧師の報酬は十分の一税[9]から支払われるべきこと。余剰があれば、村の貧者のために支出され、また戦争税の支払いにも充てられるべきこと。小十分の一税はそもそも人間が考え出したものなので、廃止するべきである。神は人間が自由に使えるようにと家畜を創られたのであって、支払いなど求めておられない」と彼らは言った。そしてこれに賛同するように、ハヤブサが灰色の空で鳴いた。

「キリストが自らの尊い血を流すことによって、われわれ全員を、羊飼いから身分の高い者まですべて例外なく解放されたことを思えば、長く続いてきた農奴制は恥ずべきものである。われわれが自由であること、自由でありたいと願うことは、聖書に反していない」と彼らは言った。そして彼らの友である森がざわめきでこれに応じた。

「これまで貧者には獣、鳥、魚をとる権利がないとされてきたが、これは友愛精神にも神の言葉にも反している。なぜなら神は人間を創られたときに、すべての獣、空の鳥、水の魚に対する権利も人間に与えられたからである」と彼らは言った。そして暗い森は獣のうなり声でこれに応じた。

「貴族が森を占有していて、貧者が森の木を得るにはその価値の倍の額を支払わなければならない。正当に購入されたものではない森はすべて村に返されるべきであり、村人が誰でも必要なときに大工仕事のための木材や薪を調達できるようにするべきである」と彼らは言った。そして森の樹皮が楽しげに、と同時に脅すように、乾いた音を立てた。

「常に増えつづけ、重くなりつづけてきた賦役を大幅に減らすべきである。われわれの祖先はただ神の言葉に従って賦役を果たしていたにすぎないのだから」と彼らは言い、こう付け加えた。「領主は新たな合意なく賦役を増やしてはならない」

「農地の多くは小作料に見合った状態ではない。領主は然るべき人間に農地を検分させ、状態に合わせて小作料を定め、農民が無駄働きをしなくてもいいようにするべきである。すべての労働者は報酬を受ける権利があるのだから」と彼らは言った。すると凍ったカラスが石のように空から降ってきた。

「刑罰を定める新たな法が必要である。それが制定されるまでのあいだは、犯罪は少なくとも旧来の成文法に従って裁かれるべきで、恣意的な裁きがあってはならない」と彼らは言った。だがそのあとでルターに裏切られたのだった。

「かつて村のものだった農地や牧草地が個人によって占有されている。われわれはそれらの土地を取り戻し、ふたたび村のものにしたいと思っている」と彼らは言った。そしてその願いに、彼らはアタワルパの姿を重ねたのだった。

「死亡税は完全に廃止するべきである。寡婦や孤児を身ぐるみ剝ぐような恥ずべき行為を許すことはできない」と彼らは言った。夜更けに鳴くフクロウのような声で。

「これらのうちに神の言葉と一致しないものがあれば、あるいは不当だと判明したものがあれば、われわれはその要求を撤回する。神の言葉に反し、あるいは隣人に損害を与える恐れがある要求を主張しつづけてはならない」と彼らは言った。このような謙虚さこそが彼らの誇りだった。それは彼らが純真な心をもち、寓話や民間伝承を通して倫理観を培ってきたことの証しだった。

1　シュトラスブルクはドイツ名で、フランス名はストラスブール。十六世紀にはエルザス地方の中心地として神聖ローマ帝国に属していた。
2　ドイツの宗教改革者。当初はルターの信奉者だったが、農民や労働者から搾取する諸侯とこれに妥協するルターを批判するようになり、やがて急進的な農業改革を説くようになった。
3　一五一四年にヴュルテンベルク公国で起こった一揆。
4　刃物屋の家は、「貧しきコンラート」の一揆の首謀者たちの秘密の指令所になっていた。
5　いずれもオランダ人の宗教家で、再洗礼派。ミュンスターの反乱の指導者となった。
6　南ドイツで活躍した再洗礼派の指導者の一人。
7　農民軍団の書記で、一五二五年にシュヴァーベンで示された「十二か条」の起草者ともいわれている（第60章）。
8　ドイツ農民戦争（一五二四―一五二五年）の際の代表的な農民の要求書であるシュヴァーベンの「十二か条」。各条項とも抜粋ないし要約。
9　中世ヨーロッパで農民が教会に納めなければならなかった税。これが教会の主な収入源になっていた。生産物の十分の一とされ、穀物、雑穀、野菜、果実、若干の畜産物が対象とされた。大・小の別があり、ここでは「小十分の一税」が家畜税を意味しているが、分類が異なる例もある。

49　ヨハン坊や

太陽信仰という異端のハンマー[1]と、怒れる農民たちの鉄床にはさまれて、ドイツの諸侯たちは自分が選ぼうとしている道が正しいのか自信をもてずにいた。北部と東部の諸侯はルター派に与し、フェルディナントを警戒していた。彼らにとってルターの教義は〈磔にされた神〉の教会から莫大な富を奪いとる手段だったが、フェルディナントは父祖伝来の信仰の守護者であり、ローマの大神官[2]とのいかなる対立も許さない存在だったからである。しかしフェルディナントはトルコに対する盾でもあった。さらに彼らは経験から、農民の怒りは宗教論争よりずっと深刻だと知っていた。農民たちの悲惨な境遇に比べたら、両形態での聖体拝領[3]がどうのといった儀式上の問題など些末なものだと認めざるをえない。その農民の怒りがふたたび爆発寸前になっていたので、ザクセン、テューリンゲン、ブランデンブルクの諸侯はなかなか決断できず、慎重に構えてヴィッテンベルクからの指示を待っていた。ヴィッテンベルクはブランデンブルク辺境伯領内の町で、そこにルターが住んでいる。

　しかし西部と南部ではそうした逡巡は見られず、ヴェストファーレン、エルザス[4]、シュヴァーベンの諸侯は、一腹の子猫をまとめて始末するように、反乱の芽はすぐさま摘み取って大事に至らないようにするべきだと考えていた。そこで彼らは傭兵を雇い、農村や町に潜む反乱扇動者を片っ端から狩り出させた。

　シュトラスブルクではある庭師が扇動者とされ、ドイツ人傭兵《ランツクネヒト》に追われる身となった。庭師は村から村へと回って、自分たちには自由に伐採や狩りや釣りをする権利があると人々に説いていたのだ。ある日、傭兵たちはこの男を隠れ家の農家に追いつめたと思ったが、いざ押し入ってみると男はおらず、妻と乳飲み子しかいなかった。そこでしくじった腹いせにこの二人をその場で殺した。するとこの理不尽な殺害の話が、殺された男の子のヨハンという名前とともにまたたく間にドイツ中に広まり、あらゆる村で、農場で、あるいは露店で、「ヨハン坊やの敵《かたき》をとろう」という声が上がった。こうして「ヨハン坊や」を旗印にした一揆集団が生まれ、かつての「貧しきコンラート」の跡を継いだのだが、今回は正義を求めるだけではなく復讐を遂げることも目的に入っていた。

　しかし彼らの怒りがどれほど当然で、ヨハン殺しに煽り立てられた激しいものであっても、ランツクネヒトの矛槍《ほこやり》やマスケット銃と勝負できるわけではない。前回の血なまぐさい記憶は彼らの脳裏にまだ生々しく残っていた。ほんの二十年ほど前に指導者だったトマス・ミュンツァーの首がおがくずのなかを転がって、畑に散らばった十万もの仲間の腐乱死体に加わった、あの日の記憶である。農民たちにとっていまだに腹に据えかねるのは、あのときルターも、皇帝も、助けてくれなかったことだ。だが今回はどうやら様子が違っていた。

彼らはブリュッセルに使者を立て、貧民の庇護者と噂に聞くアタワルパに助けを求めた。外からの助けがなければ、ロートリンゲン公アントワーヌ[5]（善良公と呼ばれながらその名に値しなかった）の思うがままで、自分たちを待ち受けるのは見せしめの懲罰と徹底した殺戮でしかないと彼らはよく知っていた。

アタワルパはスペインへの帰国を急いではいなかった。ある都市に引きつけられていたからである。ブリュッセルから東へ馬でわずか一日の距離にある都市、ライバルであるフェルディナントが戴冠式に臨《のぞ》む予定の都市、すなわちアーヘンである。これほど近いということは、アタワルパ軍がベルギーにいるかぎり、フェルディナントも――いますぐ戦いを挑むというなら別だが――うかつには近づけないだろう。だとすれば、軍をドイツに進めて東側の情勢をうかがうチャンスだと彼は考えた。

そこで、スペインの王であり、ベルギーとネーデルラントの君主であり、バルバリア海岸の覇者《はしゃ》でもあるアタワルパは、シュトラスブルクで蜂起した「ヨハン坊や」の反乱軍に味方すると決め、チャルコチマ率いるスペイン軍をエルザス地方に送り込んだ。

ロートリンゲン公は農民の武装集団と無敵のスペイン軍（インカの部族をかなり含むので、インカ軍と言ってもいいくらいだが）にはさまれて、あっという間に降参した。善良公は命からがらメッツに逃げ込んだが、この町の人々は門を開いて反乱軍とスペイン軍を呼び込んだ。町の商人も職人も、農民たちが「しばしば理由もなく切りつけられ、食い物にされ、苦しめられている」と知っていたので大いに同情し、農民の要求はもっともだと思っていた。しかし町に入ったチャルコチマはロートリンゲン公を捕虜にすることができなかった。スペイン軍より先に怒り狂った農民たちが善良公と弟のギーズ公をつかまえて、生きたまま体を八つ裂きにし、首も切り落として槍の先に刺したからだ。

しかしこの出来事は単なる暴力三昧《ざんまい》の復讐劇に終わったわけではなく、政治も行なわれた。この地方の農民が、かつてシュヴァーベンの同志が掲げた要求を下敷きにして自分たちの要求をまとめ、チャルコチマの手にゆだねたからである。将軍はその要求をブリュッセルに送り、半月後にはアタワルパから農民たちへの返答があった。その文書のオリジナルがいまわたしの手元にあるので、アタワルパ自筆の書き込みとともに、ここに書き写しておく。

1　元は北欧神話の雷神トールの武器。雷神がインカの神話に取り入れられた経緯については第一部を参照。
2　教皇のこと。
3　ミサにおいて信者がパンとぶどう酒の両方を拝領することを「両形態」、パンだけを拝領することを「単形態」という。
4　エルザスはドイツ名で、フランス名はアルザス。
5　ロートリンゲン公国の君主。現在のフランスのロレーヌ地方北東部、ドイツの一部、ルクセンブルクにまたがる国だった。

50　エルザスの農民の十二か条

第一条
福音は真理に基づいて説かれるべきであり、領主や聖職者の都合のいいように説かれてはならない。
——今後、〈太陽の祭り〉への参加を条件として、各人がそれぞれの宗教を自由に実践することを認める。
第二条
われわれはもはや十分の一税を、大十分の一税も小十分の一税も支払わないこととする。
——諾。
第三条
地代を百分の五に引き下げること。
——地代を廃止し、交代制の労働賦役に替えることとする。
第四条
すべての水を無料とすること。
——諾。
第五条
森林は村のものであり、村に返されるべきである。
——諾。

第六条
狩猟を自由とすること。
——諾。ただしインカ皇帝が定める一定の期間と、〈太陽の祭り〉その他の祭りのあいだだけとする。これは獲物が絶えないようにするための措置である。

第七条
農奴制を廃止すること。
——諾。

第八条
領主はわれわれが選ぶこととする。われわれがこの人ならと思える人物を領主として迎えたい。
——却下。

第九条
われわれの裁きは、同じ身分の者の手にゆだねられるべきこと。
——諾。ただし判事の任命にはインカ皇帝あるいはその代理人の承認を必要とする。

第十条
代官はわれわれが選出し、また解任できることとする。

——却下。ただし、任命権はあくまでもインカ皇帝にあるが、候補者を挙げる自由だけは認める。

第十一条
われわれはもはや死亡税を支払わないこととする。
——諾。今後、死者の家族には村からの援助とともに、インカ皇帝個人の貯蔵庫から食料を支給することとする。

第十二条
領主によって占有されている村の共有地を、すべて村に返すこと。
——諾。

51　カール大帝《シャルルマーニュ》

エルザスの農民とアタワルパとの合意が知れわたるやいなや、ドイツ全体が衝撃で揺れた。
エルザスの農民の勝利は他の地域の農民を力づけた。以後、ドイツのどの地域の農民も、もっとも不幸でもっとも孤立した農民でさえ、自分は一人ではなく、思いがけない助けを得られると知ることになった。しかもそれは並外れた神のごとき力であり、どんな諸侯にも負けない力であり、しかも平民を助けることをいとわない力だった。

現に、アタワルパは助けを求めてきたところすべてに軍を派遣した。ヴェストファーレン[1]には自ら軍を率いて赴き、その機会にカール五世が戴冠式を挙げたアーヘンの寺院[2]を自分の目で見た。彼はカール大帝の玉座に座ってみた。その黄金の墓に自分の手で触れてみた。以前ペドロ・ピサロがロラン、アンジェリカとメドロ、ブラダマンテといった物語を聞かせてくれたときから、アタワルパは偉大なカール大帝に憧れていた。そしてそこからある考えが生まれ、成長しはじめたと考えられる。荒れた土地でもジャガイモが芽を出し、たくましく育っていくように、その考えはアタワルパの頭のなかで着実に育ちつつあった。

「ヨハン坊や」の一揆に続いて農民が立ち上がったところではどこでも、農民靴《ブントシュー》を描いた旗と虹色の旗が掲げられた[3]。アタワルパはこの虹色の旗を気に入り、自分も使うことにした。カール大帝の帝国にふさわしい旗になるだろうと思ったからである。

1　ヴェストファーレン地方にある。
2　アーヘン大聖堂。
3　農民靴は十五世紀からすでに一揆の象徴とされていた。トマス・ミュンツァーはこの農民靴と虹色の旗を希望や変化の印として掲げた。なお、現在のクスコ市の虹色の旗は新しいもので、インカ帝国の時代には旗の概念はなかった（ペルー国立歴史アカデミーの見解による）。

52　アウクスブルク

　神聖ローマ帝国の帝国議会はいわばスペインのコルテスのドイツ版だが、参加できるのは諸侯と高位聖職者と帝国自由都市の代表者に限られていた。だが人数は多く――それほどこの地域は細分化されていたということだが――開催されるたびに何百人もの人々がひしめき合う。

　その帝国議会が、シュヴァーベンとバイエルンの境に位置する帝国都市、アウクスブルクで開催されることになった。すでにドイツ西部を手中にしていたアタワルパは、当然のことながら参加資格を得ていた。しかしこのときすでにフェルディナントがバイエルンまで出てきていたので、アタワルパが開催都市に入るのは難しかった。いや、難しいどころか、アタワルパの野望がすでに公然のものとなっていたことを考えると、不可能と言ってもよかった。オーストリア大公フェルディナントはアタワルパのことをスペイン王位の簒奪者《さんだつしゃ》と見なしていたし、その簒奪者が神聖ローマ帝国も狙っていることはいまや誰の目にも明らかだった。またそもそもフェルディナントは、兄が殺された日からアタワルパとはいずれ生死をかけて一戦交えるつもりでいて、いよいよその日が近づいてきたと感じたからこそ軍をバイエルンまで進めていたのだ。バイエルンは、フェルディナントにとってはドイツへの玄関口であり、と同時に、すでにアタワルパがほぼ掌握しているシュヴァーベンとオーストリアを隔てる緩衝地帯でもあった。

　状況はすでに行きづまり、事実上出口がないと思えた。アタワルパはフェルディナントのアーヘンへの道、すなわち戴冠式への道を塞いでいて、フェルディナントのほうはアタワルパのアウクスブルクへの道、すなわち帝国議会への道を塞いでいた。

両軍は向き合ったまま、どちらも動けなくなった。互いに相手の様子をうかがい、相手を恐れていた。そしてこの膠着状態が兵たちの心身を蝕みはじめた。フェルディナント軍のほうは苛立ちに蝕まれ、病に倒れる者が出はじめた。アタワルパ軍のほうは、農民を助けてあちこちでカトリック諸侯と戦ってきたので、疲労と倦怠に蝕まれていた。

シュヴァーベンの平原で時が止まった。

だがそのとき、またしてもヒゲナモタが、主君であり友であり愛する人でもあるアタワルパのために解決策を見出した。

キューバの王女は自らフランス王に手紙を書き、スレイマンに使者を立ててはどうかと提案したのだ。それはつまりスレイマンにこう伝えさせるためだった。「いまフェルディナントはほかのことに気をとられている。ウィーンを奪う絶好の機会ではないか?」

これを受けて、すでにハンガリーの大部分を占領していたトルコ軍がふたたび動き出した。

それを知ったフェルディナントは、牙城《がじょう》を守るため、急ぎオーストリア大公国に戻るしかなかった。また兵のあいだに奇妙な病が蔓延していたことも退却の理由の一つだった。それはスペインで発生し、次いでフランス、フランドル、ドイツへと広がってきた病で、陰部、肛門、喉の奥などにできる潰瘍から始まり、やがて髪が抜け、体表に赤斑としこりができる。[1]誰もがまずペストを疑い、恐れおののいた。ペストは数日で死に至り、すでに多くの国で短期間に大勢の命を奪っていた。だが幸いなことに今回の疫病はそこまでひどくはなく、持ち直す患者もいて、皮膚に跡が残るとはいえ、それも少しずつ薄れていく。とはいえ衰弱ははなはだしく、軍の士気は否応なく下がる。つまり兵たちにしてみれば、バイエルンの野営地を畳んで東へ戻ることは無念でもなんでもなかった。それに戦うなら、強敵とはいえ、馴染みのあるトルコ軍のほうがましだったのだ。海の向こうから来たあのインディオたちは神か悪魔を味方につけているように思えて、気味が悪かった。

　こうしてアタワルパの前に道が開けた。

　彼はアウクスブルクに入るなり、この町最大の、いやおそらくはドイツ最大の有力者である人物に接触した。銀行家のアントン・フッガーである。

　アタワルパにとってアントン・フッガーはすべての鍵だったので、帝国議会や他の有力者たちを後回しにして、真っ先に彼を訪ねた。フッガーはかつてカール五世を迎えたときのように、中心街にある大きな館にアタワルパを迎えた。アタワルパはその館が気に入った。直線的で重厚感のある、キトの建築物を思わせる石造りの建物だった（これはクスコの建築物に顕著に見られる特徴だが、アタワルパはクスコに足を踏み入れたことがなかったので）。彼はフッガー家で食事のもてなしを受けた。この町のビールもなかなかのものだった。

　二人には語り合うことが山ほどあった。

　アントン・フッガーの服装は簡素だが、〈第五の邦〉でも少々変わった部類のものだった。黒い外套で身をくるみ、胸元だけ襟なしの白いシャツが見えている。大きなガレット[2]のような黒い帽子をかぶり、その下の髪は一種の袋状のものでくるまれている[3]。ひげはなにやらふわふわしていて、一本一本は濃いのだが全体はまばらだ。そして白い薄手の手袋をしていた。

　フッガーはアタワルパにイタリア語で話しかけ、アタワルパはスペイン語で答えた。それで互いに困ることはなく、相手の話が十分理解できた。

　どちらも自分に必要なものがよくわかっていたので、なにを提供し、代わりになにを手に入れたいかについて、単刀直入に話し合うことを望んだ。

二人のあいだに同盟が結ばれたのは、接待の場からフッガーの執務室へと場所を移してからのことで、この同盟こそがその後の大変革への道を確かなものにした。

その部屋には引き出しがたくさん並んだ箪笥が置かれていた。どの引き出しにもラベルがつけられていて、すでに読み書きを習得していたアタワルパにはそれらが都市名であることがわかった。リスボン、セビーリャ、アウクスブルクといった既知の都市もあれば、ローマ、ヴェネツィア、ニュルンベルク、クラクフなど、まだ行ったことのない都市もある。

フッガーのほうは、スカートのようなものを穿いて羽根付きの冠をかぶったこの君主が自分を訪ねてきた理由を、話を聞くまでもなく承知していた。基本的に以前のカール五世と変わらない。要するに、神聖ローマ帝国の支配には二つの点で金がかかる。一つは戦争のために傭兵を雇う必要があるからで、もう一つは選帝侯の票を金で買う必要があるからだ。海の向こうからセビーリャまで黄金が運ばれてくるといっても、大海を渡るのだからそれなりに時間がかかるし、セビーリャからドイツまでの陸路の運搬もうんざりするほど時間がかかる。しかもどこかで貨幣に換えなければならない。だがフッガー家なら、アタワルパの帝国征服に要する巨額の資金を捻出できる。もちろんその貸し付けは丸い硬貨という形で行なわれることになるが、そのことはアタワルパも承知していた。タワンティンスーユにこうした貨幣はなかったもの[4]の、新大陸に来て以来、貨幣制度について学び、その利便性を理解していた。

フッガーは硬貨の価値について具体的に説明した。グルデン金貨一枚[5]は、鶏なら二十五羽、コショウなら一キロ、ハチミツなら十リットル、塩なら九十キロ、熟練労働者の労働なら十日分と交換できるのだと。

だとすれば、膨大な枚数が必要になるとアタワルパは計算した。

アタワルパは相手の話にじっと耳を傾けていたが、話が終わってもそのまま黙っていた。ここで当然訊くべきことをあえて口にせず、相手が言いだすのを待った。

つまり、貸し付けの条件としてフッガーがなにを要求するかだ。

フッガーは机の上のガラスの容器から〈黒い飲み物〉を二つのグラスに注ぎ、片方をアタワルパに差し出した。これはインカでは無礼な行為にあたるが、アタワルパは腹立たしく思うこともなく受け取った。ワインはフィレンツェがあるトスカーナ地方のもので、フッガーはいいワインを手に入れていることを自慢したいようだった。新世界に来てからというもの、いやそれ以前の兄との内戦のときからすでに、アタワルパはインカ皇帝としての儀礼上の威厳を保つことができない状況に置かれることが多かったので、いままでは周囲の者が礼儀を失しても眉をひそめもしない。相手が垂れ幕の向こう側に控えるのではなく、目の前まで来て直接話しかけてくることにもうとっくに慣れている。それに〈第五の邦〉の習慣に馴染む時間はたっぷりあった。だからワインを注いで差し出すのが友情と好意の印であり、一般的には対等な人間同士で行なわれることであり、いい出会いや、特別な機会や、交渉成立などを祝うためだということも知っていた。もちろんワインが毒殺に使われることも知っていたが、アントン・フッガーにはそんなことをする動機がないので心配しなかった。なにしろアタワルパはフッガー家をヨーロッパでもっとも裕福にできる人間であり、強力なライバルであるヴェルター家を、あるいはジェノヴァやアントワープの商人たちを出し抜くチャンスを与えうる人間なのだから。

とはいえ、アントン・フッガーのほうもアタワルパと手を組むにあたっては迷ったに違いない。普通なら、カール五世が後継者と決めていたフェルディナントと組むのが妥当だ。それでもアタワルパを選んだのには二つ理由があった。一つは返済能力で、いまやスペイン王は無尽蔵の金塊、銀塊を生み出せる立場にあると思えた。そしてもう一つは、海の向こうに広がっている新市場である。

結局のところ、フッガーが出した条件はアタワルパからすればたいしたものではなかった。海の向こうの国との交易の許可である。じつはフッガー家は、アントンの伯父の大金持ちヤーコプ・フッガーの時代に、ポルトガル王からはるかなるインドの都市ゴアとの交易を許されながら、その後許可を取り上げられるという経験をしていた。だからアントンは一度断たれた一族の夢をかなえたかったのだ。またフッガー家は職工から身を起こして成功した一族であり、その血を引くアントンはとりわけアルパカの毛に興味をもっていた。ヨーロッパには毛織物の原料としてこれに匹敵する品質のものがないので、ぜひとも商ってみたかった。またゴムの輸入も考えていた。ゴムが採れるという〈涙を流す木〉はこちらの世界には存在せず、有望な投資だと思われた。

アタワルパは同意した。そして新世界の習慣に従い、交渉成立の印に乾杯しようとしたが、フッガーがそれを止めた。

彼にはもう一つだけ条件があったのだ。

それは、ルターを片づけることだった。

これにはアタワルパも驚いた。まさかアントン・フッガーが宗教問題を持ち出してくるとは思わなかった。

だがじつのところ、ヴィッテンベルクの一介の修道士マルティン・ルターは、フッガー家の事業の邪魔になっていた。まずルターは、銀行家の活動の要《かなめ》である徴利《ちょうり》貸し付けをずっと非難してきた。次いでルターは、贖宥状《しょくゆうじょう》という儲かる商売に大打撃を与えることによって、ローマ教皇のヤーコプ伯父に対する巨額の借金の返済を不可能にした。

甥のアントンはルターに私的な恨みを抱いていたわけではない。それでもルターの死を望み、今後二か月のあいだになんとかしてほしいと、そうでなければその時点で合意を無効とし、すべての貸し付けを留保すると言った。

アタワルパはこの最後の条件を履行できるかどうかについても、それが政治的にどのような影響を及ぼしうるかについても明確な答えをもたないまま、神聖ローマ帝国制覇の夢に目がくらんで同意した。そして二人は諸国民の友情と、大帝国の成立を祈念して乾杯した。

このときアタワルパはグルデン金貨五千枚が詰まった大箱とともに館をあとにしたのだが、それはフッガー家の財産の千分の一だったといわれている。

1 梅毒。史実においては、スペイン人が新大陸から持ち帰ったとする説がある。
2 丸く平たく焼いたケーキ。
3 十六世紀の商人や一般市民のスタイルで、後頭部の髪をネットでくるみ、その上に帽子をかぶった。
4 インカ帝国には正式な貨幣制度がなく、物々交換が基本だった。
5 グルデン金貨一枚は現在の十二万円相当と考えられる。

53 プロテスタントの諸侯

アタワルパにはまだ、ドイツ東部と南部の諸侯を武力あるいは説得によって服従させるという仕事が残っていた。その大半はルターの改革に賛同する貴族だった。

主な面々はこうである。ブランデンブルク辺境伯ヨアヒム二世ヘクトル、その従兄弟のプロイセン公アルブレヒト・フォン・ブランデンブルク、ヘッセン方伯フィリップ**寛大伯**、そして**賢明公**フリードリヒ三世の甥であり、ルターと親しい庇護者であり、これまた**寛大伯**と呼ばれているザクセン公ヨハン・フリードリヒ（寛大という長所はどうやら多くの諸侯のあいだでもてはやされていたようだ）。

有力者のなかにはヨハン・フリードリヒの従兄弟でライバルのモーリッツ・フォン・ザクセンもいたが、こちらは選帝侯ではなく、明確にルター派を標榜《ひょうぼう》しているわけでもなかった。また、いざとなれば自衛できるだけの軍事力を保持していたので、アタワルパは他の諸侯に集中することにした。

さて、これらのルター派の諸侯はジレンマに陥っていた。彼らはカール五世亡きあと、同じ理由でフェルディナントと対立していた。フェルディナントも亡き兄と同じように自らをカトリックの守護者と位置づけていて、教会の改革に耳を貸そうとしないからだ。その点では、諸侯たちはむしろドイツ版のセビーリャの勅令を望んでいて、スペインで認められたのと同じような信仰の自由が神聖ローマ帝国内でも広まることを願っていた。

だがその一方で、あのインカ皇帝をフェルディナントの代わりにドイツに迎えて皇帝の座につけるのは、それが太陽教の受容を意味すると思うと気が進まなかった。太陽信仰はカトリックにとっての異端であるばかりか、どう見てもキリスト教から外れる異教なのだから。

もちろん彼らは妥協を知らないわけではない。これまで農民の反乱を抑えるためにまずはカール五世を、次いでフェルディナントを頼りにしてきたが、今後はアタワルパ軍を同じ目的に利用するという手も考えられなくはない。

しかしアタワルパがスペインをはじめとする各地で着手していた諸改革や、エルザスの農民に示した譲歩は、諸侯から見れば深刻な懸念材料だった。彼らには自分の資産である土地と労働力から得られる収入を手放すつもりなど毛頭なかった。それは昔ながらの貴族の特権であり、その特権を前提にした社会構造によって彼らに保証されたものであるはずだ。だがいまやその前提が危うくなっていた。アタワルパがこのあたりをうろついているかぎり、たたきつぶしたはずの反乱が息を吹き返しかねないし、ザクセンとプロイセンの農村地帯でもささやかれている例の十二か条を真似た改革要求にも火がつきかねない。アタワルパの改革と農民の要求には重なる部分、あるいは憂慮すべき両立性がある。そのなかに諸侯が折り合える項目があるかといえば、完全な隷属状態にある農民、すなわち農奴を解放するというのがせいぜいで、土地の再配分などは村のためだろうが誰のためだろうが最初から論外である。それにもかかわらず、エルザス、ヴェストファーレン、ラインラント、シュヴァーベン、そしてライン宮中伯領の一部の地域ではすでに実施されたというので、彼らは浮き足立っていた。

そういうわけで、アタワルパが交渉することになったのは、途方に暮れ自分ではなにも決められなくなった貴族たちだった。そこで彼はこうした交渉事に長けているチャルコチマを同席させ、チャルコチマは脅しと賺《すか》しを巧みに取り混ぜて、相手をまともな判断に導こうとした。

だがチャルコチマの説得をもってしても、ルター派の諸侯たちの迷いを捨てさせることはできなかった。

彼らはこの行きづまり状態から抜け出そうとして、アタワルパにルターと直接話をしてもらえないかと提案し、ルターが道を示してくれれば自分たちはそれに従うと約束した。いや、従うといっても、実際にはルターの件とは別にいろいろ条件がつくことになるのは互いにわかっている。彼らは数々の特権を認めろと要求するだろうし（アタワルパは認めるつもりだった）、新皇帝の選定で一票投じるための大金も要求するだろう（選挙資金はフッガー家からの借り入れで賄うつもりだった）。

アタワルパはルターに会うことにした。諸侯たちはさっそく動き、ヴィッテンベルクのルターに帝国議会への召喚状を送った。アウクスブルクへ赴いて、帝国議会で新皇帝の立候補者であるスペイン王に会い、その主張を聞いてふさわしいかどうかを、つまりその立候補が福音と矛盾しないかどうかを評価するようにとの召喚状である。

数日後に返信が届いた。ルター博士[1]は、名誉ある帝国議会にお招きいただきありがたいが、遺憾ながらお受けできないと書いてきた。それは遠回しながら、よもや前回のことをお忘れではないでしょうねという意味だった。以前、カール五世によってヴォルムスの帝国議会に召喚されたとき、ルターは異端として帝国追放刑に処せられた上[2]、盗賊のような男たちに誘拐されて暗い森に連れていかれ、死を覚悟するという経験をしていたのだ[3]。ルターは彼の庇護者である諸侯たちに対し、断わりの手紙となったことを詫びるとともに、彼ら全員の魂の救済を神に祈ると締めくくっていた。

自制心の強さで知られるアタワルパだが、このときはわずかながら苛立ちを見せた。

するとザクセン公が、ヴィッテンベルクへご案内しましょうと申し出た。公爵自らが旅の供をし、アタワルパをその地位にふさわしいもてなしで案内し、ルターとの会談も準備するという。

でっぷりした体つきで、三日月のような目、赤ひげ、短髪のザクセン公に、アタワルパは本能的に警戒心を抱いた。だが参謀たちと少し話をしてからこの申し出を受けた。結局のところ、帝国に惹かれる思いがすべてに勝っていて、断わることなど考えられなかった。

皇帝を選ぶ七人の選帝侯のうち、三人は聖職者で、四人が世俗の諸侯である。聖職者三人はトリーア、マインツ、ケルンの大司教で、これらの大司教区はいずれも、アタワルパが農民を助けて勝利を収めた「ヨハン坊や」戦争のあいだに彼の支配下に入っていた。したがってこの三票はすでに彼のものだ。世俗諸侯のほうはボヘミア王、ライン宮中伯、ザクセン公、ブランデンブルク辺境伯の四人だが、ボヘミア王はフェルディナントであり、ライン宮中伯はルミニャウイ軍に敗北したあと、東部のフェルディナント領に逃げ込んでいた。したがってこの二票はアタワルパのものにはならない。ここまでで三対二で、アタワルパが勝つにはあと一票押さえなければならない。つまり残りのルター派の諸侯二人――ザクセン公とブランデンブルク辺境伯――が帝国の運命を握っていた。

だからこそアタワルパは、ヒゲナモタとチャルコチマを従えて、ヴィッテンベルクに行くことにしたのだった。そこには会談に立ち会うべく、他のルター派の諸侯たちも、二人の対決に興味津々の人々もやって来ると思われた。実際ドイツ全土から、いやデンマークやポーランドからも、多くの人がヴィッテンベルクに集まることになった。

1 ルターは神学博士の学位を授与されていた。
2 カール五世は一五二一年のヴォルムス勅令でルターを異端者と断定し、帝国外に追放した。
3 追放刑になったルターを、**賢明公**フリードリヒ三世が誘拐を装って助け出し、ヴァルトブルク城に匿った。

54 ヴィッテンベルク

ヴィッテンベルクまでの道のりは示唆《しさ》に富んだものだった。見るからに貧しい農民、飢えた家族、病気の子供があちこちにいた。鼻がない、あるいは耳がない男たちがいた。右手の指を二本切り落とされた人々もいた。女たちは口を閉じ、涙も見せず、憎しみで凍りついたような視線を泳がせていて、罠にかかって噛みつこうとする動物のようだった。

あるところでは、目をくり抜かれた物乞いが行列のほうに椀《わん》を差し出した。奴隷《ヤナ》の衛兵が足で蹴って追い払おうとしたが、アタワルパはそれを制して輿を近づけさせた。物乞いは椀を鈴のように振っていて、アタワルパのほうを白い目で見つめて「情け深い神よ、貧者の権利をお守りください」と言った。そして金の指輪と二グルデンを手にして立ち去った。

ほどなく一行は帝国都市ニュルンベルクに入り、そこに宿泊した。この町の壮麗な建築物は、周辺の村々の貧しさと驚くほどの対照をなしていた。

その後宿泊したライプツィヒも同じことだった。定期市[1]で知られるこの都市は輝くばかりの繁栄ぶりで、これまた農村地帯との格差がはなはだしい。あちらには鼻を削がれた人々がいるのに、こちらは豊かさにあふれている。考え込まずにはいられない風景だった。

そしてようやく、一行は目的地に着いた。

ヴィッテンベルクは学問の中心地として有名だが、サラマンカとは様子がまったく違っていた。

街なかには僧服を着た聖職者があふれていて、その多くは〈しゃべる葉〉の束や〈しゃべる箱〉の山を手にもち、食用の子豚、丸パン、あるいはビールの小樽を小脇に抱え、木の十字架を首にかけて、蟻《あり》のようにせわしなく動き回っている。

ヴィッテンベルク城教会[2]には恐ろしげな塔――筒状で、棘《とげ》の生えた王冠のようなものを頂いていて、黒バラのつぼみが異常に太くなった茎の上にのっているかのように見える――がそびえていて、町に不気味な影を投げかけていた。

市が立つ広場では、聖職者と学生と商人と農婦が入り乱れ、羊や豚が彼らの足元をすり抜けていく。

ヴィッテンベルク城はここを居城としていた**賢明公**フリードリヒ三世の死後誰も住んでいなかった。そこでその甥であるザクセン公ヨハン・フリードリヒは、この城をアタワルパ一行の宿舎として提供した。そして料理人まで送り込んできたが、アタワルパは不要だと言ってこれを送り返した。一行は人気のない城でようやく荷をほどいた。だがチャルコチマは休む間もなく城を出て、主人とルターの会談の準備のためにフィリップ・メランヒトンを訪ねた。ルターの右腕で、以前アタワルパがグラナダで接見したことがある、あのメランヒトンである。

　メランヒトンはあらゆる言語に通じていたので、話し合いはスペイン語で行なわれた。この男は小柄で愛想がよく、短い口ひげを生やした口元はいつも微笑んでいる。顔にしわがあるとはいえ表情は若々しく、普通ならすぐさま相手に親近感と信頼感を抱かせる容貌だ。だがその点ではチャルコチマは普通ではなく、親近感も信頼感も簡単には抱かない性格で、それよりむしろメランヒトンの愛想の後ろに見え隠れする知性に目を留めた。

　学者のメランヒトンと将軍のチャルコチマはビールで乾杯した。それはルターの家で醸造されたビールだということで[3]、メランヒトンはそれを面白がって出してくれたのだが、彼自身はあまり酒に強くないようだった。

　話し合いは午後いっぱい続き、そのあいだ部屋には何人もの人間が出入りしたが、二人は気にも留めなかった。たとえば老僕が入ってきてビールの容器を満たしたり、学生が書類を届けに来たり取りに来たりした。彼らは珍しい訪問客に驚き、なんの用だろうかと、こっそりのぞいたり耳をそばだてたりしたのだが、なんの話かまったくわからなかった。

　将軍は城に戻るとすぐ、この話し合いで得た情報をアタワルパに報告した。まず、ここの人々は自分たちを「プロテスタント」と呼んでいる。そして自分たちの信仰を好きなように実践する自由を求めている。また〈磔にされた神〉の礼拝の方法を変えたいと思っている。彼らは一部の典礼に大いにこだわる一方で、それ以外についてはこだわりがない。彼らは聖職者も結婚できると考え、自分たちのあいだではすでにそれを認めている。現にルター自身、聖職者でありながら妻と子供がいるが、それは理論上は、女性との性的関係そのものと同様に禁じられているらしい。また彼らは自分が死後どこに行くのかという問題と、自分が救われるために、つまり〈礫にされた神〉がいる天の世界に行けるようにするためにどうすればいいかという問題に取り憑かれている（だが〈礫にされた神〉はいつか地上に戻ってくることになっていて、しかもそれがいつかははっきりしないという。ということは、天の世界に行けることになっても神とすれ違ってしまい、会えずじまいになるかもしれないではないかとチャルコチマは思った）。天の世界に行けないとすれば、死者が永遠に焼かれるという地下の世界に落ちることになる。ただしもう一つ、天でも地下でもないところに一時的な滞在場所があり、そこに行く人は（普通はそこに行くことになるらしいのだが）ある期間ののちにそこを出て天の世界に行けるという。なお、生きているあいだに金を払うことで、その滞在期間を短くすることができるという説があるのだが、彼らプロテスタントはその考えを否定している。

もう一つ「善行」という論点もあり、チャルコチマはこちらのほうがまだしも理解できたような気がした。つまり、善行を積めば救われるのか、あるいは関係ないのかという問題である。プロテスタントは善行を積めば救われるとは考えず、死後の生のあり方は生前の行ないとはまったく関係がないと信じている。本来の善行とは、目的なしに、つまり見返りを求めずに、〈礫にされた神〉の教えのみを導きとして行なわれるべきものだと考えている。じつはこの話が出たとき、チャルコチマは「だとしたら〈礫にされた神〉は、誰を救い、誰を地下の世界に追いやるかをどうやって決めるのですか」とメランヒトンに訊いてみようかとも思ったが、やめておいた。正直なところ各地の迷信などどうでもよく、そこから政治的にどんな利益を引き出せるかにしか興味がなかった。

だがメランヒトンのほうは違っていて、海の向こうの国について、その風習や神々について知りたがり、チャルコチマに数々の質問をした。あなた方は戦争をするのか、あなた方の国に奴隷はいるのか、いままで〈礫にされた神〉のことを一度も耳にしたことがなかったのか、太陽神は正義に報い、悪人を罰するのか等々。またタワンティンスーユの場所についても強い関心を寄せていた。レバント人の多くが勘違いしているにもかかわらず、メランヒトンはキト人たちがインディオではないこと、つまりタワンティンスーユがインディアスではないことを理解しているようだった。

総じて、チャルコチマはメランヒトンを話が通じる相手、交渉ができる相手と見た。だが肝心のルターその人は、メランヒトンの言葉の端々から察するに、気性が激しく頑固な人物のようで、しかもその傾向が年齢とともに激しくなっているというのが衆目の一致するところのようだった。

チャルコチマとメランヒトンのやりとりはその後雑談に移って終わりを迎えた。短い口ひげの賢者《アマウタ》は結局ビールをたくさん飲んでしまい、酔いに任せたのか、最後にこう断言した。「アウクスブルクはドイツのフィレンツェであり、フッガー家は現代のメディチ家ですよ」。チャルコチマはたまたま彼の口から出たこの言葉を面白いと思い、忘れずにアタワルパに報告した。

1　大規模な定期市（メッセ）が開かれ、国際的な都市として栄えていた。
2　ヴィッテンベルク城に付属する城内教会。
3　妻のカタリーナがビール造りの名人だった。

55　ルター

アタワルパとルターの一回目の会談は、ここの人々が大学《ウニヴェルズィテート》と呼ぶ大きな建物で、千人の聴衆を前にして、ザクセン公立ち合いのもとに行なわれた。

アタワルパはヒゲナモタとチャルコチマを両脇に置いて、演壇の上に腰を下ろしていた。そして演壇の下に現われたプロテスタントの指導者を見て、怒れる雄牛のようだと思った。その雄牛が口を開くと斧で打つような音が聞こえ、それをメランヒトンがスペイン語に通訳した。しかしながらその話にはまとまりがなく、筋道をたどるのが難しかった。ルターが多くの時間を割いたのはユダヤ人の話で、彼らの恐ろしい罪を並べ立て、最悪の災禍に見舞われるがいいと言った。[1] 彼の主張によれば、ユダヤ人は「悪魔の汚物にまみれて」いるので殺されてしかるべきで、少なくとも狂犬同様に彼らをドイツから追い出し、家を焼き払うべきだという。

ルターはその件で一時間近くもまくしたて、アタワルパはそれを静かに聞いていた。このような場面では泰然自若として、こちらの無知や無理解を悟られないようにするのがアタワルパの常道だ（しかし〝このような〟といっても、じつのところこの場面はどう考えても前代未聞で、前例などあるはずもない）。

それからルターはようやくこの日の本題、すなわち海の向こうからの来訪者に話を移した。

ルターがアタワルパとキト人たちについて述べたのは次のようなことだった。あなた方が罪人を懲《こ》らしめ、教会を浄化するために神から遣わされたことは疑いの余地がない。あなた方が後ろ盾としている太陽神は、結局のところキリスト教の神の隠喩にほかならない。そしてアタワルパはおそらく、救世主の生まれ変わりとまでは言えないにしても、少なくとも新たな預言者か、あるいは地上に使わされた天使である。

しかしながら――とルターは続けた――自分もまた、この世に神の正義を行きわたらせるという使命を天から授かった身である以上、見過ごせないことがある。断じて見過ごせない。インカ皇帝に物申すのは自分の義務なので言わせてもらうが、この女を――と言ってルターはヒゲナモタを指さした――そばに置くのはよろしくない。

メランヒトンは最後の一文を通訳しなかったが、その場にいた誰もが、ドイツ語がわからない人々も含めてその意味を理解した。

ヨーロッパ北部に来てからは気温が低いので、ヒゲナモタは服を着るようになっていた。だがルターは風の便りに、裸の王女にまつわる数々の伝説を聞いていたのだろう。そして案の定、この女は悪魔の使いに違いないと糾弾した。するとヒゲナモタがこれを面白がり、ルターをからかってある行動に出た。このとき人々が見たもの、それこそがのちに画家クラナッハの絵画として有名になったあの場面である。キューバの王女はおもむろに立ち上がり、ドレスを肩から滑らせて、唖然とする観衆に裸体をさらしたのだった。

だが、彼女が口元に挑発するような笑みを浮かべ、非難と称賛に笑いまで入り混じったやじを浴びながらルターの前に誇らしげに立ったとき、彼はひるむことなく王女の裸体に指を突きつけ、無礼きわまりない言葉でやり返した。「男は肩幅が広く、腰幅が狭い。それは彼らが知性に恵まれているからだ。女は肩幅が狭く、腰幅が広い。だから子供を産み、家にいるがいい」

会談は延期となった。

1　ルターは晩年ユダヤ人を非難するようになり、『ユダヤ人と彼らの嘘について』という論文を書いた。

56　ジレンマ

「あの男を殺して」とヒゲナモタはアタワルパに訴えた。

だが話はそれほど単純ではない。

ルターを殺せば契約の条件を満たせるので、アントン・フッガーから選帝侯の残り二票を買うのに必要な数十万グルデンを調達できる。[1] しかしそれは同時に、ルター派である二人の選帝侯と袂《たもと》を分かつことになり、そればかりか二人とともにシュマルカルデン同盟を結成している諸侯や帝国都市すべてを敵に回すことになる。

だがアタワルパがここに連れてきている軍隊は、シュマルカルデン同盟と戦えるほど大規模なものではなかった。

軍の三分の一はスペインに残ったキスキスとともにあり、スレイマンやフェルディナントの万が一の奇襲に備えて守りについている。もう三分の一はベルギーと西ドイツ一帯を守るために残してきた。とはいえルターの死が、いや暗殺が、皇帝位獲得の条件になってしまっている以上、武力をまったく使わずに切り抜けられるとも思えない。

アタワルパは考えた。そして彼が考えているあいだに、ヴィッテンベルクには人が押し寄せてきた。どうやらルターとスペイン王が会うというだけで、ドイツ中の民衆が大きな希望を抱いたようだ。もちろん彼らは以前ルターに裏切られたこと、彼がトマス・ミュンツァーを見捨て、諸侯を動かして農民の反乱をたたきつぶさせたことを忘れてはいなかった。だがエルザスの「十二か条」の顛末も頭から離れず、スペイン王がルターと手を結んで新皇帝になれたなら、同様の改革がドイツ全体に広まるかもしれないと期待した。人々はその期待を胸に続々とヴィッテンベルクにやって来た。その人数はどんどん増え、広場にも街路にもあふれ出した。

そのころチャルコチマは会談続行の糸口を探ろうと、短い口ひげの男の家に舞い戻ってビールを飲んでいた。

メランヒトンは、友人のルターに対してはすでに、アタワルパ側の会談続行への合意を条件として陳謝するように説得したと言った。

そして、問題の核心は太陽教をどう位置づけるかにあるとも言った。政治的観点からいって、太陽教を異端、あるいはあのムハンマドの宗教のようなものと位置づけることはできないし、アタワルパの数々の勝利は神が彼とともにおられることを証明している。実際〈第五の邦〉の諸王国がアタワルパに敗北したのは、彼らの堕落に対して神が下された懲罰に違いないし、だとすればそれはルター派の主張が正しいという証しでもある。だからこそルターは、賢明にも、アタワルパを悪魔ではなく神の使いと考えた。そして熟慮の末、ルターはインカの宗教にキリスト教の隠喩を見ようとしている。言い換えれば、インカの宗教は福音の内容を海の向こうの世界に合わせたものだと解釈しようとしている。そしてそれは——とメランヒトンは続けた——〈磔にされた神〉の信者たちが、旧約聖書のことを新約聖書を予示する物語集と考えたのと同じことなのだと。

「下書きだということですか?」とチャルコチマは訊いた。

「というよりも、同じテーマの別解釈のようなものです」とメランヒトンは答えた。

では、ルターのあのユダヤ人に対する発言はどう考えたらいいのかとチャルコチマは訊いた。

その問いをメランヒトンは一笑に付した。「時とともに、彼は反ユダヤの妄想を抱くようになり、すっかり取り憑かれてしまったのです。しかしそれが討論の妨げになるようではいけません。あのような妄想は勝手に言わせておけばいいのです」

そして二人のあいだで、次の会談を城教会で行なうという取り決めがなされた。チャルコチマはこの結果に安堵して、というより少し興奮して戻ってきた。ただしそれはビールをたらふく飲んだからかもしれない。いずれにせよ、将軍はメランヒトンからの助言をアタワルパに正確に伝えた。「ルターに好きなだけしゃべらせるのです。そして可能なかぎりなんでも受け入れてください。そうすれば合意が得られます」

1 カルロス一世（カール五世）が神聖ローマ皇帝になるために使った選挙資金の総額が八十五万グルデンだったとする資料がある。

57 城教会

偉大な賢者《アマウタ》のエラスムスが宗教的迫害を逃れて身を寄せていたバーゼルで死去したことは、もう収穫何回分も前から知られていたにもかかわらず、そのエラスムスがヴィッテンベルクに来ているという噂が流れた。それだけでも十分に、ルターとアタワルパの会談の歴史的重要性がわかるというものだ。それぞれに改革者であるこの二人の会談がどこに行き着くのか、それはまだ誰にも予測できず、ドイツ中の人々が、いやドイツからローマに至るまでの〈第五の邦〉のすべての人々がその成り行きを固唾《かたず》をのんで見守っていた。

いっぽうヴィッテンベルクの街なかの様子はますます混沌としてきた。パンフレットや印刷物が盛んに出回っていた。「十二か条」も、アタワルパとミュンツァーとヨハン坊やの肖像画付きで印刷されたものが手から手へと回されていった。あちこちの建物の壁に農民靴の絵が貼られた。ルターのことを「ヴィッテンベルクのぬくぬくと肥えた肉塊」[1]と揶揄するパンフレットも配られた。遠くからやって来る農民の数はなおも増えて町からあふれ、町の外に寝泊まりするようになっていた。ザクセン公ヨハン・フリードリヒは群衆が手に負えなくなることを恐れ、ドイツ人傭兵《ランツクネヒト》の部隊を呼んで警備を強化した。こうしてヴィッテンベルクには虹色の旗とザクセンの旗が並び立つことになった。

だが城教会のなかでは、労をいとわぬ譲歩が見られた。ルターは正式にヒゲナモタに謝罪した。福音の隠喩として太陽教を受け入れることは可能だとも言った。もちろん、いま外で騒いでいるような、神の秩序を覆そうとする異端者や狂信者のことはこき下ろしたし、暴力に訴える反乱参加者全員に厳しい処罰を要求した。しかしながら、直接この言葉を使いはしなかったものの、明らかにそれとわかる表現で「十二か条」に触れ、このなかのいくつかについては正当な要求だと認めてもいいと言った（これには「ついに！」と思う人もいたが、「いまごろになって」と口をゆがめる人もいた）。さらにルターは諸侯たちにも、各人の良心に照らして、できると思う譲歩があれば実行してほしいと頼んだ。また今回は前回ほどユダヤ人を呪わなかった。

アタワルパのほうも、前回とは逆の位置に座ることで歩み寄りの姿勢を示していた。つまりルターを祭壇に上がらせ、自分は一般信徒用の最前列のベンチに座っていた。その横にはルターの謝罪を快く受け入れたヒゲナモタがいた。相手が高いところから自分に話しかけることなど、普通ならアタワルパは決して許さない。だがこのときは「帝国はミサを捧げるに値する」[2]と言って許し、選帝侯の一人に笑いかけたほどだ。その後ルターがふたたびユダヤ人を非難しはじめ、チャルコチマとメランヒトンが不安げな視線を交わすという場面もあったが、ルターの主張全体に比べれば微々たるものだったので、大事には至らなかった。

要するに、この会談でセビーリャの勅令を手本にした合意が一応得られたことになり、会談終了とともに人々は喜び合った。ザクセン公ヨハン・フリードリヒとブランデンブルク辺境伯ヨアヒム二世ヘクトルは協力して、アタワルパに投じる票の値段交渉を始めた（そして案の定、アタワルパがもっているはずのない十万グルデンという高額が提示された）。メランヒトンとチャルコチマも片隅でなにやら話し合っていた。この時点では、あとは合意文書を作成し、署名するだけだと誰もが思っていた。

だが今日、わたしたちはそうならなかったことを知っている。

1　トマス・ミュンツァーがルターのことをこう呼び、ルターのほうはミュンツァーのことを「アルシュテットの悪魔」と呼んだ。

2　「パリはミサを捧げるに値する」のもじり。アンリ四世がフランス王として認められるためにカトリックに改宗したときに、こう言ったとされている。

58　教会の扉

五日目の朝になった。城教会の不気味な塔の上をカラスが何羽も舞っていた。この日ルターとアタワルパは最終合意のために城教会でふたたび会うことになっていて、教会前には朝から人だかりができていた。だが人々はただ立って待っているのではなく、教会の入り口のほうへと詰めかけ、そこで押し合いへし合い[1]していた。入り口の木の扉に、収穫二十五回前と同じようにまた文書が貼り出されていたからである。前のほうの誰かが一文読み上げると、それが次々と後ろへ伝えられてざわめきになる。それが繰り返されるうちに、ざわめきは町中に広がっていった（文書はドイツ語で書かれていた）。

そこへ、ささやき声に先導されて一人の聖職者が現われ、人々は道をあけた。黒服に黒いベレー帽をかぶり、肥満気味で、顔つきは険しいがややたるみもある。そのまなざしに以前のような輝きはなく、足取りも以前のように確かなものではなく、それでもなお畏敬の念を抱かせる。彼の前に出た人は自分が小さくなったように感じる。ルターとはそういう存在だった。

周囲のざわめきがますます大きくなるなか、ルターは扉に近づいた。それは彼がかなり前から自分のもののように感じている扉であり、それも故なきことではない。そして扉の前に立ったとき、彼の顔が深紅に染まったのを周囲の誰もが見た。

1　ルターは一五一七年に『九十五か条の提題』を教会の扉に貼り出し、これが発端となって宗教改革が始まった。

59　太陽神の九十五か条の提題[1]

1　太陽神は創造神の寓意ではない。

2　太陽神その人が創造神であり、すべての生命の源である。

3　ウィラコチャは太陽神の父あるいは息子であり、月神の父あるいは息子である。

4　インカ皇帝は地上における太陽神の代理人である。

5　インカ皇帝は建国の父であるマンコ・カパック[2]と、その姉であるママ・オクリョの血を引いており、この二人はいずれも太陽神の子である。

6　インカ皇帝はこの系統に属し、ゆえに太陽神の子と見なされる。

7　インカ皇帝が太陽神の系統に属するのは、マンコ・カパックがウィラコチャの弟ないし孫であったからである。

8　したがって古い宗教の代表者である教皇の権限は、インカ皇帝アタワルパにも、その臣下にも、太陽教の信者にも及ばない。

9　旧暦一五三一年はインカ皇帝アタワルパが大西洋を渡って到来した年であり、これを新暦の元年とする。

10　大地が揺れて、太陽の子の前にリスボンの門が開かれたのであり、その門を閉じることはこの世の誰にもできはしない。

11　旧暦の初期にテルトゥリアヌスが表現した三位一体は、太陽神と月神と雷神の不完全な寓意的表現である。

12　この表現が不完全だというのは、聖霊ではなく、月神の寓意である聖母マリアこそがそこに座を占めるべきだったからである。あるいは、主要な三神に加えて雷神も並べたかったのなら、四位一体とするべきであった。

13　確かに雷神はそのハンマーで地上を打つことができるが、その力は太陽神に遠く及ばない。雷神は太陽神に服従する立場にある。

14　聖家族もまた、真の太陽神と、月神と、彼らの子であり父であるウィラコチャの寓意としては受け入れられない。なぜなら古い宗教において、ヨセフは神ではなく、偽の救世主イエスの養父である人間だとされているからである。

15　マリアの処女懐胎は、時ならぬ懐妊を正当化するための作り話だと考えられる。夫のヨセフは年老いた、性的不能の夫だったのだから。

16　太陽神が月神を懐妊させ、ウィラコチャ、その弟のマンコ・カパック、そして大地の女神パチャママが生まれたのは確かなことである。

17　マリアが月神の寓意であるにもかかわらず、月神のほうがマリアの寓意だと主張する人々は、考えを改めるべきである。この人々が正しいなら、キリスト教の神がインカ皇帝の到来と数々の勝利を許したはずはないが、実際にはアタワルパが太陽神と月神と祖先の加護を受けて世界のなかのこの地方を征服したのであり、それまでの偽の偶像、偽の救世主が誤りであったことはすでに明らかである。

18　真のエルサレムはもはやエルサレムにはない。それは大西洋の向こうの〝世界のへそ〟、すなわちクスコにある。

19　教皇とその代理人たちは、贖宥と引き換えに金銭を要求することはできない。彼らには罪を赦す力などない。

20　死を迎えようとする者は、死によってすべての義務から解放される。

21　したがって、教皇の贖宥によって人はすべての償いを免除され、救われると説く説教師たちは間違っている。

22　貧者に与え、困窮者に貸し与えるほうが、贖宥を買うよりもよい行ないだということを、キリスト教徒に教えるべきである。

23　貧者を見ても知らぬふりをし、それでいて教皇の贖宥に気前よく金を払う者は、贖宥ではなくウィラコチャの怒りを招くことになるのだと、キリスト教徒に教えるべきである。

24 資産が余っているわけでもないのに、本来手元に残しておくべき分まで削って贖宥に浪費するようなことがあってはならないと、キリスト教徒に教えるべきである。

25 このような贖宥に関する間違った説を、もっともらしい理由を挙げつらねて人々のあいだに広めている司教、司祭、神学者たちは、いずれその罪を償うことになるだろう。

26 あなた方の神はなぜ最初の男と女を楽園から追い出したのかと問うと、キリスト教徒はまず山ほどのたわごとを言い、それでも相手を説得できないと、あの誘惑するヘビと禁じられたリンゴと堕落した女の話を基にして寓話をひねり出す。

27 旧キリスト教徒は彼らの神の体を食べ、神の血を飲むが、なぜそんな野蛮なことができるのかと問うと彼らは驚き、答えられずにしどろもどろする。ただしルター派と呼ばれる人々は違っていて、儀式においては神の体も血も象徴でしかないことを認めている。

28 ルターの信奉者によれば、ある人々の死後の救済はすでに決まっていて、ある人々の破滅も同様で、残りの人々は地獄の控えの間[3]をさまようことになり、しかもこれらの運命は個々人の行ないとはかかわりがないという。だとすれば彼らの神は、ユダヤの神と同じように、気まぐれに人間を救ったり見捨てたりする残酷で横暴な神だということになる。だがキリスト教徒はそのことに驚きもせず、それでいてユダヤの神のことをけなしてばかりいる。

29　しかしながら、自分は処女であるがゆえにそうでない人より上だと、あるいは少なくとも同等だと思う女性は「悪魔の処女である」（悪魔がキリスト教の迷信の産物にすぎないという点はさておくとして）とするルターの主張は正しい。このことからわれわれは、処女性そのものには価値がなく、結婚の条件とされるべきではないと考える。

30　〈磔にされた神〉の信者たちはいったいなぜ、他のすべての神々を押しのけて、自分たちの神だけが特別だと認められることにこだわるのだろうか。われわれにはそこが理解できない。

31　もちろん〈磔にされた神〉はモーセや他の聖人たちのように人々の手本になりうる。しかしその人生は彼のものであり、いかなる方法においても人を――キリスト教徒であろうとなかろうと――救いはしない。

32　太陽神は他の神々の死を求めない。他のいかなる神も太陽神に遠く及ばないので、神々の死を求めなくても優位性と力を保つことができるからである。

33　太陽神は嫉妬せず、民を選ばず、少数を救ってその他を闇に葬るようなことをせず、地上のすべての人間を恵みの光で照らす。

34　同じように太陽の子であるインカ皇帝アタワルパも、地上のすべての人間に、一人の例外もなく、寛大な恵みを授ける。

35　キリストの教えを説くと言いながら、じつはキリストに同情するとか、ユダヤ人への怒りをぶつけるといった、軟弱で子供じみた感情に身を委ねているだけの聖職者が少なからずいる。

36　同様に、〈磔にされた神〉の父が世界を創造し、その父が不意にある日、人間を救うために息子をこの世に遣わしたという説を信じるのも子供じみている。トロイア戦争のときその神はどこにいたのだろうか？　眠っていたのか？　なぜその神は自分の存在をギリシア人に知らせなかったのだろうか？

37　なぜその神は、あれほど聡明だったプラトンやアリストテレスに自分の存在を知らせなかったのだろうか？　なぜあれほど長く待たせたのだろうか？　あのころは救済に値する罪人が一人もいなかったというのだろうか？

38　実際には、創造のあとに破壊があり、破壊のあとに創造があるというように、時代は遷《うつ》り変わっていく。

39　第一の時代は、木の葉をまとっただけの最初の人間たちのものだった。

40 第二の時代は第二の種族、すなわち平和に生きる人間たちのものだった。この種族は洪水で滅びた。

41 第三の時代は野蛮な人間たちのものだった。彼らはパチャカマ神を崇め、戦に明け暮れた。雷神の娘が人間に火をもたらしたのはこの時代のことである。

42 第四の時代は戦士のものだった。世界が四つに分かれたのはこの時代のことである。

43 第五の時代は太陽神のものであり、すなわちインカ皇帝たちが地を統べる時代である。世界が広がって〈第五の邦〉が加えられ、それがわれわれがいまいるこの邦である。

44 古い宗教は残酷で、退廃と恣意的懲罰と不当な教令により人々を苦しめてきた。これに対して太陽教は公正であり、善であり、健全である。

45 そもそも息子を犠牲にするような父親が、父と名乗るに値するのだろうか?

46 自由意志によって悪を行なうことが可能になるというのなら、なぜキリスト教の神は人間に自由意志を与えたのだろうか?

47 なぜわざわざ罪人を作っておいて、そのあとで彼らを罰するのだろうか?

48 誰かから話を聞かされるまで、子供たちは〈磔にされた神〉を知ることがないが、太陽神ならばこの世に生まれ出たその日に出会う。それゆえに太陽神の崇拝者は子供も大人も洗礼を受ける必要がないのである。

49 パウロは〈磔にされた神〉の存在さえ知らない人々がいることを案じていた。「聞いたことのない方を、どうして信じられよう[4]」。しかし太陽神は宣伝者を必要としない。太陽は空に輝いていて、毎晩海に沈み、毎朝山の上に昇るからである。

50 パウロは「信仰は聞くことにより〔中略〕始まるのです[5]」とも言っている。しかし太陽神の信仰は説き聞かせる必要がない。顔を上げるだけでわかるのだから。

51 とはいえパウロも真実に気づいてこう言っている。「夜は更け、日は近づいた。だから、闇の行ないを脱ぎ捨てて光の武具を身につけましょう[6]」

52 「信仰の弱い人を受け入れなさい。その考えを批判してはなりません[7]」

53 「何を食べてもよいと信じている人もいますが、弱い人は野菜だけを食べているのです[8]」

54 「食べる人は、食べない人を軽蔑してはならないし、また、食べない人は、食べる人を裁いてはなりません。神はこのような人をも受け入れられたからです」[9]

55　ウィラコチャの国は、飲み食いではなく、太陽神によって与えられる義と平和と喜びのなかにあるので、「ローマの信徒への手紙」の十四章十七節[10]にかなっている。

56　したがって〈磔にされた神〉の国の民に「反キリストとの戦い」を説く予言者は立ち去るがよい！　彼らは反キリストがあらゆるところにいると主張するが、実際にはどこにもいない。

57　太陽神は貧者の権利を擁護する。

58　太陽神は、誰もがその興趣を味わえるようにと大地を創られた。

59　太陽神も大地も、誰からも十分の一税を――大十分の一税も小十分の一税も――取り立てない。

60　大地は売り買いするものでも、貸し借りするものでも、利子付きで貸し借りするものでもない。

61　大地は誰も専有できず、各人の必要に応じて割り当てられる。

62　川や湖や海も大地の一部であり、誰も専有できない。

63　魚は川のものである。

64　獣は森のものである。

65　森は大地に属し、大地は太陽神のものである。

66　太陽神は農奴を知らない。人間しか知らない。

67　インカ皇帝は地上における太陽神の子孫だが、太陽神はわたしたち全員を自分の子と考えている。

68　太陽神のもとでは、カインはアベルを殺さない。

69　万一そのようなことがあれば、カインは人間たちによって、他の兄弟たちによって裁かれるだろう。

70　生きている者が自分の死のために、あるいは他者の死のために金を払うようなことがあってはならない。

71 複数の妻をもちながら正式には認めず、愛妾と呼んでごまかしている君主は偽善者である。

72 自分の庶子を高位につける教皇もまた偽善者である。

73 地球はその父である太陽の周りを回っている。

74 太陽が宇宙の中心にあることは言うまでもない。

75 主イエス・キリストは、人間を創られた太陽神の子である。

76 彼はウィラコチャの弟ないし孫である。

77 〈第五の邦〉にとってのイエス・キリストは、すなわちタワンティンスーユにとってのマンコ・カパックである。

78 とはいえ、イエス・キリストとマンコ・カパックのあいだでは、席次は後者が上である。なぜならマンコ・カパックの息子たちは、主イエス・キリストが説いていた福音を実現するためにわれわれの国々にやって来たのであって、その逆ではないからである。

79　神はわれわれが海の向こうの王国に福音を説きに行くことを望まれなかった。

80　教皇は誰の代理人でもなく、聖ペテロの息子でもない。

81　ルターが教皇の吝嗇《りんしょく》と強欲を告発したのはもっともなことである。

82　ルターが正義を求める農民たちを告発したのは間違っている。

83　ルターが諸侯の怠惰と腐敗を告発したのはもっともなことである。

84　ルターが人々の、世にいう邪悪な行為を糾弾したのは間違っている。

85　ルターがサンタンジェロ城を大淫婦バビロン[11]と見なしたのはもっともなことである。

86　ルターが教皇に反キリストを見たのはもっともなことだが、トマス・ミュンツァーに反キリストを見たのは間違っている。ミュンツァーはただ貧者の幸福を願っただけである。

87　ルターは終わりの時[12]の一予言者である。

88　しかしルターには新しい時代の到来が見えていなかった。

89　インカ皇帝アタワルパは新しい法と新しい精神を体現している。

90　諸侯は地上における太陽神の代理人ではない。

91　インカ皇帝アタワルパだけが太陽神の正当な代理人である。

92　諸侯はインカ皇帝アタワルパに仕える首長《クラカ》であり、皇帝不在の際の皇帝の代理人である。

93　諸侯の権限はインカ皇帝アタワルパから与えられたものである。

94　インカ皇帝アタワルパの法は、帝国の法である。

95　神とはすなわち太陽神のことである。

1　元はマルティン・ルターの『九十五か条の提題』。一部にそのままの条文もある。
2　この章のマンコ・カパックはインカ神話上のクスコの初代国王のことであり、アタワルパの義弟のマンコ・カパックではない。
3　煉獄のこと。
4　『新共同訳　新約聖書』ローマの信徒への手紙十章十四節。
5　『新共同訳　新約聖書』ローマの信徒への手紙十章十七節。
6　『新共同訳　新約聖書』ローマの信徒への手紙十三章十二節。
7　『新共同訳　新約聖書』ローマの信徒への手紙十四章一節。

8 『新共同訳　新約聖書』ローマの信徒への手紙十四章二節。
9 『新共同訳　新約聖書』ローマの信徒への手紙十四章三節。
10 『新約聖書』ローマの信徒への手紙十四章十七節にはこうある。「神の国は、飲み食いではなく、聖霊によって与えられる義と平和と喜びなのです（新共同訳）
11 黙示録に書かれている悪魔の巣窟「大バビロン」のこと。
12 『新約聖書』では、キリストの再臨に先立つ苦難の時代のこと。

60　ルターの最期

誰がこの文書を書いたのか誰にもわからなかったが、あの人ではないかと名前を挙げられた人物は数多くいる。たとえばシュヴァーベン地方の説教師クリストフ・シャペラー、十二か条の起草者でまだ生きているといわれていたウルリッヒ・シュミット、[1]無神論者として告発されたことのある兄弟画家ゼーバルト・ベーハムとバーテル・ベーハム、再洗礼派《アナバプテスト》のピルグラム・マーペック、印刷業者たち、ルターの教え子を含む学生たち。メランヒトンの名まで挙がった。ではこれを書くように命じたのは？　アタワルパだったのだろうか？　それは今日に至るまでわかっていない。アタワルパの関与を示すものはなにも、いかなる証拠も、見つかっていない。

当然のことながらルターは激怒した。彼はこの文書を明らかな（少なくとも部分的には）個人攻撃と受け取った。そしてアタワルパとの合意などもはや論外だと怒り狂った。彼の怒号は大学中にとどろき（そこに住んでいたので）、町も大騒ぎになった。

いや、ただの大騒ぎで終わるはずもなかった。ザクセン公ヨハン・フリードリヒはそれを察知して、ただちに外出禁止令を敷き、ドイツ人傭兵《ランツクネヒト》を治安維持に当たらせた。

だがその努力もむなしく、翌日には最初の暴動が発生した。そしてヨハン・フリードリヒの軍が暴徒を抑え込もうと攻撃したことから家々に火がつき、通りには死体が転がった。大学で教えている著名な学者たちが人々を静めようと呼びかけたが、なんの効果もなかった。学生たちも二手に分かれて争いはじめ、大学でも火の手が上がり、ルターの家にまで燃え広がった。ルターはメランヒトンの家に逃げ込もうとしたが、その扉は閉ざされていたといわれている。

これらの一連の騒ぎに、アタワルパはいっさい干渉しなかった。町の外に控えていたスペイン軍にはなにがあっても動くなと命じた。ヨハン・フリードリヒに助けを求められても耳を貸さなかった。アタワルパの親衛隊も、主君の滞在場所である城を離れなかった。

ルターは荷馬車や干し草の山のなかに身を隠しながら逃げ道を探ったが、そのうち農民靴の旗を掲げた一団につかまってしまった。

彼は殴られ、痛めつけられ、目をえぐられ、手足を切り落とされ、焼かれた。

だがルターを殺しても農民の怒りは収まらなかった。暴動はザクセン公国全体に広がり、ドイツ各地に飛び火した。

とうとうどの諸侯の手にも余る事態となり、収拾するにはアタワルパに頼るしかなくなった。追いつめられたザクセン公ヨハン・フリードリヒ、ブランデンブルク辺境伯ヨアヒム二世ヘクトル、その他の諸侯は、アタワルパと交渉して条約を結ばざるをえなかった。それが「ヴィッテンベルク条約」[2]であり、ルターに代わってメランヒトンが批准《ひじゅん》した。この条約は「領主の宗教がその地に行なわれる」[3]という原則に基づいて宗教の自由を認めるもので、これによってローマの意向にかかわりなく、各諸侯が自分の領民のために宗教を決められるようになった。セビーリャの勅令ほど自由なものでないが、もはやそこまでの自由は必須事項ではなくなっていた。諸侯たちは一定の特権を認めるという確約をアタワルパからもぎ取ると、あとは十二か条のほぼすべてについて譲歩した。またヨハン・フリードリヒとヨアヒム二世へクトルは、事実上その主権の大部分をアタワルパに譲ったが、もちろんちゃっかりとそれに対する金銭的な見返りを求めた。ルターの死によって、アタワルパの手元には約束どおりアウクスブルクから大金が届いたので、二人にはそれぞれ十万グルデンが支払われた。祖国にいたときからアタワルパは出し惜しみをしない主義で、特に政治上の目的が絡んでいるときはそうだ。それは彼の戦略の一つでもあったので、このときも値切ったりはしなかった。祖国でも、ここでも、その気前のよさは皇帝位と不可分のものだったのだから。

1 実際にはクリストフ・シャペラー（序文）とセバスティアン・ロッツァー（本文）が起草者といわれている（諸説あり）。ウルリッヒ・シュミットは農民軍団のリーダーだった。
2 一五五五年のアウクスブルクの和議を基にしている。
3 アウクスブルクの和議で定められた領邦教会制の原則。

61　戴冠式

「陛下、神は陛下に、キリスト教世界のあらゆる王侯の上に立つ地位を、すなわちこれまでに前皇帝のカール五世と、その前にはカール大帝しか手にしたことがないほどの権力の座をお授けになりました。神からこれほど大いなる恵みを授けられたからには、陛下は必ずや普遍君主制への道を歩まれ、すべてを、すなわちキリスト教世界全体を、一つにおまとめになるでしょう[1]」

この言葉をもって、マインツ大司教アルブレヒト・フォン・ブランデンブルク（ブランデンブルク辺境伯ヨアヒム二世へクトルの叔父にあたる）はアタワルパをアーヘン大聖堂に迎え、金銅の巨大なシャンデリアの下の、十字架をもつ聖パウロと鍵をもつ聖ペテロの像（どちらもこのあたりの国々で崇拝の対象とされている）の足元で、帝位の象徴とされる宝物を厳かに授けた。

マインツ大司教は女性のように唇がふっくらして、肌も柔らかそうだが、目つきは険しかった。新皇帝をカトリック信仰の救世主であるかのように言うこの聖職者の式辞を、アタワルパは眉ひとつ動かさずに聞いた。正直なところ、大司教の言葉にはいささか無理があった。

アタワルパは〈第五の邦〉の大部分を征服したばかりか（手を出していないのはフランスとイングランドとポルトガルだけである）、カトリックの王フェルディナントから帝国を取り上げ、彼を領地であるオーストリアへ押し戻し、孤立無援の状態でスレイマンと対決せざるをえない状態に置いた。以来、新世界では太陽の神殿が各地に建てられるようになり、ドイツ諸侯のなかにさえカトリックあるいはプロテスタントから太陽教に改宗する者が出ていた。ブランデンブルク選帝侯もその一人である。

したがって、アタワルパがイエス・キリストの栄光のために大仕事を成し遂げたと主張するのには無理がある。

しかもローマの大神官は「神聖ローマ皇帝位はカール五世の正当な後継者であるフェルディナントが占めるべき地位であり、それをアタワルパが奪うようなことがあれば破門する」と明言していたのだから、ますます無理がある（もっとも破門というのはカトリック共同体からの名目上の追放のようなもので、実質的にはほとんど意味をもたなくなっていた）。

大司教はそうした矛盾を見事に無視していた。じつはこの大司教は、ついこのあいだまで贖宥状を売りさばくのに熱を上げていたし、ルターのもっとも頑なな敵の一人であったたし、皇帝になる前のスペイン王カルロスに対して自分の一票をもっとも高く売りつけた人物でもあった（この件で、当時のカルロスの大使は「わたしはあの方の恥を恥じております」と言ったそうだ）。要するに、大司教のこれまでの世渡りを振り返れば、彼が良心の呵責だの約束だのをほとんど気にかけないことは明らかだった。しかも今回は、アタワルパの各地での勝利とラインラントの軍事占領によって事実上選択肢が奪われていたので、良心など頭をもたげさえしなかったに違いない。彼は当然の成り行きとしてドイツの新たな支配者にへりくだり、カール五世のときとは違って、アタワルパに金を要求することさえしなかった。つまり、黄金が鉄の代わりになることもあれば、その逆に鉄が黄金の代わりになることもある。そしてこの日大司教は、赤い立派な祭服をまとい、色とりどりの高価な宝石の指輪をいくつもはめて、アタワルパに帝冠をのせる役目を果たしたのだった。

他の選帝侯たちも、フェルディナント以外は皆、新皇帝に敬意を表して戴冠式に列席した。彼らは特権の一部を放棄せざるをえなかったので不満を抱えていたが、その不満には最悪の事態を避けられたという安堵が入り混じっていた。なにしろルターは殺され、ロートリンゲン公と弟のギーズ公とともに地獄に落ちたというのに、自分たちは生きているのだから。

列席者のなかにはメランヒトンの姿もあった。それだけでも、キトの冒険者アタワルパが成し遂げた統一が――和解とまでは言えないとしても、統一ではある――いかに並外れた大仕事だったかがわかる。

神聖ローマ帝国はだいぶ前からばらばらの小国の集まりでしかなく、そのときどきの最有力の一族が帝国というまとまりの象徴となっていたにすぎない。だがその時代は二重の意味で終わった。第一に、アタワルパはドイツ諸侯の一人ではなかったし、象徴的存在でもなかった。彼は「改革者」であり、「貧者の保護者」であり、しかも民から与えられたこれらの称号は象徴的なものではなく、実質を伴うものだった。第二に、アタワルパが頰のたるんだ大司教の手でカール大帝の冠と笏と宝珠を授けられたときには、すでに神聖ローマ帝国の大部分で、さらにはそれを超えてフランス東部とスイス北部の一部の地域でも、彼が定めた法が適用されはじめていた。しかも各地の領主は、ふたたび反乱に見舞われないためにアタワルパの改革を実行せざるをえなかった。つまり神聖ローマ帝国はもはやばらばらの小国の集まりではなかった。

　戴冠式にはほかにも多くの王侯貴族が参列した。

　フランス王はこのときバルバリア遠征に参加していたので、自分の名代《みょうだい》として姉のマルグリットを派遣してきた。付き添ってきたのは娘婿《むすめむこ》のマンコ・カパックである。

　ポルトガル王も同じ遠征に加わっていて、弟のベージャ公ルイスを名代として送ってきた。

　イングランドからはヘンリー八世の第二妃となったアン・ブーリンが来ていた（正妃のキャサリンはカール五世の叔母にあたり、甥の死の経緯を考えるとアタワルパに挨拶に来るというわけにはいかなかった[2]）。

　ハサン・アル＝ワッザーンもはるばるアルジェからやって来た。

　ロレンツィーノはイタリアの流行りの衣装に身を包んだ若妻キスペ・シサを連れてきていた。彼女の美貌には磨きがかかっていて、彼女が通るところどこでも感嘆のざわめきが起こるほどだった。

　この日アタワルパの脳裏にはなにが浮かんでいただろうか。カール大帝の玉座の上から列席者のそうそうたる顔ぶれを目にし、大聖堂に備えつけられた〈巨大な笛〉[3]の音が八百年の歴史をもつこの建物の壁に鳴り響くのを耳にしたときには、兄ワスカルのことを考えたのではないだろうか。彼はいまや真の皇帝という称号を得て兄と並んだのだ。そればかりか、偉大なるパチャクテクも含めて、祖先の誰一人として想像さえしていなかった偉業を成し遂げていた。

1　実際にはスペイン王カルロスが神聖ローマ皇帝に選出された直後に、彼の宰相だったメルクリーノ・ガッティナーラが主君に説いた言葉。
2　ヘンリー八世は太陽教に改宗したので、キャサリン妃と離婚せずにアン・ブーリンを妃にすることができた。30章から36章を参照。
3　パイプオルガンのこと。

62　帝国の十法

第一のもっとも重要な法はこう定めている。貢税《ぐぜい》を免除されている者はいかなるときも、いかなる理由でも、その支払いを強要されない。免除されるのはまずインカの王族、将軍とその部下、百人隊長とその子と孫、すべての首長《クラカ》とその親族である。また下位の職務に従事する官吏も在職中は貢税を免除される。戦争や征服のために従軍する兵士も、任務期間中は税を免除される。二十五歳以下の者は、その年齢までは両親に仕える義務があるので、税を免除される。五十歳以上の者と、すべての女性（未婚、既婚、未亡人を問わない）も免除される。病人は健康を取り戻すまで免除される。目が見えない者、足が不自由な者、腕が利かない者など、身体になんらかの障害がある者も同様に免除される。ただし口が利けない者と耳が不自由な者は、話したり聞いたりしなくてもできる仕事を与えられる。

第二の法は、太陽の神殿の神官と使用人、神に仕えるために選ばれた処女を除いて、第一の法に記載のないすべてのレバント人は納税義務を負うと定めている。

第三の法は、レバント人は誰でも、理由のいかんを問わず、皇帝または国のための労働か、任務遂行か、それらに費やす時間をもって、貢税に代えることができると定めている。

第四の法は、誰もが課せられる農作業と軍役を除いては、自分の職業以外の仕事を課せられることはないと定めている。

第五の法は、各人が貢税として納める産物は、その者が属する地方のものであることとし、その地方にないものを求めて他の地方へ行く必要はないと定めている。それは皇帝が、各人の地元の産物以外のものを納めさせるのは無礼だと考えているからにほかならない。

第六の法は、皇帝またはクラカへの奉仕に従事するすべての労働者は、その職務遂行に必要なものをすべて支給されると定めている。すなわち、金銀細工師には金、銀、銅を、織物職人には羊毛や綿を、画家には顔料を与えて仕事をさせる（他の仕事についても同様である）。また、労働者が奉仕の義務を果たすべき期間においては、奉仕として定められた仕事以外のことをする必要がないように国が取り計らうこととする。期間については二か月、長くても三か月とし、それ以上従事する義務はない。

第七の法は、すべての労働者は衣食住に必要なものをすべて支給され、病にかかったときは治療と薬も提供されると定めている。

第八の法は貢税の徴収方法を定めている。判事兼収税吏と会計士あるいは書記が、決められたある時期に各州の州都に集まって、キープの納税記録をまとめる。キープの結び目によって、各レバント人が王侯や上官の命令で提供した労働、行なった仕事、移動した距離、その他すべての活動がわかるようにし、その分は納めるべき貢税から控除される。また結び目には、各都市の倉庫に貯蔵されているものもすべて記録される。

第九の法は、納められた貢税から皇帝の支出を差し引いた残りは、すべて臣民の共通の利益のために保留され、飢饉への備えとして公の倉庫に蓄えられることと定めている。

第十の法には、レバント人が皇帝あるいは町・州のために従事するべき仕事が具体的に示されている。それらは貢税の代わりに臣民に課せられ、臣民は互いに協力し、共同で実施しなければならない。これにはたとえば道や敷石を平らにすること、太陽の神殿その他の、各人の信仰にとって神聖な場所である建築物を建設・修繕すること、それらの建築物にかかわるその他の仕事に従事することなどが含まれる。ほかにも、倉庫、判事の家、総督の家といった公の建物を建築すること、橋を修理すること、伝令ないし飛脚《チャスキ》の役を務めること、土地を耕すこと、ワイン用に果実を搾ること、家畜を放牧すること、農地、作物その他の公共財産を守ること、旅人が宿泊できるように旅籠《はたご》を維持・管理すること、さらにはその旅籠に滞在して旅人に必要なものを提供することなどが挙げられている。

63 パパの時代

こうして〈第五の邦〉は、かつてなかったほどの平和と繁栄と協調の時代を迎えた。この時代は長くは続かなかったが、新世界の歴史に残る幸福な時代としてぜひとも記憶にとどめるべきである。それに、その後のあの異常な事態が起こらなければ、協調の時代はもっとずっと長く続いていたかもしれない。

アタワルパはすでに実施した例に引きつづき、一部の人口の移住計画をさらに進めた。まずシュヴァーベン、エルザス、ネーデルラントなどの貧しい農民たちをスペインの不毛な地方に移住させ、そこで大規模な灌漑工事を行なわせた。

スペインの貧しい農民たちをドイツの寒冷地帯に移住させ、ジャガイモ《パパ》とキヌアを栽培させた。やがてジャガイモとキヌアは帝国内外のあらゆる地方に広まった。

ザクセンにチャンカ族の入植地を建設し、彼らをヴィッテンベルク周辺のプロテスタント集団の監視役とした。

またアタワルパは各地の需要に合わせて産物を交換できるように流通システムを整えた。たとえばスペインのアボカドとトマトをドイツに運んでいき、帰りはドイツとベルギーのビールを積んでスペインに戻ってくるといったやり方である。同様の方法で、カスティーリャの〈黒い飲み物〉とエルザスの〈黄色い飲み物〉[1]も交換されるようになった。

ポルトガルとスペインのあいだでは新たな合意が結ばれ、前者が後者にブラジルの領土を譲渡することになった。代わりに後者は前者に対し、アフリカ南端経由のインド航路による香辛料貿易を邪魔しないと約束した。

海の向こうからはワスカルの使節団が定期的にやって来て、インカ皇帝の名代として〈第五の邦〉の皇帝に挨拶するとともに、向こうの様子を知らせてくれた。

セビーリャは世界の中心になった。リスボンは大いに栄えた。ハンブルク、アムステルダム、アントワープなどの北部の港町も、フッガー家の富に支えられて発展していった。

帝国各地で太陽の神殿が増え、逆にキリスト教その他の教会は減っていった。もっとも教会の存続は、スペインではセビーリャの勅令によって、それ以外の帝国各地ではヴィッテンベルク条約によって保証されていた。

天文学の分野では、ドイツ東部よりもっと東からやって来たある天文学者[2]が、地球ではなく太陽が宇宙の中心だという説を唱えた。それが〈高尚な言語〉で『天球の回転について』というタイトルの本にまとめられ、印刷されて各地に配られたことによって、〈第五の邦〉全体に広まった。すると太陽教への改宗者がますます増えた（この天文学者はセビーリャに招かれ、スペイン王お抱えの占星術師になった）。

一方、平和といっても不穏な動きがまったくなかったわけではなく、ローマから送り込まれた一団の男たちがスペインの農村地帯に入り込み、カトリック信仰の名のもとに反乱を起こそうと人々を焚きつけて回っていた。この一団は事実上の秘密軍事組織で、アタワルパが以前グラナダで会ったことがあるあの聖職者、イグナチオ・ロペス・デ・ロヨラを将軍と仰いでいた。アタワルパはこの一団を脅威ととらえ、チャルコチマに命じて容赦なく狩り出させた。彼らは〈磔にされた神〉の名にちなんで「イエズス会」と名乗り、その会員は彼らの神のために命をかけて戦うと誓っていた。

だがこの抵抗運動に関しては、アタワルパはさほど深刻なものとは思っていなかった。その判断が正しかったことは、その後まったく別の、はるかに深刻な危機が訪れたことで証明された。

1　白ワインのこと。
2　ポーランド生まれのコペルニクスのこと。地動説を唱えた。

64　キューバの沈黙

突然、セビーリャに船が来なくなった。

最初はわずかな変化でしかなかった。しばらくはキューバに戻っていく船の荷積みが続いていたので、波止場の活気が消えたわけではなかったし、キューバから来る船が遅れているのは悪天候のせいだろうと思われた。大海を渡る長い航海ともなれば、嵐による遅れなど珍しくもない。だがそれにしても、出ていった船が一隻も戻ってきていないというのは……。

海の沈黙が妙に長いことに気づいたとき、セビーリャの人々は驚いた。漠然とした不安が人々の胸に広がった。それでもなおしばらく気づかないふりをしていたが、やがて誰もが口々に、「黄金はどこへ行った？」と問いはじめた。なぜ突然黄金の道が絶たれたのだ？　その答えを得ようと出ていった船がこれまた一隻も戻ってこないので、不安はつのるばかりとなった。残っていた船乗りも、一人また一人と船に乗ることを拒みはじめた。そして波止場から人がいなくなった。金、銀、火薬、羊毛、ワイン、コカ、コイーバ[1]の箱を押す男たちが消えた。波止場が沈黙し、町全体がふさぎ込んだ。

そこへリスボンから噂が流れてきた。大西洋の真ん中にポルトガル領の群島がある。そこへ船団がやって来て、羽根とジャガーの皮をまとった男たちが上陸したという。少しすると、今度はナバラからの手紙が、フランスの沿岸各地でもその船団が目撃されたと伝えてきた。どうやら他の船への襲撃や略奪もあったようだ。

アタワルパのもとにフランソワから公式の手紙が届いた。フランスの海域に敵対的な船団が現われたことに対する驚きを伝えながらも、二国を結ぶ友好条約を信じるとする内容だった。

続いてヘンリー八世からも手紙が届いた。謎の船団が英仏を分かつ海峡に侵入し、いまのところ砲撃で上陸を阻止しているが、いつまで食い止められるかわからないと書かれていた。そしてイングランド王もフランス王同様、アタワルパへの疑いをほのめかしていた。

アタワルパは側近を集めたが、それ以上の情報をもつ者はおらず、誰もが困惑するばかりだった。ワスカルはどういうつもりだろうか？　なぜキューバとの関係を断ったのだろうか？　インカにとっても有益な交易を、なぜ終わりにしたいと思ったのだろうか？　あの船団を送ってきたのはどういう意味だ？　いったいなにを考えているんだ？

ヒゲナモタにも、同胞のタイノ族がなぜ黙っているのか、なぜなにも知らせてこないのかまったくわからなかった。

ルミニャウイは軍事侵攻の始まりに違いないと考えた。

コヤ・アサラパイは、二人の兄の確執は解消したわけではなく眠っていただけで、それがまた目覚めたのだと思った。

チャルコチマも同意見で、要するにワスカルは交易だけでは満足できなくなり、〈第五の邦〉の富をすべてわが物にしたいと思っているのだと主張した。

だが彼はもう一つ、もっと切実な問題を指摘することも忘れなかった。タワンティンスーユからの供給が断たれたので、国庫が空になりかけているという大問題である。

指摘されるまでもなく、アタワルパはその問題に頭を痛めていた。アウクスブルクからもすでに督促状が来ていて、その無礼な文言に、アタワルパは改めて自分の立場の脆《もろ》さを思い知らされた。

陛下はわたくしどもがこれまでずっと献身的にスペイン王家にお仕えしてきたことをよくご存じです。また陛下は、わたくしどもの援助がなければ皇帝位の獲得は不可能だったということを、そしてその事実を証言できる人物が数多くいることもご存じです。皇帝選出のすべての局面において、わたくしどもは陛下のために、躊躇することなく大きな危険を冒しました。じつのところ、スペイン王家よりオーストリア大公家を優先するほうがはるかにリスクが少なく、しかも多額の利益を上げることができていたに違いないのです。ですからどうか、このような忠誠心をお汲み取りくださり、わたくしどもがわずかなりとも陛下のお役に立てたことをお認めくださいますよう、またご用立てした金額を、正当な利子とともに遅滞なくご返済くださいますよう、お願い申し上げます。[2]

とにかくキューバと連絡をとらなければならない。また早急にワスカルと交渉する必要がある。フランスにはヒゲナモタが行くことになった。彼女はただちにセビーリャを発ち、このときフランソワ王の宮廷が置かれていたフォンテーヌブロー[3]に向かった。道のりはナバラ経由とし、マンコ・カパックとその義母のマルグリットに会う旅程が組まれた。

1　タイノ族の言葉でタバコのこと。
2　史実においては、ヤーコプ・フッガーがカール五世に送った督促状が有名である。
3　パリ郊外の町で、フォンテーヌブロー宮殿がある。フランソワ一世はここを愛し、建て替えや増築を行なった。

65　ヒゲナモタからアタワルパへの手紙

太陽の子へ

　まずは喜んでいただけることからお知らせしましょう。幸いにもナバラ王の居城に立ち寄り、あなたの弟君を訪ねることができました。マンコ殿は大変お元気で、あなたが賢明にも娶《めと》らせられたジャンヌ様と仲睦まじく、幸せにお暮らしです。お二人は朝から晩まで、いつ誰が見ても王宮の庭で一緒に笑っているそうですし、聞くところによると晩から朝までも同じことで、お二人の秘め事がポーの町にまで聞こえるという冗談がささやかれるほどです。ジャンヌ様の懐妊が近いことを疑う者は、王宮には一人もいませんでした。

　一方、ジャンヌ様の母上のマルグリット妃はフランスからの知らせに不安をつのらせ、なんらかの裏切りによって弟フランソワの王国が危機に陥るのではないかと案じていました。そして、どうか誠実の証しとして、フランスの沖合をうろつく船団を引き揚げさせるべく取り計らっていただきたいと、あなたに必ず伝えてほしいとのことでした。あなたはその船団がどこから来たのかも、どこへ向かっているのかも知らないのだと何度説明しても、信じてもらえませんでした。マルグリット妃は終始取り乱し、どんな言葉も慰めにならないのです。わたしは旅立ちの日にも再度、スペイン王は以前と変わらずあなたの友であり、フランス王の友でもありますと誓いましたが、彼女の涙を止めることはできませんでした。

　そこからフォンテーヌブローまでの道のりは、初めて来たかのようにフランス各地の風景に魅せられる旅となりました。しかも風景だけではなく、ワインを楽しむこともできました。フランスワインはスペインのものとは味が違いますが、これまたすばらしいのです。

　フランス王フランソワはフォンテーヌブロー宮殿で、わたしの地位と、彼ならではのギャラントリーと、これまでの友情にふさわしい礼を尽くして、わたしを歓待してくれました。宮殿の入り口には、石の川が二手に分かれて湾曲しながら客人の足元まで流れ下ったような階段があり[1]、フランソワはその上で待っていました。そして下にはファイフ（短い横笛）、トランペット、オーボエ、フルート、ヴィオラ・ダ・ガンバからなる楽団が控えていて、音楽でわたしを迎えてくれました。またフランソワは、自ら増築させた木彫細工の壁が見事な回廊で、わたしのために舞踏会を開いてくれました。

　フランスの宮廷の人々は相変わらず魅力的だと認めざるをえません。庭園には斬新な仕立てのドレスを着た女性たちや、空を観察している学者、イタリアの画家や建築家、バラの美しさや人生のはかなさを歌う詩人などがいて、そこを散策するのは喜び以外のなにものでもありません。

　姉のマルグリット妃とは異なり、フランソワはフランス沿岸に現われたという例の船団の知らせに動揺した様子もなく、明るく振る舞い、わたしにも以前と変わらぬ態度を見せてくれています。ですが健康面では、以前どおりなどとは到底言えません。力が衰え、足も不自由で、舞踏会でも以前は疲れ知らずで踊りつづけていたのに、いまではわたしをダンスに誘うこともできないのです。彼がそのことを詫びるのが、わたしにはつらくてなりません。フランス駐在帝国大使が教えてくれたのですが、フランス王は下半身の血管を病に侵されていて、宮廷医師たちによればもはや長寿は望めないそうです。どうやら王はここの人々が「スペイン病」と呼ぶものにかかっているようです。スペインで「リスボン病」と呼ばれているもののことです。[2]

王の痛みや疲労がひどいときには周囲の者にもわかりますが、彼自身は極力顔に出すまいとしていて、相変わらず確固たる信念をもって国政に当たっています。

問題のあなたの兄上の船団の件ですが、どうやらイングランドの海岸に船を着けたようです。でもご存じのようにフランスはイングランドと交戦中なので、それ以上のことはわかりません。フランソワには船団の正体について、いまの段階で考えられることを伝えましたが、細部には触れず、あなたとワスカルの過去の経緯も伏せておきました。おそらくは潮に流された船団だと思われ。あなたの命令が届き次第、セビーリャへの航路に戻るはずだという点を強調しておきました。いまのところ、フランソワはこの説明に満足しているようです。

太陽神があなたを見守り、またあなたの帝国をお守りくださいますように。

旧暦一五四四年四月三十日、新暦十三収穫年、フォンテーヌブローにて

あなたの忠実なる王女、ヒゲナモタ

追伸　あなたにいただいたコウモリの毛のマントを着ています。

1　馬蹄形の階段として有名。

2　このころヨーロッパでは梅毒が流行していた（52章注1参照）。なおフランソワ一世は梅毒、痔ろう、結核など、多くの病にかかっていたといわれている。

66　アタワルパからヒゲナモタへの手紙

輝ける王女へ

フランスからの便りにも、わたしと帝国のために長い旅をしてくれたことにも、言葉に尽くせぬほど感謝している。

こちらからも伝えたいことがある。誰よりもまずきみに知らせなければならない重要な話だ。

こちらにようやくキューバから一隻の船が着いたのだが、乗っていたのはなんと、きみの従兄弟のアトゥエイだった。そして彼の話で、タワンティンスーユから船が来なくなった理由がわかった。

キューバにメキシコ人と名乗る西の部族がやって来たそうだ。

野蛮な戦士たちで、上陸した目的も友好的なものではなく、島にいたわたしの兄の軍とアトゥエイの軍にいきなり襲いかかった。アトゥエイはからくも敵の手を逃れ、一部のタイノ族とともにハイチ島（つまりタイノ族がもともといた島、きみが生まれた島のことだね？）に逃げたが、そこにもメキシコ人たちがやって来た。アトゥエイと仲間は山奥に分け入り、身を潜めて獣のように生きるしかなかった。だがようやく船を手に入れることができて、なんとかセビーリャにたどり着いた。

アトゥエイが聞きかじった情報から推測すると、インカ人はメキシコ人の攻撃を受けてパナマ地峡まで後退したが、そこでワスカル軍が反撃に出て激しい戦いになっているらしい。地峡で食い止めなければ、野蛮な集団が一気にタワンティンスーユになだれ込むことにもなりかねないので、ワスカルは徹底抗戦を強いられているようだ。

フランソワにこの最新情報を、つまりフランス沖を通った船団はわたしたちとは無関係の敵であることを伝えてくれ。

そして忘れずにこう言ってほしい。フランスとわが国は強い絆で結ばれており、いまやフランソワは兄弟同然なのだから、フランソワの問題はわたしの問題であり、フランスに対する侵略はわが国に対する侵略も同然とみなすつもりだと。とにかく肝要なのは、最悪の敵を迎え撃つつもりで準備しなければならないということだ。この点をフランソワにはっきり伝えてほしい。


旧暦一五四四年五月九日、新暦十三収穫年、セビーリャにて

きみの忠実な君主、アタワルパ

67 ヒゲナモタからアタワルパへの手紙

キトの太陽であるサパ・インカへ
昨日の夕刻、メキシコ人がノルマンディーに上陸したという知らせが届きました。人が住んでいない海岸をうろついているところを農民たちが見たというのが第一報で、その後ル・アーヴル・ド・グ

ラースという港に現われ、いまはパリに通じる川をさかのぼってきているそうです。

これを迎え撃つべく、フランソワはただちに軍を動員しました。未知の異邦人の上陸という知らせを聞いてにわかに力がわいたようで、下半身が自由にならないというのに自分も馬で行くと言うのです。そしてメキシコ人とやらに会って、必要ならば戦うと。思いがけぬ出来事で血が騒ぎ、老いを忘れたかのような興奮ぶりで、血気盛んだった若いころを思い出すと繰り返し口にしています。もちろん元帥が付き添い、王太子のアンリも同行します。フランスの元帥といえば、以前はわたしもよく知るアンヌ・ド・モンモランシーで、宮廷でも絶大な権力を誇っていましたが、いまは代わってフランソワ・ド・ギーズという赤ひげの男がこの地位に就いています。

宮廷中が高揚感に包まれ、誰もが酔ったように笑いを振りまきながら出陣の支度を急いでいます。そう、笑いといえば、この城でいま人気を博している面白い本があるのです。ラブレーとかいう人が書いた、ガルガンチュアという巨人の一風変わった冒険物語です[1]。帰国したら何章か朗読しますから、どうぞ楽しみにしていてください。滑稽ですし、不敬な文言が書き連ねられているのに憎めない内容で、きっとあなたもそう受け止められることでしょう。国の命運を預かるわたしたちにだって、心の疲れをいやす権利はありますでしょう?

ではそのときまで、あなたはどうか、父である太陽神に祈ってください。この先待ち受ける運命に立ち向かうべく、わたしたちに勇気を下さるように。もしその異邦人たちが戦争をしかけてきたら、わたしたちに力をお貸しくださるように。そしてわたしは、皇帝であり親愛なる友であるあなたの手に接吻し、またわたしが自分の子のように愛してやまないあなたの子供たちの手にも接吻します。


旧暦一五四四年六月七日、新暦十三収穫年、フォンテーヌブローにて

あなたの裸の王女、ヒゲナモタ

1　フランソワ・ラブレー『ガルガンチュア物語』。

68　アタワルパからヒゲナモタへの手紙

島々の太陽であり、優雅の極みである王女へ

タワンティンスーユから憂慮すべき知らせが届いた。メキシコ人たちはパナマ地峡を越え、南へ進軍している。兄ワスカルの軍は果敢に応戦しているが、敵に押されてじりじりと後退を繰り返していて、あとひと月でキトが包囲されるかもしれない。

これはキープによる伝達ではなく、弟のトゥパック・ワルパが自ら海を渡ってきて知らせてくれたのだ。彼とその兵は偶然にも、アンデス山脈から東へ流れ出る長い川を見つけ、それをたどって巨大な森を抜けて大西洋に出ることができたそうだ。そこから海岸沿いを南下して、以前ポルトガル人が占領していたブラジルまで移動し、そこで船体を修理して大航海の危険を冒してセビーリャまでやって来た。つまりこれで、タワンティンスーユと新世界を結ぶ第二のルートができたことになる（ただしこれを船で逆にたどることはできない）。兄は必ずやこのルートを使ってまた戦況を知らせてくるだろう。

フランソワに伝えてほしい。メキシコ人は凶暴で血を好む民であり、流血の災いをもたらす敵だと

覚悟しなければならない。フランスに上陸した一団が攻撃拠点を築く前に、一人残らず抹殺するべきで、その機を逃せば、彼らの侵略を食い止めることはできなくなるかもしれないと。

太陽神がきみを、そしてすべてのフランス人をお守りくださるように祈っている。


旧暦一五四四年六月十八日、新暦十三収穫年、セビーリャにて

きみの手に接吻するきみの皇帝、アタワルパ

69　ヒゲナモタからアタワルパへの手紙

新世界の太陽神へ

よい知らせを伝える役というのはいいものですね。知らせを受けた人が喜ぶところを想像するのは、たとえこちらが喜びの原因ではなく単なる伝達者だとしても、やはりうれしいものです。

どうやら、わたしたちが抱いた危機感は思い過ごしだったようです。

ルーアンという町の近くで、フランス人とメキシコ人の会談が行なわれました。相手を驚かせようと、フランソワ王はわたしが見たこともないような立派な野営地を設営させました。平野を覆い尽くすかのように五百のテントが並び、その中央に会談用の巨大なテントが張られ、しかも布はすべてフィレンツェの金糸織物という豪華さです。

大勢の狩人が周辺の森を駆けずり回って想像を絶する量の獲物を捕らえ、その肉で前代未聞の大宴会が催されました。フランソワはこの特別な機会に合わせて、黄金のユリの紋章[1]がついた鮮やかな青い鎧を身につけました。そして彼を支えるべく、このときすでにノルマンディー総督の称号と任務を与えられていた王太子のアンリが傍らに控えていました。またエレオノール王妃[2]と、末っ子のオルレアン公シャルルも列席しました。

メキシコ人は見映えのいい、体つきのしっかりした人々で、肌の色も健康的で、フランス人のように青白くはありません。男性がひげを生やしていないところは、わたしやあなたの祖国の同胞と同じです。彼らの首長はたくましく、美しく、巨人のフランソワには及ばないとはいえ背[3]も高い壮年の男性です。名はクアウテモック[4]といい、モクテスマ[5]と呼ばれる皇帝に仕えているそうです。羽根飾りのかぶり物の下は長い髪を編んでいて衣服は粗い布にすぎませんが、手の込んだ装飾品を着けています。

クアウテモックによれば、彼らはケツァルコアトルという神に仕えていて、その名は彼らの言語で「翼のあるヘビ」を意味するそうです。でも彼らはトラロック[6]という雨の神も引き合いに出すことがあり、その神はわたしたちの雷神トール＝イリヤパ[7]と同じようにハンマーを手にしているそうです。

クアウテモックの戦士たちは槍と丸い盾で武装していて、なかにはジャガーの頭のように見える兜をかぶった戦士もいます。ジャガーの口が開いていて、そこから戦士の顔が出ているので、余計に恐ろしく見えます。

ですが、クアウテモックは敵対的な意図をもってやって来たようには見えませんでした。

大海を渡った国があるという話に引かれて、ここまで親交を結ぶためにやって来たと主張しています。そしてフランス王に対し、今後フランスとメキシコのあいだで商船の行き来を可能にするために、ル・アーヴル・ド・グラース（フランシスコポリスとも呼ばれていますが）の港に商館を置かせてほしいと許可を求めてきました。まさにいま、わたしがこの手紙を書いているあいだにも交易協定がまとめられつつあり、遅滞なく署名される予定です。

また、クアウテモックはエレオノール王妃（ここに書くまでもありませんが、亡きカール皇帝の姉君です）に対しても大変礼儀正しく接していました。わたしにも気取りのない、けれども優雅な文言で挨拶し、こう約束してくれました。海の向こうの彼の民は、タイノ族に対して簡易な商館の設置と通行権以上のことは求めず、それらが合意されれば軍に命令を出し、小部隊一つだけを残して全軍をキューバから撤退させ、ハイチからも引き揚げさせると。

これらのことから、戦争になる恐れはないと考えられます。メキシコ人がこのように平和的な態度を示しているのは、わたしたち全員にとって幸運なことです。あなたの帝国はまだ若く、いまは戦争ではなく和平によって基礎を固めるべき段階にあります。だからこそ、この知らせを伝えるのがうれしいと書いたのです。わたしと同じように、あなたもこの知らせを喜んでくださるに違いないのですから。

あなたに接吻と、この地のある詩人の言葉を送ります。わたしたちが今日までともに歩いてきた道のりを形容するのにぴったりの言葉ではありませんか？

誰もが誰もに微笑みかける
それだけ若いということだ[8]

旧暦一五四四年七月七日、新暦十三収穫年、ルーアンにて

あなたのキューバ人の古き友、ヒゲナモタ

1　フランス王家その他で用いられた紋章。ユリの紋章と呼ばれるが、もともとはアイリスの花を象ったもの。
2　カール五世の姉で、フランソワ一世の二番目の王妃。アンリやシャルルの母親ではない。
3　フランソワ一世は身長が二メートル近かったといわれている。
4　史実においてはアステカの第十一代皇帝（最後の皇帝）。エルナン・コルテスによって絞首刑にされた。
5　史実においてはアステカの第九代皇帝。クアウテモックの従兄弟。
6　アステカ文明の雨と雷の神で、本来は稲妻の杖をもっている。
7　北欧神話の雷神トール（ハンマーをもっている）と、インカの雷神イリャパ（本来は投石機と棍棒をもっている）が合体している。
8　クレマン・マロの対話詩「結婚を嫌う処女との対話（Colloque de la vierge méprisant le mariage）」より。

70　ワスカルからアタワルパへのキープ

キト陥落
退却中のインカ軍　三万八千
インカ軍死者数　一万二千
捕虜となったインカ人　一万五千
トゥミパンパに向かう敵軍　八万
人身御供にされたインカ人　二千

71　アタワルパからヒゲナモタへの手紙

愛するヒゲナモタへ

この手紙の内容をフランソワに伝えたら、きみはただちにスペインへ、あるいはせめて身を守れるナバラまで戻れ。メキシコ人は親交を結ぶためにやって来たのではない！　絶対的な確証が得られたわけではないが、タワンティンスーユからの最新の情報を見るかぎり、わたしの危惧は確認されたと言っていい。ワスカルの伝言をキープカマヨックが記録したキープが海を越えて届けられたのだ。それによれば、メキシコ人は残虐の限りを尽くし、捕虜を容赦なく生贄にしている。戦争をやめるどころか、わたしたちの祖国で殺戮を続け、すでにキトを落とし、さらに南へ進軍している。

サン＝モーリス大使[1]にも急ぎ伝令を出すが、きみと大使のどちらが先にフランス王と連絡がとれるかこちらではわからない。とにかく、メキシコ人は罠を仕掛けているのだと必ずフランソワに伝えてくれ。すぐにも軍を動かして、先手を打たなければ危ないと。

そしてきみは、いとしい王女よ、できるかぎり早く逃げてくれ。マンコにはすでに、ナバラ軍を率いてパリに向かえと伝令を出した。十日ほどでパリに着き、フランス軍に加勢するはずだ。

とにかく逃げろ！　命を守れ！　この手紙が間に合ってくれることを祈る。フランスの街道がスペインほど整っていないことは知っているが、この手紙はいちばん足の速いチャスキに託すから、七日以内にきみの手に届くはずだ。

一五四四年七月十四日、セビーリャにて

きみの僕であり友であるアタワルパ

1　前皇帝カール五世がフランソワ一世の宮廷に派遣していたフランス駐在帝国大使で、新皇帝アタワルパのもとでも引き続き大使を務めていた。史実においてもカール五世の在仏大使。

72　ヒゲナモタからアタワルパへの手紙

わが王へ

あなたからの手紙が来る途中なのか、それともなんらかの情報待ちでまだスペインを出ていないのかわかりませんが、こちらから急ぎお知らせします。あなたからの知らせがなく、どうすべきかわからなかったので、わたしは交易協定の締結を見届けようとフランス王のもとに残っていました。

それが失敗でした。

昨日、旧暦七月十九日、人数でははるかに劣っていたにもかかわらず、メキシコ人たちがまんまとフランス軍の裏をかいて野営地を襲撃し、不意をつかれて混乱するフランス兵を手あたり次第に殺しました。

このときほぼ同時に、カレーのイングランド人[1]がブーローニュ[2]の町を襲撃したこともすでにわかっています。

フランソワは危ういところで襲撃を逃れ、いったんルーアンの近くに身を隠しました。でも、いまや二方面の敵と戦わなければならないので（フランソワもイングランド人とメキシコ人が手を組んだことはもはや明らかだと考えたのです）、軍に戦闘体制のままパリを守れる位置まで戻ることを命じました。

わたしがメキシコ人の罠を逃れることができたのも奇跡的としか言いようがありません。白兵戦のさなか、肌の色がメキシコ人に近くて敵か味方か見極めにくいのが幸いしたようです。鋭い音とともに振り下ろされる斧や剣を避けながら、槍の森のなかを無我夢中で走り、途中で乗り捨てられた馬を見つけて飛び乗りました。そこからは馬を走らせ、多くのフランス兵を殺戮の狂気のなかに置き去りにして野営地を脱出しました。乗馬がもう少し下手だったら、わたしも命がなかったでしょう。

その後、難を逃れたフランス人たちの別の野営地に合流できたので、いまは身を守ることができています。でもあとどれくらい無事でいられるかはわかりません。

一五四四年七月二十日、マント[3]

あなたの不運な王女、ヒゲナモタ

1 このときカレーは大陸に残された最後のイングランド領だった。
2 カレーの南にある港町。
3 ルーアンとパリのあいだのセーヌ川沿いの町。パリの西方五十キロ弱のところにある。

73　マンコからアタワルパへの手紙

〈第五の邦〉の皇帝陛下であらせられる兄上へ

フランス王に加勢するべく、一万五千の兵を率いて、混乱に陥った国を横断しました。

メキシコ人の奇襲を受けて数が減ったフランス軍は、パリの近くに防御線を張っていました。いまやフランス王は、メキシコ人と手を結んだイングランド人とも戦わなければなりません。最新の報告によれば、ブーローニュが落ちるのはもはや時間の問題だとのことです。

フランス軍は二重の脅威に直面して苦しい立場に置かれています。とはいえ危機的というほどのことではなく、キスキス将軍に三万から四万の軍をつけてお送りくだされば十分です。それだけの援軍をいただければ、メキシコ人とイングランド人を必ずや海まで押し返してみせましょう。

この手紙が兄上のもとに届くのに長くて五日かかるとして、援軍がこちらに到着するまで二週間ほどと見ています。それまでパリを死守します。なんとしてでも。

旧暦一五四四年七月二十四日、新暦十三収穫年、ポワシーにて

ナバラの王子、マンコ将軍

わが主君である兄上

追伸　エレオノール王妃は行方不明で、亡くなられたのか、敵軍の捕虜となったのかもわかっていません。

74　ワスカルからアタワルパへのキープ

トゥミパンパ包囲戦
必死の抵抗
インカ軍死者数　二万
敵軍死者数　一万から一万五千
反撃　六万（内チャンカ族二万　チャラ族一万　カニャリ族八千　チャチャポヤス族四千）
砲　百二十門
騎兵　六千
キト戦総死者数　両陣営各三万
停戦交渉中（アトック将軍、トゥパック・アタオ将軍、□□□）
停戦可能

*□□□は解読不能（年代記執筆者によるメモ）

75 ヒゲナモタからアタワルパへの手紙

わが王へ

もっと早くあなたの手紙を受け取れていたらと思わずにはいられません。そうしたらメキシコ人のたくらみについてフランソワを説得して、あの惨事を回避できたかもしれませんし、あのように簡単に蹴散らされることもなかったでしょう。

こちらの状況はその後さらに悪化しました。フランス軍はメキシコ軍に押されて後退を続けています。メキシコ軍はほぼ毎日のように、新たにル・アーヴル・ド・グラースに上陸した兵によって増強されています。一方イングランド人はすでにブーローニュを占領し、そこからパリへと進軍中です。メキシコ人が西から、イングランド人が北からパリに迫り、わたしたちをはさみ撃ちにしようとしているのです。

噂によれば、エレオノール王妃はクアウテモックの愛人となり、フランス人の習慣や、フランスの地理や動植物、夫であるフランス王の軍の装備や戦略まで、メキシコ人に役立つことをなんでもかんでも教えているそうです。フランソワには思いもよらぬことで、想像もできないと言っています。でも考えてみれば、結局のところ彼女はハプスブルクの人間であり、ずっとそのままでしたから、十分にありうることだとわたしは思います。

マンコが一万五千の兵とともに到着し、そのおかげでフランス軍はひと息つくことができました。さもなければフランス軍は、わたしたちともどもすでに一掃されていたでしょう。ですが今回の援軍ではメキシコ軍とイングランド軍の両方と戦うには足りません。わたしたちを救えるのはあなただけです。どうかただちに軍を出し、あのジャガーの兜のように大きく口を開けてフランスに食らいついたメキシコ人が、この国を本当にかみ砕いてしまう前に、彼らの牙と顎からわたしたちを救ってください。

変わらずあなたに忠実なヒゲナモタ

旧暦一五四四年八月六日、サン＝ジェルマン＝アン＝レー[1]

1 パリの西方二十キロのところにある町。

76 ワスカルからアタワルパへのキープ

停戦合意

〈第五の邦〉でも停戦せよ

77　ヒゲナモタからアタワルパへの手紙

万事休すです！

マンコは狂暴なメキシコ軍に最後まで果敢に挑みましたが、戦死しました。彼は包囲されたパリを命がけで守ろうとし、その軍も最後の一人まで戦いましたが、全員命を落としました。

わたしたちは王とともにルーブル宮に逃げ込みました。王は痔ろうの痛みに苦しんでいて、もはや馬に乗れず、そればかりか立っていることさえできず、一日の大半を横になって過ごしています。いまこの町を守っているのはギーズ公で、不屈の闘志で任務を遂行していますが、状況はあまりにも悪く、いまの百倍の兵力があっても足りないくらいです。

わたしたちの希望はもはや、わが主君たるあなただけです。ここの誰もが援軍の到着を、そしてその先頭に立つキスキス将軍もしくはルミニャウイ将軍、あるいはひょっとしたら皇帝陛下その人の誇り高きお姿を拝めるそのときを、いまかいまかと待っています。わたしもその瞬間を夢にまで見ています。ほんの少しでも、胸のうちの不安な鼓動と宮殿のなかにまで聞こえてくる戦闘の音から解放され、疲労に身をゆだねて眠ることができると、そのたびに援軍到着の夢を見ます。

太陽の子よ、このまま二度と会えないとしても、どうかあなたのキューバの王女を忘れないでください。

一五四四年八月十日、パリ

あなたのヒゲナモタ

78　ワスカルからアタワルパへのキープ

和平条件　全土での戦闘停止
キューバ経由の航路再開　交渉済み
貨物船十隻　出港準備完了
資源ほぼ枯渇　インカ帝国に余力なし
チンチャイスーユとアンティスーユ　内戦勃発の恐れ
戦闘をただちに停止せよ

79　アタワルパからフランス駐在帝国大使ジャン・ド・サン゠モーリスへの手紙

〈第五の邦〉の皇帝アタワルパは本書状をもって貴殿に命じる。クアウテモック将軍に次の内容を遅滞なく伝えよ。わたしはここに、栄光あるメキシコの人々との友好を表明するとともに、相互理解と恒久平和を望むというわたしの意思が最終的かつ無条件のものであることを保証する。

またこのことも伝えよ。〈第五の邦〉の皇帝でありスペイン王でもあるアタワルパは、クアウテモック将軍ならびにその主君モクテスマ皇帝との平和条約の締結を切に望み、そのためならばフランスとの同盟を破棄することも辞さない。したがってフランス人ならびにフランス王に対する軍事援助その他のいかなる援助義務についても、これを履行することはない。

もう一つ、ヒゲナモタ王女がメキシコ軍の手に落ちた場合には、危害を加えられることがないよう、また相応の待遇がなされるようお取り計らい願いたいと伝えよ。

この任務の重要性については改めて書くまでもない。これまで同様、貴殿ならば迅速に、かつすぐれた手腕を発揮して遂行してくれるものと思っている。前皇帝が貴殿をこの職に任じたのはその手腕を買ってのことであり、後継者であるわたしも高く評価している。帝国の平和は貴殿の働きにかかっている。わが父である太陽神があなたとともにあるように。


旧暦一五四四年八月十五日、新暦十三収穫年、セビーリャにて

スペイン王、ベルギーとネーデルラントの君主、
チュニスとアルジェの王、ナポリとシチリアの王、
〈第五の邦〉の皇帝、アタワルパ

80　アタワルパからヒゲナモタへの手紙

最愛の王女、わが魂、これまでの全事業をともにしてきたかけがえのない友、そして最悪の事態から何度もわたしを助け出してくれたきみ。

この手紙がきみの手に届くことを心から願う。落ち着いて読んでほしい。援軍が到着することはない。フランスはもう終わりだ。なんとかそこから逃げてくれ。パリを離れろ。スペインに戻れ。これは命令だ。

一五四四年八月十五日、セビーリャにて

きみの主君、アタワルパ

81　ヒゲナモタからアタワルパへの手紙

わが主君たるあなたへ

この手紙があなたに届くかどうかわかりません。メキシコ人がルーブル宮をすでに取り囲んでいて、今晩か、明日の朝には押し入ってくると思われます。

お許しください。フランソワを見捨てることはできませんでした。わたしがあなたに忠実であることは言うまでもありません。そもそも忠実であればこそ、かつてあなたから、カール五世とフェルディナントに対抗するためのフランスとの同盟交渉を託されたとき、わたしは迷いなくフランソワに身を捧げたのです。それにわたし自身も嫌だったわけではありませんでした。そのフランソワの人生と治世が終わろうとしているときに、彼を一人にするなんて、わたしにはできません。自国の崩壊を目の当たりにして打ちひしがれるあの人を見ていると、どうしようもなく愛情と友情があふれてくるのです。床に臥せっているあの人が、苦痛のあまり涙をこらえられず、神に救いを求め、死によってこの苦痛から解放してくださいと神に祈る姿を見たら、あなたもきっと憐れみを覚えずにはいられないでしょう。

宮殿のすぐ外でメキシコ人が太鼓をたたいています。彼らの軍歌は獣の叫びのようにわたしの血を凍らせます。大虐殺が始まる……。今度ばかりは、助かる術がありません。

わたしのことを忘れないで。さようなら。

あなたのH

一五四四年九月一日、パリ

82　ジャン・ド・サン＝モーリスからアタワルパへの手紙

わが主君、太陽の子にして〈第五の邦〉の皇帝であらせられる陛下へ

陛下

この書面にて、ありがたくも先月十五日に下されたご命令の件につき、ご返答申し上げます。

なお、ヒゲナモタ王女の保護とクアウテモック将軍への平和条約提案の件についてはもちろんご報告申し上げますが、その前にこちらの状況についてお伝えしなければなりません。陛下にとっても大変重要な情報であるはずだと信じております。

一週間の血みどろの戦いの末に、メキシコ人がルーブル宮を奪いました。これによりパリの戦闘は終息しましたが、東の城外ではまだ散発的な抵抗が続いています。

しかしながらギーズ公はすでにクアウテモック将軍にこの町の鍵を渡し、正式に降伏しています。ギーズ公は最後の最後まで勇敢に戦いましたが、槍で突かれて顔にむごたらしい傷を負い、降伏の際にもまだその傷から血が滴《したた》っていました。いまちょうど、肉を縫い骨もつなぐといわれている若い外科医がギーズ公の顔の修復に挑んでいるところです。

フランス王は宮殿内の居室に監禁されています。二人のご子息も同様です。

王の病状は重く、医者たちももう長くないとあきらめていたほどでした。しかし間欠熱を三回繰り

返されたあとわずかに持ち直し、医者たちも少しのあいだ体調がよくなるかもしれないと言っています。

この一週間の大殺戮でじつに多くの人命が失われましたが、陛下のお望みどおり、ヒゲナモタ王女のお命は救われました。また王女が厚遇を受けていることは、わたしがこの目で確認してまいりました。どうかこれが陛下のご意向に沿うものでありますように。

また、これもご報告するべきだと思うのですが、エレオノール王妃に関する噂は事実だということが、いやそれ以上であることが明らかになりました。つまりわたしが目にしたのは、フランス王妃がクアウテモック将軍と腕を組んでパリに入ってくるという、驚くべき光景だったのです。そしてそれ以来、王妃が将軍にこの国についての知識や助言を惜しみなく提供するのを、わたしは何度もこの目で見、この耳で聞きました。二人の関係がどういうものであるかについては、陛下、もはや疑いようがありません。

最後に、もっとも重要かつ困難であった任務についてご報告申し上げます。多くの障害と強い恐怖を克服しなければ遂行できない任務でした。と申しますのも、ご想像いただけると思いますが、あの大混乱と殺戮のさなかに敵軍の将の前に自ら名乗って出ていくというのは、容易なことではなかったからです。しかしご命令に従い、陛下からの和平の提案をクアウテモック将軍に直接お伝えしましたところ、将軍から、陛下によろしく伝えてほしい、最善の措置を講じるからご安心いただきたいとの言葉をいただきました。将軍は、「インカ人にとってもメキシコ人にとっても」（通訳とエレオノール王妃を介してフランス語に訳された言葉です）利益になるような合意点を、必ずや見出せると確信していると仰せでした。

陛下、太陽神のご加護により、陛下の崇高にして気高い願いがすべて成就しますよう、お祈り申し上げます。

旧暦一五四四年九月十八日、新暦十三収穫年、パリにて

あなたのもっとも卑しく従順なる僕、ジャン・ド・サン＝モーリス

83　ヒゲナモタからアタワルパへの手紙

太陽の子、キトの栄光、誠実なる同盟国君主へ

今日フランソワが亡くなりましたが、どのような最期だったかをぜひともあなたに知っていただきたく、ペンをとりました。

あなたの友人となったメキシコ人たちは、ルーブル宮の中庭にピラミッドを建てました。石造りのかなり威圧的な建造物ですが、調和はとれていて、斜面はあなた方インカ人が山中に彫り出した段丘を思わせる階段で構成されています。

なんらかの儀式のための建造物であることは明らかでした。でも実際にそこで行なわれたことは、わたしの想像をはるかに超えるものでした。

メキシコ[1]にも太陽神がいて、メキシコ人はその神を異常な熱意で崇めていて、その神がまた戦神でもあると知ったら、あなたはお喜びでしょうね。面白いではありませんか。あの人たちらしい神だと

思いませんか？

彼らはその神に、フランス王、二人の子息、ギーズ公、その他百人のフランス貴族を生贄として捧げました。そのなかには若い女性たちもいて、どうやら彼らにとっては〝神のお気に召した娘たち〟ということのようです。

ではその儀式が具体的にどのように行なわれたのか、知りたくありませんか？

フランス王はすでに階段を上がる力さえなく、生きているというより死んでいるのに近い状態でピラミッドの頂上まで運ばれました。彼らは王のシャツを引き裂いてから、石の上に寝かせました。四人が両手両足を押さえ、五人目が頭を押さえたところで、神官のような男が鋭い刃で胸を切り開き、両手を突っ込んで心臓をつかみ出し、群衆の恐怖の悲鳴のなか、それを高く掲げたのです。それから男は心臓を壺に入れ、これでもまだ残虐さが足りないとでもいうのか、遺体を突き落としました。遺体は階段を血で染めながらピラミッドの下まで転げ落ち、そこに控えていたメキシコ人たちに運ばれていきました。そのあと遺体を切り刻み、骨を装身具や楽器として使うのだそうです。

結局のところ、太陽神よ、人はその名のもとにあらゆる罪を犯すのです！

でもフランソワは最初に処刑されたので、少なくとも二人の息子、アンリとシャルルのむごい最期を目にするという苦しみからは逃れることができました。まだ若い二人は、石の台の上で激しくもがいたのですから。

わたしが助かったのは、メキシコ人と和平を結ぶ条件の一つとして、あなたが交渉のテーブルに載せてくれたからだとサン＝モーリスに聞きました。もっともわたしの年齢からすれば、彼らの神々の興味をそそるはずもなく、ピラミッドを免れるにはそれだけで十分だったでしょうが、それでもあなたの配慮には感謝しています。

けれども、あなたならわかってくださるでしょうが、わたしにはもうあなたの補佐役を務めることはできません。もっと正直にいえば、フランスを揺るがしたこの悲劇を運悪くこの目で見てしまった以上、そしてその悲劇にあなたが関与していないと言いきれない以上、スペインに戻りたいとも思いません。もちろんエレオノール王妃のように振る舞うつもりは毛頭ありません（もっとも彼女が夫と第二の祖国を裏切った理由をとやかく穿鑿《せんさく》するつもりもありませんが）。わたしは女王の娘として、これまでただ一人の王に仕えてきたのですし、これからも他の王に仕えるつもりはありません。けれども今回は、誰もが知るあなたの度量の広さにおすがりして、わたしの忠誠心をこれまでとは違う形で示すことをお許しいただきたいのです。どうか、あなたの第三夫人マリアに代えて、わたしをネーデルラント総督に任命してください。かの地への遠征のあと、あなたは寛大にもマリアに総督の座を残しましたが、それ以前の彼女の振る舞いがあなたの信頼に値しないものだったことをお忘れではないでしょう。

〈第五の邦〉の皇帝にしてキトの王よ、これにてお別れ申し上げます。

一五四四年十月九日、パリ

H

1　アステカ神話の太陽神であり、戦神でもあるトナティウのこと。

84　ボルドー条約

新世界にメキシコ人が乱入したことによって、アタワルパが根気よく築いてきた政治体制が大きく揺らいだことは否定できない。

フランス王を見捨てるのは苦渋の決断だったことだろう。だが現実を見れば、ほかに選択肢はなかったとわかる。〈第五の邦〉は他の四つの邦なくしては成り立たない。タワンティンスーユが崩壊していたら、アタワルパの帝国もまた、母の乳房から引き離された赤子のように同じ運命をたどっていた。ヒゲナモタがそのことを認めようとせず、また彼女自身の祖国の運命についても考えようとしなかったのは、フランス王への愛情によって分別を失っていたからだ。実際、メキシコとの和平のおかげで、その後キューバは新旧両世界を結ぶ中継地としての役割を取り戻すことになったし、ハイチも占領されずにすみ、タイノ族はふたたび繁栄することになった。オリーブオイル、小麦、金と銀などもふたたび大西洋を行き来し、じきにあらゆる国々でコイーバが吸われるようになった。

メキシコ人の侵略は数々の変化をもたらしたが、その一つがボルドーと呼ばれる海沿いの町の発展で、フランスの首都もそこに移された。平和条約の調印が行なわれたのもボルドーで、この条約によって新大陸の分割が確定した。

その際にはアタワルパもボルドーに赴き、クアウテモック将軍と対面した。将軍はすでにフランソワの娘のマルグリット・ド・フランスと結婚していた。フランス国民に対して王位継承の正当性を取り繕《つくろ》うためで、そこさえ押さえておけばよかった。なにしろ二人の王子の胸を切り開かせておいたので、それ以外の生き残りの王族など恐れるに足りない。いまでは結婚によって彼自身が王家の一員になったわけだから、誰も文句のつけようがなかった。

クアウテモックはただの野蛮な戦士ではなく、戦略家であり、優れた政治家でもあった。その証拠に、早々にフランスのしきたりを頭に入れ、〈磔にされた神〉の宗教に改宗する利を悟った。そして自分の子孫がこの国に根を下ろせるように、妻のマルグリットが息子を産んだらメキシコの名前で洗礼を受けさせ、レバント人の慣習に従って育てると決めた。また、フランスでは国王に愛妾と呼ばれる側室がいるのが普通で（人数は決まっていないが）、場合によっては愛妾のほうが王妃より大事にされ、力をもつこともあると知ると、亡きフランソワの未亡人であるエレオノールを愛妾とした。

フランス国内で新しい支配者を最初に支持したのは、前王によって迫害されていた南仏のプロテスタントの一派、ヴァルド派だった。それ以外の国民は仕方なく従ったといったところだが、大規模な反乱はなく、いくつかの騒ぎがあった程度で、いずれもすみやかに鎮圧された。

ポルトガル王とイングランド王もボルドーの調印式にやって来た。前者はアタワルパの、後者はクアウテモックの同盟国代表という立場である。

ヘンリー八世はフランス侵攻の際にメキシコ軍に協力したので、カレーとブーローニュを含む北仏の海岸地帯の領有を正式に認められたが、大陸についてのそれ以上の要求は認められなかった。

ナバラはスペインとフランスのあいだで分割領有されることになった。

ポルトガルはその主権を保証され、スペインから与えられていたアフリカ南端経由でインドと交易する許可を、フランスからも与えられた。

キューバとハイチは大西洋上の自由地域と定められたが、キューバとカディス、リスボン、ボルドーを結ぶ三航路の航行を許可されている船については、例外なく港に迎えることという義務が課せられた。

大西洋上の寄港地として重要な位置にあるアゾレス諸島、マデイラ諸島、カナリア諸島にも同様の義務が課せられた。領有権については、アゾレス諸島はポルトガルからフランスに割譲されたが、マデイラ諸島とカナリア諸島は、それぞれポルトガル領とスペイン領のままとされた。

イングランドはアゾレス諸島とアイスランド（大西洋の北のほうにある氷の島）を結ぶ新たな航路の開拓を認められ、その海域で新たに島や陸が発見された場合、それを領有できることになった。

これら四か国――フランス、スペイン、ポルトガル、イングランド――のいずれかに属する船が流されて本来の航路を外れ、事前の合意なく他国の航路に入った場合には、積み荷の五分の一と引き換えに、本来の航路上の港に着くまで、その船の安全を相互に保証することが取り決められた。

条約の調印は〈黒い飲み物〉の杯を掲げて祝われた。ボルドーの〈黒い飲み物〉は極上品として有名で、杯を傾けた誰もが評判にたがわぬうまさだと褒めた。

一方、このころになってもなお、海の向こうから来た征服者を認めようとしないレバント人の一派がいて、この人々はイタリアのトリエントという町に集まり、自分たちの敗北の原因や、〈磔にされた神〉はなぜ守ってくれなかったのかについて、延々と議論を繰り返していた（わたしがこの年代記を書いているいまもなお、彼らは議論を続けている）。

またフェルディナントはというと、東にある自分の王国――オーストリア、ハンガリー、ボヘミア――に引っ込んだままだった。これだけでもかなり広い領土で、しかもトルコによって絶えず脅かされていたのだから、そこから出てくる余裕はなかったのかもしれない。スレイマンはこのころペルシアとの戦争に忙殺されていたが、フェルディナントにとって脅威であることに変わりはなかった。

イタリアのジェノヴァ共和国とヴェネツィア共和国は、それぞれアタワルパとフェルディナントの同盟国として、いずれも独立を維持していた。

ミラノ公国はすでにスペインの手に戻っていて、条約でもそう確認された。

神聖ローマ帝国は、ドイツの北にあるルター派の国――デンマークとスウェーデン――と条約を結んだ。

アトゥエイは大西洋の大提督に任命された。

マリア・フォン・エスターライヒはネーデルラント総督の任を解かれ、代わりにヒゲナモタが任命された。

アタワルパがキューバの王女と再会することはなかった。

85　インカ皇帝の死

〈第五の邦〉はふたたび平和と繁栄の時代を迎えた。

あるとき、アタワルパはイタリアに行きたいと思った。かねてより多くの人が一見の価値ありと勧めてくれたイタリア、何人もの大芸術家を生み出してきたイタリアを、やはりこの目で見ずにはいられないと思った。いや、もしかしたら、キューバの王女がブリュッセルに引っ込んでしまったので、気がふさいでいたのかもしれない、王女は彼に会うことを断固として拒否していて、手紙にも、総督府宛ての仕事上のものを除いて、いっさい返事をくれなかった。だから王女のことを忘れるために、なんらかの気晴らしを求めていたに違いない。

フィレンツェ公ロレンツィーノからは以前から再三、ぜひこちらにお越しくださいと手紙が来ていたが、アタワルパは帝国統治という大仕事から一時たりとも自由になることができず、これまで招待に応じたことはなかった。

そのアタワルパがとうとう、美しいと評判のフィレンツェに貴公を訪ねていくとロレンツィーノに知らせを出した。訪問は新暦十六収穫年の〈太陽の第四の祭り〉[1]のときと決まった。

〈第五の邦〉では、疫病退散祈願のためのこの祭りが広く行なわれるようになっていた。諸都市がたびたびペストに襲われ、多くの死者を出していたからである。

祭りのための断食は、レバントで「七番目の月」[2]と呼ばれる九月の最初に日に始まる。

そして祭りに必要なパンを窯で焼くのだが、レバントではそのパンに少年の血を混ぜるのではなく、処女の血を混ぜる。処女性が大変貴重なものとされているからだそうだ（未経験であることが重視されるのは女性だけで、男性については誰もなんの興味も示さない）。というわけで、われわれインカ人が少年の眉間に針を刺して血をとるように、ここの人々は少女の眉間に針を刺す[3]。

憂鬱な気分に取り憑かれるというのはアタワルパには初めてのことだったが、それについては、彼の生まれつきの性格が新世界征服の邪魔にしかならない感情を受けつけなかったからだと言う人もいるだろう。だが実際には、性格ではなく出来事が、つまり彼の人生を方向づけたあの驚くべき一連の出来事が、憂鬱に陥る余裕さえ彼から奪っていたということではないだろうか。いずれにせよ彼は気がふさいでいて、そのせいかフィレンツェに着いたとき、夢の扉が開いて祖国に舞い戻ったのかと思った。

街は皇帝の来訪を祝って虹色の旗で飾られていたし、立ち並ぶ石造りの建物は、石の切り出し方がやや雑だとはいえ、インカの建造物を思わせた。アタワルパは馬車の上で、横にいるロレンツィーノの長い社交辞令を聞き流しながら、街の光景に目を奪われていた。

川向こうの高台には、サクサイワマンかと思うような要塞[4]がそびえていた。

その丘の中腹では花火が打ち上げられていたが、そこは階段状の庭園[5]になっていて、これまたタワンティンスーユを思い起こさせる眺めだった。

だが彼がもっとも強い印象を受けたのは、フィレンツェ公の住まいであり、政庁舎としても使われているドゥカーレ宮殿（公爵宮殿）[6]だった。おそらくアタワルパはアルカサルのオレンジ香る優雅な庭園に飽きていたのだろう。そしてこの、銃眼を設けた塔が上に載った灰色の石造りの建物に、インカの祖先たちが好んだ権力のむき出しの表現を見たのかもしれない。そしてアタワルパの精神は、ロレンツィーノが宮殿内の大広間に並べさせたダヴィデという名の小さい王の像[7]について自慢しているあいだ、新世界の帝国と旧世界の帝国のあいだをさまよった。それからアタワルパは唐突に笑みを浮かべると、これほどのものを生み出した建築家をぜひ紹介してほしい、大金を積んででもセビーリャに連れて帰りたいと言った。これに対してロレンツィーノも笑みを返したが、それは礼儀をわきまえてのことで、心のなかではかつて彼自身がアタワルパに気に入られたい一心で、フィレンツェ随一の彫刻家ミケランジェロをこの町から奪ってアンダルシアに連れていったことを思い出し、苦い思いを噛みしめた（いや実際には、そのときミケランジェロはすでにフィレンツェを出てローマで仕事をしていたので、この町から奪ったわけではないのだが、そのことは都合よく忘れていた）。

ミケランジェロはこのときまだ生きていて、以前と変わらずセビーリャの工房で仕事に励んでいた。アタワルパは彼の工房をのぞくのが好きで、よく夕暮れ時に訪ねていく。巨匠は巨匠のまま変わっていなかった。一方、ロレンツィーノはもはや若いころのロレンツィーノではなくなっていた。彼はいまではロレンツォと呼ばれていて、人生の盛りを迎え、知恵と手腕によって公国を手堅く治めている。公妃のキスペ・シサはトスカーナ一の美女と謳われ、二人の子を産み、ロレンツォは子供たちを溺愛している。そしてフィレンツェ公国の首都フィレンツェは、まさに〈第五の邦〉の至宝となっている。ロレンツォはローマともジェノヴァとも平和条約を結び、フェルディナントの王国の首都であるウィーンでさえ一目置かれる存在になっている。帝国の一流の芸術家たちも、先を争ってフィレンツェの宮廷に押しかけてきている。

要するに、ロレンツォ・デ・メディチは力をもっていた。そして権力への野心というものは、誰かが自分と並ぶことを許さず、二番手につけることさえ許さない。アタワルパは嫉妬したのだろうか？ フィレンツェの栄華を自分への挑戦のように感じ、権威の立て直しを図ろうとしたのだろうか？ 配下の者が虚栄を張ったから、その鼻をへし折ってやろうと思ったのだろうか？ だとしたらアタワルパは非難されても仕方がない。それともただ父祖伝来の特権を行使しただけだろうか？ だが〈第五の邦〉の慣例はタワンティンスーユとは異なるのだし、皇帝たるもの、そのことを誰よりもわきまえているべきだっただろう。

アタワルパがなにをしたかというと、つまりこういうことである。

フィレンツェの街並みとドゥカーレ宮殿に続いて彼が驚いたのは、女盛りを迎えた妹の美しさだった。広い腰、しなやかな胸、赤銅色の若々しい肌。卵形の顔を引き立てる長い黒髪がはだけた肩にかかっている。この国では彼女の一挙手一投足が注目の的になっていて、当然その髪型も模倣の対象となり、貴婦人ばかりか平民の女たちまでもが真似ていた。キスペ・シサは兄の欲望に火をつけた。その欲望は、人の話によれば、新大陸を目ざすために突貫工事で仕上げたあの船の上で、ヒゲナモタ王女に駆られた思いと同じくらい強いものだったという。そして彼は結局、フィレンツェ公に公妃を差し出せと要求した。ロレンツォはたとえアタワルパに対してでも妻を譲るなどもってのほかだと思ったが、〈第五の邦〉の皇帝には誰も逆らえない。それに公妃自身は嫌がらず、兄の要求を名誉だと思うだろうということもわかっていた。

そこでロレンツォは、虚言と策略で対抗することにした。まずはアタワルパの要求を喜んで受け入れると返答し、光栄なことだとありがたがってみせた。それから巧みに口実を見つけてその機会を先延ばしした。たとえば妻は体調がすぐれないとか、皇帝である兄君を迎える準備に念を入れているとか、もう少し断食したがっているとか、ポルトガルから珍しいインドの香水が届くのを待っているとか、この町有数の職人に服を縫わせているが、名誉な機会にふさわしく最上級の金糸で仕上げなければならないので時間がかかっているといった調子で。

ロレンツォはそうやって時間を稼ぎつつ、そのあいだにフィレンツェの有力な一族の一つ、メディチ家の古くからのライバルであるストロッツィ家と秘密裏に交渉を始めた。ストロッツィ家はフィレンツェ公国を以前のような共和制に戻したがっていた（この特殊な政体については前にも触れたが、複数の貴族が権力を分かち合い、自分たちで元首を選任する制度で、そのような元首の例としてはヴェネツィアやジェノヴァの〝ドージェ〟が挙げられる）。

ロレンツォはストロッツィ家になにを約束したのだろうか？　どんなとっぴな約束が合意を可能にしたのだろうか？　ストロッツィ家はなにを利用できると踏んだのだろうか？　ヴェネツィア？　ありえる。フェルディナント？　それはないだろう。専制君主に期待できる支援など、新たな専制政治の約束くらいしか考えられない。そもそも若き日のロレンツィーノ[8]は、まさにその専制君主を輩出しているハプスブルク家を後ろ盾とした従兄のアレッサンドロを追い出すために、インカ皇帝に近づいたのではなかったか？　では教皇？　そのほうがまだしも現実的だ。〈磔にされた神〉の信者の長はアタワルパの戴冠を不承不承《ふしようぶしよう》認めたにすぎないし、太陽信仰への改宗者が増えつつあることに不安を感じてもいた。それに教皇なら陰謀を企てるのもお手のものだ。少し前にも、教皇はローマにいながらにして、ジェノヴァでドーリア提督を暗殺させようとしたではないか。

さらにロレンツォは、ストロッツィ家のみならず、リッチ家、ルッチェライ家、ヴァローリ家、アッチャイオーリ家、グィッチャルディーニ家、また数々の理由からメディチ家を憎むパッツィ家とアルビッツィ家にも、こんな話をして回った。「どれほど時間が経っても、自由を懐かしむ気持ちが消えることはないというのは、誰もが知るところです。自由を一度も味わったことがない人々が、あるいは父祖の記憶のなかの自由しか知らないという人々が、どこそこの町で自由を復活させたといった話は珍しくもありませんからね。そしてそうやって取り戻したからには、人々はなにがなんでも自由を守り抜こうとします。それに、たとえ父祖から語り伝えられることがなくても、公共建築物が、執政官の館が、自由な制度を象徴する図柄が、よき市民ならば常に注意を払うはずのすべてのものが、自由について語ってくれるのですから」[9]

じつのところ、ロレンツォの政治的な意図は誰にもよくわからず、むしろ個人的な動機から動いているように見えた。しかしその決意は固く、ためらう相手には容赦なく、「うまくいくかどうかわからないという理由で、このような価値ある計画に背を向けるのは臆病者だけですよ」と言ってのけた。

じきに、この計画に興奮した誰かの口から言葉がもれて、噂が広まった。

それがルミニャウイの密偵の耳に入り、ルミニャウイはただちに主君に報告したが、アタワルパは耳を貸そうとしなかった。これがチャルコチマだったら皇帝を説得できたかもしれない。策略や陰謀は**石の目**の老将軍ではなく、チャルコチマが得意とする領域だった。それともアタワルパはすべてに飽き飽きしていて、用心深さも、兆候を見逃さない鋭敏さも、動物的本能も捨てていたのだろうか。

新世界の征服者、〈第五の邦〉の皇帝となったアタワルパは、地上での自分の任務は終わったと感じ、なんらかの方法で終止符を打ちたいと無意識に思っていたのだろうか。偉大なるパチャクテクよりも大きな運命を背負ってここまで歩んできたので、そろそろ休息が欲しかったのだろうか。静かなところで、オレンジの木、絵画、〈しゃべる葉〉、選ばれた女性たちに囲まれて、コイーバを吸いながら思い出を綴るといった、幸福な隠遁生活を夢見ていたのだろうか。その答えは、わたしたちにはわからない。

祭りは九日間続いた。

サンタ・クローチェ広場で騎馬槍試合が行なわれ、小さい白いリャマがたくさん生贄として捧げられ、串焼きにされ、貴族も平民も一緒になってご馳走にありつき、踊り、歌った。

夜になると、太陽神の使者たちが松明《たいまつ》を投石器のように振り回しながら登場し、町中の通りを走り抜け、最後にはその松明をアルノ川に投げ入れる。これには町中の家々から追い出したあらゆる悪を、川に投げ入れることで海まで流し去るという意味がある。

そして朝になると、人々は数時間しか寝ていないのにふたたびミサに集まる。フィレンツェでは〈磔にされた神〉の宗教もまだ盛んに実践されていて、〈第五の邦〉でもっとも華麗な寺院もここにあった。それは高くそびえる白い大理石の建物で、大聖堂《ドウオーモ》と呼ばれ[10]、ランバイエケ屈指の金銀細工師たちが手がけた巨大な宝石のように見えた。アタワルパはフィレンツェに着いた日の翌朝のミサには参列したが、それ以降は顔を出さなかった。だが、とりわけイタリアでは、こうした厳粛な儀式が重要だと知っていたので、名代としてルミニャウイを参列させた。老将軍は、熱意をもってとまでは言わないが、少なくとも忠実にこの務めを果たした。

キスペ・シサはというと、彼女の姿を追い求めるこの町の人々を喜ばせるために、ミサには欠かさず出席するよう心がけていた。だが今回は連日の祝宴で睡眠不足が続いたため、〈磔にされた神〉の物語に耳を傾けるより眠りの世界の夢物語のほうを優先せざるをえなくなり、ミサに出ない日もあった。

そしてロレンツォはというと、せっせと計画を練り上げていた。彼は小柄で細身だったので、自分一人でアタワルパの息の根を止めるのは難しいと思った。皇帝は彼より頭一つ背が高いし、体つきもたくましい。だがロレンツォにはスコロンコンコロという忠実な奴隷《ヤナ》がいて、内密かつ微妙な仕事をこなしてくれていた。ロレンツォが、計画の中身は隠したまま、わたしの恨みを晴らすために大物の敵を倒してくれるかと訊いたとき、スコロンコンコロは「はい、閣下、たとえ相手が皇帝であろうとも」と答えたといわれている。そこでロレンツォはこの男を使うシナリオを考えた。まず、妻がお待ち申し上げていますと嘘をついて、アタワルパを朝のミサの時間に私室に誘導する。その部屋にスコロンコンコロを潜ませておき、アタワルパが入ってきたら襲わせる。同時に、別の協力者たちをドゥオーモのミサに紛れ込ませておいて、ルミニャウイを刺し殺させ、混乱に乗じて逃げろと言っておく（ルミニャウイがマント の下に胸当ても鎖帷子《くさりかたびら》も着けていないことは確認済みだった。ロレンツォ自らが、老将軍と挨拶を交わした際に喜びを装って胴に触れ、確かめたのだ）。そのあと政庁舎、つまりドゥカーレ宮殿に集まり、そこからフィレンツェの住民に、帝国の圧政に抗して立ち上がれと呼びかける。そして最後にロレンツォが共和制への復帰を宣言する。

この計画はそのまま実行に移された。サンタ・クローチェ広場での騎馬槍試合のあとの宴の席で、ロレンツォがアタワルパに近寄り、公妃と二人きりで会える場所と時間をささやいた。「明日の朝のミサの時間に、メディチ宮殿[11]にお越しください。公妃が待つ部屋まで、わたしがご案内申し上げます」。この知らせを心待ちにしていた皇帝は疑うことなく信じた。そしてその晩の残りの時間を、酒を片手に妹と冗談を交わしながら過ごしたのだが、どちらも翌朝の逢い引きのことは口にしなかった。アタワルパは女性への礼儀としてそうしたのだが、キスペ・シサのほうはそうではない。彼女はただ単になにも知らなかったのだ。

その晩の宴会は、メディチ家がオルトラルノ（フィレンツェの一地区）の高台に手に入れたばかりだった巨大なピッティ宮殿[12]で行なわれていた。キスペ・シサは疲れたので暇乞いをすると、この宮殿のなかの自分の部屋に引き上げた。メディチ宮殿（メディチ家の古い宮殿）にもまだ自分の部屋があったが、わざわざ町を横断して戻る気にはなれなかった。だがもちろん、ロレンツォはそのことをアタワルパには言わなかった。明日の朝、皇帝がメディチ宮殿で出会うのは、公妃ではなく死でなければならないのだから。

夜明けが近づき、宴は終わりかけていた。皇帝はピッティ宮殿を出て庭園を通り、ベルヴェデーレ要塞のほうへ上がっていった。まだ宴の席に残っていた人々は皇帝の後ろ姿を見送った。要塞からはトスカーナの田園風景が一望できる。アタワルパは日の出を眺めようと、しばらく城壁の上にたたずんでいた。遠くに霞むなだらかな丘と、その上の少し明るんできた空を背景にして、手前の松の木や数多くの塔のシルエットが浮かび上がり、まるで切り絵のようだった。

大宴会が明けた朝には、街に出ると泥臭さを感じるものだ。アタワルパは身支度を整えるために、一度滞在先のドゥカーレ宮殿に戻ることにした。それも徒歩で、少数の護衛だけを伴ってのんびりと、明け方のさわやかな空気を楽しみながら戻ることにした。彼は早くも活気が出はじめたヴェッキオ橋を渡り、酔ってどぶに倒れている人々をまたぎ、火の消えた松明を踏まないように、縁起が悪いからというよりも反射的に避けて歩いた。松明は町の悪を追い払うために川に投げ込まなければならないが、なかには川に届かなかったものもあり、それが通りのあちこちに転がっていた。

ドゥカーレ宮殿で着替えたアタワルパは、アルパカのマントをまとい、言われたとおりの時間にメディチ宮殿に着いた。門扉の上のメディチ家の紋章――青い玉が一つと、その下に赤い玉が五つ――が来訪者を見下ろしている。ロレンツォが迎えに出てきたので、アタワルパは供の者を帰した。二人は古代ローマ時代の彫像がいくつも置かれたオレンジの果樹園を抜け、優美な柱廊で囲まれた中庭を通り、二階の部屋部屋へ通じる石段を一緒に上がり、三面をフレスコ画で囲まれた小礼拝堂[13]を通った。ロレンツォがあとで語った話によると、皇帝はこの絵の一枚の前で立ち止まり、そこに描かれている動物の名前を訊いたという。二人はそこからさらにいくつもの部屋を抜け、ようやく寝室にたどり着いた。ロレンツォは軽く三回ノックしてから脇に寄り、皇帝を通した。

カーテンが引かれていて部屋のなかは暗かった。かろうじてベッドとシーツの膨らみがわかる程度だったが、アタワルパを刺激するにはそれで十分だった。彼はさっそくベッドに歩み寄った。だがシーツの膨らみはクッションでしかなく、皇帝がそれに気づいたのと、扉の後ろに隠れていた刺客が短剣を握りしめて襲いかかったのが同時だった。

スコロンコンコロは皇帝の喉をかき切るつもりだったが、暗かったので手元が狂い、刃は肩に刺さった。アタワルパは叫び、振り向きざま男に飛びかかった。そして、脇腹を何度も刺されながらも、相手の首を絞めようと反撃に出た。想定外の抵抗に、ロレンツォも介入せざるをえなくなったが、よく見えないのでまずカーテンを引き開けた。すると日が差し込んだ部屋のなかで、二人が床を転がりながら取っ組み合いをしていて、むしろ皇帝のほうが優勢に転じようとしていた。ロレンツォは迷わず自分の短剣を抜き、その刃を皇帝の背中に深々と沈めた。それでもなお、皇帝には振り向くだけの力があった。「ロレンツォ、おまえか？」というのが最期の言葉になったが、肉体はまだ動いて公爵に飛びかかり、親指に噛みつき、それからようやく公爵を下敷きにして倒れ、事切れた。

皇帝アタワルパはこうして死んだ。
ちょうどそのころドゥオーモでミサが始まったが、そこにルミニャウイの姿はなかった。将軍を殺しに来たロレンツォの仲間たちは当惑し、神官が〈高尚な言語〉で群衆に話しかけているあいだにひそひそと相談した。そして信者たちの歌声がドゥオーモに響いたとき、彼らはドゥカーレ宮殿に行ってみようと決めた。その判断は正しかった。将軍はこの朝、あることを調べるためにドゥカーレ宮殿に残っていたのだ（フィレンツェをはさむ位置にある近郊のピサとアレッツォで、軍に不穏な動きがあるという知らせが入ったからだった）。彼らは緊急の要件でお目にかかりたいと申し入れ、ドゥカーレ宮殿内の大広間で謁見を許された。そこは五百人広間と呼ばれていて、共和政時代に市民大評議会が開かれた場所だった。部屋の周囲には彫刻が並んでいて、その多くは格闘の場面を表わしている。[14]
さて、ここに顔を揃えたロレンツォの協力者というのは、いずれもフィレンツェの有力者で評議会委員だったバッチオ・ヴァローリ、ロベルト・アッチャイオーリ、フランチェスコ・グィッチャルディーニ[15]、フィリッポ・ストロッツィ[16]、そしてパッツィ家の人間が一人だった。彼らは将軍を取り囲んだが、大広間のすべての入り口にスペインの衛兵がいて動きが読めないので、すぐには行動に移れなかった。そこで逡巡しながら、とりあえず将軍に疑われまいとして、トスカーナ一帯で軍事反乱が起こっているが、どうやらローマが糸を引いているようだといった話をした。反乱が起こったのは事実なので嘘をついたわけではない（彼らはただ、自分たちが首謀者だと言わなかっただけだ）。
こうして獲物を狙って旋回する猛禽類のように彼らが将軍を囲んでいるところへ、白い絹のドレスを着たキスペ・シサが現われた。彼女はピッティ宮殿で目覚めたが、夫も兄もいなかったので驚き、ドゥオーモに行ってみたがそこにもいないので、不安になってドゥカーレ宮殿までやって来たのだった。

ロレンツォはどこです？　皇帝陛下はいまどちらに？　彼らはその答えを口にすることができないので、お姿が見えないのですかと驚いたふりをした。ルミニャウイはこの五人を知らず、イタリア語も話せないので状況がのみ込めなかったが、公妃のほうは彼らのことをよく知っていた。そして彼らがそわそわして様子がおかしいこと、それが単なる儀礼上の緊張によるものではないことに気づいた。五人はしどろもどろで、なにかを決めかねているようで、その動揺の裏には恐れが見え隠れしていた。

そこへ外からがやがやと騒ぐ声が聞こえ、それが次第に近づいてきた。五百人広間を支配する沈黙とは対照的に、ざわめきは大きくなっていった。

キスペ・シサが将軍にケチュア語でなにか言った。

外のざわめきのなかに、メディチ家主導の共和制を求める声が聞き分けられた。

このとき街なかでは早くもアタワルパ暗殺の知らせが広がりはじめ、騒ぎになっていた。それが五百人広間にも届いたのだ。公妃は青ざめた、五人の貴族のほうは暗殺成功の知らせに力を得て短剣に手をかけた。だがルミニャウイのほうが早かった。インカの巨人は腰に下げた斧と槌矛を引き抜くなり、一人目の脳天をたたき割り、二人目の目をつぶし、残り三人を殴り倒してから、五人とも衛兵に捕らえさせた。

宮殿の外では、ルッチェライ家とアルビッツィ家に扇動された暴徒が入り口の扉を激しくたたいていた。ルミニャウイは衛兵たちに、扉を守れ、この宮殿に暴徒を入れるなと命じた。外で扇動者の一人が大声を張り上げた。若く、頭に血が上った声だったので、フィリッポ・ストロッツィの息子のレオン・ストロッツィだと思われた。その声はこの宮殿に滞在するインカ人たちに自由の名のもとに降伏せよと呼びかけた。そしてこう告げた。皇帝は死んだ。ここではインカ軍は劣勢である。すでに共和国の復活が宣言されたのだと。

扉をたたく音はますます激しくなった。

ロレンツォが姿を現わしたわけではないが、宮殿前広場の群衆は彼に喝采を送り、「公爵万歳！共和国万歳！」と叫んでいた。一方なかにいるキスペ・シサはフィレンツェ人のやり方、なかでもメディチ家のやり方を知っていたので、この蜂起はすべて夫とその仲間が仕組んだものだと確信し、外で騒いでいる暴徒もその多くは金をもらって動いているに違いないと思った。レオン・ストロッツィはルミニャウイを出せと叫びはじめた。謀反人たちは、皇帝暗殺が成功したなら、あとはルミニャウイ将軍さえなんとかすればこっちのものだと思っていた。

ロレンツォに過ちがあったとすれば、それはドゥカーレ宮殿に姿を見せなかったことである。もし自らここに来て群衆の前に立っていたら、その瞬間にフィレンツェを、トスカーナを、あるいはナポリに至るまでの全イタリアを味方につけていただろう。ではなぜ来なかったのか。それはわかっていないが、おそらくルミニャウイが殺されたはずのドゥオーモからなんの知らせも来ないことに驚いたのだろう。そして事の成り行きがわかるまで待とうと思ったに違いない。民衆の反応はどうなのか、支持を得られているのか、そのあたりの知らせを待っていたのかもしれない。つまりロレンツォは皇帝暗殺においてはきわめて大胆だったが、皇帝の死を自分の利益に結びつけることにおいては大胆さを欠いていた。

実際には、ドゥカーレ宮殿前の広場に大群衆が押し寄せていたというのに。

ルミニャウイはすばやく頭を働かせた。彼は宮殿から対岸へ抜けられる秘密の通路を知っていた。そこでキスペ・シサにその通路を使って脱出すること、ただしこの街はすでに反徒の手に落ちているから、ミラノまで馬で逃げ、そこで反撃に出る算段をするのはどうかと提案した。あるいは公妃が望まれるなら、夫君のもとに残られてもいいのですと。ルミニャウイは公妃の葛藤を理解していた。夫か兄か、フィレンツェかインカか。しかしどちらをとるにせよ、いますぐ決めなければならない。

キスペ・シサは床に倒れている五人の貴族を指さし――そのうち二人はすでに死んでいたが――将軍に向かって、衛兵たちにもわかるようにカスティーリャ語で言った。「この者たちを城壁に運びなさい」。まだ生きていた三人はぎょっとした目を公妃に向けた。「いますぐに」

裏切り者五人は首にロープをかけられ、塔の上から吊るされた。広場から悲鳴が上がった。だがキスペ・シサが白いドレス姿でバルコニーに現われると、群衆はすぐさま静まり、すべての視線が彼女に注がれた。

「フィレンツェよ！」と彼女は叫び、その声が優雅で華奢な体から出たとは思えないほど低く響いたので、人々は驚いた。

「フィレンツェよ！　これがこの町の破滅を望んだ者たちです！」と言って、彼女はロープの先で揺れる五人を指さした。「この者たちの顔を見なさい。裏切り者の顔です。この者たちの立派な服を見なさい。あなた方の血と汗を代償としたものです。この者たちはなにを望んだのでしょうか？　帝国から抜けることです。それはなぜ？　自分たちの好きなようにこの公国で権力をふるうためです。フィレンツェよ、よく考えなさい。帝国を捨てるということは、その法を捨てることです。ひと握りの貴族があなた方を骨の髄までしゃぶっていたあの時代に戻りたいのですか？　民衆の敵の復活を望むのですか？　公の倉庫がなくなってもいいのですか？　次の飢饉のときにどこでパンを手に入れるつもりですか？　彼らは、この裏切り者たちは、疫病が流行ったときどこにいましたか？　彼らの施療院があなた方のなかの病人を迎え入れたことがありますか？　あなた方のなかの老人や子供のために彼らがなにかしてくれましたか？　しっかりしなさい、フィレンツェよ。人肉を喰らうこの者たちの無意味な言葉に惑わされてはいけません。皇帝が亡くなったと聞きました。公爵によって暗殺されたそうですが、そうだとすれば公爵も裏切り者の一人であり、裁きを受けねばなりません。フィレンツェ公を生きたまま捕らえてわたしのもとへ連れてきた者に四千フローリン出しましょう。また共謀者の首をもってきた者にも千フローリンずつ出しましょう！」と言って彼女は、群衆のなかにいたレオン・ストロッツィとルッチェライ家の面々を指さした。不穏なざわめきが広場に広がった。公妃は演説を続けた。「なぜなら、もし兄が殺されたのなら、それはフィレンツェのためではないからです。そこを取り違えてはなりません。兄が殺されたというのなら、その者はフィレンツェを殺したのです！　さあ、フィレンツェの民よ、生きなさい！　立ち上がりなさい！　帝国の至宝であるこの公国に、貪欲な暴君が戻るのを許してはなりません！　帝国の法よ万歳！　トスカーナ万歳！　フィレンツェ万歳！」。ちょうどそのとき雲が切れて一条の光が差し込んだ。キスペ・シサは太陽に向かって両手を高く上げた。「太陽の帝国よ万歳！　太陽の民よ万歳！　そして裏切り者に死を！」

熱くなった群衆は獣のように吠え、波のように立ち上がった。広場にいたルチェッライ家とアルビッツィ家の面々は一人残らず袋叩きにされ、民衆の手をすり抜けられたのはレオン・ストロッツィだけだった。彼は剣を振り回しながらアルノ川のほうへと這《ほ》う這《ほ》うの体《てい》で逃げていった。

キスペ・シサは形勢が逆転したのを見て胸をなでおろし、そこでようやくルミニャウイに言った。

「ミラノへ助けを求めに行ってください」

アタワルパ暗殺の事実が確認されたのは昼頃だった。キスペ・シサは姉であるコヤ・アサラパイに急ぎ手紙を認め、もっとも信頼できるチャスキにゆだねた。一刻も早くこの出来事を知らせ、姉が息子――未来のサパ・インカたるカール・カパック――の即位の準備を進められるようにするためだった。

ロレンツォは逃亡した。公妃が自ら馬を用意し、密かに城門を開けさせたといわれている。彼はヴエネツィアまで逃げたが、そこでチャルコチマの密偵に殺され、遺体はラグーンに投げ捨てられた（この場面は著名な画家ヴェロネーゼ[17]が描いている）。

その後イタリアにはキスキスが大軍とともに派遣され、トスカーナを鎮めるとともに、ローマからの攻撃に備えた。将軍は教皇領の一部になっていたボローニャを占領し、そこに居を構えた。そして総督になり、次いでイタリアの二つの地方、エミリアとロマーニャ[18]の公爵になり、そこからイタリア全体に睨みを利かせたので、その後フィレンツェで問題が起こることはなかった。彼はフランス王太子だったアンリの未亡人、カテリーナ・デ・メディチ[19]と結婚し、九人の子供をもうけた。

アタワルパの遺体は防腐処理を施され、アンダルシアに運ばれた。葬儀はインカのしきたりに則《のっと》って一年続いた。彼のミイラはいま、好敵手だったカール五世と、その妻であり彼自身の妻ともなったイサベルとともに、セビーリャ大聖堂に納められている。

1　インカ帝国には六月の〈太陽の祭り〉以外にも主要な祭りが三つあり、そのうちの一つ、九月のシトゥアの祭り（春の祭りとも。南半球の九月は春）をここでは〈太陽の第四の祭り〉としている。〈太陽の祭り〉は収穫への感謝と翌年の豊作祈願のためのものだが、シトゥアの祭りは病気や災厄を追い払うためのものだった。
2　古代ローマの最初の暦では一年が三月から始まっていたが、のちに一月から始まる暦に改められたため、「七番目の月」が九月になった。
3　インカ帝国のシトゥアの祭りでは、五歳から十歳の少年の血を混ぜたパンを焼き、そのパンで体の各部をこする。これには体を浄化し、病を退けるという意味が込められていた。
4　ベルヴェデーレ要塞。
5　ボーボリ庭園。
6　現在のヴェッキオ宮殿。
7　実際には大きなダヴィデ像が宮殿前に立てられた。
8　アレッサンドロ・デ・メディチ。フィレンツェを支配したメディチ家の当主。史実においてはロレンツィーノ・デ・メディチがアレッサンドロを暗殺した。この小説のロレンツィーノ（ロレンツォ）はこのロレンツィーノ・デ・メディチがモデル。

9 マキァヴェッリ『フィレンツェ史』第二章34より。
10 サンタ・マリア・デル・フィオーレ大聖堂。
11 現在のメディチ・リッカルディ宮殿。礼拝堂が有名。
12 史実においては、メディチ家がここを買い取ったのはこの場面より数年あとのことである。
13 東方三博士の礼拝堂（マギ礼拝堂）。メディチ家の家族用の小さい礼拝堂で、二階にある。フレスコ画はベノッツォ・ゴッツォリの『東方三博士の行列』。
14 ヘラクレスの冒険にちなんだ彫刻シリーズ。
15 史実においては、この三人はいずれもフィレンツェのメディチ派と目された要人で、一五三〇年の共和派の逮捕・弾圧に関与している。
16 実際にはロレンツィーノがアレッサンドロを暗殺したのだが、ロレンツィーノを唆したのはフィリッポ・ストロッツィだったといわれている。
17 『カナの婚礼』で有名なイタリアの画家、パオロ・ヴェロネーゼ。
18 イタリア北東部に位置する地方で、この時点ではどちらも大部分が教皇領だった。現在のエミリア＝ロマーニャ州。
19 フランス語ではカトリーヌ・ド・メディシス。

第四部　セルバンテスの冒険

1　若きミゲル・デ・セルバンテスがスペインを出た事情

それほど古い話ではない。名前は忘れたがマドリードのあるところに、農夫の息子で、若くて美人で陽気な妻をもち、金ももっているので警官も下級役人も村長も味方につけている石工がいた。あるときこの石工が、近くに住むミゲル・デ・セルバンテス・サアベドラ[1]という立派な名前の若者といさかいを起こした。若者は弱冠二十五歳で、顔立ちが整い、学もあるが、詩に夢中で、ロペ・デ・ルエダ[2]の戯曲が少々頭に詰め込まれすぎているきらいがあった。それでも彼を知る人は皆口を揃えて、あいつは少し言葉がつっかえるとはいえ、知り合いになったら誰でも好きにならずにはいられないと言うのだった。

人の話では、ある日石工が家の近くの牛小屋だか馬小屋だかに行ったところ、妻とこの若者が一緒にいたという。二人の恋の戯れがどれほどのものだったかははっきりしないが、それらしい噂によればかなりのところまで進んでいたらしい。だがそんなことはこの際どうでもいい。わたしとしてはこの話から事実を一つ取り出せればそれで十分だ。

つまり、マヨール広場の回廊で決闘になった挙句、若者が石工にけがを負わせたという事実である。ミゲルは若いながら、この石工が世渡り上手なこと、裁きというものが金持ちに有利に働きがちなことを知っていたので、厳罰に身をさらすはめにならないように町を出た。そしてラ・マンチャの旅籠の、かつては長年まぐさ置き場だったことがはっきりわかる屋根裏部屋に身を隠した。そうしておいて幸いだった。少しすると判決がどうなったかマドリードから噂が流れてきたのだが、なんとミゲルは欠席裁判で、公開での右手切断刑と十年間の帝国[3]からの追放刑を言い渡されていたのだった。

　こうなると、右手切断という残虐刑を逃れるためには一刻も早くスペインを出る以外に道がないと思えてくる。ミゲルはなお数日、日が暮れるといろいろ世話を焼きに来る親切な下女に助けられて屋根裏部屋に隠れていたが、それ以上は長居せず、ヴィッテンベルクに行くという六人の巡礼とともに旅立つことにした。その六人は、数十年前に「太陽神の九十五か条の提題」が貼り出されたあの有名な教会の扉を見に行くのだという。彼らは快くミゲルを仲間に迎えたが、それはミゲルの顔立ちがいいのを見て、この男なら小さい町を通るたびに、少なくとも一レアルは施しをもらえるだろうと信じて疑わなかったからである。一行は、ミゲルが二つ握りのついた巡礼杖と豚の皮の頭《ず》陀袋《だぶくろ》を調達し、その袋に彼を愛する下女がパン、チーズ、オリーブを詰め込み、喉が渇いたときのためにワインを一本入れるのを待って、さっそく北のサラゴサ目ざして出発した。

　ミゲルは本をたくさんもっていたが、逃げるときに持ち出したのは『聖母時禱書』と注釈のついていない『ガルシラソ詩集』[4]のみで、それを左右のポケットに入れていた。[5]

　一行はフランス経由でドイツへ入るつもりだったが、サラゴサへ向かう途中一泊した旅籠で重要な情報を耳にした。ナヴァール[6]とオクシタニア[7]の一部でメキシコ人の王に対する反乱が起きていて、陸路を行くのは正気の沙汰ではないというのだ。

　そこで彼らは反乱地帯を海路で迂回するべく、サラゴサではなく沿岸のバルセロナに出て、乗せてくれる船を探した。すると運のいいことに、見つかったのがワインを積んでフィレンツェに向かう小型商船だったので、それはそれは楽しい船旅になった。なにしろ全員ずっと飲みつづけで、イタリアに上陸してもまだ波に揺られているような千鳥足というありさまだったのだから。若きセルバンテスはこのときまだ、自分がすぐ海に戻ることも、どういう状況でそうなるのかもまったく知らなかった。

1 セルバンテスはアタワルパが暗殺された年に生まれている。
2 十六世紀中庸に活躍したスペインの劇作家。スペイン大衆演劇の先駆者。
3 〈第五の邦〉の帝国のこと。第三部参照。
4 カール五世の宮廷で活躍したスペインの抒情詩人、ガルシラソ・デ・ラ・ベガ。第三部16章注7参照。
5 セルバンテス『模範小説集』の「びいどろ学士」より。
6 ボルドー条約（第三部84章）で分割されたナバラの、フランス領の部分。
7 フランス南部。

2 若きセルバンテスとギリシア人ドメニコス・テオトコプーロスの出会い

さて、このときフィレンツェを含むトスカーナ全体を治めていたのはコジモ・ワルパ・デ・メディチ大公、すなわち**天下の美女**キスペ・シサと**皇帝殺しの**ロレンザッチョ[1]の長男であった。この大公はまあまあ自由に、好きなようにここを治めていたのだが、だからといってトスカーナが〈第五の邦〉の一部であることに変わりはない。となると、〈第五の邦〉から十年間の追放刑を言い渡されているミゲルはいつ捕まるかわからないし、捕まれば右手を切断されることになる。南下してローマに逃げ込もうとも思ったが、帝国軍が聖都に向かっているとか、聖都はもう包囲されたという噂も飛び交っていて、南下は無謀だと思えた。だとすればこのまま巡礼の一行とともに北上し、ボローニャ、ミラノを経由してスイスへ逃げるほうがよさそうだ。もちろんボローニャもまた、メディチ家の一人であるロマーニャ公エンリコ・ユパンキが、母親のカテリーナ・デ・メディチ〈あの偉大なるキスキス将軍の末亡人〉の補佐を受けて統治しているし、ミラノも帝国の直轄領なので危険は続く。だがそこさえ抜けてスイスに入ることができれば、さすがに帝国の司直の手も及ぶまい。ジュネーヴかバーゼル、あるいはチューリッヒでなら静かに暮らしていけるだろう、と考えたわけである。

しかし運命には別の考えがあったようで、一行はコモの近くでキト人の巡察隊と鉢合わせしてしまった。イタリア北部には〈第五の邦〉の出入りを監視するために、キト人が移住してきていたのだ。皇帝カール・カパックの治世下で〈第五の邦〉には和合の精神が行きわたっていたものの、旧キリスト教徒のなかには危険分子もいたので、厳しい取り締まりが行なわれていた。太陽の子との共存をよしとしない旧キリスト教徒は少なからずいたし、インカ人の支配下で暮らすことをよしとしない者はさらに多かった。なかにはそれを理由に〈第五の邦〉を捨ててローマへ、ヴェネツィアへ、あるいはウィーンへ逃げ込もうとする人々もいた〈コンスタンティノープルへ行こうとする人々までいた。大西洋の向こうから来た異教徒の法よりムハンマドの法のほうがまだましだし、少なくともトルコは一人の神しか認めていないのだから、と考える人々である〉。

ミゲルの旅の友となった巡礼たちはだいぶ前に太陽信仰に改宗していて、その証拠となる金細工の小さい太陽を首にかけていたので、ヴィッテンベルクの太陽の神殿に詣《もう》でる旅ですと言うだけで通された。だが運命というものは、なにごとも気まぐれに決定、改変、創作するのが常であり、ミゲルには同じことを許さなかった。キト人たちは七人目のミゲルの首に小さい太陽がかかっていないことに驚き、ポケットから『聖母時禱書』が出てきたことにますます驚いた。これはヴィッテンベルク参詣という主張と矛盾しているし、その点はミゲルも否定できなかった。しかもミゲルはなんの証明書も推薦状も携帯していなかったので、旅の目的はもちろん、身元についてさえ証明できない。結局、スイス経由でウィーンに行こうとする反抗的な旧キリスト教徒と見なされ、足枷《あしかせ》をはめられてミラノに送り返されてしまった。

ミラノからは、ガレー船送りの囚人と鎖でひとつなぎにされた状態で、ジェノヴァを目ざして歩かされた。ジェノヴァに着いたら最初の船でスペインに連れ戻され、そこで改めて取り調べが行なわれるらしい。

ジェノヴァへの道を一緒に歩いたのは十二人の男たちで、首にかけた太い鎖でロザリオのように数珠つなぎにされ、それぞれに手枷をはめられていた。監視役として騎馬の男が二人と徒歩の男が二人ついていて、騎馬のほうは鋼輪式のマスケット銃、徒歩のほうは槍と剣で武装していた。

ミゲルは鉄の鎖や枷でできた傷から血を流し、心にも大きな痛手を負って、自分の不運を嘆きながら囚人たちと歩きつづけた。するとあるところで、一人の男が同じ道を彼らのほうに向かって歩いてきた。男は若く、身なりもよく、全身黒ずくめとはいえ、首は丸いひだ襟にうずめていて、ひげをきれいに整え、無帽で、腰に瓢簞と短剣を提げていた。囚人の列のところまで来ると、男は看守に丁重に話しかけ、この鎖をかけられた哀れな人々はいったいいかなる罪を犯したのか教えていただけませんかと訊ねた。その男がイタリア人ではないことは、ミゲルには訛りでわかった。馬上の看守の一人がこれに答え、この者たちは皇帝陛下の漕刑囚だが、それ以上のことは自分は知らないし知りようもないと答えた。だがひだ襟の男はあきらめず、ありとあらゆる丁寧語を駆使してしつこく訊いてくるので、とうとう別の看守が、だったら囚人に直接訊いたらいい、答えたいやつは答えるだろうさと言った。

囚人たちはそれぞれに、恐ろしい罪を告白したり、涙ながらに無実を訴えたりした。なかには聞いているほうが笑ってしまうほど、馬鹿げたへまをやらかして捕まった囚人もいた。また枷を二重にはめられた囚人が一人いたのだが、この男は大悪党[2]だった。恐ろしい悪行の数々にはその場の全員が恐怖のみならず驚嘆さえ覚えたほどで、これについてはまた別の機会に改めて語りたいと思う。そしていよいよミゲルの番になったが、彼はすでに心が折れていて、もごもご口を動かしただけだった。だから話の内容は誰にもわからなかったが、それでも皆じっと耳を傾け、ミゲルにすっかり同情した。彼はあまりにも情けない顔をしていたし、言葉もしどろもどろで、さぞかし悲しい目に遭ったのだろうと思えたからだ。

　こうして皆がミゲルに気をとられていたそのとき、ひだ襟の男がいきなり「いかなる罪を犯していようと、神の子供たちだ！」と叫んだ。と同時に騎乗の看守の片方の長靴をつかんで引きずり下ろし、目にも留まらぬ速さで腰から短剣を引き抜いて、地面にうつ伏せに倒れた看守の背中に突き立てた。ほかの看守は思いもよらぬ展開に一瞬ぽかんとしたものの、われに返って慌てて身構え、馬上のもう一人は銃で、徒歩の二人は槍で応戦しようとした。だがそのときには、男はすでに倒れた看守の銃を拾い上げていて、馬上の看守を撃ち、相手はあえぎながら馬から崩れ落ちた。しかしながら銃は続けて撃てるわけではないし、残りの看守二人の槍に対して、ひだ襟の男には短剣しか残されておらず、囚人たちはこのチャンスを逃すまいと必死でもがいていたが鎖は簡単には外れない。残念ながらここまでか、と思ったそのとき、大悪党が枷などものともせずに看守の一人に飛びかかり、自分の鎖を相手の首に回して絞め殺した。そのあとすぐ最後の一人もたたきのめされ、囚人たちはめでたく全員鎖を解かれて自由の身となった。

　囚人たちに思いもよらぬ幸運をもたらしたひだ襟の男は、ドメニコス・テオトコプーロス[3]というギリシア人で、自分は「キリストの兵士」だと声高に告げた。そして囚人たちに、真の信仰を守って権力簒奪者と戦えば、罪を償い、魂の救済を得ることができるから、そのためにキリスト教の地までお連れしようと申し出た。すると大悪党が言った。「異国のお方とやら、助けてくれたことについちゃ礼を言う。しかしね、おれたち悪党はこれまでにもさんざんご奉仕とやらをしてきたんで、たとえ神様相手のご奉仕でも、これ以上はごめんだね。それに罪の償いといったって、罪のリストがとんでもなく長いもんで、人生三回分奉仕したって足りやしない。だから悪党として生き、悪党として死んでいくしかない。おれたちの唯一の誇りは、盗賊の掟以外、いかなる法にも権威にも従わないってことだからな。仲間内じゃこう言うんだ。シ（si）もノ（no）も同じ二文字ってね。[4]だから好きなようにさせてもらう」。そう言うと悪党は頭を下げ、装塡されたまま撃っていない銃と二本の剣を拾い上げ、剣のほうは看守の一人から奪ったベルトに提げ、ついでにその看守から上着も長靴も頂戴すると、いいほうの馬に飛び乗ってすぐさま拍車を入れ、あっという間に走り去った。ほかの囚人たちもそそくさとその場を離れ、あちらの丘へこちらの丘へと散らばっていった。残ったのは若きセルバンテスだけとなり、彼はいまや独りで、後ろ盾もなく、しかも異国でおたずね者になっている身だったので、その場に二人の死者と二人の重症者を残して、助けてくれたひだ襟の男についていくしかなかった。

　そのギリシア人、通称**エル・グレコ**[5]は、イタリアを知り尽くしているようだった。巡察隊の裏をかくのもお手のもので、人通りの多い道、人の多い町は避けるにかぎると知っていた。当然のことながらボローニャは通らず、森を抜け、星空の下で眠るほうをよしとして、大きく迂回した。そしてアンコーナまで南下してからアドリア海に出て、そこからは船でヴェネツィアに向かった。ヴェネツィアは、もしアタワルパがこの世に生を受けていなかったら、世界で唯一の比類なき都市であったかもしれない。そう、人知を超える神の手がメキシコに大いなる都市を作ったのは、大いなるヴェネツィアに張り合う相手を用意するためだったに違いない！　奇しくも二つの都市はどちらも水の都[6]で、水路が張り巡らされている。そしてヨーロッパの水の都ヴェネツィアが旧世界の称賛の的となっているように、海の向こうの水の都メキシコは[7]新世界の驚嘆の的となっている。[8]

1　ロレンツォ・デ・メディチのこと。第三部参照。
2　『ドン・キホーテ』第二十二章に登場する極悪人ヒネス・デ・パサモンテ。『ヒネス・デ・パサモンテの生涯』という自伝を書いている。
3　エル・グレコの本名。
4　「はい」と「いいえ」のことだが、スペイン語では si と no でどちらも二文字。イタリア語でも si と no。
5　「ギリシア人」のイタリア語「グレコ」にスペイン語の定冠詞「エル」をつけたもの。彼は長くイタリアで修業したのちにスペインに渡ったので、このような通称になった。
6　第三部では「新世界」がヨーロッパで「旧世界」が中南米のことだったが（基本的にキト人の視点で語られていたため）、第四部はその逆で、「旧世界」がヨーロッパで「新世界」が中南米である（ミゲルとエル・グレコの視点で語られているため）。
7　アステカの首都だったテノチティトラン（現在のメキシコシティ）のこと。かつては水上都市だった。
8　この段落はセルバンテス『模範小説集』の「びいどろ学士」を参照。

3

過去数世紀、現在、そして未来の数世紀まで含めてもっとも華々しい出来事、かつわれらがセルバンテスにとってはもっとも不幸な出来事

「教会か、海か、さもなくば王室か」と若きセルバンテスに向かって言ったのは、ガレー船船長として名を馳せるディエゴ・デ・ウルビーナである。彼はいくつもの戦いと運命に導かれ、グアダラハラからこのヴェネツィアにやって来て、こうして居酒屋で友人のエル・グレコと飲んでいた。そしてジ

ヨッキ四杯ほど飲み干してから、友人にくっついてきたミゲルに話しかけたところだった。「われらがスペインの諺《ことわざ》にこれぞと思うものが一つあるぞ。もっとも諺というやつは、長いあいだの地道な経験から引き出されてくる警句だから、どれも的を射てはいるがね。で、わたしが言いたいのはこれだ。『教会か、海か、さもなくば王室か』」。ここで言葉を切ったのは、もう一杯ビールをあおるためであり、また若者にこの諺を消化する時間を与えるためでもあった。しかしまったく理解した様子が見られないので、説明を加えた。「ひとかどの人物になって金を手にしたいなら、教会に入るか、海に出て諸外国との商いに携わるか、どこかの王室に仕えるしかない。『貴族の引き立てより王のパンくず』というからな」

そこでミゲルが、マクシミリアン[1]は王ではなく大公ですと口を出したところ、エル・グレコに一喝された。「無礼者！　陛下はハンガリー、クロアチア、ボヘミアの王でもあらせられ、伯父君のカール五世はスペイン王兼神聖ローマ皇帝であらせられたのだぞ。神の思し召しがあれば、孫君がその地位に就かれることだろう」。彼はそう言って十字を切り、もう一杯ビールを注文した。

ミゲルはエル・グレコのカトリックへの思い入れがこれほどとは知らなかったので驚いた。ギリシア人ならまずは正教徒かイスラム教徒だと普通は思うからだ。すると彼の戸惑いを見て取って、エル・グレコが自分の遍歴を披露した。若くして国を出てイタリアに来たこと。まずヴェネツィアで絵の修行をし、その後ローマに出て枢機卿のアレッサンドロ・ファルネーゼに仕えたこと。それからイエズス会に入ってキリストの兵士となり、主イエス・キリストのために敵地に潜り込んでスパイをしたり新兵を集めたりしたことを[2]。

船長はこの話を再三聞かされていたのか、あるいはここでする話ではないと思ったのか、少々苛立ちを見せ、ビールをさらに三杯運ばせたところで話を本題に戻した。つまり若きセルバンテスの行く末についてである。「きみはまだ若いから、教会に入るとしてももっと先でいい。それに、きみが置かれた状況を考えると外国との商いは無理だね。スペインからも〈第五の邦〉全体からも追放を宣告されているとなると、大西洋航路への道は閉ざされたも同然で、メキシコともタワンティンスーユとも交易できない。だとすれば、きみに残されているのはもっとも華々しい道、つまり軍人だけだ」。この助言の説得力を高めようと、エル・グレコも補足した。「キリスト教世界の最後の砦である王侯のために戦うのは、神に仕えるのも同然の名誉な仕事だぞ。きみが旧キリスト教徒であり、その血が純潔であることに疑いの余地はないのだし」。船長はこの巧言を聞くとまた一杯飲み干し、その勢いで豪快に笑いながらエル・グレコの背中をたたいた。ミゲルはその高笑いにのせられて、あの大悪党の言葉を思い出すこともなく誘いに応じた。

というのが、ミゲル・デ・セルバンテス・サアベドラがオーストリア大公マクシミリアンの軍に加わったいきさつである。

入隊したミゲルは、まずはそこで冒険を知り、悔いることもなかった。

彼が加わった連隊は、ポーランド、スウェーデン、ドイツの辺境領などあらゆる戦場へ、すなわち新皇帝と旧皇帝が——というよりその息子たち孫たちが——ヨーロッパの覇権を争うあらゆる場所へ送り込まれた。彼は駐屯地暮らしを知り、戦いに慣れた。だがそののち、彼が旧世界の命運を決する戦いに参加するのは、地中海においてのこととなる。

さて、アタワルパの跡を継いだカール・カパックだが、彼は父同様にカトリック教徒への配慮を怠ることがなかった。宗教人口でいえば、スペインとイタリアはもちろん、帝国全体で見てもやはりカトリック教徒がいちばん多いので、彼らを無駄に怒らせることがないように気を配るのは当然のことである。カール・カパック自身、父アタワルパの英断により生まれたときに洗礼を受けていたので、正式にローマ教会に属している。ただし旧キリスト教徒ではないし、「血の純潔」[3]を主張できるわけでもない。一方、ローマの異端審問所は相変わらず信者に「血の純潔」を求めていた。かつてカトリック国の王たちが人々に条件として課し、その取り調べから火刑を含めた処罰までの一切合財を異端審問所にゆだねていた、あの「血の純潔」のことである。

皇帝カール・カパックはローマが陰謀を企てていることや、教皇ピウス五世がオーストリアと定期的に接触していることを知らないわけではなかった。彼はこの老人を、お人好しぶってはいるが、じつは警戒すべき毒蛇と見なしていた。しかしまさか聖都がトルコと手を組むとは思ってもみなかった。そんなことはありえないと思っていた。だからローマに置いている密偵と、オスマン帝国宮廷に潜り込ませた密偵（帝国でもっとも優秀な密偵たちで、ジェノヴァ経由で報告してくる）から確かな知らせが届いたときは、まさに不意をつかれた思いだった。その知らせは〈第五の邦〉にとって大きな脅威である「聖典同盟」（一部のキリスト教徒の歴史家は「聖書同盟」と呼んでいる）の成立を伝えていたのである。

カール・カパックがローマに軍を派遣したのはこの知らせを受けてのことで、誰がどう見ても非キリスト教的な同盟を破棄させるためだった。

だがピウス五世は聞く耳を持たず、皇帝支配下の隣国の手に落ちるよりはと、ブリガンチン[4]でギリシア[5]に逃げ、セリム二世[6]の庇護を受けた。

カール・カパックはこれに激怒し、ローマからの逃亡は職務放棄にあたるとして教皇を一方的に罷免した。即刻コンクラーヴェが行なわれ、アレッサンドロ・オッタビアーノ・デ・メディチが選ばれて、レオ十一世[7]と名乗った。言うまでもないが、新教皇はピウス五世よりもはるかにカール・カパック寄りの協調姿勢を示すことになる。

だがピウス五世には地位と称号を放棄するつもりなど毛頭なく、それどころかセリム二世と合意の上、教皇庁をアテネに移すと宣言し、以後アテネが事実上のローマとなった。

　こうしてキリスト教世界は教皇が二人並び立つという異常な、しかし前例がないわけではない事態[8]に陥った。しかしどう考えてみても教皇は一人で十分である。そこでカール・カパックは新たな教会分裂《シスマ》を口実にして独自の十字軍を提唱した。表向きの目的はピウス五世を鉄の檻に閉じ込めることとされたが、真の狙いが別にあることは明らかだった。すなわち〈第五の邦〉をギリシアまで拡大して地中海を制覇し、トルコ人をヨーロッパから追い出し、オーストリア大公マクシミリアンをはさみ撃ちにすることである。

　そして六か月後、史上最大規模の艦隊が二つ、地中海のほぼ中央、ギリシアのコリント湾口のレパント沖で向き合うことになった。

　片や、カプタン・パシャ[9]率いるオスマン帝国艦隊、老いたるセバスティアーノ・ヴェニエル率いるヴェネツィア艦隊、オーストリア＝クロアチア連合艦隊。これに血気盛んな侯爵アルバロ・デ・バサン率いる亡命スペイン人部隊と、マルク・アントワーヌ・コロンナ率いる亡命ローマ人部隊も加わった。

　片や、インカ・フアン・マルドナド率いるスペイン＝インカ艦隊。これを援護するのはコリニー提督[10]率いるフランス＝メキシコ艦隊。さらにポルトガル艦隊、ドーリア大提督の大甥の**才知あふれる**ジョヴァンニ・アンドレア・ドーリア率いるジェノヴァのガレー船団、フィリップ・ストロッツィ率いるトスカーナのガレー船団、そしてとりわけ心強い、**疥癬《かいせん》病《や》みの改宗者**ウチャリ・ファルタクス率いるバルバリア海賊の恐るべき私掠船団が加わった。

　双方合わせると五百隻近くにもなり、ヴェネツィアのガレアス船も六隻含まれていた。これは強力な火力を備えた水上の要塞である。

四つの帝国の戦いが始まろうとしていた。そしてミゲル・デ・セルバンテスも、ディエゴ・デ・ウルビーナ指揮下の亡命スペイン人部隊の一人としてその場にいた。亡命スペイン人部隊はヴェネツィアの指示に従うべき立場だが、反抗的なことで知られていたので、衝突なしにはすみそうもない。だが戦闘意欲ではどの部隊にも負けなかった。

ミゲルはガレー船マルケサ号に乗り込んだのだが、そこで一年近く前にヴェネツィアで別れたままだったエル・グレコ、すなわちドメニコス・テオトコプーロスを見つけて驚いた。あれからどうしていたのだろう？　いずれにせよ、エル・グレコも早く戦いたくてうずうずしているようだった。

開戦の前夜になってミゲルは熱を出した。翌朝になってもまだ燃えるようだったので、聞きつけたウルビーナ船長が様子を見に来てこのまま寝ていろと言ってくれた。しかし若きセルバンテスはすでに軍の規範を身につけていたし、戦場でこそ生まれる連帯感も知っていたので、なにがあっても兵士としての道義に悖《もと》ることはするまいと思った。だから立ち上がり、武器を手にとり、ベルトを締め、デッキに上がり、仲間をかき分けて前に出て、もっとも危険な持ち場についた。

この海戦については、年代記作家なら誰もが詳しく語っている。たとえば、炎に包まれながら轟音とともにぶつかり合う戦艦、きしんだ挙句に骨のように砕けるマストや船体、勇敢に戦う戦闘員、耳をつんざく発射音、容赦ない攻撃、とどめを刺されてマグロのように海に浮かぶ男たち、血に染まる海面と漂う死臭……。ジョヴァンニ・アンドレア・ドーリアは大伯父に及ばなかった。そしておそらくは、彼がここぞというタイミングを逃したことが原因で、インカ連合艦隊全体が勝機を逸した。ヴェネツィアの**浮かぶ要塞**ガレアス船からは無数の鉄球が放たれ、その球は小さいものでも二十リーブラ[11]の重さがあったので、敵に致命的な打撃を与えた。コリニー提督は若いコンデ公の首がその球一つで吹っ飛んだのを見た。ポルトガルのガレー船はすべて拿捕《だほ》されるか撃沈されたし、マルドナドも撤退を余儀なくされた。だがその時点でもまだ、豪胆でいつも運のいい私掠船長のウチャリだけはイスラム教＝キリスト教軍団に果敢に襲いかかり、相手に多大な損害を与えつづけていた。

ミゲルが乗っていたマルケサ号は、フランス＝メキシコ艦隊の攻撃をしのいだと思った直後に、こともあろうにウチャリのガレー船の前に出てしまった。ウチャリの船はキリスト教軍とトルコ軍のはさみ撃ちをかわすために神業的な、いや悪魔的な蛇行《だこう》を披露していた。

アルジェ王（というのがウチャリの称号だった）はマルタのガレー船隊の旗艦を沈めたところだったが、そこでマルケサ号が進路を遮ったのだ。どちらも衝突は避けられない距離と速度だったので、ミゲルはこのままマルケサ号が真っ二つになると思い、自分たちの犠牲の上に味方がウチャリを捕える場面が頭をよぎった。だがそのとき**疥癬病みの改宗者**がどんな物語も伝説もかなわないほどの奇跡を起こしてみせた。その場にいた人間でさえ説明できない離れ業で、ウチャリはぎりぎりのところで船の向きを変え、マルケサ号の船側沿いに滑らせたのだ。船体同士がこすれ、派手な不協和音が長く尾を引いた。

だが誰もがあっけにとられていたわけではない。エル・グレコは二隻が接触して横滑りしたその瞬間を逃さず、片手に剣、もう片方にピストルを握って敵艦に飛び移った。

これを見て、威勢よく「サンチャゴ！」と叫んでエル・グレコに続いた勇者が十人ほどいて、ミゲルもその一人だった。だが彼らにとっては不運なことに、バルバリアのガレー船は横滑りしたあとすぐにマルケサ号から離れたため、それ以上味方が乗り移ることはなく、彼らはわずかな人数で大勢の敵に囲まれてしまい、抵抗もむなしく、傷だらけになったところで降伏した。

短時間の戦いのあいだに彼らは多くの火縄銃で狙われたので、ミゲルも胸と手を撃たれて血まみれになっていた。

すでに誰もが知るとおり、そのあとウチャリの船団は一隻残らず見事に逃げおおせた。つまりミゲルたち不運な勇者の生き残りが捕虜として連れ去られたことは言うまでもない。

だがウチャリ船団を例外として、インカ連合艦隊のほかの船団はぼろぼろになっていた。かろうじて沈没を免れたガレー船はすべてメッシーナ[12]に戻ったが、どの船も負傷兵ばかりで惨めなありさまだった。つまりこのとき、インカ連合艦隊の息の根を止めようと思えば、ただメッシーナの港に攻め込めばいいだけだった。「そう、本当に、あの港にいたインカ軍も同盟軍もすぐにも敵艦隊に包囲されると覚悟していて、そうなる前に陸に上がって逃げようと、すっかり身支度を整えていたほどだ。それほど向こうはキリスト＝イスラム連合艦隊を恐れていた。結局神の思し召しは別のところにあったのだが、それはわれらが艦隊の指揮官の落ち度のせいでも怠慢のせいでもない」とエル・グレコは言った。「キリスト教世界の罪ゆえのことだよ。われわれは罪深いがゆえに、この世には常にわれわれを罰する執行人がいるべきだと神はお望みになり、それを認めておられるのだ」

いや、事実を述べるなら、彼らがそれ以上敵軍を追い詰めなかった理由は、悪天候と、キリスト教国側の艦隊もそれなりに損害を被っていたことと、トルコに西方での戦争をそれ以上続ける意志がなかったことにあった。背後でクリミアのタタール人が不穏な動きを見せていて、トルコはそちらの反乱制圧を優先せざるをえなかったのだ。

というわけで、ヨーロッパの勢力図が大きく変わることはなかった。

ミゲル・デ・セルバンテスは何週間も熱に浮かされた。そのあとようやく意識を取り戻したとき、そこはアルジェの監獄で、彼は胴体をガーゼで巻かれ、左手が利かず、動かせるようになるかどうかもわからない状態で捕虜になっていた。一緒にいたのは皆ウチャリの捕虜で、イスラム教徒もキリスト教徒も一緒くたにされていた。

1　オーストリア大公マクシミリアン二世。第三部に登場したフェルディナントの息子。史実においてはレパントの海戦のときの神聖ローマ皇帝である。
2　この小説におけるイエズス会については、第三部63章を参照。
3　第三部18章参照。
4　二本マストの小帆船。
5　ギリシアは十五世紀からオスマン帝国の統治下にあった。
6　オスマン帝国第十一代皇帝。
7　実際には、アレッサンドロ・オッタビアーノ・デ・メディチ（レオ十一世）が教皇に選出されてレオ十一世となったのは一六〇五年で、そのわずか二十六日後にこの世を去った。
8　前回は十四世紀。カトリック教会が分裂し、一三七八年から一四一七年までローマとアヴィニョンに教皇が並び立った事件のことで、教会大分裂（大シスマ）と呼ばれる。
9　オスマン帝国海軍提督の称号。
10　ガスパール・ド・コリニー。
11　およそ九キロ。リーブラはスペインの古い単位で、ポンドと同じ。
12　シチリア島北東部の港町。

4　若きセルバンテスの不運の続き

アルジェ王は捕虜を解放しようとはしなかった。身代金と交換するのが彼の常套手段だったからである。まあ、そのおかげで殺されずにすんだとも言える。ミゲルは死に損ないの負傷者だったので身代金も減額されたが、彼にはわずかな資産もなかったし、家族も同様だったので、金額がどうであろうと自由になれる見込みはなかった。

ミゲルは船底でほぼ意識を失ったままアルジェまで運ばれたので知らなかったが、エル・グレコの話では、同じ船に正体不明の捕虜が一人乗っていて、ずっと艦長室に入れられていたという。下船するときも彼らとは別で、監獄に入れられることもなく、監獄の隣のムーア人の家に収容されたそうだ。その家は窓だけが監獄の中庭から見えるが、窓といってもムーア人の家のそれは壁に小さい穴があいたようなもので、分厚くて目の詰まった格子模様のブラインドで覆われている。ある日のこと、セルバンテスとエル・グレコは監獄の露台に出て、ひまつぶし用に手に入れたチョークで床に絵を描いていた。そしてふと視線を感じて目を上げたら、その家の小さい窓から誰かがこちらをじっと見ていた。
二人は翌日以降も毎日絵を描きに露台に出たのだが、そのたびにブラインドの奥に人の気配を感じた。

するとある朝、看守がエル・グレコを呼びに来て、彼はそのままどこかへ連れていかれた。夕方になってようやく戻されたエル・グレコはひどく興奮していて、ミゲルにこう言った。
「おい、神のお導きでここから出られるかもしれないぞ。今日どこに連れていかれたと思う？　隣の家だよ。そこであの窓の人物に紹介された。正体不明の身分の高い捕虜のことさ。どこの誰だか秘密にされていたのも当然で、なんと、隣家に監禁されているのは教皇聖下その人だった！　信じられるか？」

人々が今回の大海戦の準備に懸命になっていたときに、ウチャリは手下をアテネに潜り込ませ、極秘裏にピウス五世を誘拐して自分のガレー船[1]に乗せたのだった。

そしてウチャリは考えた。インカ皇帝は罷免した教皇をつかまえられるなら高額を出すだろうが、場合によってはウィーンの宮廷のほうがもっと出すかもしれない……。というわけで、教皇の誘拐を同盟国にも隠しておいたのだった。

「教皇聖下は」とエル・グレコは続けた。「ヴェネツィアでティツィアーノの弟子だったというのは本当かとお訊ねになり、そのとおりでございます、師匠はわたしの腕を買ってくれていましたとお答えすると、もったいなくも肖像画を描く栄誉をわたしにお与えくださったのだよ。しかも、ミゲル、それだけじゃないぞ！　仕事ぶりがよければその礼として、わたしの身代金を支払うこととし、黄金が届き次第、一緒にウィーンに連れていくとおっしゃった。しかしわたしとしては、きみをこんな地獄に、金の当てもないまま置き去りにすることなど考えられない。そんなことはキリスト教徒の道に悖るからな。そこで聖下に嘆願し、きみに借りがあるから——きみをこの冒険に誘い込んだのはわたしだからな、そうだろう？　それにいまではきみを弟のように思っているし——一緒でなければここを出られないと訴えた。すると聖下は、きみの分の身代金も支払う、そして一緒にウィーンに連れていくと仰《おお》せになったのだ」

ミゲルは天にも昇る心地だった。翌日からは毎日、夕方エル・グレコが戻ってきて肖像画の進み具合について教えてくれるのを楽しみに待つようになり、それが何週間か続いた。

そしてようやく肖像画が完成した。エル・グレコは教皇の面立ちの厳しく冷たそうに見えるところを少し加減し、柔和な感じに仕上げたので、その絵はたいそう教皇のお気に召した。しかし身代金の件ではさらに待たなければならなかった。教皇自身の身代金が、顕職にふさわしく桁外れの金額に達していたからだ。

最終的にはウィーンがその金額をのみ、とうとう黄金が到着した。

教皇のためにヴェネツィアへ向かうガレー船が用意され、教皇は自分の肖像画とともに乗り込んだ。だがエル・グレコとミゲルに声がかかることはなかった。

教皇はエル・グレコを騙したのだろうか？　二人のことを忘れたのだろうか？　高額の身代金をか

き集めるのに苦労したウィーンが、追加の分までは応じられないと突っぱねたのだろうか？　それともウチャリが二人を渡さないと言ったのだろうか？　答えはわからないが、いずれにせよエル・グレコへの別れの言葉さえなかったのだし、教皇が二人を見捨てたことに違いはない。彼が伴ったのは自分の肖像画だけであり、その肖像画のピウス五世は片手を上げていて、偶然にもそれが別れの合図のように見えたという、なんとも皮肉な結末になった。

こうしてバルバリア海賊の強欲《ごうよく》のおかげで、あるいはそのせいで、キリスト教世界にはふたたび二人の教皇が並び立った。一人はローマに、もう一人はヴェネツィアに。だがその変化は不運なミゲルとドメニコスには変化をもたらさず、二人の運命が好転することにはならなかった。

それどころか二人の運命は暗転した。どちらも身代金が支払われておらず、今後支払われる見込みもないので、奴隷としてスペインに売られることになったと知らされたのだ。

二人がそのことを捕虜仲間に話したところ、彼らのなかにセビーリャあるいはカディスから来た者が何人かいて、二人に警告した。タワンティンスーユは銀山開発のための労働力を求めている。なかでも埋蔵量が多くて期待されているポトシ[2]という銀山があるのだが、そこの労働はあまりにも過酷で、奴隷は虐待されて数年、いやひどい場合は数か月で死んでしまう。噂によれば、死んだほうがましだといって自ら命を絶つ奴隷もいるらしい。とにかくポトシと言われたら、それは死を意味する。

セビーリャ送りなら、スペイン国内でイベリア＝インカ貴族の奴隷になる程度ですむかもしれない。だがもしカディス行きの船に乗せられたら、それは死出の旅だと覚悟したほうがいいと。

二人は漕ぎ手としてガレー船に乗せられた。行き先はカディスだった。

1　ここはペルーのインカ帝国の皇帝のことではなく、〈第五の邦〉のインカの血を引く皇帝のこと。
2　現在のボリビアにある銀山で、一五四五年に発見された。

5　勇ましきセルバンテスとその友エル・グレコが経験した海上の前代未聞の大波乱と、他に類を見ないその恐怖の結末

しかしながら、諸帝国が波を蹴立ててぶつかり合ったり、嵐にのみ込まれたりする波乱の時代においては、運命もじつに気まぐれに振る舞うので、われらがミゲルとドメニコスにはまだまだ驚きが用意されていた。

香辛料と捕虜を運ぶガレー船はカディスを目ざして航行していた。ミゲルもエル・グレコも、もはや鞭打たれてもなんの反応もせず、ただ黙々と漕いでいた。二人ともすでに希望を捨て、自分たちを待ち受ける悲惨な運命を受け入れていたのである。

だがスペイン沿岸に近づいたところで突然雷鳴のようなものが聞こえ、船上の誰もが驚いた。遠くから聞こえたのだが、その方向を見てみても空は雲一つなかったし、太陽は彼らの頭上で輝いていたので、妙なことだった。

そして船がいよいよカディス湾に入ろうとしたとき、漕ぎ手のあいだに「おい、ドレークだ。ドレークだぞ」とざわめきが起こった。船員たちも顔色を変えていて、鞭打ちの回数が倍になった。「取り舵いっぱい！　北へ向かえ！」と船長が叫んだ。この船長はあの有名な**赤ひげ**バルバロスの息子である。

漕ぎ手たちが不満の声をもらした。ミゲルとエル・グレコと同じベンチに、二人よりずっと前に捕

虜になったというスペイン人の船長が座っていて、その名をヘロニモ・デ・メンドーサ[1]といった。長年捕虜だったのだから当然のことだが、痩せていて、長い白ひげを生やし、ひどく日焼けしていた。だが目はまだ生き生きしていて、とりわけこのときはただならぬ輝きを放っていた。そのスペイン人が、いったいなにが起こったのかという二人の質問に答えて、おれたちはいままさに、あの名高い海賊フランシス・ドレークが暴れまくっている湾に入りかけたんだと言った。「海は巨大な森と同じでね」と彼は続けた。「万人のものだから、イングランド人もそこで運を試しているのさ」

　メンドーサの話によれば、イングランドが南からメキシコ人、北からスコットランド人に同時に侵略されたとき、エリザベス女王は海に出る乗り物（ガレー船、ガリオット船、スクーナー、フリゲート、フルート、ブリガンチン、ブリッグはもちろん、それこそ小さい釣り船でも、椀型の小舟でも、海に出られるならなんでも）を見つけられたすべての家臣とともに逃げたそうだ。まずアイルランドに逃げ、そこからさらにアイスランドに落ち延びた。そしてその地でかの有名なキャプテン・ドレークが艦隊を再編制し、今度はそこを拠点に大西洋を荒らし回り、フランス、ポルトガル、スペイン沿岸で船舶や港町への襲撃を繰り返しているという。そしてこの日はかつてないほど南まで下りてきて、カディス湾を急襲したということらしい。

　さて、アルジェのガレー船がキャプテン・ドレークとの正面衝突を避けたいのなら、沖へ逃げるしかない。「となると」とヘロニモ・デ・メンドーサが続けた。「この連中はアルジェに戻るよりリスボンに回ることを選ぶだろうな」。彼は商人のものの考え方を知っていて、荷を積んだままアルジェに戻るより、リスボンで荷を売りさばこうとするだろうと踏んだのだ。リスボンでなにが待ち受けているのかわからないが、捕虜たちからすれば少なくともカディスよりましだと思えた。リスボンならポトシに送られる心配はない。

しかし運命は、カディスばかりかリスボンも望まなかった。
赤ひげの息子はイングランドのガレー船が彼らに気づき、港を出て追ってこようとするのを見て「全速前進！」と叫びつづけ、船員たちはパニックになり、捕虜たちに雨のように鞭を浴びせた。
だがイングランド船は見る間に追いついてきて、とうとうすぐ後ろまで来た。するとそれを見ていた漕ぎ手たちがいっせいにオールを放して立ち上がり、船尾楼でやたらに叫んでいた船長に襲いかかった。そして船長を船尾から船首へ、ベンチからベンチへと渡しながら、全員が順に噛みついたので、マストの横を過ぎるころにはもう魂が地獄に行っていたはずだ。それほどこの船長は漕ぎ手の扱いが残忍だったということで、彼らの憎しみは強かった。

それから漕ぎ手たちは嬉々としてイングランド船の乗組員を迎え入れた。イングランド人たちは「イングランド万歳！　ドレーク万歳！」という歓呼のなか乗り込んできて、この船を支配下に置き、マストの上にイングランド国旗を掲げた。ガレー船は飲み水とビスケットの補給のため数日港に寄ったあと、アイスランドに向けて出港し、鎖から解放された男たちの陽気なオール捌《さば》きと歌に運ばれて軽々と波を切っていった。

ところが、これまたとんでもなく不運なことに、今度は途中でスコットランドの船に遭遇した。見張りが「赤 脚《レッドレッグ》だ！」（スコットランド人は赤いタータンチェックのスカートをはくことからこう呼ばれた）[2]と叫ぶなり、漕ぎ手は一気に動きを速めた（もっともミゲルは左手を動かせず、うまく漕げなかったが）。しかしスコットランド船を振り切ることはできず、接舷して乗り込んできたスコットランド人と血まみれの格闘が始まった。若きセルバンテスは片手が使えないにもかかわらず、またしても勇敢な戦いぶりで周囲の目を引いたが、それでどうにかかなる相手ではなく、結局彼らは捕虜に逆戻りしてしまった。

それでも最初のうちは、メアリー女王が治めるスコットランド王国に連れていかれると思っていたから、さほどの悲劇だとは思わなかった。ところが船はフランスの沿岸に向かい、やがて広い河口に入ったので、彼らはふたたび希望を捨てざるをえなくなった。もはや目的地はボルドー以外に考えられなかったからである。

こうしてまたしても彼らは運命にもてあそばれた。スコットランド人は彼らをメキシコ人に引き渡そうとしていて、それは、メンドーサの話によれば、ポトシ送りよりも悲惨な運命だという。なぜならメキシコ人は労働力としてではなく、野蛮な儀式のために生身の人間を必要としていたのだから。

つまりミゲルは世界の反対側の銀山ではなく、フランスのピラミッドのてっぺんで死ぬことになりそうで、しかもミゲルが最後に目にするのは、自分の胸から取り出されてまだ動いている心臓ということになりそうだった。

1　実際にはポルトガル人の歴史家で（ここではスペイン語読みにしてあるが）、捕虜になったことがあり、『アフリカ旅行記（*Jornada de Africa*）』という本で知られている。
2　十七世紀にこう呼ばれたスコットランド人の海賊がいたが、この名はイギリス領バルバドスのプランテーションに送り込まれたアイルランド系、スコットランド系の貧しい白人労働者に由来する。強い日差しのもとでの農作業で脚が赤くなったことからこう呼ばれた。

6　神はいかにしてセルバンテスとエル・グレコに死を免れさせたか、そして彼らはいかにして塔に逃げ込んだか

ボルドーの港はガロンヌ川が半月形に湾曲しているところにあった。ミゲルたちはガスコン兵の監視のもとに下船させられたのだが、その兵たちが粗野で不作法で、捕虜を馬鹿にして蛆虫《うじむし》呼ばわりしてきたので、先が思いやられた。ミゲルは嘲笑を浴びながらも口を結んで毅然《きぜん》とタラップを降りたが、エル・グレコのほうはそうはいかず、助平野郎とかなんとかやり返し、フランス人はもちろん、異教徒とつるんでいる全キリスト教徒を呪った。それを聞いた看守の一人がいきなり銃床で殴ろうとし、メキシコ人の船長が制止しなかったらエル・グレコは頭をかち割られていたところだ。だが二人と一緒に下船したメンドーサは、「メキシコ人が止めたからってそれで安心できるわけじゃない。連中は両脚でちゃんと立ってる生贄をご所望なのさ」とささやいた。

　この当時、ボルドーの波止場はセビーリャのそれと同じくらい活気があった。ワイン樽を転がす音が、この港町を育む子守唄のように朝から晩まで聞こえていて、それを時々悲鳴が遮るのは、捕虜の長い列を進ませるガスコンが道をあけさせるために港湾労働者を槍でつつくからだった。

　一行は鐘楼がそびえるカイヨ門をくぐって町に入り、広場に出た。そこにはメキシコ人の手でピラミッドが建てられていて、階段の上から下まで血が流れて乾いた跡があり、捕虜たちの目は思わずそちらに吸い寄せられ、列のあちこちから嘆きの溜め息がもれた。一行はロンブリエール宮の監獄に入れられ、あきらめの境地で運命が決まるのを待つ身となった。新世界に向けて船積みされるワイン樽のほうが、彼らよりも無事でいられる確率がはるかに高いという状況なので、希望を抱く余地もない。毎日食事だけはきちんと与えられ、朝と晩にパンとスープが運ばれてくるものの、日曜になると十人ほどが選ばれて、ピラミッドへ引き立てられていく。そのあと広場から太鼓の音が聞こえてきて、監獄に残った捕虜たちを縮み上がらせるのだった。その日は全員が一杯のワインにありつけるが、これではうまいと思えるはずもない。若きセルバンテスは死を恐れてはいなかったが、どうせ死ぬなら戦場のほうがよかった。エル・グレコは憤慨のあまりずっと悪態をついていて、そのうち声が嗄れてしまった。

　ある日曜のこと、いつもの倍の人数が連れ出され、太鼓の音もいつもの倍くらい響いた。またこのころには看守の顔ぶれがだいぶ入れ替わっていた。そして次の日曜には誰も来ず、太鼓の音も聞こえてこなかった。さらに数日経つと、食事が運ばれてこなくなった。看守が一人も来ないし、街の物音も聞こえなくなっていた。それでもなおしばらく、彼らは静けさのなか暗い監獄でじっとしていたが、やがて喉の渇きと空腹に耐えられなくなった。そこで危険を覚悟のうえで外に出ようということになり、鉄のスプーンを尖らせたものを鋸代わりにして扉の木の格子をひいた。

　ようやく錠が外れたので飛び出すと、建物には誰もおらず、看守の部屋には武器がそのまま残されていて、死んだネズミが何十匹も転がっていた。捕虜たちはテーブルの上の食事の残りにいっせいに飛びついた。メンドーサも捕虜生活が長いので遅れをとることなく飛びつき、鶏のもも肉にかじりついた。だがミゲルとエル・グレコは出遅れてしまい、それよりなにより外の空気が吸いたかったので、床に散らばったネズミの死骸を踏みつけながら部屋を出た。

　だが建物から一歩外に出たところで、二人は息を止めた。町中に腐臭が漂っていた。あちこちから煙の柱が立ち上り、通りは腐乱死体で埋め尽くされ、カラスが死肉を奪い合っている。亡霊のような人々が、死にかけた人々をリヤカーで運んだり、死体を荷車に積み上げたりしている。そしてそこら中でネズミが死んでいた。ミゲルは一瞬、地獄の巨大な皮なめし工場に来たのかと思った。だがもちろん違う。それは紛れもなくペストだった。死にたくなければ即刻町を離れるしかない。二人はあとから出てきたメンドーサと一緒にまずは波止場に行ってみたが、船で逃げようとする人々を衛兵が制止しようとしていて、大混乱になっていた。それを見たメンドーサが海ではなく田舎に逃げようと言い、二人もそれしかないと思った。

三人は断末魔の町を通り抜けていった。まだ症状の出ていない人々が、慌てふためいて荷車に家財道具を放り込んだり、ロバの背に乗って逃げようとしたりしていた。運よく馬をもっていた人は、もちろんそれに乗って脱兎のごとく逃げていく。町中が混乱していたので、警官も衛兵も三人の脱走者に目を留めなかった。だが残念ながら町の西に出る道は閉ざされていた。ル・アー要塞に常駐している守備隊がしっかり見張っていたのだ。

仕方なく三人は波止場に戻り、川岸に身を潜めた。エル・グレコが衛兵を二人殴って気絶させたとか殺したとかいわれているが、そのあたりははっきりしない。三人は日が暮れるのを待って、ガロンヌ川を泳いで渡った。そして死にゆく人々のうめき声と死臭を背後に残して川の東側へと逃げた。

こうして三人はボルドー平原を放浪することになった。途中どの村も、疫病を恐れる村人たちが熊手をもって出てくるか、すでに疫病にかかった人々がうめき声で迎えるかのどちらかだったので、三人はそのうち村を迂回するようになった。そして何日ものあいだブドウの実だけを食べ、時々腹痛に襲われて盛大に用を足したので、あとを追う者がいれば簡単に追ってくることができただろう。

長い放浪の果てに、三人は人気のない、主《あるじ》が逃げ出したに違いない城を見つけ、入り口までやって来た。案の定その城にはひと握りの使用人しか残っていなかったが、彼らもやはりよそ者を入れようとはしなかった。だがそのうちの一人だけは三人に同情し、すぐに立ち去るという条件で食事だけ出してくれた。おかげで三人は久しぶりに胃袋を満たすことができたので、感謝を込め、この城の人々の健康を祝して乾杯した。ところが食事が終わるころにメンドーサがいきなり嘔吐し、使用人たちはパニックになってばたばた駆け回り、結局そのまま逃げていった。これで城は正真正銘の空き家となった。メンドーサは明け方息を引き取り、ミゲルとエル・グレコは彼の亡骸を中庭で燃やしてから、この城を占領するべく見て回った。

城にはさほど高くない塔が二つあり、どちらも内部が部屋として整えられていて、二つは城壁（幕壁）でつながっていた。その片方には生活に必要なものがひととおり揃っていて、いわば隠者の住まいのようになっていた。[2] 一階は小礼拝堂、二階は寝室で、ここには寝台はもちろん、調度類、いくつかの衣装箱も置かれている。三階は書斎兼図書室で、たくさんの本が棚に並び、天井の梁にはラテン語とギリシア語の格言などが書かれていた。またこの城には穀物でいっぱいの屋根裏部屋があり、家畜小屋には乳の出る雌ロバもいたので、ほかのどこへ行くよりもここにとどまるほうがいいと思われた。そこで二人は図書室があるほうの塔で寝泊まりすることにした。エル・グレコはさっそく図書室の梁に書かれたギリシア語の一文を読み上げた。「どうかつましく、けれども苦労なく、暮らせますように」[3]。ミゲルはラテン語を学んでいたので、ラテン語の一文を読み解いた。「嵐によってどこに運ばれようとも、わたしはそこの客になる」[4]

1　ガスコーニュ地方出身の人のこと。ガスコーニュはフランス南西部の古い地方名で、大西洋とガロンヌ川とピレネー山脈に囲まれた一帯。
2　モンテーニュ城はこの塔を残して十九世紀に焼失している。現在立っているモンテーニュ城はのちに再建されたもの。
3　テオグニス『エレゲイア詩集』第一書一一五五―一一五六。
4　ホラティウス『書簡詩』一―一―十五。

7　セルバンテスとエル・グレコはいかにしてこの塔の主を知り、ひとときをともに過ごしたか

二人は塔の暮らしを楽しみ、たくさんの本を読んだ。図書室の梁に書かれた文章のなかにもう一つ、エル・グレコが目を留めたものがある。それは彼が好きではない「コヘレトの言葉」からの引用だったが、なぜかこの一文は気に入った。「いまあるものを存分に受け入れなさい。それ以外はあなたの手が届かないところにあるのだから」[1]。そして二人はまさにこの言葉どおりに生きた。もちろん世間が彼らを放っておいてくれたあいだ、つまりペストがこの地方で猛威を振るっていて城を訪ねる人もなく、逃げ出さなかった近隣の村人たちも家から出ようとしなかったあいだのことである。

何週間も、誰もあえてこの城に近づこうとはしなかった。二人の連れといえば乳を搾らせてくれるロバと、卵を産んでくれる数羽の鶏だけだった。

だがある日のこと、図書室でミゲルが『アタワルパ年代記』のある巻に夢中になり、エル・グレコが木炭で友の肖像画を描いていたところへ、小柄な男がひょっこり現われた。

男はミシェル・ド・モンテーニュと名乗り、ここはわたしの家なんだがと言った。

エル・グレコは飛び上がり、殺すしかないと身構えたが、ミゲルはそれよりまず自分たちがここにいる理由を説明するべきだと思い、一連の出来事について包み隠さず話した。

ド・モンテーニュ氏は小柄で、かなり禿げ上がっていて、口ひげと顎ひげを生やしていて、ひだ襟

を着け、服は上等だが長旅でよれよれになっていた。しかしまなざしは澄み、物腰も優雅だった。また諸言語に通じていて、時おりラテン語になるとはいえ、しっかりしたトスカーナ語を話すので二人にもわかったし、さらにギリシア語とスペイン語もわかるといい、二人が母国語で話してもなんの問題もなかった。彼はボルドー高等法院の法官であり、フランス王チマルポポカ[2]の補佐役だと言った。その肩書を聞いて、エル・グレコはこいつの喉に突き立ててやるとばかりペーパーナイフをつかんだが、ミゲルがその腕を押さえた。

　見るからに頭のよさそうなド・モンテーニュ氏は、この状況がいかに厄介なものかをすでにのみ込んでいたに違いないが、二人には好きなだけこの塔にいてくれてかまわないと言ってくれた（というのも、彼は孤独を好むとはいえ、この二人なら楽しい話し相手になりそうだと思ったのだ）。一緒に戻ってきた妻にも使用人たちにも二人のことは秘密にするとも言った。モンテーニュ夫人はもう一つの塔にいるそうだ。そして図書室の脇の小部屋にクッションと毛布を運んできて、二人がそこで眠れるようにし、果物を入れた籠とワインのカラフも用意して、いつも補充するように気を配ろうとも言った。

　二人にはもとよりほかに選択肢などないので（あるとすれば猟犬の群れに追われる野ウサギのように敵地を逃げ回ることだけだが、そんなのはごめんだった）、城主の申し出をありがたく受けた。図書室は大事な書物を守るために暖炉が使えないようになっていたが、脇の小部屋には暖炉があり、それだけでも二人には贅沢な話だった。バルバリア海賊のガレー船のベンチを離れてからまだ二か月しか経っていないことを考えれば、二人にとってこの塔での生活がいかに快適だったかは言うまでもないだろう。

　それからは本を読み、食事を楽しみ、城主と話をすることで毎日が過ぎていった。夜は食事がすんだら早々に床に入るのが原則で、塔からは出ない。とはいえ時には外の空気が吸いたくなるし、足も動かしたくなるので、日が暮れてからそっと、フクロウだけに見守られて城の庭に出ることもあった。

ド・モンテーニュ氏は鋭敏な精神、旺盛な好奇心、豊富な知識の持ち主で、氏との会話は胸躍るものとなった。人の精神は、力強く堅実な精神とのやりとりによって鍛えられていくものなので、若きセルバンテスも詩や演劇はもちろん、あらゆる話題で城主とのやりとりを楽しんだ。そしてそれは、ド・モンテーニュ氏がいつもここぞというところで出してくる、ウェルギリウス、ソフォクレス、アリストテレス、ホラティウス、セクストゥス・エンピリクス、キケロといった古代の著述家たちの引用と出会う楽しみでもあった。

だがそれ以上に面白かったのは、ド・モンテーニュ氏とエル・グレコの言葉の応酬に耳を傾けることだった。というのも二人のやりとりは必ず活力と創意に満ちた会話に発展したからだ。もちろんミゲルは本から学ぶのも好きで、図書室でよさそうな本を見つけては読みふけったが、本による学びは活気のない弱いもので、精神が鍛えられるわけではない。だが会話や討論なら、学ぶと同時に精神を鍛えられる。

さて、いったん話しはじめると、キリストの兵士たるイエズス会士であるエル・グレコは、この城に匿ってもらっているという恩も忘れて、ド・モンテーニュ氏のことを「異教徒に迎合してキリスト教徒を裏切った」とひどく責め立てるのだった。

そんなことを言って城主を怒らせて、出ていけと言われたらどうするんだとミゲルは内心気が気ではなく、友の行きすぎをたしなめようとするのだが、なんの効果もない。エル・グレコはすぐまたわめきだし、「異教徒と手を結ぶキリスト教徒など、地獄に落ちるがいい!」などと言う。

ところがド・モンテーニュ氏は腹を立てるどころか、むしろエル・グレコを励まして言いたい放題言わせ、彼の無遠慮な態度でさえ歓迎し、これこそが強くて男らしい仲間とのつき合いというものだと喜んでいるようだった。そしてミゲルが少々当惑しているのに気づくと、「どんな信念でも、どれほどわたしのものと違う信念でも、それを聞いてわたしが不愉快になることはないんだ」と言った。「討論が理路整然と進められるかぎり、わたしは一日中でも静かに反論しつづけられる」。そして笑いながら、「じつはわたしは、わたしを恐れる人よりも、わたしを非難する人と親しくなりたいと思っている」と付け足した。つまりエル・グレコが盾突《たてつ》いても、それはド・モンテーニュ氏の注意を喚起するだけで、怒らせてはいないのだった。[3]

　したがって、ド・モンテーニュ氏がメキシコ人に仕えることになったいきさつについてエル・グレコが糾弾した日も、結局のところ彼は城主を喜ばせていただけだったことになる。エル・グレコが責めたのは、かつて**篤信王**すなわちフランス王が「翼のあるヘビ」の信奉者に従うことを拒否して、ピラミッドの上で胸を切り開かれるという前代未聞の出来事があったにもかかわらず、ド・モンテーニュ氏が真の信仰の擁護者の側に立って戦うのではなく、メキシコ人の王位簒奪者に仕えたことだった。それではあの人身御供という忌まわしい慣習の共犯者になったも同然であり、いまの地位を引き受けたのも臆病と強欲ゆえのことに違いないと非難したのである。

　これに対してド・モンテーニュ氏は、まず過去の例を出すことから始めてこう反論した。かつてフランソワ一世は、最大の敵カール五世に対抗するために、トルコと手を組むことをためらわなかった。そして教皇もそれを容認した。だとすれば、教皇がこれほどの大国の王に対して容認した事柄が、なぜ一介の司法官にすぎないミシェル・ド・モンテーニュを非難する材料になりうるのか。そのような非難には無理があるし、少なくとも思慮に欠けるのではないかと。さらに忘れてほしくないのは、イングランド王ヘンリー八世や修道士ルターはただ教会の改革を願っただけで破門されたのに、スレイマンの友となったフランス王は破門されなかったという点である。同様に——と城主は続けた——アタワルパとクアウテモックも罰せられることはなかったし、それどころか二人とも、またその後継者たちも、洗礼を受けることを許された。そしてそのことは、現在のマクシミリアンとピウス五世とセリム二世の同盟を考えれば、むしろ英断だったと言うべきではないかと。

するとエル・グレコは、この反論をしっかり頭に入れた上で、相手が古典好きなのを思い出して論法を変え、祖国愛を引き合いに出した。すなわち、かつてラケダイモン人[4]がテルモピュライで[5]、アテナイ人がマラトンで[6]強大なペルシア軍に抵抗することができたのは、祖国愛ゆえのことではなかったかと言ったのだ。

するとモンテーニュはうれしそうな顔をミゲルに向けて、こう訊いた。「きみはカスティーリャの出だったね？　カール五世がスペイン王位を継承したとき、カスティーリャ語がほとんどわからなかったことを知っているかな？　それもそのはずで、彼はヘント生まれで、ドイツ人だった。その後継者のアタワルパが異国人だったのが問題だというのなら、なにをもってカール五世のほうがアタワルパよりスペイン人だと言えるんだね？」

そこでミゲルが、カール五世は少なくとも母親がスペイン人でしたと指摘すると、モンテーニュは待ってましたとばかりに「おお、なんという母親だ！　**狂女フアナ**！　そしてカール五世はその母から王位を奪った。なんと立派な息子！　なんとすばらしい母！」と言い、それからエル・グレコのほうに向き直って続けた。「確かに、スペイン人ではなかったとしても、カール五世はキリスト教徒だった。だがそれにもかかわらず、彼は旧暦一五二七年にローマを劫掠《ごうりゃく》した。そしてそのときいち早くサンタンジェロ城に逃げ込んだクレメンス七世にとって、自分を殺そうといきり立っているドイツ人《ランツク》傭兵《ネヒト》がキリスト教徒かどうかは、はたして重要だっただろうか？　同じくピウス五世にとって、セリムの軍勢やガレー船の船員がキリスト教徒でないことは、はたして重要だっただろうか？　セリムの力を借りて教皇の座が守れれば、それでよかったのではないだろうか？　そしてわたしはどうかというと、誰がなにを信仰しているかということよりも、海の向こうから来たあの異国人たちがスペインとフランスに宗教的平和をもたらしたことこそが重要だと思っている。いいかい、ドメニコス、セビーリャの勅令を手本にして起草された『ボルドーの勅令』だが、あれはいまは亡きクアウテモックにわたしが直接進言し、発布に至るまで積極的にかかわった事案で、その目的は、このフランスの地で誰もが、殴られたり追放されたり吊るされたり焼かれたりすることなく、自分で宗教を選択し、実践できるようにすることだった。そして、どうだろう、ドメニコス、それは最後の審判の日に、わたしの功績となりうる仕事だったと言えないだろうか？」

エル・グレコはますます興奮し、懲りずに食ってかかった。「火刑のことを言うなら、そっちのお仲間のメキシコ人たちがピラミッドの上でやってることはどうなんだ？　生きたままの人間の胸を切り開くんだぞ？　あの野蛮な行為に、自分も一枚噛んでるとは思わないのか？」

モンテーニュも、あのような行為はもちろん自分も容認できないと認めざるをえなかった。しかし、だからこそ、若い王チマルポポカに仕えて、あの儀式をやめさせようと説得しているところなのだと言った。

するとエル・グレコは鼻で笑った。「少なくともボルドーじゃ、われわれが助かったのは説得のおかげじゃなくて、ペストのおかげだったがな」

モンテーニュはそのあたりで話を切り上げようと、この城の畑のブドウで造られたワインを二人のグラスになみなみと注ぎ、明るく言った。「ローマではローマ人のやり方に従いたまえ！」

ミゲルは抜け目なく、「じゃあローマ人がフランスに押しかけてきたときはどうするんです？」と言っておいた。

そのあと三人はそれぞれ読書に戻った。

ある日のこと、城主が出かけて留守のあいだにミゲルが塔の窓から中庭を見たら、若い女性が鶏に餌をやっていた。顔だちまではっきり見えなかったが、物腰や姿から貴婦人のように思えて、ミゲルはちょっと惹かれた。餌の撒き方がとても優雅だったのだ。

その日の午後遅く、モンテーニュはエル・グレコへの贈り物をもって戻ってきた。イーゼルと画材だった。エル・グレコの素描を見て才能に気づいたらしい。

この日からエル・グレコは、城主モンテーニュと友ミゲルの肖像と、窓から見えるボルドーの田舎の風景を描きはじめた、
城主もミゲルもカンバスから目が離せなくなり、こねられた粘土状のものがそこに塗りつけられるにつれて、自分たちの顔がまるで土から出てくるように浮き上がってくるのを、怖いようなうれしいような不思議な気持ちで見守った。

だがエル・グレコは絵筆を動かしながらも議論を吹っかけ、裏切り者だの異端の共犯者だのと城主を責めつづけた。「敗者の側にとどまるのは勇気がいるからな」という調子だ。

するとモンテーニュは笑って、「わたしがいましているのがそれじゃないかな?」と応じた。そしてこんな話をした。

「いいかい、ドメニコス、もうじきこの世界は、勝者のものでも敗者のものでもなく、勝者と敗者の子孫たちのものになる。旧世界と新世界の両方の血を受け継いだ子供たちが、すでに立派な大人になっているんだからね。この国の君主チマルポポカは、クアウテモックとマルグリット・ド・フランスの息子であり、わたしたちのアダムだ。マルグリット・ドゥチセラは、アタワルパとマリア・フォ

ン・エスターライヒの娘であり、わたしたちのイヴだ。ナバラ王トゥパック・アンリ・アマルは、マンコ・カパックとジャンヌ・ダルブレの息子であり、ロマーニャ公エンリコ・ユパンキとその八人の兄弟姉妹は、キスキス将軍とカテリーナ・デ・メディチの子供たちであり、彼らは皆フランス人やイタリア人であると同時に、インカ人かメキシコ人だ。スペインの王位継承者でありローマ王であるフィリップ・ウィラコチャ王子は、カール・カパックとマルグリット・ドゥチセラの息子であり、新時代のわたしたちのアベルだ。アタワルパはわたしたちのアイネイアス[7]になるだろう。アイネイアスはローマ人だったかな？　ということは、おそらく、わたしたちはインカ人とメキシコ人にとってのエトルリア人[8]ということになるのだろうね」

　モンテーニュの話を聞きながら、ミゲルが窓の外に目をやると、少し前に中庭にいるのを見かけたあの貴婦人が、今度は菜園にいるのが見えた。トマトの木のあいだを歩き回ったり、アボカドの木を剪定したりしている。おそらくミゲルは、ずっと塔に閉じこもっていたことと、ここに至るまでの数々の災難のせいで、想像力が過熱気味だったに違いない。そして若さがその仕上げをしたのだろう。ミゲル・デ・セルバンテスは恋に落ちた。

　それから何日かしたある晩、彼は夜コイーバを吸いに中庭に出て、第二の塔を見上げた。すると窓の一つに彼女の姿が見えた。蠟燭の灯りで見えたのだが、その灯りは彼女のものに違いない部屋も照らし出していた。彼は暗闇にいたので見られる心配はなかったが、コイーバの真っ赤な先端は目立つので、慌てて手で覆った。そしてそのまま、彼女が窓に現われたり消えたりするのをずっと見ていた。やがて部屋の蠟燭が消え、塔全体が闇に包まれてもなおミゲルは見守りつづけ、彼女はとうに眠りに落ちただろうと思えるころになってようやく、自分も木の下で眠りについた。

　夜明け少し前に図書室の脇の小部屋で目覚めたエル・グレコは、友の姿がないので、使用人か村人に見つかったのではあるまいかと心配になり、捜しに下りていった。するとミゲルは木の下で、両手を握りしめて眠っていて、そっと揺すってみても起きない。そこで肩に手をかけて思いきり揺さぶったら、彼はようやく伸びをし、それからびっくりしたようにきょろきょろ見回して言った。「ひどいじゃないか。せっかく男が望みうる最高の眺めに浸ってたのに」。エル・グレコはまだ夢うつつのミゲルを現実に連れ戻そうと頬を軽くたたき、はっきり言ってやらなけりゃと思った。「そりゃ城主の奥方、モンテーニュ夫人のことだろ？　フランソワーズという名だそうだ」

　二人は寝室代わりの小部屋に戻り、鶏が鳴くまでもうひと寝入りすることにした。だが結局ミゲルは眠れず、日が昇るまでずっと、意中の女性がネグリジェ一枚でベッドに横たわっているところを想像していた。

　翌日も彼は図書室の窓際にぼんやり佇み、意中の女性が、つまり城主夫人がまた出てきてくれないものかと中庭を見下ろしていた。それでも耳だけは、城主がエル・グレコを説得しようとして、メキシコ人の信条をすべて否定する必要はないと論じるのを聞いていた。「つまり彼らも、わたしたちと同じように、世界の終末が近づいていると考えていて、人間が行く先々でもたらす破壊をそのしるしだと言っている。だとすれば、彼らにも英知や先見性があるということをいったい誰が否定できるだろうか？」。そして、メキシコ人とインカ人が同じようなことを信じているという点も無視できないと言った。どちらもこの世界は五つの時代に分かれていて、それぞれに一つの太陽があり、つまり五つの太陽が順に生きては滅びるのだと信じている。そのうち四つの太陽はすでに命を終えていて、いま自分たちを照らしているのは五つ目の太陽である。だがこの最後の太陽がどのようにして滅びるかについては、彼らにもまだわからないままだという。「さて、そこで訊くのだが、彼らの信条がわたしたちのものより劣っていると、いったいなぜ言えるんだね？」[9]

コイーバを吸っていたエル・グレコは、こう訊かれてむせてしまい、冒瀆だとわめいた。そしてこう言い返した。唯一無二の真の神は異教徒の勝利を望まれず、海の向こうから来た偽の神々に対する優位性をはっきり示された。唯一神の思し召しは、海の向こうからこの地へ災厄を持ち込んで神の子らを試すことにあったのだから、いずれ必ず、真のキリスト教徒の忠誠に報いて、われわれに最後の勝利をもたらされるはずだと。「真のキリスト教徒は、逆境のときでもどこかに隠れたりはしない。真の信仰の勝利を手にするべく、自ら出ていくものだ！　ミシェル、あんたはレパントの海戦のときどこにいた？　あんたの町がペストに襲われたとき、どこにいたんだ？　神はその慈悲をもって、いつかわれわれに勝利をもたらされるとわたしは信じているが、そのときあんたにはなんの取り分もないだろうよ」

これに対してモンテーニュは、持ち前の愛想のよさを捨てはしなかったが、きっぱりと言った。

「自分たちの企てがうまくいったときに、それを盾にとって自分たちの宗教を理論武装しよう、擁護しようとするのは悪しき習慣だ。そのような出来事に頼らなくても、ドメニコス、きみの信仰にはほかに十分な根拠があるのだから」

エル・グレコはモンテーニュの言うことすべてを冒瀆だと思って聞き耳を立てていたので、このひと言を聞き逃さなかった。「おっと、ミシェル、いまきみの信仰と言ったな？」

「わたしが言いたいのは」とモンテーニュが続けた。「きみたちの……つまりきみが言った勝利、きみとミゲルにはひどく高くついた勝利というのは、数か月前に**異教徒**のインカ＝メキシコ艦隊を相手に行なわれたあの大海戦での見事な勝利のことだろうが（ついでに言っておくと、そちらの艦隊を指揮したカプタン・パシャも**異教徒**だがね）、それを言うなら、キリスト教徒側が敗北した数々の戦いもまた、神の思し召しにほかならない。サラマンカの戦いでカール五世が捕らえられたのも、イングランドと手を組んだクアウテモックにフランソワ一世が負けたのも、神聖ローマ帝国がオーストリア・ハプスブルグ家の手をすり抜けてアタワルパとその子孫の手に渡ったのもそうだ。神はわたしたちに、この世での幸不幸とは別に、善人には期待してよいものがあり、悪人には恐れるべきものがあることを教えようとされていて、だからこそこの世の幸不幸については人知の及ばぬ采配を振られ、愚かにも幸不幸を自分のために利用しようとする人間から、その手段を取り上げておしまいになるのだ」。だがそこで、話の主題がずれてきていて、キリスト教徒にとっては異端くさく思えるものになりつつあると気づき、話題を変えた[10]。

そしてモンテーニュはホラティウスを引用したが、それがエル・グレコに警戒を呼びかけるためであることはミゲルにもわかった。「徳を求める努力においてさえ、その努力が行きすぎれば、賢者も狂人と呼ばれ、正しい人も不正の人だと呼ばれてしまう」。さらに、節度なく善を求めるのは、弓を強く引きすぎて矢が的を越えてしまうようなもので、的に届かないのと同じことだとも言った[11]。だがミゲルはそこから先は聞いていなかった。

ミゲルはふたたび中庭に現われたモンテーニュ夫人の姿を夢中になって追っていた。そのあいだ意識が飛んでいたので、ふたたび会話が耳に入ってきたときには何日も経ったような気がした。いや、もしかしたら本当に経っていたのかもしれず、話題はいきなり結婚へと飛んでいて、なぜそうなったのかまるでわからなかった。

まず、複数の妻をもつという海の向こうの君主たちの忌むべき風習について、エル・グレコがこれでもかとののしった。するとモンテーニュも、それについては同意見だと言い、ただしそれはヨーロッパでも同じことだとしてこう続けた。カール五世を除いて、妻以外の女性と交わってはならないという教えに忠実だった君主がどこにいるだろうか？　ごく若いころは別として、愛人をもたず、非嫡《ひちゃく》出子《しゅつし》もいないという君主がどこかにいただろうか？　歴代の教皇でさえ愛人がいて、非嫡出子がいて、しかもその子供たちを高い地位に就かせてきたのではなかったか？　それでもやはり、妻以外に愛人をもつことは、神の前では罪であるとモンテーニュは言いきった。

そのあたりでミゲルの頭もはっきりしてきた。

モンテーニュは続けて結婚生活における愛の危険性を説いた。彼が言うには、結婚生活に過度の情欲を持ち込むべきではなく、むしろ慎みと節度を旨とするべきだという。結婚の目的は生殖にあり、あまりにも多情で官能的で執拗な営みは子種を損ね、妊娠を妨げると彼は主張した。

彼自身、妻の部屋を訪れるのは月に一度だけで、しかもその目的は子作りでしかないと断言した。自分が愛欲に溺れるようなことがあれば、夫婦が互いに抱く敬愛の情や、二人の仲むつまじい関係に、必ずやひびが入る。結婚が永遠の契《ちぎ》りであることを考えれば、悦びの戯れなど単なる骨折り損でしかないと。

それから女性について次のように言ったのだが、ミゲルはその言葉が自分に向けられたもののように思い、危険なことを考えてしまったのだった。「破廉恥《はれんち》な悦びについては、彼女たちにはせめて他人の手から学んでほしいものだ」

塔での暮らしが続いた。モンテーニュは秘書に手紙を口述筆記させたり（そういうときは書斎兼図書室に秘書を呼ぶので、ミゲルとエル・グレコは階下の小礼拝堂に隠れて音を立てないようにしていた）、公務のためにボルドーに出かけていったりと、忙しそうにしていた。エル・グレコは絵を描いた。そしてミゲルも、図書室で出会った書物に刺激されて、さまざまなジャンルの小作品をひまつぶしに書きはじめ、毎晩食事のあとで二人に読み聞かせるようになった。また夜には欠かさず庭に出て、フランソワーズの窓の下でコイーバを吸うようになった。時には彼女が子守唄を口ずさむのが聞こえ、すると若い女性の声に魅せられて、ミゲルはますます恋焦がれ、溜め息の回数が増えるのだった。エル・グレコはミゲルが誰かに見られることを恐れ、無分別だ、軽率だと、再三叱りつけた。

だがミゲルはある晩とうとう我慢できなくなり、二つの塔をつなぐ幕壁を渡った。

友が一晩中戻ってこなかったので、エル・グレコは不安にさいなまれて胃がよじれそうになった。しかも明け方になってようやく戻ってきたミゲルが極度の興奮状態で、衣服も髪も乱れ、わけのわからないことを口走ったので、エル・グレコは安心するどころかいっそう恐怖に取り憑かれた。ここでひとこと言っておかなければならないが、若きセルバンテスがこのときエル・グレコに語ったことが事実かどうかは誰にも確かめようがない。筆者としてはただ彼が口にしたとおりに書いておくしかない。では彼はなにを語ったかというと……。幕壁の上で一時間ほど待ってから、ほかにどうしようもないので、彼はモンテーニュ夫人の部屋の扉をそっとたたいてみた。すると彼女は夫が来たのだと思い――夫以外に幕壁を渡ってくる人間などいるはずもないので――扉を開けた。そしてそこにいたのが別人だったので驚いて小さな悲鳴を上げたが、その表情を見てミゲルは、彼女が自分を見るのは初めてではないと直感した。毎夜庭に出ているのを窓から見たか、あるいは昼間窓から見られているのに気づいていたのだろう。いずれにしても彼女は、子供が眠っているから静かにしてくださいなと言った。そしてその夜は満月で昼間のようによく見えたので、噂になったら困ると思ったのか、見咎められるのが怖かったのか――セルバンテスはそのあたりは明確にしなかったが――ミゲルを部屋に入れてくれたという。

そしてそこからのミゲルの話しぶりときたら、あまりにも熱が入りすぎていて、エル・グレコが声を抑えろと何度も注意しなければならないほどだった。だがそれも当然で、その夜の出来事は信じがたいものだった。なんと、モンテーニュ夫人はそれ以上なにも言わず、ミゲルがもじもじしているのを見ると雪のように白い腕を彼に回し、そっとキスをしたという。これでミゲルは火がついたようになり、このところ彼に取り憑いていたあの得体の知れない熱いものが体中を駆けめぐってから骨の髄に達し、骨という骨を震わせて走り抜けた。雷が落ちるときに、雲に裂け目ができて稲妻がジグザグに走るのと同じだ。そして天にも昇る心地のひとときののち、彼は彼女が求めるがままキスの雨を降らせてから、彼女の胸の上で至福の眠りについたのだった。

エル・グレコはこの驚くべき話のどこまでが真実なのか見極められなかったので、とにかくもう二度と幕壁は渡らないと友に誓わせようとしたが、ミゲルは話しおえるとすぐ横になり、口元に会心の笑みを浮かべて眠ってしまった。

若きセルバンテスにしてみれば、このまま一生ここにいたい気分だっただろう。しかしそれから一週間経ち、二人がこの城に住みついてから五か月が過ぎたある日の早朝、数人の歩兵が城にやって来て扉をたたいた。彼らはミゲル・デ・セルバンテス・サアベドラとドメニコス・テオトコプーロスという名の脱獄囚を捕らえに来たのだった。二人は図書室の脇の小部屋でまだ寝ているところを見つかり、首に縄をかけられて捕らえられた。ミゲルはすっかり動転して抵抗するどころではなかったが、エル・グレコはメキシコ人に襲われてかっとなり(彼にとってメキシコ人とは質の悪い盗賊のようなものだったので)、相手の一人の首に手をかけて思い切り締め上げた。その力があまりにも強かったので、別の歩兵が止めなければ殺していたかもしれない。

部屋着姿のド・モンテーニュ氏は二人を守ろうとしたが、一人の力ではどうにもならなかった。結局二人の脱獄囚は捕らえられ、鎖でつながれ、ボルドーに連行されることになった。エル・グレコは城主に向かってよくもおれたちをメキシコ人に売りやがったなと罵声を浴びせ、その城主のほうは、ボルドーの司法官かつ王の補佐役という自分の地位に物を言わせてなんとか歩兵を説得しようとした。

だが無駄だった。ミゲルは縛られ、同じく縛られた友と並んで塔を出た。そこへ使用人たちとともにフランソワーズが、いったいなにごとかと驚いて駆け出してきて、ミゲルはその前を、彼の比類なきフランソワーズの目の前を通って塔を離れたのだ。彼が太陽の光のもとで彼女を間近に見ることができたのはそれが最初で、最後だった。

1 『エセー』第二巻第一二章に引用されているが、『旧約聖書』の「コヘレトの言葉」にこれに該当する箇所はない。内容は「コヘレトの言葉」三章二十二節に通じると言えなくもない。
2 実際にはテノチティトランの第三代統治者。スペイン人による征服以前のメキシコの歴史が書かれた『チマルポポカ文書』で有名。
3 以上四段落は『エセー』第三巻第八章を参照。
4 スパルタ人のこと。
5 紀元前四八〇年のテルモピュライの戦い。
6 紀元前四九〇年のマラトンの戦い。
7 ギリシャ・ローマ神話に登場する英雄。ローマ建国の祖ともいわれている。
8 イタリア半島にいた先住民族。
9 この段落は『エセー』第三巻第六章を参照。
10 以上三段落は『エセー』第一巻第三一章を参照。
11 ホラティウス『書簡詩』一—六—十五・十六。

8　そしてセルバンテスはついに海を渡った

ボルドーに戻った二人は惨めなものだった。また監獄に放り込まれ、絶望的な状況に戻ってしまったのだから。それから二人は丸一か月放っておかれ、その間ずっと、自分たちは処刑を待つ身だと思っていた。

看守が迎えに来た朝も、とうとう最後の時を迎えるのだと思い、魂の救済を神に祈った。これからピラミッドの階段を上がらされ、そのてっぺんで死刑執行人が待っていて、その手には儀式用のナイフが握られていて、その柄に彫られているのは死の顔で、そしてそこで自分たちの冒険が終わり、この世の生が終わり、二度と戻ることはないのだと二人は思っていた。

ところが看守はピラミッドの前で足を止めなかった。二人はピラミッドをそのまま通り過ぎ、トロンペット城まで連れていかれた。ガロンヌ川に張り出した石の岬のような建物で、王の居城である。二人はこの城の、金の盾が並べられた廊下で待たされた。

立っている衛兵たちは皆、槍で武装し、羽根飾りがついた兜をかぶったメキシコ人で、二人がなにを訊いても答えてくれなかった。

だいぶしてから、二人は広い部屋に連れていかれた。二人の頭上には巨大な鉄のシャンデリアが吊り下げられていて、まるで上から脅しをかけているようだった。

部屋の窓の近くにどっしりした大きな木の机が置かれ、その上に書類が散乱していた。そしてその後ろに、黒いベレー帽をかぶった男が一人立っていた。男は二人に背を向けて窓から港の様子を眺めていた。この時間にはすでに（この時間に限らないが）、波止場での荷役労働者の動きが最高潮に達している。

ミゲルはエル・グレコを肘でつついた。部屋の隅に彼の絵が積み上げられていることに気づいたからだ。

ベレー帽の男は振り向きもせずに口を開いた。「きみたちの作品をわたしのところにもってきた庇護者に、そして才能を授けてくれた神に感謝したまえ」

横柄な口調から、地位の高い人物であることは言われなくてもわかった。そしてそれは、コリニー提督その人だったのだ。

　提督はようやくこちらを向くと、テーブルの上の紙を拾い上げ、それをミゲルのほうに見せて言った。「『犬の対話』[1]？　面白い。そしてこの『不思議な見世物』[2]という喜劇……。そちらの画伯は、これを読んでもらったことがあるかね？　ない？　では筋書きを教えてやろう。ある村にやって来た二人の抜け目のない山師が、村のお偉方に摩訶不思議な出し物を売り込むが、それには純潔のキリスト教徒、つまり何世代さかのぼってもユダヤ人やムーア人の血がまざっていないキリスト教徒にしか見えないという条件がついていた。もちろんそれは嘘だ。では見世物が始まったとき、人々はどうしただろうか？　なんたる奇跡！　誰もが、なにも見えていないにもかかわらず、すごいすごいと感嘆の声を上げたのだ」

　フランス王の最高顧問であるコリニー提督はからからと笑った。

「じつに痛快な寓話じゃないか！」

　エル・グレコもミゲルもあえてなにも答えなかった。提督は首にかけた太い金鎖に無意識に手をやって、指でもてあそんだ。

「海の向こうの偉大なる国々、すなわちフランスを保護下に置くメキシコ帝国と、その忠実な同盟国であり、〈第五の邦〉とフランスの同盟国でもある西のインカ帝国が、画家と文筆家を求めている。この二帝国はいずれも強国だが、絵画と文学においてはわれわれ旧世界に後《おく》れをとっているのでね。そしてきみたち二人はどうやらその分野で才能を発揮できそうだ。そこで、次に出る船に乗って、フランスからメキシコへの貢ぎ物とともに、大西洋を渡ってもらうことにした。向こうできみたちは奴隷として競りにかけられるが、うまくいけばいずれ自由を買い戻すことができるだろう」。そして衛兵に合図し、二人を下がらせた。翌日さっそく、二人はワインと人を積んでキューバに向かうガレオン船[3]に乗せられた。

ミゲルは以前スペインの老いた船乗りからこう言われたことを思い出した。「祈りとはなにかを知りたければ、海に出ろ」。だが大西洋横断は祈りが必要になるほど長くもつらくもなかった。ふた月もかからなかったし、夢のなかにいるような日々だった。

船にはじつにさまざまな人が乗っていた。ジュネーヴの靴職人、メキシコの商人、テサロニキ[4]のユダヤ人、ハイチのタバコ生産者、そしてジャガーを連れて旅行中というチョルーラ[5]の王女までいた。

海の向こうの国々を知る人は、皆口を揃えてその美しさを、広さを、豊かな自然を、あふれる富を褒めたたえた。また反乱分子でもないかぎり、誰にでもチャンスが与えられると断言する人が少なくなかった。

そしてある朝、水平線上にバラコアの港が現われた。バラコアはキューバの首都であり、いまや新旧両世界の交差点となっている町だ。宮殿、ヤシの木、土でできた家々があり、犬がオウムと話し、裕福な商人が奴隷やワインを売りに来て、通りには未知の果実の香りが漂い、タイノ族の貴族が裸でチリ産の純血馬に乗っていて、その貴族たちは唯一の装いとして十八連の赤い真珠の首飾り[6]とワニの鱗の腕輪を身につけていて、物乞いでさえ、銅と金の仮面や鏡で頭を飾っているので古代の廃王のように見え、店にはあまりにも多くの商品があふれているので、夕方になると棘状突起のあるトカゲ[7]が通りに出てきて商品の箱に穴をあけようとする、そういうところだった。そこではすべての言語が話されていて、すべての女性が愛されていて、すべての神々に祈りが捧げられていた。

エル・グレコは色彩の氾濫に圧倒され、古代都市バビロンを思わせる活気に刺激されて、狂ったように笑った。

ミゲル・デ・セルバンテスは青い空を見上げ、しばし不確かな未来を忘れ、頭上を舞う頭の赤いコンドルに見とれた。そしてここにいるすべての生きものは、この魔法の島の幻想であり、自分もその一部に違いないと思った。

1　セルバンテス『模範小説集』の「犬の対話」。バリャドリードの病院の番犬二匹が交わす対話による小説。
2　セルバンテスが書いた幕間劇の一つ。
3　大航海時代の大西洋航海のための大型帆船。
4　ギリシア北部の港町。
5　メキシコの古都プエブラの近くにある都市。メキシコ最大といわれる階段ピラミッドがある。
6　第一部9章を参照。
7　キューバイグアナ。

訳者あとがき

ジャレド・ダイアモンドは名著『銃・病原菌・鉄』（草思社、二〇一二年）のなかで、ヨーロッパ人による新世界征服につながったもっとも劇的な瞬間として、ピサロが皇帝アタワルパを捕らえた「カハマルカの惨劇」を取り上げた。このときスペイン側の兵力は二百に満たず、インカ側には八万もの兵がいたが、それにもかかわらずピサロ軍は短時間で六千から七千人のインディオを殺し、ついにはアタワルパを捕らえるという決定的な勝利を収めた。なぜそんなことが可能だったのか。ダイアモンドはこれについて次のように述べている。

ピサロを成功に導いた直接の要因は、鉄器・鉄製の武器、そして騎馬などにもとづく軍事技術、ユーラシアの風土病・伝染病に対する免疫、ヨーロッパの航海技術、ヨーロッパ国家の集権的な政治機構、そして文字を持っていたことである。（倉骨彰訳）

このあとダイアモンドは、これらの要因の背後にあるもっと根本的な要因——鉄製の武器を発明したのがヨーロッパ人であってインカ人でなかったのはなぜか、等々——へと問題を掘り下げていく。一方、この章のなかの、「なぜピサロがカハマルカにやってきたのか。なぜアタワルパがスペインに行って、征服しようとしなかったのか」というダイアモンドの問いに触発された作家がいた。日本でも『ＨＨｈＨ――プラハ、１９４２年』で一躍注目されたフランスの作家、ローラン・ビネである。（もちろんダイアモンド以外からもヒントを得ていて、たとえばカルロス・フエンテスの短編集『オレンジの樹（*El naranjo*）』がそうだ）。

ビネの最新作『文明交錯』（*Civilizations*, Grasset, 2019）は、ダイアモンドの問いを文字どおり逆転させた「アタワルパがスペインに行って征服する」小説、すなわち旧大陸と新大陸の関係が逆になった歴史改変小説である。パズルのピースとしては史実が使われているが、出来上がったパズル全体としてはフィクションであり、エンターテインメントの要素やパロディも満載だ。またヨーロッパがインカに征服される話でありながらヨーロッパでも評価が高く、フランスでは二〇一九年度の「アカデミー・フランセーズ小説大賞」に輝いた。

『文明交錯』を読むのにこれ以上の説明は要らないだろう。歴史に詳しければ詳しいほどニヤリとする箇所が増えるのは確かだが、基本的に史実の逆転だとわかっていれば、それだけで大いに楽しめる。本来は訳注も必要ないだろうし、そもそも改変した内容に注を付すなど野暮な話である。それでも各章末に若干の注を付したのは、中世史の細部や新大陸の諸文明にはわかりにくいところもあると思ったからなのだが、結局のところほんの一部にしか付していないし（全部入れていたら分量が本文を超えてしまう）、補足程度のものでしかないので、気軽に読み飛ばしていただきたい。

ここからは、それでももう少し説明が欲しいという方、あるいは初めてローラン・ビネを読むという方のために続けさせていただく。

ローラン・ビネは一九七二年生まれのフランスの作家で、パリ大学で現代文学を修めたあと、自ら教壇に立って文学を教えていた。二〇〇〇年から自分でも作品を書いて発表するようになっていたが、本格的なデビュー作は類人猿《エンスラポイド》作戦（ユダヤ人大量虐殺の首謀者ラインハルト・ハイドリヒの暗殺作戦）を描いた二〇一〇年の『ＨＨｈＨ――プラハ、１９４２年』である。この作品は史実に肉迫する歴史ドラマと並行して、その執筆過程そのものが描かれ、史実に基づいて小説を書くとはどういうことかを追求する独創的な小説である。各国で絶賛され、フランスで「ゴンクール賞最優秀新人賞」と「リーヴル・ド・ポッシュ読者大賞」を受賞し、二〇一二年にはニューヨーク・タイムズ・ブックレビュー誌の「今年注目を集めた一〇〇冊」にも選ばれた。日本でも二〇一四年の本屋大賞翻訳小説部門の第一位、第四回Ｔｗｉｔｔｅｒ文学賞海外部門第一位に選ばれている。

次いで二〇一五年にビネは『言語の七番目の機能』でふたたび注目を集め、「Ｆｎａｃ小説大賞」と「アンテラリエ賞」を受賞するのだが、これまた独創的な作品だった。読む側から言えば、「ロラン・バルトの死は事故死ではなかった」という設定にあっけにとられているうちに、記号学の迷宮や政治の渦のなかに引きずり込まれ、フレンチセオリーとパロディと蘊蓄《うんちく》の海に溺れそうになりながら、言語が（良くも悪くも）もつ力について考えさせられるという異色の小説で、しかも登場するのはほとんどが実在の人物である。

どちらの作品にもメタフィクション的側面があり、ローラン・ビネは常に事実と小説のあいだに立って小説とは何かを問い、その可能性を探っているように思われる。そしてそのビネが二〇一九年にまた新たに提示した〝小説の可能性〟が、歴史改変小説の本書『文明交錯』というわけである。

冒頭の補足になるが、ローラン・ビネはインタビューで、この歴史逆転を思いついたのは本当に偶然だったと述べている。リマのブックフェアに招待され、そこでピサロによる征服劇の実際を知って興味を覚え、先コロンブス期の文化にも魅了された。そして帰国後これらの主題について勉強を続けているときに、人から『銃・病原菌・鉄』を勧めらたそうだ。

　では「アタワルパがスペインに行って征服する」と決まったら、あとは史実を逆にすればいいだけだろうか？　いやいや、逆にするといってもそこには無限の可能性が広がっているのだから、そこからが大仕事である。これだけ大掛かりな歴史劇ともなれば、巨大なチェス盤と向き合うようなもので、膨大な知識と、駒の進め方の細かいシミュレーションと、時には思い切った力業が必要だっただろう。本書の史実逆転の発想には驚かされたが、それ以上に驚かされたのは、その発想をこれほど大胆かつ緻密で、冒険と知恵比べと人間模様を織り交ぜた、多彩な登場人物が活発に動き回る「動く絵巻物」のような小説に仕上げた著者の力量である。「ピサロやコルテスが行なったことを、反転させた世界でどのようにアタワルパに行なわせるかをゲームを楽しむように考えていきました」と軽々と言ってのける著者も、「とはいえ途中で行き詰まることもありました。でも読者を騙すようなことはしたくなかったので、問題が解決するまでとにかく調べまくり、考えまくりました」（二〇二一年のガーディアン誌のインタビューからの訳者による要約）と言い添えている。

　執筆には四年かかり、その間手元に置いて参照した書籍がＹｏｕＴｕｂｅで紹介されているが、なかでもお気に入りの本としてビネが挙げているのは、エドゥアルド・ガレアーノの『火の記憶』（全三巻、飯島みどり訳、みすず書房、二〇〇〇年、二〇〇八年、二〇一一年）と、ベルナール・ディーアス・デル・カスティーリョの『メキシコ征服記』（全三巻、小林一宏訳、岩波書店、一九八六―八七年）である。

　『文明交錯』は四部構成で、第一部で史実逆転の種が蒔かれ（十世紀ごろ）、第二部で歴史の大きな歯車の一つが逆回転する（一四九二―九三年）。これらを序章とすれば第三部が本編で、逆転した世界でアタワルパがスペインを征服し、ヨーロッパの勢力図を塗り替えていく（一五三〇年代から四〇年代）。そして第四部はその後の世界を舞台にしたいわば後日譚なのだが（一五七〇年代）、これがとびきり面白く、もしかしたら著者は、第三部までで歴史改変の大仕事が終わったので、最後は思う存分好きなことを書きまくろうと決めたのではないかとさえ思えてくる。

各部は役割と年代のみならず語り口も異なっていて、一人の語り手が歴史を語るという通常の形式ではなく、何種類もの歴史的文書の形式を借りている。第一部は中世アイスランドの実在の「サガ」の抜粋ないし要約から始まり、主人公は赤毛のエイリークの娘のフレイディースである。第二部はこれも実在の『コロンブス航海誌』の抜粋から始まっており、主人公はもちろんコロンブスである。そして第三部が「年代記」で、『アタワルパ年代記』というタイトルで匿名の年代記作家がインカ皇帝アタワルパの生涯を描いている（デル・カスティーリョの『メキシコ征服記』を思わせる）。第四部はセルバンテス風の小説で、第三部で勢力図が塗り替えられたヨーロッパを舞台に、主人公ミゲル・デ・セルバンテスの波瀾万丈の冒険が語られる。

だが考えてみると、サガや年代記の形式には長所もあるが短所もある。本来なら長く複雑な歴史展開をスピーディーに語ることができる一方で、感情移入しにくい文体なので退屈なものになりかねないからだ。だが著者は抜かりなく、短所を補うためにそれ以外の文書形態（叙事詩、書簡文、提題など）も巧みに取り込んでいて、読者を飽きさせない。

そして、この小説の魅力はなんといっても登場人物の多彩な顔触れにある。王侯貴族をはじめ、聖職者、思想家、芸術家、豪商、軍人、海賊、農民に至るまで、歴史上の人物が時に史実どおりの、時に正反対の、時にまったく異なる立場で登場する。また歴史を改変するとなると、どの人物（あるいは出来事）をどう変えて、どこでどう使うかが鍵になるが、その組み合わせ方や配置がじつに巧みなので、どんどん読まされてしまう。『言語の七番目の機能』でもそうだったように、ローラン・ビネはサービス精神も旺盛な作家なのだ。

物語の展開はスリルを伴い、十六世紀のヨーロッパの大まかな地図を頭に入れておけば、ＳＬＧ《シミュレーションゲーム》をプレイしているような感覚が味わえる。この小説のフランス語の原題がCivilisationsではなくCivilizations（本来のフランス語のスペルのｓではなくｚ）なのは、シド・マイヤーの文明発展をテーマにしたＳＬＧ『シヴィライゼーション（Civilization）』に合わせてのことだそうだが、なるほどと頷ける。

文学、学術、芸術へのオマージュもあちらこちらに顔を出す。第三部、第四部にはさまざまな文学作品からの引用がさりげなく、あるいははっきりわかるようにちりばめられているし、アタワルパの指南書はマキァヴェッリの『君主論』で、アタワルパの肖像画を描くのはティツィアーノである。また第四部で凸凹コンビを組んでいるのはセルバンテスとエル・グレコで、この二人が未来の作家、画家になると想像させるところでこの小説は終わっている。これについて著者は、「ラストは、そこから〝新大陸のドン・キホーテ〟が始まるような、そういう終わり方にしたかったのです。そんな本があったら読んでみたいとわたし自身が思うからです」と述べている。

『文明交錯』は歴史改変小説であり、ここで行なわれていることは学術的な思考実験ではないし、もちろん歴史修正でもない。またアタワルパを「ヨーロッパの悪を一掃する救世主」のごとくに聖人化して描いているわけでもない。アタワルパの政策によって当時のいくつかの理不尽が解消され、思わず喝采したくなるような場面はあるが、この小説は歴史上の個々の出来事に判定を下すことを目的にしているわけではない。それよりも、歴史改変によって人間のありようが浮き彫りにされているところが面白いのである。
アタワルパ一行の視点は必ずしも「インカの人々の視点」になっているわけではないが（実際にインカの人々がこの小説のような状況に置かれていたらどう考えただろうかというのは、容易に想像できることではない）、少なくとも「ヨーロッパを初めて見る人間の視点」にはなっている。そしてその視点で書かれているからこそ意味がある。ビネ自身も、「*Civilizations* で史実を逆転させたのは、誰もが当然だと思っていること、偏見、前提などを問い直すためです」という趣旨の発言をしている（二〇二〇年十月にアンスティチュ・フランセ東京にてオンラインで開催されたライブイベント『対談 ローラン・ビネと平野啓一郎』より）。これに関連して、第四部の真似をしてミシェル・ド・モンテーニュに登場してもらうとしたら、城の主はヨーロッパ人による新大陸の植民地化を念頭に置いてこう言うだろう。

わたしが悲しいのは、彼らのやり方のなかに、おそろしいほどの野蛮さが存在することを、こちらが見てとるからというわけではない。われわれが、彼らのあやまちを正しく判断しながら、われわれ自身のあやまちについては、これほどまでに盲目であることが悲しいのだ。（『エセー』第一巻第三〇章「人食い人種について」、宮下志朗訳、白水社）

翻訳に当たっては数多くの資料を参照したが、内容が多岐にわたるので訳者の頭が追いつかず、不備な点もあろうかと思われる。史実とその逆と創作が絡まり合った小説を読み解いていくうちに、なにが不備でなにが不備でないかもわからなくなり、最後は開き直らざるを得なかったというのが正直なところである。それでもヨーロッパ中世とインカ文明が好きな訳者にとって、改変されているとはいえ、このような垂涎の歴史小説と出会うことができたのは望外の幸せであり、きっかけを作ってくださった東京創元社の井垣真理氏に心より御礼申し上げる。

二〇二三年二月

訳者紹介
仏語・英語翻訳家。お茶の水女子大学文教育学部卒。
訳書にC・アルレー『わらの女』、P・ルメートル『その女アレックス』、
S・ピンカー『人はどこまで合理的か』他多数。

[海外文学セレクション]

文明交錯

2023年3月31日　初版

著者――ローラン・ビネ
訳者――橘明美（たちばな・あけみ）
発行者――渋谷健太郎
発行所――（株）東京創元社
〒162-0814　東京都新宿区新小川町1-5
電話　03-3268-8201（代）
URL　http://www.tsogen.co.jp
装丁――柳川貴代
印刷――萩原印刷
製本――加藤製本

ISBN 978-4-488-01685-2 C0097

LA SEPTIÈME FONCTION DU LANGAGE * LAURENT BINET

アンテラリエ賞・Fnac小説大賞受賞作

言語の七番目の機能

ローラン・ビネ　高橋啓 訳

1980年、記号学者・哲学者のロラン・バルトが交通事故で死亡。大統領候補ミッテランとの会食直後のことだった。そして彼が持っていたはずの文書が消えた。これは事故ではない！　バルトを殺したのは誰？　捜査にあたるのはバイヤール警視と若き記号学者シモン。二人以外の主要登場人物のほぼすべてが実在の人物。フーコー、デリダ、エーコ、クリステヴァ、ソレルス……。言語の七番目の機能とは？　秘密組織〈ロゴス・クラブ〉とは？『HHhH』の著者による驚愕の記号学的ミステリ！

▶書棚のウンベルト・エーコとダン・ブラウンの間に収めるべし。　——エコノミスト

▶パリのインテリたちの生態を風刺すると同時に、言語の力というものに真剣に対峙している（……）そしてエンターテインメント性も並ではない。——ガーディアン

四六判上製